COLLECTION SÉRIE NOIRE
Créée par Marcel Duhamel

Parutions du mois

2545. PUTAIN DE DIMANCHE
(PIERRE WILLI)

2546. L'ŒIL MORT
(JEAN-MARIE VILLEMOT)

2547. MOI, LES PARAPLUIES
(FRANÇOIS BARCELO)

2548. ENCORE UN JOUR AU PARADIS
(EDDIE LITTLE)

1832. UN POULET CHEZ LES SPECTRES
(ED Mc BAIN)

LAWRENCE BLOCK

Huit millions de façons de mourir

(Huit millions de morts en sursis)

TRADUIT DE L'AMÉRICAIN
PAR R. FITZGERALD

nrf

GALLIMARD

Titre original :

EIGHT MILLION WAYS TO DIE

1

Je la vis entrer. Il aurait été difficile de ne pas voir ça. Elle avait des cheveux blonds, presque blancs, ce qu'on appelle blond filasse en parlant des petits enfants. Les siens étaient nattés en lourdes tresses qu'elle avait enroulées autour de sa tête et attachées avec des épingles. Elle avait un front haut et lisse, des pommettes saillantes et une bouche un tout petit peu trop large. Avec ses bottes style western, elle devait bien mesurer un mètre quatre-vingt-deux ou trois — presque tout en jambes. Elle portait un jean de couturier bordeaux et une veste de fourrure champagne. Il avait plu par intermittence pendant toute la journée, mais elle n'avait rien sur la tête et pas de parapluie. Les gouttes d'eau brillaient comme des diamants sur ses cheveux nattés.

Elle resta un instant sur le seuil, le temps de se repérer. C'était un mercredi, il était environ 15 h 30, c'est-à-dire le moment le plus calme de la journée chez Armstrong. La foule du déjeuner était depuis longtemps partie et il était encore trop tôt pour les clients qui viennent en sortant de leur travail. Dans une quinzaine de minutes, deux profs passeraient prendre un pot, puis ce serait le tour des infirmières de l'hôpital Roosevelt qui finissent leur service à 4 heures. Pour l'instant, il n'y avait que trois ou quatre personnes au comptoir et un couple qui finissait une carafe de vin à une des tables proches de l'entrée. Et puis moi, bien sûr, assis à ma table habituelle, au fond.

Elle m'aperçut tout de suite et le bleu de ses yeux me frappa d'un bout à l'autre de la salle. Elle s'arrêta quand même au comptoir pour être sûre de ne pas se tromper avant de se faufiler entre les tables pour atteindre la mienne.

— Monsieur Scudder ? Je suis Kim Dakkinen, l'amie d'Elaine Mardell.

— Elle m'a téléphoné. Asseyez-vous.

— Merci.

Elle s'assit en face de moi, posa son sac à main entre nous, sur la table, en sortit un paquet de cigarettes et un briquet à jeter, puis s'arrêta sans allumer sa cigarette pour me demander si la fumée ne me gênait pas. Je lui dis que cela ne me dérangeait pas du tout.

Sa voix me surprit. Une voix assez douce, à l'accent du Midwest. Etant donné les bottes, la fourrure, les traits sévères et le nom aux consonances scandinaves, je m'attendais à un timbre plus proche des fantasmes d'un masochiste : rauque, grave, européen. Elle était aussi plus jeune qu'il ne m'avait semblé au premier coup d'œil. Vingt-cinq ans maximum.

Elle alluma sa cigarette et plaça le briquet sur le paquet de cigarettes. Evelyn, la serveuse, travaillait pendant la journée depuis quinze jours car elle avait décroché un petit rôle dans un spectacle pour comédiens débutants. Elle semblait tout le temps sur le point de bâiller. Quand elle vint prendre la commande, Kim Dakkinen tripotait son briquet. Kim demanda un verre de vin blanc. Evelyn me proposa un autre café que j'acceptai. Kim dit alors :

— Ah, vous prenez du café ? Je crois que j'aimerais mieux ça, à la place du vin. C'est possible ?

Quand Evelyn nous servit les cafés, Kim ajouta du lait, du

sucre, remua, but une gorgée et me dit qu'elle ne buvait pas beaucoup, surtout en début de journée. Mais elle était incapable de boire comme moi du café noir; elle n'avait jamais pu le boire comme ça; il le lui fallait bien sucré, avec du lait, presque comme un dessert, et elle avait sans doute de la chance parce qu'elle ne grossissait pas, elle pouvait manger tout ce qu'elle voulait sans prendre un gramme; elle avait de la chance, n'est-ce pas?

J'en convins.

Y avait-il longtemps que je connaissais Elaine? Plusieurs années, répondis-je. Ah bon, parce qu'elle ne la connaissait pas depuis si longtemps; en fait, il n'y avait pas tellement longtemps qu'elle était à New York, alors elle ne connaissait pas tellement bien Elaine, mais elle la trouvait drôlement sympathique. Et moi? Moi aussi, lui dis-je. Et puis, Elaine était aussi pleine de bon sens, très raisonnable et ça, c'était important, n'est-ce pas? J'étais bien d'accord.

Je la laissai prendre tout son temps. Elle avait un vaste répertoire de menus propos. Tout en parlant, elle souriait et vous regardait droit dans les yeux, et elle aurait probablement remporté le titre de Miss Charme dans n'importe quel concours de beauté dont le premier prix lui aurait échappé. Alors, s'il lui fallait un moment pour en venir au fait, cela ne me dérangeait pas le moins du monde. Je n'avais rien d'autre à faire, et j'étais tout aussi bien là qu'ailleurs.

Elle me dit :

— Vous étiez dans la police.

— Il y a quelques années.

— Et maintenant, vous êtes détective privé.

— Pas exactement.

Ses yeux s'élargirent. Ils étaient d'un bleu très vif, d'une teinte tellement inhabituelle que je me demandai si elle ne portait pas des verres de contact. Les lentilles souples ont parfois un effet inhabituel sur la couleur des yeux, qu'elles peuvent modifier ou intensifier.

Je m'expliquai :

— Je n'ai pas de licence. Quand j'ai décidé de ne plus avoir de plaque de policier, j'ai aussi préféré ne pas m'embarrasser d'une licence. (Ni remplir des imprimés, ni avoir affaire à un inspecteur des impôts.) Mes activités sont purement officieuses.

— Mais c'est quand même ce que vous faites ? C'est comme ça que vous gagnez votre vie ?

— C'est ça.

— Comment appelez-vous ça ? Ce que vous faites ?

On pourrait appeler ça se débrouiller pour gagner quelques sous, sauf que je n'ai pas besoin de faire beaucoup d'efforts. Les boulots me trouvent plus que je ne les cherche. J'en refuse plus que je ne peux en accepter. Ceux que j'accepte sont ceux que je ne sais pas comment refuser. J'étais précisément en train de me demander ce que cette jeune femme voulait de moi et quelle excuse trouver pour l'éconduire.

— Je ne sais pas comment appeler ça. On pourrait dire que je rends service à des amis.

Son visage s'éclaira. Elle avait beaucoup souri depuis qu'elle avait franchi la porte, mais c'était le premier sourire qui arrivait jusqu'à ses yeux.

— Oh, mais c'est formidable. Parce que j'ai vraiment besoin d'un service. J'ai même bien besoin d'un ami.

— Qu'est-ce qui ne va pas ?

Pour se donner le temps de réfléchir, elle alluma une autre cigarette, puis elle baissa les yeux et regarda ses mains en posant son briquet au milieu du paquet de cigarettes. Le vernis de ses ongles soignés, longs mais sans excès, avait la couleur brun-rouge d'un vieux Porto. Elle portait une bague en or dans laquelle était sertie une grosse pierre verte taillée au carré, à l'annulaire de la main gauche. Elle me dit :

— Vous connaissez mon métier. Le même que celui d'Elaine.

— C'est ce que je pensais.

— Je suis une prostituée.

Je hochai la tête. Elle se tint bien droite, redressa les épaules, arrangea sa veste de fourrure, dégrafa la boucle qui la fermait au col. Je sentis une légère bouffée de parfum. J'avais déjà senti ce parfum poivré, mais je ne me rappelais pas en quelle occasion. Je levai ma tasse et la vidai.

— Je veux en finir.

— Avec la prostitution ?

Elle acquiesça d'un signe de tête :

— Ça fait quatre ans que je vis de ça. Je suis arrivée, il y a eu quatre ans en juillet. Août, septembre, octobre, novembre, décembre. Quatre ans et quatre mois. J'ai vingt-trois ans. C'est jeune, hein ?

— Oui.

— Je ne me sens pas si jeune que ça. (Elle réarrangea sa veste, ragrafa le fermoir. La lumière fit étinceler sa bague.) Quand je suis descendue de l'autocar, il y a quatre ans, j'avais une valise à la main et une veste en jean sur le bras. Maintenant, j'ai ça. C'est du vison d'élevage.

— Ça vous va très bien.

— Je l'échangerais volontiers contre la vieille veste en jean si je pouvais récupérer ces quatre années. Non, ce n'est pas vrai. Parce que, si je les récupérais, j'en ferais exactement la même chose, vous ne croyez pas ? Ah, retrouver mes dix-neuf ans en sachant ce que je sais maintenant, mais pour ça, il faudrait que j'aie commencé à me prostituer à quinze ans et maintenant je serais morte. Je divague. Excusez-moi.

— De rien.

— Je ne veux plus de cette vie-là.

— Que voulez-vous faire ? Retourner dans le Minnesota ?

— Le Wisconsin. Non, je n'y retournerai pas. Je n'ai rien à y faire. Ce n'est pas parce que je veux en finir que je dois retourner là-bas.

— Bien sûr.

— Je peux me créer des tas d'ennuis, comme ça. Je réduis tout à deux seules possibilités, alors si A ne marche pas, il ne me reste plus que B. Mais c'est faux. Il y a tout le reste de l'alphabet.

Elle pouvait toujours enseigner la philosophie.

— Et moi, Kim, qu'est-ce que je viens faire là-dedans ?

— Ah oui.

J'attendis la suite.

— J'ai un souteneur.

— Il ne veut pas vous laisser partir ?

— Je ne lui ai rien dit. Je pense qu'il le sait peut-être, mais je ne lui ai rien dit, et il ne m'a rien dit et...

Pendant un instant, tout le haut de son corps frémit et des petites gouttes de transpiration brillèrent sur sa lèvre supérieure.

— Vous avez peur de lui.

— Vous avez deviné.

— Il vous a menacée ?

— Pas vraiment.

— Qu'est-ce que ça veut dire ?

— Il ne m'a jamais menacée. Mais je me *sens* menacée.

— Est-ce que d'autres filles ont voulu s'en aller ?

— Je ne sais pas. Je ne connais pas très bien ses autres filles. Il est très différent des autres souteneurs. Du moins ceux que je connais.

Ils sont tous différents. Vous n'avez qu'à demander à leurs filles.

— Comment ça ?

— Il est plus raffiné. Réservé.

Bien sûr.

— Comment s'appelle-t-il ?

— Chance.

— Son prénom ou son nom ?

— Tout le monde l'appelle comme ça. Je ne sais pas si c'est un nom ou un prénom. Peut-être ni l'un ni l'autre, peut-être un surnom. Dans le Milieu, les gens changent de noms selon les occasions.

— Kim est votre vrai nom ?

— Oui. Oui, mais j'avais un autre nom quand je faisais le trottoir. J'avais un autre souteneur avant Chance. Il s'appelait Duffy. Il se faisait appeler Duffy Green mais aussi Eugène Duffy, et il avait parfois un autre nom que j'ai oublié. (Le souvenir la fit sourire.) J'étais tellement naïve quand il m'a prise en main. Il ne m'a pas ramassée à ma descente du car, mais c'était tout comme.

— C'est un Noir ?

— Duffy ? Bien sûr. Chance aussi. Duffy m'a fait faire le tapin dans Lexington Avenue et parfois, quand ça chauffait par là, on passait le pont pour aller à Long Island City. (Elle ferma un instant les yeux, puis les rouvrit en disant :) Le souvenir m'est revenu, comme ça, brutalement, le genre de vie que je menais quand je faisais le trottoir. A cette époque, je m'appelais Bambi. A Long Island City, on faisait les clients dans leur voiture. Ils venaient de tout Long Island. Dans Lexington Avenue, il y avait un hôtel où on pouvait aller. J'ai du mal à croire que je pouvais faire ça. Que je pouvais vivre comme ça. Qu'est-ce que j'étais *naïve !* Je n'étais pas innocente. Je savais ce que j'étais venue faire à New York, mais j'étais quand même naïve.

— Combien de temps avez-vous fait le trottoir ?

— Cinq ou six mois, je crois. Je n'étais pas très douée. J'avais le physique et je savais... ben, je savais m'y prendre, quoi, mais je n'avais pas le sens de la rue. Une ou deux fois, j'ai eu de telles crises d'angoisse que je n'ai rien pu faire. Duffy m'a donné un truc, mais ça m'a seulement rendue malade.

— Un truc ?

— Vous voyez, quoi, de la drogue.

— Ah, oui.

— Puis il m'a mise en maison et c'était mieux, mais ça ne

lui plaisait pas parce qu'il ne pouvait pas aussi bien contrôler. C'était un grand appartement près de Columbus Circle où j'allais travailler comme on va au bureau. Je suis restée là, je ne sais pas, peut-être encore six mois. A peu près ça. Puis je suis passée chez Chance.

— Comment avez-vous fait ?

— J'étais avec Duffy. Nous étions dans un bar. Pas un bar de maquereaux, un club de jazz. Chance est venu s'asseoir à notre table. On est resté un moment tous les trois à parler, puis ils m'ont laissée seule et sont allés causer ensemble, puis Duffy est revenu seul et m'a dit qu'il fallait que j'aille avec Chance. J'ai cru qu'il voulait que je m'en occupe, comme un client, quoi, et je l'avais mauvaise parce que c'était mon jour de sortie avec Duffy et que je n'aurais pas dû travailler. Vous comprenez, je n'avais pas pris Chance pour un souteneur. Alors Duffy m'a expliqué que, dorénavant, je serais la fille de Chance. J'ai eu l'impression d'être une voiture qu'il venait de vendre.

— Parce que c'était comme ça ? Il vous avait vendue à Chance ?

— Je ne sais pas ce qu'il avait fait. Mais je suis allée avec Chance et ça s'est bien passé. C'était mieux qu'avec Duffy. Il m'a sortie de cette maison, m'a installée comme call-girl et ça fait, oh, ça fait bien trois ans.

— Et vous voulez que je vous aide à décrocher.

— Vous pouvez faire ça ?

— Je ne sais pas. Vous pouvez peut-être le faire toute seule. Vous ne lui avez absolument rien dit ? Pas un mot, une allusion ou quoi que ce soit ?

— J'ai peur.

— De quoi ?

— Qu'il me tue ou qu'il me défigure, ou quelque chose comme ça. Ou qu'il me fasse changer d'avis. (Elle se pencha en avant et posa sur mon poignet ses doigts aux ongles rouge porto. C'était manifestement un geste calculé, mais il n'en était pas moins efficace. Je sentis son parfum poivré et son impact sexuel. Je ne fus pas excité mais, sans la désirer, j'eus conscience de la force de son attrait sexuel. Elle me dit :) Vous ne pourriez pas m'aider, Matt ? Ça ne vous ennuie pas que je vous appelle Matt ? ajouta-t-elle aussitôt.

Je ne pus m'empêcher de rire et répondis :

— Non, ça ne m'ennuie pas.

— Je gagne de l'argent mais je ne le garde pas. Et je ne gagne pas vraiment plus d'argent qu'en faisant le tapin. Mais j'ai un peu d'argent.

— Ah ?

— J'ai mille dollars.

Je ne dis rien. Elle ouvrit son sac, y prit une enveloppe blanche qu'elle décacheta et dont elle sortit une liasse de billets qu'elle posa sur la table entre nous.

— Vous pourriez lui parler pour moi.

Je pris la liasse et la tins dans ma main. On me proposait d'agir comme intermédiaire entre une putain blonde et un maquereau noir. Ce n'était pas un rôle très alléchant.

J'aurais voulu lui rendre l'argent ; seulement, il y avait neuf ou dix jours que j'étais sorti de l'hôpital Roosevelt et je leur devais de l'argent ; le premier du mois, j'allais devoir payer mon loyer et ça faisait trop longtemps que je n'avais rien envoyé à Anita et aux gosses. J'avais de l'argent dans mon portefeuille, de l'argent en banque, mais ça ne faisait pas grand-chose en tout et l'argent de Kim Dakkinen avait la même valeur que celui de n'importe qui ; il était plus facile à gagner, et la façon dont *elle* l'avait gagné ne me concernait franchement pas.

Je comptai les billets. C'étaient des billets de cent usagés et il y en avait dix. J'en laissai cinq devant moi sur la table et lui rendis les cinq autres. Ses yeux s'agrandirent un peu et je conclus qu'elle portait des verres de contact. Personne n'avait des yeux de cette couleur.

Je lui dis :

— Cinq avant, cinq après. Quand je vous aurai libérée.

— Marché conclu. (Elle sourit brusquement.) Vous auriez pu avoir les mille dollars d'avance.

— Ça m'encouragera peut-être à travailler mieux. Vous voulez un autre café ?

— Si vous en reprenez. Et je crois que j'aimerais une friandise. Il y a des desserts, ici ?

— Leur gâteau aux noix de pécan est très bon. Et les tartes au fromage.

— J'adore les gâteaux aux noix de pécan. J'ai une passion pour les sucreries mais je ne grossis pas d'un gramme. J'ai de la chance, hein ?

2

J'avais un problème. Pour pouvoir parler à Chance, il me fallait d'abord le trouver et elle ne pouvait me dire comment y arriver.

— Je ne sais pas où il habite, me dit-elle. Personne ne le sait.

— Personne ?

— Aucune de ses filles, en tout cas. Quand on est deux dans la même pièce et qu'il n'est pas là, c'est notre principal sujet de conversation. On essaie de deviner où il habite. Je me souviens d'un soir où Sunny, une des filles, et moi, nous étions ensemble et nous disions n'importe quoi, nous imaginions toutes sortes d'hypothèses invraisemblables. Dans le genre : il vit avec sa vieille mère infirme dans un taudis de Harlem ; ou bien il a une grande propriété à Sugar Hill ; ou encore il habite un ranch dans la grande banlieue et il fait l'aller-retour tous les jours. Ou alors, il a deux valises dans sa voiture avec toutes ses affaires dedans et il ne dort que deux heures par nuit chez l'une ou l'autre d'entre nous. (Elle resta un moment songeuse.) Sauf qu'il ne dort jamais quand il est avec moi. Quand il couche avec moi, après il reste un petit moment, puis il se lève, il s'habille et s'en va. Un jour, il m'a dit qu'il ne pouvait pas dormir s'il y avait une autre personne dans la pièce.

— Et si jamais vous avez besoin de le joindre ?

— On a un numéro de téléphone. Mais c'est un service d'abonnés absents. On peut appeler n'importe quand, vingt-quatre heures sur vingt-quatre, et il y a toujours une opératrice qui répond. Il appelle régulièrement ce service. Quand on sort, par exemple, il appelle toutes les demi-heures ou toutes les heures.

Elle me donna le numéro que je notai dans mon carnet. Je lui demandai dans quel garage il mettait sa voiture. Elle ne le savait pas. Se rappelait-elle le numéro d'immatriculation de la voiture ?

Elle secoua la tête.

— Je ne fais jamais attention à ce genre de chose. Il a une Cadillac.

— Surprenant. Où peut-on le trouver ?

— Je ne sais pas. Quand je veux le joindre, je laisse un message. Je ne le cherche pas. Vous voulez dire : est-ce qu'il fréquente un bar en particulier ? Il va dans des tas d'endroits, mais ce n'est pas un client régulier.

— Qu'est-ce qu'il aime, comme distractions ?

— Comment ça ?

— Il va voir des matches de base-ball ? Il est joueur ? Qu'est-ce qu'il fait ?

Elle réfléchit avant de répondre :

— Il fait des tas de choses.

— A savoir ?

— Ça dépend de la personne avec qui il se trouve. Moi, j'aime les clubs de jazz, alors c'est là qu'il va quand il est avec moi. Et c'est moi qu'il appelle s'il a envie de passer la soirée comme ça. Il y a une autre fille, que je ne connais même pas, mais je sais qu'ils vont au concert. Musique classique. Carnegie Hall et tout ça. Une autre, Sunny, adore le sport, alors il l'emmène voir des matches de base-ball.

— Combien a-t-il de filles ?

— Je ne sais pas. Il y a Sunny et Nan, et celle qui aime la musique classique. Il doit en avoir une ou deux autres. Peut-être plus. Chance est très réservé, vous savez. Il ne parle pas de ses affaires.

— Et Chance est le seul nom que vous lui connaissez ?

— Oui.

— Vous êtes avec lui depuis combien, trois ans ? Et vous avez la moitié d'un nom, pas d'adresse et le numéro d'un service d'abonnés absents ?

Elle baissa les yeux sur ses mains.

— Comment ramasse-t-il l'argent ?

— Dans mon cas ? Il vient parfois le chercher.

— Il vous appelle d'abord ?

— Pas forcément. Quelquefois. Ou bien il téléphone et me demande de le lui apporter. Dans un café, ou un bar, ou ailleurs, ou bien un coin de rue et il passe me prendre en voiture.

— Vous lui donnez tout ce que vous gagnez ?

Elle eut un hochement de tête affirmatif.

— Il m'a trouvé mon appartement, c'est lui qui paie le loyer, le téléphone, toutes les factures. Il m'accompagne dans les boutiques de vêtements et c'est lui qui paie. Il aime bien choisir mes vêtements. Je lui donne ce que je gagne et il m'en rend un peu, vous voyez, comme argent de poche.

— Vous lui donnez absolument tout ?

— Non, bien sûr. Comment j'aurais pu avoir mille dollars ? Mais ce qui est drôle, c'est que je ne garde pas grand-chose.

Quand elle s'en alla, les employés de bureau commençaient à emplir la salle. Avant ça, elle en avait eu assez de boire du café et elle s'était mise au vin blanc. Un verre dont elle n'avait bu que la moitié. J'avais continué à boire du café noir. J'avais noté dans mon carnet son adresse et son numéro de téléphone et celui du service d'abonnés absents de Chance. Je n'avais pas grand-chose de plus.

M'en fallait-il, d'ailleurs, beaucoup plus ? Un jour ou l'autre, je finirais bien par le trouver et, quand je l'aurais trouvé, je lui parlerais et, s'il le fallait, je lui ferais un peu plus peur qu'il ne faisait peur à Kim, et si je n'y arrivais pas, eh bien, j'avais quand même cinq cents dollars de plus qu'en me réveillant ce matin-là.

*

Après le départ de Kim, je terminai mon café et fis la monnaie d'un des billets de cent qu'elle m'avait donnés pour payer l'addition. Armstrong se trouve dans la Neuvième Avenue entre les 57e et 58e Rues et mon hôtel est juste après le coin, dans la 57e Rue. J'y retournai, demandai à la réception si j'avais du courrier ou des messages, et appelai le service de Chance du taxiphone, dans le hall. A la troisième sonnerie, une femme répondit, répéta les quatre derniers chiffres du numéro et demanda si elle pouvait m'être utile.

— Je voudrais parler à M. Chance.

— Je pense lui parler bientôt, me dit-elle. (Elle avait la voix rauque de quelqu'un qui fume trop et qui n'est plus très jeune.) Voulez-vous lui laisser un message ?

Je lui donnai mon nom et mon numéro de téléphone à l'hôtel. Elle me demanda la raison de mon appel. Je lui dis que c'était personnel.

Quand je raccrochai, je m'aperçus que j'avais la tremblotte et mis cela sur le compte de tous les cafés que j'avais avalés depuis le matin. J'avais envie de boire un verre. Je pouvais faire un saut au Polly's Cage, de l'autre côté de la rue, ou passer par le magasin de spiritueux, à deux portes de chez Polly's, et y acheter une demi-bouteille de bourbon. Je voyais déjà l'alcool brun, le whisky dans une bouteille plate, Jim Beam ou J. W. Dant.

Je me dis : allons, mon vieux, il pleut dehors, tu ne vas pas sortir sous la pluie. En quittant la cabine téléphonique, je me dirigeai vers l'ascenseur, pas vers la porte de la rue, et je montai à ma chambre. Je m'y enfermai à clé, tirai le fauteuil vers la fenêtre et m'assis pour regarder la pluie. Au bout de quelques minutes, l'envie de boire me quitta. Puis elle revint et repartit. Elle revint et repartit ainsi pendant une heure, s'allumant et s'éteignant à la façon d'une enseigne au néon. Je restai à ma place et regardai tomber la pluie.

*

Vers 7 heures du soir, je décrochai le téléphone et appelai Elaine Mardell. Je tombai sur son répondeur-enregistreur. Après le top sonore, je glissai le message suivant : « Ici, Matt. J'ai vu votre amie et je voudrais vous remercier de m'avoir recommandé. Je vous revaudrai ça, j'espère, un jour ou l'autre. » Je raccrochai et attendis encore une demi-heure. Chance ne me rappela pas.

Je n'avais pas particulièrement faim, mais je m'obligeai à descendre manger un morceau. Il ne pleuvait plus. Je me rendis au Blue Jay et commandai un hamburger et des frites. A deux tables de moi, un gars buvait une bière avec son sandwich. Je décidai d'en commander une quand la serveuse m'apporterait le hamburger mais, quand il arriva, j'avais changé d'avis. Je mangeai presque toute la viande, la moitié des frites, bus trois tasses de café puis, comme dessert, je pris une tarte aux cerises et en vins presqu'à bout.

Il était près de 8 h 30 quand je quittai le restaurant. Je passai par l'hôtel — pas de messages — puis continuai à pied jusqu'à la Neuvième Avenue. Dans le temps, au coin, il y avait un bistrot grec, Antares et Spiro, mais c'est devenu un marchand de fruits et légumes. Je me dirigeai vers le centre, passai devant chez Armstrong, traversai la 58e Rue et, quand le feu fut au rouge, je traversai l'avenue, passai devant l'hôpital et poursuivis jusqu'à St. Paul. Je fis le tour par le côté pour descendre le petit escalier qui mène au sous-sol. Une pancarte était accrochée à la porte, mais il fallait la chercher pour la voir.

Deux lettres : A. A.

Au moment où j'entrai, ils allaient commencer. Il y avait trois tables placées en fer à cheval, des gens assis de chaque côté des tables et une douzaine d'autres chaises dans le fond. Sur le côté, des rafraîchissements étaient placés sur une autre table. Je pris une tasse en plastique, l'emplis de café au percolateur, puis m'assis sur une chaise, à l'arrière. Une ou deux personnes m'adressèrent un signe de tête et je le leur rendis.

Le modérateur avait à peu près mon âge. Il portait une veste en tweed à chevrons sur une chemise de flanelle à carreaux. Il raconta l'histoire de sa vie depuis son premier verre d'alcool, au début de son adolescence, jusqu'à ce qu'il suive le programme et ne boive plus une goutte d'alcool, voici quatre ans. Il avait été plusieurs fois marié et divorcé, avait bousillé un certain nombre de voitures, perdu quelques emplois et séjourné dans divers hôpitaux. Puis il avait cessé de boire, avait commencé à assister aux réunions et la situation s'était améliorée. Il se reprit :

— La situation ne s'est pas améliorée. C'est *moi* qui me suis amélioré.

Ils disent beaucoup ça. Ils disent beaucoup, beaucoup de ces choses, et on finit par entendre souvent les mêmes expressions. Pourtant, les histoires qu'ils racontent sont assez intéressantes. Les gens sont assis là, devant Dieu et devant tout le monde, et ils vous racontent de sacrés trucs.

Il parla pendant une demi-heure. Puis il y eut une pause de dix minutes pendant lesquelles ils firent la quête pour couvrir les frais. Je donnai un dollar, puis je pris une autre tasse de café et deux biscuits d'avoine. Un type vêtu d'une vieille veste de l'armée me salua par mon nom. Je me souvins qu'il s'appelait Jim et le saluai à mon tour. Il me demanda comment ça allait, et je lui répondis que ça allait bien.

— Vous êtes venu et vous n'avez pas bu, c'est ça qui compte.

— Sans doute.

— Chaque jour où je ne bois pas est un bon jour. On ne boit pas de toute une journée, et puis une autre. La chose la plus difficile du monde est de ne pas boire quand on est alcoolique, et vous y arrivez.

Là, il se trompait. Il y avait neuf ou dix jours que j'étais sorti de l'hôpital. Je ne buvais pas pendant deux ou trois jours, puis je prenais un verre. La plupart du temps, je prenais de un à trois verres et je pouvais me contrôler, mais dimanche soir, j'avais pris une bonne cuite en buvant du bourbon dans un Blarney Stone de la Sixième Avenue où je ne pensais pas tomber sur quelqu'un que je connaissais. Je ne me rappelais plus comment j'avais quitté le bar, comment j'étais rentré chez moi, mais le lundi matin, je tremblais comme une feuille, j'avais la bouche pâteuse et j'étais vraiment mal en point.

Je ne lui en parlai pas.

Au bout de dix minutes, la séance reprit. Chacun parla à tour de rôle. Les gens disaient leur nom, disaient qu'ils étaient alcooliques et remerciaient le modérateur de ce qu'ils appelaient son témoignage, à savoir le récit de son expérience personnelle. Ils poursuivaient en expliquant comment ils s'identifiaient à lui, ou bien se rappelaient une anecdote remontant à l'époque où ils buvaient, ou encore exposaient une difficulté qu'ils devaient affronter dans leurs efforts pour ne pas boire. Une fille qui n'était guère plus âgée que Kim Dakkinen parla de ses problèmes avec son amant, et un homosexuel d'une trentaine d'années décrivit une bagarre qu'il avait eue avec un client de son agence de voyages. L'histoire était drôle et fit beaucoup rire.

Une femme déclara :

— Rien n'est plus facile que de renoncer à l'alcool. Il suffit de ne pas boire, d'assister aux réunions et de changer toute votre putain de vie.

Quand ce fut mon tour, je dis seulement :

— Je m'appelle Matt. Je n'ai rien à dire.

*

La réunion se termina à 10 heures. Je m'arrêtai chez Armstrong en rentrant et m'assis au comptoir. On vous dit de ne pas mettre les pieds dans un bistrot si vous essayez de ne pas boire, mais je me sens bien chez Armstrong et leur café est bon. Si je dois boire, je boirai, et là ou ailleurs...

Quand je sortis, la première édition du *News* était déjà en vente. J'achetai le journal et montai dans ma chambre. Le souteneur de Kim Dakkinen n'avait toujours pas rappelé. Je téléphonai encore à son service où l'on m'assura que mon message lui avait été transmis. J'en laissai un autre disant qu'il était important qu'il se mette rapidement en rapport avec moi.

Je pris une douche, enfilai un peignoir et lus le journal. Je lis toujours les affaires nationales et internationales, mais je ne peux pas vraiment concentrer mon attention sur ce genre de sujet. Il faut que les choses se passent à mon échelle plus restreinte, qu'elles soient plus proches de mon environnement pour que je me sente concerné.

Il y avait, ce jour-là, de quoi se sentir concerné. Dans le Bronx, deux gamins avaient jeté une jeune femme sur les rails du métro qui arrivait. Elle s'était aplatie et, bien que les voitures soient passées au-dessus d'elle avant que le conducteur ait pu arrêter la rame, elle en était sortie indemne.

Dans West Street, près des docks de l'Hudson, une prostituée avait été assassinée. A coups de couteau.

A Corona, un flic de grand ensemble était toujours entre la vie et la mort. Deux jours plus tôt, j'avais lu qu'il avait été attaqué par deux hommes armés de barres de fer qui lui avaient volé son revolver. Il était marié et père de quatre enfants de moins de dix ans.

Le téléphone ne sonna pas. Je ne m'attendais pas vraiment à ce qu'il sonne. Je ne voyais pas pourquoi Chance m'aurait rappelé, si ce n'est par curiosité, et on avait dû lui apprendre que la curiosité est un vilain défaut. J'aurais pu me faire passer pour un flic — il était plus facile d'oublier M. Scudder que l'Inspecteur Scudder — mais je préférais ne pas avoir recours à ce stratagème si je pouvais m'en abstenir. J'acceptais que les gens tirent des conclusions hâtives, mais je ne voulais pas les y aider.

Il ne me restait plus qu'à le trouver. C'était tout aussi bien comme ça. Cela me donnerait quelque chose à faire. En attendant, les messages que j'avais laissés à son service lui auraient enfoncé mon nom dans la tête.

L'insaisissable M. Chance. On aurait pu s'attendre à ce qu'il ait un radio-téléphone dans sa voiture de souteneur, en plus du bar, des sièges garnis de fourrure et des pare-soleil en velours rose. La classe, quoi.

Après les pages sportives, je revins à la prostituée assassinée dans le Village. Le compte rendu n'était guère détaillé. Il n'y avait ni le nom, ni le signalement de la victime, dont on disait seulement qu'elle avait environ vingt-cinq ans.

Je téléphonai au *News* pour leur demander s'ils connaissaient le nom de la victime et on me répondit que ce renseignement était confidentiel. Sans doute tant que la famille n'avait pas été prévenue. J'appelai le Sixième Commissariat, mais Eddie Koehler n'était pas de service et je ne voyais pas qui d'autre, là-bas, aurait pu savoir qui j'étais. Je sortis mon carnet, puis me dis qu'il était trop tard pour l'appeler ; elle devait dormir et, de toute façon, comme la moitié des femmes de la ville étaient des putains, il n'y avait aucune raison de penser que c'était elle qui s'était fait suriner sous la West Side Highway. Je rangeai mon carnet, le ressortis dix minutes plus tard et composai son numéro. Je lui dis :

— Ici, Matt Scudder, Kim. Je me demandais si vous aviez eu l'occasion de parler à votre ami depuis que je vous ai vue.

— Non. Pourquoi ?

— J'espérais pouvoir le joindre par l'intermédiaire de son service. Mais je ne crois pas qu'il me rappellera, alors demain, il faudra que j'aille le chercher. Vous ne lui avez toujours pas dit que vous vouliez reprendre votre liberté ?

— Pas un mot.

— Très bien. Si vous le voyez avant moi, faites comme si de rien n'était. S'il téléphone et vous donne rendez-vous quelque part, appelez-moi tout de suite.

— Au numéro que vous m'avez donné ?

— C'est ça. Si vous pouvez me prévenir, je pourrai aller au rendez-vous à votre place. Sinon, faites comme d'habitude, agissez normalement.

Je lui parlai encore un peu pour l'apaiser après lui avoir fait peur en lui téléphonant. Je savais au moins qu'elle n'était pas morte dans West Street. Comme ça, j'allais pouvoir dormir tranquille.

Et comment ! J'éteignis la lumière, me mis au lit, restai couché sans bouger pendant longtemps puis, excédé, me relevai et me remis à lire le journal. L'idée me vint qu'un ou deux verres me calmeraient et m'aideraient à trouver le sommeil. Je ne pouvais rien faire pour chasser cette idée mais je pus m'obliger à rester où j'étais et quand il fut 4 heures, je me dis que ce n'était même plus la peine d'y penser parce que, maintenant, les bars étaient fermés. Il y en avait bien un ouvert la nuit dans la Onzième Avenue, mais je m'abstins opportunément de me le rappeler.

A nouveau, j'éteignis et me remis au lit. Je pensai à la prostituée morte, au flic mourant, à la femme qui était passée sous le métro et je me demandai pourquoi, dans cette ville, on pouvait considérer qu'il valait mieux ne pas boire. C'est sur cette question que je m'endormis.

3

Je me levai vers 10 h 30, curieusement reposé après avoir tout juste sommeillé pendant six heures. Je pris une douche, me rasai, déjeunai d'un petit pain et d'un café, puis je me rendis à St. Paul. Pas au sous-sol, cette fois, mais dans l'église proprement dite où je m'assis dix minutes sur un banc avant d'allumer deux bougies et de glisser cinquante dollars dans le tronc des pauvres. Au bureau de poste de la 60ᵉ Rue, j'achetai un mandat de deux cents dollars et une enveloppe timbrée. J'envoyai le mandat à mon ancienne épouse, à Syosset. J'essayai de lui joindre un mot, mais on aurait dit un acte de contrition. La somme que je lui envoyais était insuffisante et trop tardive, mais je n'avais pas besoin de lui faire un dessin. J'enveloppai le mandat dans une feuille blanche et l'expédiai ainsi.

Le temps était gris, plutôt frais, et la pluie menaçait encore. Le vent qui soufflait était froid et tournait aux coins des rues avec la rapidité d'un champion de slalom. Devant le Coliseum, un homme pourchassait son chapeau en jurant. J'eus le geste réflexe d'enfoncer le mien en tirant sur le bord.

Je marchai presque jusqu'à ma banque avant de dire que ce qui restait de l'argent de Kim ne justifiait pas de transactions financières officielles. Je jugeai plus sage de retourner à mon hôtel et de payer la moitié du loyer du prochain mois, à l'avance. Après quoi, il ne me restait plus qu'un des billets de cent intact et j'en profitai pour le changer en billets de dix et de vingt.

Pourquoi n'avais-je pas pris les mille dollars d'un coup ? Je me rappelai avoir parlé d'encouragement. Comme ça, j'en avais un.

Rien de particulier au courrier : deux pubs et une lettre de mon député. Inutile de lire.

Aucun message de Chance. Je n'en attendais pas.

J'appelai son service et lui laissai un autre message, comme ça, pour le principe.

Je quittai mon hôtel et passai tout l'après-midi dehors. Je pris deux fois le métro mais marchai la plupart du temps. La pluie menaçait toujours, mais ne tombait toujours pas et le vent, encore plus violent, n'emporta jamais mon chapeau. Je passai dans deux commissariats, quelques cafés et une demi-douzaine de bistrots. Je bus du café dans les cafés et du Coca-Cola dans les bars, je parlai à quelques personnes et pris quelques notes. J'appelai quelquefois la réception de mon hôtel. Je n'attendais pas de coup de fil de Chance, mais je voulais savoir si Kim m'avait téléphoné. Personne ne m'avait appelé. Je composai deux fois le numéro de Kim et tombai à chaque fois sur son répondeur. Tout le monde a un de ces appareils ; un de ces jours, tous les appareils se mettront à composer les numéros et parleront entre eux. Je ne laissai pas de message.

En fin d'après-midi, j'entrai dans une salle de Times Square. On y passait deux films de Clint Eastwood — deux films où il est une sorte de flic flingueur qui arrange tout en descendant les méchants. Le public semblait entièrement composé du genre de gars qu'il descendait. Ils hurlaient de joie à chaque fois qu'il flinguait un truand.

Je mangeai du porc-riz sauté-légumes dans un restaurant sino-cubain de la Huitième Avenue, je fis un saut à la réception de mon hôtel, puis allai prendre un café chez Armstrong. Je me mêlai à une conversation au comptoir et me dis que je pouvais rester là un moment ; pourtant, à 8 h 30, je m'arrangeai pour sortir, traverser la rue et descendre au sous-sol assister à la réunion.

Le modérateur était une ménagère qui, avant, se soûlait au point de tomber à moitié dans le coma pendant que son mari était au bureau et ses gosses à l'école. Elle raconta qu'un de ses gosses la retrouvait évanouie sur le carrelage de la cuisine et qu'elle lui faisait croire que c'était un exercice de yoga pour soulager son mal au dos. Tout le monde éclata de rire.

Quand ce fut à mon tour de parler, je dis :

— Je m'appelle Matt. Ce soir, je vais simplement écouter.

*

Le bar de Kelvin Small se trouve dans Lenox Avenue, au niveau de la 127ᵉ Rue. C'est une longue salle étroite avec un comptoir de bout en bout d'un côté et une rangée de tables encadrées de banquettes de l'autre côté. Tout au fond, il y a une petite estrade sur laquelle, ce soir-là, deux Noirs très noirs aux cheveux ras, aux lunettes cerclées d'écaille et vêtus de complets style Brooks Brothers jouaient du jazz tranquille, l'un sur un petit piano droit, l'autre avec des pinceaux et des cymbales. A l'œil et à l'ouïe, on aurait dit la moitié de l'ancien Modern Jazz Quartet.

Il me fut facile de les entendre car le silence se fit dans tout le reste de la salle dès que je franchis le seuil. J'étais le seul homme blanc et tout le monde s'était arrêté de parler pour m'examiner longuement. Il y avait des femmes blanches assises sur des banquettes à côté d'hommes noirs, il y avait deux femmes noires qui partageaient une table, et il devait y avoir deux douzaines d'hommes de toutes les couleurs de peau, sauf la mienne.

Je traversai la salle dans toute sa longueur et entrai dans les toilettes Messieurs. Un homme, presque assez grand pour être basketteur professionnel, peignait ses cheveux défrisés.

L'odeur de sa pommade pour cheveux se battait en duel avec la puanteur âcre de la marijuana. Je me lavai les mains et les frictionnai sous un séchoir à air chaud. Quand je sortis, le grand Noir pommadé se coiffait encore.

Les conversations se turent à nouveau quand je sortis des toilettes. Je traversai la salle dans l'autre sens en marchant lentement et en roulant les mécaniques. Je n'étais pas sûr, en ce qui concernait les musiciens, mais à part eux, j'étais à peu près sûr qu'il n'y avait pas un homme présent dans la salle qui n'avait pas eu au moins une condamnation. Souteneurs, trafiquants de drogue, patrons ou employés de loteries clandestines... Toute la noblesse du monde.

Un homme assis au comptoir, sur le cinquième tabouret en partant de la porte, ne me parut pas inconnu. Il me fallut une seconde pour le remettre car, dans le temps, il avait les cheveux raides alors que, maintenant, il avait une sorte de coiffure afro. Il portait un costume citron vert et des chaussures en peau de reptile — sans doute une espèce en voie de disparition.

En passant devant lui, j'indiquai la porte d'un signe de tête et je sortis. Je m'arrêtai deux maisons plus loin et me tins près d'un réverbère. Au bout de deux ou trois minutes, il apparut, marchant d'un pas souple et décontracté.

— Salut, Matthew, dit-il en me tendant la main. Ça va, mec ?

Je ne lui serrai pas la main. Il la regarda, me regarda, roula des yeux, secoua exagérément la tête, battit des mains, les essuya sur la jambe de son pantalon et les posa sur ses hanches minces en disant :

— Ça fait un bout de temps, hein ? Ils ont plus ta marque préférée, dans le centre ? Ou bien tu viens seulement à Harlem quand tu as envie de faire pipi ?

— Tu m'as l'air en pleine forme, Royal.

Il se rengorgea. Il s'appelait Royal Waldron et j'avais dans le temps connu un flic noir qui avait une tête de cochon, la manie de donner aux gens des appelations allant de Quinte Royal à Quinte de Toux, et surnommait Waldron Tout-à-l'Egout. Royal me dit :

— Ben, tu vois, j'achète des trucs, quoi, et j'en vends.

— Je sais.

— Soyez réglo avec les gens, vous s'rez jamais à court d'argent. C'est un proverbe que m'a appris ma maman. Qu'est-ce que tu fais dans le coin, Matthew ?

— Je cherche un gars.

— Tu l'as peut-être trouvé. T'es plus dans la police ?

— Depuis plusieurs années.

— Et tu veux acheter quelque chose ? Qu'est-ce que tu veux et combien tu peux y mettre ?

— Qu'est-ce que tu vends ?

— Presque tout.

— Avec tous ces Colombiens, les affaires marchent quand même ?

— Ben, merde. (Une de ses mains balaya le devant de son pantalon. Il devait avoir un revolver glissé dans la ceinture du pantalon citron vert. Il y avait probablement autant de revolvers que d'hommes, chez Kelvin Small.) Les Colombiens, c'est pas des brutes. Faut pas chercher à les couillonner, c'est tout. T'es pas venu jusqu'ici pour acheter de la came ?

— Non.

— Qu'est-ce que tu veux, mec ?

— Je cherche un souteneur.

— Ben, merde, tu viens d'en croiser vingt. Et six ou sept putes.

— Celui que je cherche s'appelle Chance.

— Chance.

— Tu le connais ?

— Je sais peut-être qui c'est.

J'attendis. Un homme vêtu d'un long manteau marchait sur le trottoir en s'arrêtant devant chaque boutique. Il aurait pu faire du lèche-vitrines si ce n'avait pas été hors de question : tous les magasins avaient un volet métallique qui s'abaissait comme une porte de garage à l'heure de la fermeture. Le type s'arrêtait devant chaque magasin fermé, et il examinait les volets comme s'il en tirait un enseignement.

— Une façon de faire les magasins, dit Royal.

Une voiture de patrouille qui passait ralentit. Les deux policiers en uniforme qui l'occupaient nous regardèrent. Royal leur souhaita le bonsoir. Je ne dis rien et eux non plus. Quand la voiture s'éloigna, Royal me dit :

— Chance ne vient pas souvent ici.

— Où est-ce que je peux le trouver ?

— Difficile à dire. Il peut se pointer n'importe où et ce sera peut-être à l'endroit où tu t'attends pas à le trouver. C'est un client régulier nulle part.

— C'est ce qu'on m'a dit.

— Où est-ce que tu l'as cherché ?

J'étais allé dans un café de la Sixième Avenue, au niveau de la 45e Rue, un piano-bar du Village, deux bars de la 40e Rue Ouest. Royal écouta cette énumération en hochant la tête d'un air songeur.

— Il peut pas être chez Muffin-Burger vu qu'il a pas de poule dans cette rue. Pas que je sache. Sauf qu'il pourrait quand même y être, tu vois ? Rien que pour le plaisir d'y être. Ce que je veux dire, c'est qu'il peut débarquer n'importe où sans être nulle part un habitué.

— Où est-ce que je devrais le chercher, Royal ?

Il me nomma deux ou trois établissements. J'en avais déjà visité un, mais j'avais oublié de le lui dire. Je pris bonne note des autres et demandai :

— Et de quoi a-t-il l'air ?

— Ben, merde. C'est un maquereau, mec.

— Tu ne l'aimes pas.

— Y a pas à l'aimer ou à pas l'aimer. Mes amis, Matthew, c'est des amis avec qui je fais des affaires. Chance et moi, on n'a pas affaire l'un avec l'autre. Ni lui, ni moi on achète ce que l'autre a à vendre. Il veut pas acheter de la came et, moi, je veux pas acheter du cul. (Un méchant petit sourire découvrit ses dents.) Celui qui a la came, le cul, il l'a gratis.

*

Un des endroits dont Royal m'avait parlé se trouvait à Harlem, dans St. Nicholas Avenue. Je partis à pied dans la 125e Rue. Elle était large, animée et bien éclairée et pourtant, je ne tardai pas à être pris de cette peur irraisonnée — pas si irrationnelle que ça — de l'homme blanc dans un quartier noir.

Je tournai à droite dans St. Nicolas Avenue et parcourus environ trois cents mètres avant d'arriver au Club Cameroon. C'était une version peu reluisante de Kelvin Small : un juke-box remplaçait les musiciens. Les toilettes étaient crasseuses et, dans un W.-C., quelqu'un reniflait bruyamment — de la cocaïne sans doute.

Je ne reconnus aucun des hommes assis au comptoir. Je restai debout et bus un verre de limonade en regardant les quinze ou vingt visages noirs réfléchis dans le miroir, derrière le comptoir. Je songeai que je regardais peut-être Chance sans le savoir. Cette idée m'était déjà venue à l'esprit plusieurs fois dans la soirée. La description qu'on m'en avait fait pouvait convenir à un tiers des hommes présents dans la salle et s'appliquer aussi, en faisant un petit effort, à la moitié des deux tiers restants. Je n'avais pas pu voir de photo de lui. Son nom ne disait rien aux flics que j'avais contactés et, si Chance était son nom de famille, il n'était pas fiché dans les dossiers de la police.

Les hommes, de part et d'autre de moi, m'avaient tourné le dos. Je me vis dans la glace : un homme pâle, vêtu d'un costume sans couleur définie et d'un pardessus gris. Le costume aurait supporté un coup de fer et mon chapeau n'aurait pas eu l'air plus mal en point si le vent l'avait emporté. J'étais là, entre deux mannequins aux épaules rembourrées, aux revers extra-larges, aux boutons recouverts de tissu. Dans le temps, les maquereaux faisaient la queue au magasin Phil Kronfeld de Broadway, pour acheter des costumes comme ça, mais Kronfeld avait fermé et je ne savais pas chez qui les maquereaux s'habillaient maintenant. Il fallait peut-être que je me renseigne, peut-être que Chance y avait un compte et que ce serait un bon moyen de le trouver.

Sauf que, dans ce milieu-là, les gens n'avaient pas de compte parce qu'ils payaient tout en espèces. Ils payaient même leurs voitures en argent liquide. Ils débarquaient chez Potamkin, alignaient les billets de cent dollars et repartaient en Cadillac.

L'homme qui se trouvait à ma droite appela le barman d'un crochet de l'index.

— Tu me le sers dans le même verre, dit-il. Ça renforce le goût.

Le barman versa un doseur de cognac et dix centilitres de lait froid. Dans le temps, ils appelaient ce mélange une Cadillac blanche. Cela s'appelle peut-être encore comme ça.

J'aurais peut-être dû passer chez Potamkin.

Ou j'aurais peut-être dû rester chez moi. Ma présence créait des tensions et je sentais qu'elle alourdissait l'atmosphère de la petite salle. Tôt ou tard, quelqu'un allait venir me demander ce que je foutais là et j'aurais du mal à trouver une réponse.

Je préférai partir avant que cela ne se produise. Un taxi attendait que le feu passe au vert. De mon côté, la portière était cabossée et le pare-choc bosselé. Ce n'était certes pas une preuve de la compétence du chauffeur, mais je montai quand même.

*

Royal avait parlé d'une autre boîte dans la 96e Rue Ouest et je m'y fis conduire. Il était plus de 2 heures du matin et je commençais à me sentir fatigué. C'était encore un bar où un autre Noir jouait du piano. Ce piano-là me parut désaccordé mais c'était peut-être moi qui l'étais. La clientèle était à peu près également composée de Noirs et de Blancs. Il y avait beaucoup de couples mixtes, mais les femmes blanches qui accompagnaient des hommes noirs semblaient être leurs petites amies et non des prostituées. Quelques hommes étaient habillés de façon voyante mais aucun n'arborait la tenue et les insignes de la confrérie des maquereaux, comme ceux que j'avais vus deux kilomètres plus au nord. Si l'ambiance avait des relents de mœurs faciles et de transactions pas tout à fait licites, elle était plus subtile et plus feutrée que dans les boîtes de Harlem, ou des abords immédiats de Times Square.

Le bar avait un taxiphone d'où j'appelai mon hôtel. Pas de messages. Le gars de service à la réception, cette nuit-là, était un mulâtre dont l'appétence morbide pour le sirop pectoral ne l'empêchait pas de fonctionner. Il était encore capable de faire les mots croisés du *Times* au stylo. Je lui dis :

— Rendez-moi un service, Jacob. Appelez ce numéro et demandez à parler à Chance.

Je lui donnai le numéro. Il le répéta et me demanda si c'était *Monsieur* Chance. Je lui dis : rien que Chance.

— Et s'il répond ?

— Vous raccrochez.

Je me rendis au comptoir, faillis commander une bière mais demandai un Coca-Cola. Une minute après, le téléphone sonna et un gamin qui avait l'air d'un étudiant répondit. Elevant la voix, il demanda si quelqu'un s'appelait Chance. Personne ne réagit. J'observai le barman. Si ce nom lui disait quelque chose, il ne le montra pas. Je ne savais même pas s'il faisait attention.

J'aurais pu jouer à ce petit jeu dans tous les bars où j'étais passé et ça m'aurait peut-être rapporté quelque chose. L'ennui, c'est qu'il m'avait fallu trois heures pour y penser.

Je faisais un sacré détective. Je buvais tout le Coca-Cola de Manhattan et je n'étais pas fichu de trouver un maquereau. J'aurais une barbe blanche avant de mettre la main sur cet enfoiré.

Il y avait un juke-box. Le disque qui passait se termina, aussitôt remplacé par un autre, une chanson de Sinatra, qui produisit un déclic dans ma tête. Abandonnant mon Coca sur le comptoir, je sortis et attrapai un taxi dans Columbus Avenue. Je me fis arrêter au coin de la 72e Rue. Je pris à droite, parcourus une cinquantaine de mètres et arrivai au Poogan's Pub. La clientèle était un peu moins noire, un peu plus Jeune Parrain, mais je ne cherchais plus vraiment Chance. Je cherchais Danny Boy Bell.

Il n'était pas là. Le barman me dit :

— Danny Boy ? Il était là tout à l'heure. Allez voir au Top Knot ; c'est juste de l'autre côté de Columbus. Quand il n'est pas ici, il est là-bas.

Et en effet, il y était, sur un tabouret, tout au bout du comptoir. Ça faisait des années que je ne l'avais vu, mais j'aurais eu du mal à ne pas le reconnaître. Il n'avait pas grandi et son teint n'avait pas foncé.

Les parents de Danny Boy étaient tous deux très noirs. Il avait hérité de leurs traits mais pas de leur couleur. C'était un albinos, aussi dépourvu de pigment qu'une souris blanche. Il était mince et très petit. Il prétendait mesurer un mètre cinquante-huit, mais il m'avait toujours semblé qu'il trichait de plusieurs centimètres.

Il portait un costume trois-pièces à fines rayures et la première chemise blanche que je voyais depuis longtemps. Sa cravate avait des rayures rouges et noires extrêmement discrètes et ses chaussures noires étaient bien cirées. Je ne crois pas l'avoir jamais vu autrement qu'en costume-cravate ou avec des chaussures un tant soit peu éraflées. Il me dit :

— Matt Scudder. Si on attend le temps qu'il faut, tout le monde finit par rappliquer.

— Comment ça va, Danny ?

— Avec quelques années en plus. Vous êtes à moins de quinze cents mètres et ça fait combien de temps qu'on ne s'est pas vus ? Passez-moi l'expression, mais ça fait une paye.

— Vous n'avez pas beaucoup changé.

Il m'observa un instant et me dit :

— Vous non plus.

Sa voix manquait de conviction. Une voix étrangement normale, sortant d'un être aussi inhabituel, assez grave et sans accent particulier.

— Vous passiez par là ou vous me cherchiez ?

— Je suis d'abord passé au Poogan's. On m'a dit que je pourrais vous trouver ici.

— Alors je suis flatté. Simple visite de courtoisie, je suppose ?

— Pas tout à fait.

— Nous devrions nous asseoir à une table. Nous pourrions parler du bon vieux temps et de nos amis disparus. Et, accessoirement, de la raison qui vous amène.

*

Les bars fréquentés par Danny Boy gardaient une bouteille de vodka russe au congélateur. C'était *sa* boisson et il l'aimait glacée, mais sans glaçons qui faisaient du bruit et diluaient l'alcool. Nous nous installâmes dans un box, au fond de la salle où une petite serveuse preste lui apporta sa boisson habituelle et, pour moi, un Coca-Cola. Le regard de Danny Boy alla de mon verre à mon visage.

— J'ai réduit ma consommation, lui dis-je.

— Cela me paraît raisonnable.

- Sans doute.

— Il faut savoir se modérer. Les Grecs de l'Antiquité l'avaient très bien compris. Savoir se modérer.

Il vida la moitié de son verre. Il s'en enfilait au moins huit comme ça par jour. Mettons un demi-litre par jour dans un corps qui ne devait pas faire cinquante kilos, et ça ne semblait pas lui faire le moindre effet. Je ne l'avais jamais vu tituber, ni entendu articuler avec peine. Il était toujours le même.

Et alors ? Quel rapport avec moi ?

Je bus une gorgée de Coca-Cola.

Nous échangeâmes quelques histoires. Le métier de Danny Boy, si l'on pouvait appeler ça un métier, était le renseignement. Tout ce qu'on lui disait était classé et archivé quelque part dans sa tête et, en triant, recoupant et collant ensemble diverses données, il récoltait assez d'argent pour que ses chaussures ne soient jamais à court de cirage et son verre à court de vodka. Il organisait des rencontres et prélevait un pourcentage sur les transactions conclues par son entremise. Il n'était jamais compromis dans les nombreuses entreprises à court terme, un rien illicites pour la plupart, et dans lesquelles il avait une participation limitée. Lorsque j'étais dans la police, c'était une de mes meilleures sources d'information : un indic qui ne se faisait pas payer en argent mais en renseignements. Il me dit :

— Vous vous rappelez Lou Rudenko ? On l'appelle Louie le Chapeau.

Je lui répondis que je me le rappelais.

— Vous savez ce qui est arrivé à sa mère ?

— Que lui est-il arrivé ?

— Cette charmante petite vieille Ukrainienne habitait toujours le même quartier, la 9ᵉ Rue Est, ou peut-être la 10ᵉ, je ne sais plus très bien. Elle était veuve depuis des années. Elle devait avoir soixante-dix ans, ou même quatre-vingts. Quel âge il peut avoir, Lou, cinquante ans ?

— Peut-être.

— Aucune importance. Toujours est-il que cette charmante petite vieille avait un bon ami, un veuf de son âge. Il va chez elle deux soirs par semaine, elle lui fait de la cuisine ukrainienne et ils vont parfois au cinéma s'ils arrivent à trouver un film où ça ne baise pas du début à la fin. Voilà qu'un après-midi, il arrive tout excité parce qu'il a trouvé un téléviseur dans la rue. Quelqu'un l'a mis aux ordures. Il dit que les gens sont dingues, qu'ils jettent des trucs en bon état et que, lui, il est bricoleur, et qu'elle a un téléviseur en panne, et que celui-là est en couleurs avec un écran deux fois plus large, et qu'il va peut-être pouvoir le lui faire marcher.

— Et alors ?

— Alors, il le branche et il l'allume pour voir ce qui va se passer. Et ce qui se passe, c'est que le truc explose. Il perd un bras et un œil et Mme Rudenko, qui était juste devant l'appareil quand il saute, elle est tuée sur le coup.

— Qu'est-ce que c'était, une bombe ?

— Juste. Vous avez lu ça dans les journaux ?

— Je l'ai loupé.

— Eh bien, ça s'est passé il y a cinq, six mois. D'après l'enquête, on pense que quelqu'un a planqué une bombe dans le poste et l'a fait livrer à quelqu'un d'autre. Peut-être une histoire entre gangs, ou peut-être pas, parce que tout ce que le vieux monsieur a pu dire, c'est à quel endroit il l'avait ramassé, et c'est un peu maigre. Ce qui est sûr, c'est que la personne à qui on l'a livré a trouvé ça si louche qu'elle l'a mis aux ordures, et le résultat, c'est que ça a tué Mme Rudenko. J'ai vu Lou et, ce qui était drôle, c'est qu'il ne savait pas à qui en vouloir. Il m'a dit : « C'est cette putain de ville. Cette bon Dieu de putain de ville. » Mais ça ne veut rien dire. Vous habitez au milieu du Kansas et une tornade arrive, emporte votre maison et l'éparpille sur le Nebraska. C'est la main de Dieu.

— C'est ce qu'on dit.

— Au Kansas, Dieu se sert des tornades. A New York, il se sert de téléviseurs piégés. Qui que vous soyez, Dieu ou un autre, vous vous servez de ce que vous avez sous la main. Un autre Coca ?

— Pas tout de suite.

— Que puis-je faire pour vous ?

— Je cherche un souteneur.

— Diogène cherchait un honnête homme. Votre choix est plus étendu.

— Je cherche un certain souteneur.

— Ils sont tous certains. Parfois, ils en mettraient même leur main au feu. Il a un nom ?

— Chance.

— Ah, lui. Je connais Chance.

— Vous savez où je peux le trouver ?

Danny Boy fronça les sourcils, leva son verre vide et le reposa.

— Il n'y a pas d'endroit où il aille de façon régulière.

— C'est ce que tout le monde me dit.

— C'est vrai. A mon avis, on devrait toujours avoir un port d'attache. Moi, c'est ici ou au Poogan's. Vous, c'est chez Jimmy Armstrong ou, du moins, ça l'était aux dernières nouvelles.

— Ça l'est toujours.

— Vous voyez ? Je m'intéresse à vous, même si je ne vous vois plus. Bon, alors, Chance. Voyons... Quel jour sommes-nous, jeudi ?

— C'est ça. Ou, plutôt, vendredi matin.

— Ne pinaillez pas. Si je peux me permettre, qu'est-ce que vous lui voulez ?

— Lui parler.

— Je ne sais pas où il est maintenant, mais je sais où il sera dans dix-huit ou vingt heures. Je vais passer un coup de fil. Si vous voyez la petite, commandez-moi un autre verre. Et un pour vous.

Je parvins à attirer l'attention de la serveuse à qui je demandai d'apporter une autre vodka pour Danny Boy.

— Très bien. Et pour vous, encore un Coca ?

Depuis que j'étais là, je ressentais de temps en temps l'envie de boire un peu d'alcool. J'eus soudain une grande envie de boire beaucoup d'alcool. L'idée d'un autre Coca me donna la nausée. Cette fois, je commandai une boisson gazeuse au gingembre. Danny Boy était toujours au téléphone quand la serveuse apporta nos verres. Elle posa la boisson gazeuse devant moi et la vodka devant la place vide de Danny. Je restai là, en faisant un effort pour ne pas voir le verre de vodka, mais je n'arrivais pas à regarder autre chose. J'espérais que Danny Boy allait se dépêcher de revenir et de vider cette vacherie de verre.

Je respirai lentement et profondément, en buvant mon verre à petites gorgées et en ne touchant pas à sa vodka. Il finit par revenir s'asseoir.

— Il sera au Garden demain soir, me dit-il.

— Les Knicks sont rentrés ? Je les croyais toujours en tournée.

— Pas dans la grande salle. Je crois qu'il y a un concert rock. Chance assistera aux matches du vendredi soir dans le Felt Forum.

— Il y va toujours ?

— Pas toujours, mais il y a un welter qui s'appelle Kid Bascomb, en début de programme, et Chance s'intéresse tout particulièrement à la carrière de ce jeune homme.

— C'est un de ses poulains ?

— Je ne sais pas s'il le finance ou si son intérêt est purement intellectuel. Qu'est-ce qui vous fait sourire ?

— L'idée qu'un maquereau puisse avoir un intérêt intellectuel dans la carrière d'un poids welter.

— Vous ne connaissez pas Chance.

— Non.

— Il n'est pas comme les autres.

— Je commence à le croire.

— Toujours est-il que Kid Bascomb va se battre demain,

ça, c'est sûr ; ce qui l'est moins, c'est que Chance assistera au combat. Mais c'est probable. Si vous voulez lui parler, ça vous coûtera le prix d'un billet.

— Comment je ferai pour le reconnaître ?

— Vous ne l'avez jamais vu ? Ah, oui, c'est ce que vous venez de me dire. Alors, si vous le voyiez, vous ne seriez pas fichu de savoir que c'est lui.

— Certainement pas dans un public d'amateurs de boxe, en majeure partie composé de joueurs et de maquereaux.

Il réfléchit un instant, puis il me demanda :

— Cette conversation que vous voulez avoir avec Chance, ça va beaucoup le contrarier ?

— J'espère bien que non.

— Est-ce qu'il risque d'en vouloir beaucoup à la personne qui l'aura désigné parmi la foule ?

— Je ne vois pas pourquoi.

— Alors, ce que ça va vous coûter, Matt, c'est le prix de deux billets au lieu d'un. Estimez-vous heureux que ce soit une petite soirée au Forum et non un championnat sur le ring principal du Garden. Les meilleures places ne devraient pas coûter plus de dix à douze dollars. Quinze, au maximum. Vous en aurez à tout casser pour trente dollars de billets.

— Vous venez avec moi ?

— Pourquoi pas ? Trente dollars pour les billets et cinquante pour le temps que je perdrai. Ça ne fera pas un trou dans votre budget ?

— Pas si ça en vaut la peine.

— Je suis navré d'être obligé de vous demander de l'argent. Si c'était un championnat d'athlétisme, je ne vous ferais pas payer un sou. Mais je n'ai pas une passion pour la boxe. Si ça peut vous consoler, j'aurais demandé cent dollars pour un match de hockey.

— Alors, j'ai de la chance. Je vous retrouve là-bas ?

— A l'entrée. A 9 heures, comme ça, nous aurons tout le temps. Ça vous va ?

— Très bien.

— J'essaierai de porter quelque chose d'un peu spécial, dit-il. Pour que vous n'ayez aucun mal à me repérer.

4

Je n'eus effectivement aucun mal à le repérer. Avec son costume gris perle, il portait un gilet rouge vif sur une cravate en tricot noir et une chemise de soirée blanche. Il avait des lunettes de soleil aux verres foncés, cerclés de métal. Danny Boy se débrouillait pour dormir pendant que le soleil brillait — ses yeux et sa peau ne le supportaient pas — et portait des lunettes noires même la nuit, sauf s'il se trouvait dans un endroit à l'éclairage tamisé, comme le Poogan's Pub ou le Top Knot. Dans le temps, il m'avait dit qu'il aurait bien aimé que le monde soit muni d'un bouton permettant de baisser la lumière d'un ou deux crans pour la mettre en veilleuse. Je me souviens qu'à l'époque j'avais pensé que le whisky faisait cet effet-là. Il mettait la lumière en veilleuse, baissait le volume du son, arrondissait les angles.

J'admirai la tenue de Danny Boy.

— Le gilet vous plaît ? Ça fait des années que je ne l'ai pas mis. Mais je voulais être visible.

J'avais déjà pris les billets. Les meilleures places coûtaient 15 dollars. J'avais pris des places à 4.50 dollars qui nous avaient mis plus près de Dieu que du ring. Ils nous permirent d'entrer dans la salle où je les montrai à un ouvreur, tout en bas, en lui glissant dans la main un billet de banque soigneusement plié. Il nous plaça au troisième rang en nous disant :

— Je serai peut-être obligé de vous déplacer, messieurs,

mais ça m'étonnerait et, de toute façon, je m'arrangerai pour que vous restiez près du ring.

Quand il fut parti, Danny Boy me dit :

— Il y a toujours moyen de se débrouiller, n'est-ce pas ? Combien lui avez-vous donné ?

— Cinq dollars.

— Comme ça, les places vous ont coûté quatorze dollars au lieu de trente. A votre avis, combien se fait-il dans la soirée ?

— Les soirées comme celle d'aujourd'hui ne doivent pas être terribles. Quand c'est les Knicks ou les Rangers qui jouent, il doit faire cinq fois son salaire en pourboires. Mais il est peut-être obligé d'en refiler une part à quelqu'un.

— Tout le monde se débrouille.

— Apparemment.

— Tout le monde sans exception. Même moi.

C'était un appel du pied. Je lui remis un billet de dix et deux billets de vingt. Il les empocha et, pour la première fois, regarda vraiment le public.

— Pour le moment, je ne le vois pas, dit-il. Je suppose qu'il ne viendra que pour le combat de Bascomb. Je vais faire un petit tour. Bougez pas.

— D'accord.

Il quitta son siège et se promena dans la salle. Je regardai aussi avec attention, pas dans l'espoir de repérer Chance, mais pour prendre, en quelque sorte, la température du public. Il y avait beaucoup d'hommes qui auraient pu se trouver dans les bars de Harlem que j'avais visités la veille : des souteneurs, des dealers, des joueurs et autres gens peu recommandables qui opéraient dans le nord de Manhattan, presque tous en compagnie d'une femme. Il y avait aussi des gangsters de race blanche ; ceux-ci portaient des costumes sport, des bijoux en or, et n'avaient pas amené de compagne. Les places les meilleur marché étaient occupées par le genre de foule hétérogène qui assiste à tous les événements sportifs : des Noirs, des Blancs, des Sud-Américains, seuls, par couples ou en groupes, qui mangeaient des hot dogs, buvaient de la bière dans des verres en carton, parlaient, plaisantaient et, de temps en temps, jetaient un coup d'œil à ce qui se passait sur le ring. Çà et là, je vis un visage tout droit sorti d'un bureau de paris, un de ces visages anguleux prématurément vieillis que seuls peuvent avoir les joueurs professionnels. Mais il n'y en avait pas beaucoup. De nos jours, qui s'amuse à parier sur les combats de boxe ?

Je me retournai vers le ring. Deux gosses de type méditerranéen, l'un blanc, l'autre café au lait, faisaient très attention à ne pas risquer de se faire mal. Ce devait être des poids légers et le Blanc, très souple, avait une bonne allonge. Je commençai à m'intéresser au match. Dans le dernier round, le plus foncé des deux comprit comment il pouvait esquiver les jabs de l'autre. Il se débrouillait très bien au corps à corps quand la cloche retentit. Il l'emporta aux points et les spectateurs, qui huèrent la décision de l'arbitre, étaient tous groupés dans le même coin. Sans doute la famille de l'autre.

Danny Boy avait repris sa place pendant le dernier round. Deux minutes après la décision de l'arbitre, Kid Bascomb enjamba les cordes et se mit à boxer à vide. Un moment après, son adversaire monta sur le ring. Bascomb était très noir, très musclé, il avait les épaules tombantes et un torse puissant. Il aurait pu s'être huilé le corps tant la lumière le faisait briller. Le garçon contre qui il allait se battre était un petit Italien de South Brooklyn qui s'appelait Vito Canelli. Ce dernier avait la taille un peu enrobée, mais je l'avais déjà vu boxer et je savais qu'il ne fallait pas se fier aux apparences.

Danny Boy me dit :

— Le voilà. Dans l'allée centrale.

Je me retournai et vis l'ouvreur qui avait empoché mes cinq dollars conduire un homme et une femme à leur place. Elle avait des cheveux auburn qui lui tombaient jusqu'aux épaules, une peau de porcelaine et devait mesurer un mètre soixante-cinq. Son compagnon devait faire un mètre quatre-vingt-six ou sept et un peu plus de soixante-quinze kilos. Il avait les épaules larges, la taille et les hanches fines. Ses cheveux naturels étaient plutôt courts que longs et sa peau était d'un brun chaud. Il était vêtu d'un blazer en poil de chameau et d'un pantalon de flanelle marron. Il avait l'air d'un athlète professionnel ou d'un avocat dans le vent, ou d'un homme d'affaires noir, prospère.

— Vous êtes sûr que c'est lui ?

Danny Boy répondit en riant :

— C'est pas le maquereau classique, hein ? Oui, je suis sûr. C'est Chance. J'espère que votre copain ne nous a pas filé ses places.

Ce n'était pas le cas. Chance et son amie étaient au premier rang et bien plus près du milieu du ring. Quand ils furent assis, Chance donna un pourboire à l'ouvreur, répondit aux saluts de quelques autres spectateurs, puis il s'approcha du coin de Kid Bascomb et dit quelques mots au boxeur et à ses soigneurs. Ils restèrent un instant groupés, puis Chance reprit sa place.

— Je crois que je vais vous quitter maintenant, me dit Danny Boy. Je n'ai pas très envie de regarder ces deux abrutis se taper dessus. J'espère que vous n'avez pas besoin que je vous présente ? (Je secouai la tête.) Alors, je vais m'éclipser avant le début des hostilités. Sur le ring, je veux dire. Est-il indispensable qu'il sache que c'est moi qui vous ai rencardé, Matt ?

— Ce n'est pas moi qui le lui dirai.

— Parfait. Si je peux encore vous être utile...

Il se leva et s'éloigna dans l'allée. Il devait avoir envie de boire un verre, mais les bars du Madison Square Gardens ne mettaient pas les bouteilles de Stolichnaya au congélateur.

L'annonceur présentait les deux adversaires, précisant leur âge, leur poids et leur ville natale. Bascomb avait vingt-deux ans et n'avait jamais perdu un match. Ce soir-là, Canelli ne semblait pas devoir modifier son statut.

Il y avait encore deux places vides à côté de Chance. Je songeais à en prendre une mais restai où j'étais. La sonnerie annonça le début du premier round, où il y eut peu d'action, car les adversaires s'observaient et semblaient préférer ne pas s'engager. Bascomb lança quelques beaux jabs mais Canelli les esquiva presque tous. Il ne se passa rien de bien concret.

A la fin du round, les deux fauteuils voisins de Chance étant toujours libres, je me levai et allai m'asseoir près de lui. Il regardait le ring avec beaucoup d'attention. Il dut avoir conscience de ma présence mais n'en donna aucune indication. Je lui dis :

— Chance ? Je m'appelle Scudder.

Il tourna la tête vers moi. Ses yeux bruns étaient mouchetés d'or. Je songeai au bleu invraisemblable des yeux de ma cliente. Je savais qu'il était passé chez elle chercher de l'argent, la veille au soir, sans avoir annoncé sa visite. Elle m'avait appelé à l'hôtel vers midi.

— J'ai eu peur, m'avait-elle dit. Je craignais qu'il m'interroge à votre sujet, qu'il me pose des questions. Mais non, tout s'est bien passé.

Chance me répondit :

— Ah, Matthew Scudder. Vous avez laissé des messages à mon service.

— Vous ne m'avez jamais rappelé.

— Je ne vous connais pas. Je n'appelle pas les gens que je ne connais pas. Et vous m'avez cherché dans différents bars de la ville. (Sa voix était profonde et sonore. Il semblait l'avoir travaillée, comme dans un cours de diction.) Je veux regarder ce match.

— Je veux simplement vous parler quelques minutes.

— Ni pendant ni entre les rounds. (Il fronça un instant les sourcils.) Je veux pouvoir me concentrer. Vous voyez, j'ai payé la place que vous occupez en ce moment, justement pour être tranquille.

La sonnerie annonça la reprise du combat. Chance tourna

la tête et concentra son attention sur le ring. Bascomb était debout et ses soigneurs sortaient le tabouret du ring.

— Retournez à votre place, me dit Chance. Je vous parlerai après le match.

— C'est un match en dix rounds ?

— Ça n'ira pas jusque-là.

*

Il ne se trompait pas. Dès le troisième ou quatrième round, le Kid se mit à corriger Canelli à coups de jabs et de crochet. Canelli se défendait bien, mais le Kid était jeune, rapide et puissant. Son jeu de jambes me rappelait un peu Sugar Ray Robinson. Au cinquième round, il fit trébucher Canelli d'un direct au cœur et si j'avais parié pour l'Italien j'aurais compris que ce n'était plus la peine d'espérer.

A la fin du round, Canelli semblait s'être complètement remis, mais j'avais vu son expression quand il avait encaissé le direct et je ne fus pas surpris lorsque, pendant le round suivant, Kid Bascomb l'envoya au tapis d'un crochet du gauche. Il se releva au bout de trois secondes, mais attendit que l'arbitre ait compté jusqu'à huit. Puis le Kid se rua sur lui, le frappant avec tout sauf les piquets qui tenaient les cordes. Canelli retomba, se releva aussitôt, mais l'arbitre s'interposa, regarda les yeux de Canelli et arrêta le combat.

Il y eut quelques huées de la part des jusqu'au-boutistes qui ne veulent jamais qu'on arrête un match, et un des soigneurs de Canelli protesta que ce dernier aurait pu continuer. Canelli lui-même semblait assez content que le combat soit terminé. Kid Bascomb fit quelques pas de danse, salua, puis enjamba les cordes avec agilité et s'en alla.

En passant, il s'arrêta pour dire un mot à Chance. La fille aux cheveux auburn se pencha en avant et posa la main sur le bras noir et luisant du boxeur. Chance et le Kid parlèrent encore un instant, puis le Kid prit le chemin du vestiaire.

Je me levai et m'approchai de Chance et de la fille. Quand je les rejoignis, ils s'étaient également mis debout. Chance me dit :

— Nous ne restons pas pour le match principal. Si vous avez l'intention de le regarder...

Le match dont il parlait opposait deux poids moyens : un Panaméen et un jeune Noir de Philadelphie qui avait une réputation de battant. Ce serait probablement un match intéressant mais je n'étais pas venu pour ça. Je répondis que j'étais prêt à partir.

— Alors, vous pouvez venir avec nous, si vous voulez. Ma voiture n'est pas loin.

Il s'engagea dans l'allée avec la fille à son côté. Quelques personnes le saluèrent et certaines d'entre elles lui dirent que le Kid avait fait un beau match. Les réponses de Chance furent brèves. Je suivis le couple. En arrivant dehors, je me rendis compte à quel point la salle sentait le renfermé et la fumée.

Chance fit les présentations :

— Sonya, voici Matthew Scudder. Monsieur Scudder, Sonya Hendryx.

— Enchantée, me dit-elle.

Je ne la crus pas. Son regard me dit qu'elle réservait son jugement jusqu'à ce que Chance lui ait indiqué, d'une façon ou d'une autre, ce qu'il fallait penser de moi. Je me demandai si c'était la Sunny dont Kim m'avait parlé ; celle qui aimait le sport et que Chance emmenait aux matches de base-ball. Si je l'avais rencontrée en d'autres circonstances, je ne l'aurais sans doute pas prise pour une prostituée. Elle n'en avait pas l'air et pourtant, il n'y avait rien d'étonnant à la voir suspendue au bras d'un maquereau.

Nous parcourûmes une centaine de mètres jusqu'à un parc de stationnement où Chance récupéra sa voiture et fila au gardien un pourboire qui lui valut d'être remercié avec un enthousiasme particulièrement vif. La voiture me surprit autant que les vêtements et le comportement de Chance un peu plus tôt. Je m'attendais à une voiture tape-à-l'œil, aux couleurs intérieure et extérieure criardes, et je vis arriver une Séville, la petite Cadillac gris métallisé, avec des sièges en cuir noir. La fille monta à l'arrière, Chance se mit au volant et je pris place à côté de lui.

La voiture était souple et silencieuse. L'intérieur avait une odeur de cuir ciré. Chance me dit :

— Il y a une réception pour fêter la victoire de Kid Bascomb. Je vais déposer Sonya et j'irai la rejoindre quand nous aurons terminé. Qu'avez-vous pensé du match ?

— Qu'il était difficile de se faire une opinion.

— Comment ça ?

— On aurait dit qu'il était arrangé, et pourtant le knock down avait l'air authentique.

Il me regarda. Je vis enfin de l'intérêt dans ses yeux mouchetés d'or.

— Qu'est-ce qui vous fait dire ça ?

— Dans le quatrième round, Canelli a eu deux ouvertures et il n'en a pas profité. Il est trop bon boxeur pour laisser passer deux occasions pareilles. Par contre, au sixième round, il a essayé de placer quelques coups qui ne sont pas passés. Du moins, c'est l'impression que j'ai eue de la place où j'étais.

— Vous avez fait de la boxe, Scudder ?

— Deux combats dans un club paroissial quand j'avais douze ans. Avec de gros gants, un casque de protection et des rounds de deux minutes. J'étais trop petit et trop maladroit. Je n'ai pas pu porter un seul coup.

— Vous avez pourtant l'air de vous y connaître.

— Sans doute parce que j'ai assisté à beaucoup de combats.

Il resta un instant silencieux. Un taxi nous coupa la route. Il freina en douceur et évita la collision. Il ne lâcha pas de juron, n'appuya pas sur l'avertisseur. Il me dit :

— Canelli devait se coucher à la huitième reprise. Jusque-là, il devait donner du fil à retordre au Kid, mais pas trop le malmener, sinon le knock down n'aurait pas l'air naturel. C'est pour ça qu'il s'est retenu dans le quatrième round.

— Mais le Kid ne savait pas que le match était arrangé.

— Bien sûr que non. Jusqu'à celui de ce soir, la plupart de ses combats étaient réguliers ; seulement, un boxeur comme Canelli pouvait se montrer dangereux. A quoi bon courir le risque d'un échec à ce moment de sa carrière ? Il acquiert de l'expérience en se battant contre Canelli et de la confiance en lui en le battant. (Nous roulions maintenant dans Central Park West, en direction du nord de Manhattan.) Le knock down n'était pas truqué. De toute façon, Canelli devait aller au tapis au huitième round, mais nous espérions que le Kid nous permettrait de rentrer chez nous avant ça, et c'est bien ce qu'il a fait. Que pensez-vous de lui ?

— Il promet.

— C'est bien ce que je pense.

— Il arrive que ses directs du droit soient téléphonés. Dans le quatrième round...

— Oui. On lui fait travailler ça. Le fait est qu'en général ça ne lui pose pas de problème.

— Ça lui en aurait posé ce soir, si Canelli avait cherché à gagner.

— Oui. C'est sans doute heureux qu'il ne l'ait pas cherché.

*

Nous parlâmes du noble art jusqu'à la 104e Rue où Chance décrivit un demi-tour parfait et s'arrêta devant une bouche d'incendie. Il coupa le moteur mais laissa les clés sur le contact et dit :

— Je monte avec Sonya et redescends tout de suite.

Sonya n'avait pas ouvert la bouche depuis qu'elle m'avait dit qu'elle était enchantée. Chance descendit, fit le tour de la voiture, ouvrit la portière et se dirigea tranquillement avec

Sonya jusqu'à la porte d'un des deux grands immeubles d'appartements dont la façade donnait sur la rue. Je notai l'adresse dans mon carnet. Il ne fallut pas cinq minutes à Chance pour redescendre, se remettre au volant et prendre le chemin du centre.

Pendant un moment, nous ne parlâmes ni l'un ni l'autre. Puis il me dit :

— Vous vouliez me voir. Pas au sujet de Kid Bascomb, n'est-ce pas ?

— Non.

— Ça m'aurait étonné. Alors, à quel sujet ?

— Kim Dakkinen.

Ses yeux étant fixés sur la chaussée, je ne pus voir s'ils changeaient d'expression. Il me dit :

— Ah ? Et quel est le problème ?

— Elle veut décrocher.

— Ah oui ? De quoi ?

— Elle veut changer de vie. Elle veut mettre fin aux rapports qu'elle a avec vous. Elle voudrait que vous soyez d'accord pour... pour la laisser partir.

Nous nous arrêtâmes à un feu rouge. Quand le feu passa au vert, nous parcourûmes deux cents mètres en silence, puis il me demanda :

— Qu'est-elle pour vous ?

— Une amie.

— Qu'est-ce que ça veut dire ? Vous couchez avec elle ? Vous voulez l'épouser ? Ami est un bien grand mot qui peut vouloir dire bien des choses.

— Dans ce cas, c'est un mot tout simple. C'est une amie qui m'a demandé de lui rendre un service.

— En me parlant ?

— C'est ça.

— Qu'est-ce qui l'empêchait de parler elle-même ? Je la vois souvent, vous savez. Elle n'aurait pas eu besoin de cavaler partout en demandant où me trouver. Je l'ai vue pas plus tard qu'hier soir.

— Je sais.

— Ah bon ? Pourquoi ne m'a-t-elle rien dit quand elle m'a vu ?

— Elle a peur.

— Peur de moi ?

— Peur que vous ne vouliez pas qu'elle s'en aille.

— Et que je lui tape dessus ? Que je la défigure ? Que je lui écrase des cigarettes allumées sur les seins ?

— Quelque chose comme ça.

A nouveau, il se tut. La voiture roulait avec une souplesse hypnotique.

— Elle peut s'en aller.

— Comme ça, sans problème ?

— Quel problème ? Je ne fais pas la traite des Blanches, vous savez. (Il souligna l'expression d'une intonation ironique.) Mes femmes restent avec moi parce qu'elles le veulent. Si, dans leur cas, on peut vraiment parler de volonté. Elles ne sont soumises à aucune contrainte. Vous avez lu Nietzsche ? Les femmes, dit-il, sont comme les chiens, plus vous les battez, plus elles vous aiment. Mais je ne les bats pas, Scudder. Il se trouve que je n'ai jamais besoin de les battre. Comment se fait-il que vous soyez un ami de Kim ?

— Nous avons une relation en commun.

Il me regarda.

— Vous avez été policier. Inspecteur, je crois. Vous avez quitté la police depuis plusieurs années. Vous avez tué un enfant et démissionné par remords.

C'était assez près de la vérité pour que je ne corrige pas. Une balle perdue que j'avais tirée avait tué une fillette nommée Estrellita Rivera, mais je ne pense pas que ce soit le remords qui m'ait incité à quitter la police. En fait, cet incident avait transformé ma vision du monde, si bien que je n'avais plus envie d'être flic. Je n'avais plus envie non plus d'être un mari, un père, un habitant de Long Island, si bien qu'en peu de temps je m'étais retrouvé sans emploi, sans foyer, habitant dans la 57e Rue et passant de longues heures chez Armstrong. Il ne fait aucun doute que cette balle perdue avait déclenché le mouvement. Cependant, je suis persuadé que j'étais destiné à en arriver là et que j'y étais simplement arrivé un peu plus vite.

— Maintenant, vous êtes une espèce de détective, poursuivit-il. Elle vous a engagé ?

— Plus ou moins.

— Qu'est-ce que ça veut dire ? (Il n'attendit pas mon explication.) Je n'ai rien contre vous, mais elle jette son argent par les fenêtres. Ou plutôt, *mon* argent. Ça dépend de quel côté on se place. Si elle veut mettre un terme à nos relations, elle n'a qu'à me le dire. Elle n'a pas besoin de porte-parole. Qu'a-t-elle l'intention de faire ? Pas de retourner chez elle, au moins ?

Je ne répondis pas.

— Je suppose qu'elle va rester à New York. Mais continuera-t-elle à se prostituer ? Je crains bien que ce soit le seul métier qu'elle connaisse. Que peut-elle faire d'autre ? Où va-t-elle habiter ? Je leur fournis leur appartement, vous savez, je paie leur loyer et je les habille. Enfin, je suppose que personne n'a demandé à Ibsen où Nora allait trouver un appartement. Si je ne me trompe pas, c'est là que vous habitez.

Je regardai par la vitre. Nous étions devant mon hôtel. Je n'avais pas fait attention.

— Vous allez sans doute vous mettre en rapport avec Kim, poursuivit-il. Si vous voulez, vous pouvez lui dire que vous m'avez fichu la trouille et que j'ai disparu en rasant les murs dans la nuit.

— Pourquoi est-ce que je ferais ça ?

— Pour qu'elle ait l'impression d'en avoir pour son argent.

— Elle en a pour son argent. Qu'elle s'en rende compte ou

non, ça m'est complètement égal. Et je lui dirai ce que vous m'avez dit.

— Vraiment ? Pendant que vous y êtes, vous pourrez lui dire que je vais passer la voir. Rien que pour m'assurer que c'est bien une idée à elle.

— Je lui dirai.

— Et dites-lui qu'elle n'a rien à craindre de moi. (Il poussa un soupir.) Elles se croient toutes irremplaçables. Si elle savait combien elle est facile à remplacer, elle se ficherait sans doute par la fenêtre. Elles débarquent des autocars, Scudder. A chaque heure de chaque jour, elles arrivent par flots au terminus des autocars, prêtes à vendre leurs charmes. Et chaque jour, il y en a encore toute une flopée qui se disent qu'il doit y avoir un meilleur moyen de gagner sa vie qu'en servant dans un restaurant ou en tapant sur une caisse enregistreuse. Je pourrais ouvrir une agence, Scudder. La file des candidates ferait presque le tour du pâté de maisons.

J'ouvris la portière.

— J'ai passé un bon moment. Surtout tout à l'heure. Vous connaissez bien la boxe. Je vous en prie, dites à cette idiote de poufiasse blonde que personne ne va la tuer.

— Je n'y manquerai pas.

— Et si vous avez besoin de me parler, vous n'avez qu'à téléphoner à mon service. Je vous rappellerai, maintenant que je vous connais.

Je descendis et refermai la portière. Il laissa passer quelques voitures, fit demi-tour, puis tourna encore dans la Huitième Avenue pour repartir vers le nord de Manhattan. Le demi-tour était interdit et le feu était au rouge quand il tourna à gauche dans la Huitième Avenue, mais cela ne devait guère le tracasser. Je ne me rappelais pas à quand remontait la dernière fois où j'avais vu un flic donner une contredanse pour infraction au Code de la Route. Il arrive qu'on voie cinq voitures griller un feu l'une après l'autre. Même les autobus le font, maintenant.

Quand Chance eut fait demi-tour, je sortis mon carnet et pris une note. De l'autre côté de la rue, près de Polly's Cage, un homme et une femme se disputaient bruyamment.

— Tu crois que t'es un homme ? lui cria-t-elle.

Il lui donna une gifle. Elle l'injuria et il la gifla à nouveau. Il allait peut-être lui taper dessus jusqu'à ce qu'elle s'écroule. C'était peut-être un jeu auquel ils jouaient cinq soirs sur sept. Essayez de mettre fin à ce genre de scènc et vous risquez fort de les voir tous les deux se retourner contre vous. A l'époque où je débutais dans la police, je faisais équipe avec un flic qui était prêt à tout pour ne pas être obligé d'intervenir dans les scènes de ménage. Un jour où il était aux prises avec un mari ivre, la femme l'avait agressé par-derrière. Son mari lui avait fait sauter quatre dents, mais elle se précipitait à son secours en brisant une bouteille sur le crâne de son sauveur. Il s'en était tiré avec quinze points de suture et une commotion cérébrale, et il passait un doigt sur la cicatrice quand il me racontait ça. On ne voyait pas la cicatrice car elle était couverte par les cheveux, mais son doigt y allait tout droit.

— Y a qu'à les laisser s'entretuer, disait-il. Même si c'est elle qui a appelé la police, ça l'empêchera pas de se retourner contre vous. Qu'ils s'entretuent, moi, je m'en tape.

De l'autre côté de la rue, la femme dit quelque chose que je ne compris pas et l'homme lui envoya un coup de poing dans le ventre. Elle poussa ce qui semblait être un vrai cri de douleur. Je remis mon carnet dans ma poche et entrai dans mon hôtel.

*

J'appelai Kim du taxiphone du hall. Je tombai sur son répondeur et allais laisser un message quand elle décrocha et m'interrompit.

— Je laisse parfois l'appareil branché quand je suis là,

m'expliqua-t-elle, pour voir qui c'est avant de répondre. Je n'ai pas eu de nouvelles de Chance depuis que je vous ai parlé tout à l'heure.

— Je viens de le quitter.

— Vous l'avez vu ?

— Nous avons fait un tour dans sa voiture.

— Qu'en pensez-vous ?

— Qu'il conduit bien.

— Je voulais dire...

— Je sais ce que vous vouliez dire. Il n'a pas eu l'air bouleversé à l'idée que vous vouliez le quitter. Il m'a assuré que vous n'aviez rien à craindre de lui. A l'en croire, vous n'aviez pas besoin de vous faire représenter par moi. Vous n'aviez qu'à lui parler.

— Oui, bien sûr, c'est normal qu'il dise ça.

— Vous pensez que ce n'est pas vrai ?

— Si, peut-être.

— Il m'a dit qu'il voulait vous l'entendre dire, et puis j'ai cru comprendre qu'il avait quelques détails à régler à propos de l'appartement que vous quittez. Je ne sais pas si vous avez peur de vous retrouver seule avec lui.

— Je ne le sais pas non plus.

— Vous pouvez ne pas lui ouvrir et lui parler à travers la porte.

— Il a les clés.

— Vous n'avez pas de chaîne ?

— Si.

— Vous pouvez vous en servir.

— Sans doute.

— Vous voulez que je vienne ?

— Non, ne vous dérangez pas. Ah, mais vous voulez sans doute que je vous paie le reste ?

— Pas avant que vous lui ayez parlé et que tout soit réglé. Mais je viendrai si vous préférez ne pas vous trouver seule avec lui.

— Il va venir ce soir ?

— Je ne sais pas quand il viendra. Peut-être qu'il fera tout par téléphone.

— Il ne viendra peut-être pas avant demain.

— Si vous voulez, je peux passer la nuit sur le canapé.

— Vous croyez que c'est nécessaire ?

— C'est à vous de juger, Kim. Si vous n'êtes pas tranquille...

— Vous pensez que j'ai des raisons d'avoir peur ?

Je réfléchis un instant, revivant par la pensée mon entrevue avec Chance, en évaluant ma réaction après coup.

— Non, répondis-je enfin. Je ne pense pas. Mais je ne le connais pas vraiment.

— Moi non plus.

— Si vous avez peur...

— Non, c'est ridicule. De toute façon, il est tard. Je regarde un film à la télévision par câble et, dès qu'il sera fini, je vais dormir. Je vais remettre la chaîne. C'est une bonne idée.

— Vous avez mon numéro.

— Oui.

— Appelez-moi s'il se passe quelque chose ou si vous avez simplement envie de m'appeler. N'hésitez pas.

— D'accord.

— Si ça peut vous tranquilliser, je vous dirai qu'à mon avis vous avez dépensé de l'argent pour rien, mais ce n'est peut-être pas grave puisque c'est de l'argent que vous lui auriez donné.

— Vous avez raison.

— En tout cas, je pense que vous n'avez pas de problème. Il ne vous fera aucun mal.

— Vous avez certainement raison. Je vous appellerai probablement demain. Et merci beaucoup, Matt.

— Dormez bien.

Je montai dans ma chambre et tentai d'en faire autant, mais

j'étais un paquet de nerfs. Je renonçai, m'habillai et me rendis chez Armstrong. J'aurais volontiers mangé quelque chose mais la cuisine était fermée. Trina me proposa une part de tarte. Je n'en avais pas envie.

J'avais envie de quinze centilitres de bourbon sec et de quinze autres centilitres dans mon café, mais je ne voyais pas pourquoi je m'en serais passé. Ce n'est pas avec ça que j'allais me soûler. Ce n'est pas ça qui allait me ramener à l'hôpital. Mon dernier séjour était le résultat de vingt-quatre heures de beuverie ininterrompue, mais j'en avais tiré une leçon. Je ne pouvais plus boire comme ça, pas sans danger, et je n'en avais pas l'intention. Il y avait quand même une différence entre boire un petit verre avant de dormir et faire la bringue, n'est-ce pas ?

On vous dit de ne pas boire pendant quatre-vingt-dix jours. On est censé assister à quatre-vingt-dix réunions sur quatre-vingt-dix, s'abstenir de boire ce premier verre vingt-quatre heures après vingt-quatre heures et, au bout de quatre-vingt-dix jours on peut décider si on veut continuer.

Je n'avais pas bu depuis dimanche soir. Depuis, j'avais assisté à quatre réunions et si j'allais me coucher sans prendre un verre, ça me ferait cinq jours entiers.

Et alors ?

Je pris une tasse de café. En rentrant à l'hôtel, je m'arrêtai chez le Grec et achetai un feuilleté au fromage et un quart de lait. Arrivé dans ma chambre, je mangeai le feuilleté et bus un peu de lait.

J'éteignis la lumière et me mis au lit. Bon, j'avais mes cinq jours. Et alors ?

5

Je lus le journal en prenant le petit déjeuner. Le flic du grand ensemble Corona était toujours dans un état grave, mais les médecins espéraient maintenant le sauver. Ils craignaient une paralysie peut-être définitive, mais il était encore trop tôt pour se prononcer. A Grand Central Station, quelqu'un avait attaqué une clocharde qui trimbalait toutes ses possessions dans des sacs à provisions, et lui avait volé deux de ses trois sacs. A Brooklyn, dans le quartier de Gravesend, un père et un fils qui avaient été arrêtés plusieurs fois pour des affaires de pornographie et pour ce que le journal qualifiait de rapports avec le crime organisé, avaient bondi hors d'une voiture et couru chercher refuge dans la maison la plus proche. Leurs poursuivants avaient ouvert le feu avec des revolvers et un fusil. Le père avait été blessé, le fils avait été tué. La jeune mère de famille, qui avait récemment emménagé dans la maison, se trouvait en train de suspendre quelque chose dans la penderie de l'entrée quand les balles de fusil avaient traversé la porte et lui avaient emporté la moitié de la tête.

Il y a des réunions à midi, six jours sur sept au YMCA de la 63e Rue. Ce jour-là, le modérateur déclara :

— Je vais vous dire comment je me suis retrouvé ici. Un matin, je me suis réveillé et je me suis dit : « Dieu, quelle belle journée ! Je ne me suis jamais senti aussi bien. Je me porte comme un charme, mon mariage est parfaitement réussi, ma carrière est brillante et mon état d'esprit est au beau fixe. Je crois qu'il est temps pour moi de faire partie des A.A. ! »

Tout le monde se tint les côtes. Quand il eut terminé, le tour de table commença. Les gens levaient simplement la main et le modérateur les invitait à s'exprimer. Un jeune homme déclara timidement qu'il venait d'atteindre ses quatre-vingt-dix jours. On l'applaudit beaucoup. Je songeai à lever la main et me demandai ce que je pourrais dire. Les seuls sujets qui me vinrent à l'esprit furent la jeune femme de Gravesend ou la mère de Lou Rudenko, assassinée par un téléviseur récupéré aux ordures. Mais en quoi ces deux morts pouvaient-elles me concerner ? Je n'avais pas encore trouvé de sujet approprié quand la réunion prit fin et nous nous levâmes pour réciter le Notre Père. C'était probablement mieux comme ça. De toute façon, je ne me serais sans doute pas décidé à lever la main.

*

Après la réunion, j'allai faire un tour dans Central Park. Le soleil se montrait enfin et c'était la première belle journée de la semaine. Je me promenai longuement en regardant les gosses, les adeptes de la course à pied, les cyclistes et les jeunes qui faisaient du patin à roulettes, et je tentai de concilier toute cette saine énergie avec le visage lugubre de la cité tel qu'il se révélait à la lecture du journal du matin.

Deux mondes qui se chevauchent. Certains de ces cyclistes se feraient voler leur vélo. Certains de ces amoureux se tenant par la main rentreraient à leur appartement après le passage des cambrioleurs. Certains de ces gosses qui riaient commettraient des hold-ups, joueraient du revolver ou du couteau tandis que d'autres seraient victimes de hold-ups, blessés par balle ou poignardés, et peut-être quelqu'un se casserait-il la tête pour chercher à comprendre.

En quittant le parc par Columbus Circle, je fus accosté par un clochard en veste de base-ball, qui souffrait d'un leucome et qui me demanda une contribution de dix *cents* à l'achat d'une bouteille de vin. A quelques mètres de nous, sur la gauche, deux de ses collègues se partageaient une bouteille de

Night Train et observaient notre transaction avec intérêt. J'allais lui dire de me fiche la paix et me surpris à lui refiler un dollar. Je voulais peut-être éviter de lui faire perdre la face en présence de ses amis. Il se mit à me remercier avec plus d'effusion que je n'en pouvais endurer, puis il dut voir quelque chose sur mon visage car il s'arrêta net. Il recula. Je traversai la rue et pris le chemin de l'hôtel.

*

Je n'avais pas de courrier. Rien qu'un message de la part de Kim me demandant de la rappeler. L'employé est censé noter l'heure de l'appel sur la fiche, mais nous ne sommes pas au Waldorf. Je lui demandai s'il se souvenait de l'heure et il me répondit que non.

Quand je l'appelai, elle s'écria :

— J'attendais votre coup de téléphone avec impatience. Pourquoi ne viendriez-vous pas chercher l'argent que je vous dois ?

— Vous avez eu des nouvelles de Chance ?

— Il est venu me voir, il y a environ une heure. Tout s'est merveilleusement bien passé. Vous pouvez venir ?

Je lui demandai de m'accorder une heure. Je montai prendre une douche et me raser. Je nouais et renouais ma cravate quand je pris conscience de ce que je faisais : je m'habillais en vue d'un rendez-vous galant.

Je me traitai de cornichon.

Je mis mon manteau, mon chapeau et sortis. Kim habitait Murray Hill, dans la 37e Rue, entre la Troisième Avenue et Lexington. Je marchai jusqu'à la Cinquième Avenue, pris l'autobus et fis le reste du chemin à pied. Son immeuble, treize étages, façade en brique, datait d'avant-guerre et, dans le hall d'entrée carrelé, il y avait des palmiers en pot. Je donnai mon nom au portier qui appela l'appartement par le téléphone intérieur pour s'assurer que j'étais le bienvenu avant de me désigner l'ascenseur. Il avait un comportement d'une neutralité délibérée qui me fit penser qu'il connaissait la profession de Kim, me prenait pour un client et s'efforçait de retenir un sourire narquois.

Je descendis au onzième étage. La porte de Kim s'ouvrit avant que j'y sois arrivé. Kim se tint un instant dans l'encadrement de la porte et, voyant ses tresses blondes, ses yeux bleus, ses pommettes saillantes, je l'imaginai sculptée sur la proue d'un drakkar.

— Oh, Matt, dit-elle en me tendant les bras. (Elle était à peu près de ma taille et, quand elle me serra contre elle, je sentis ses seins et ses cuisses bien fermes et reconnus l'odeur poivrée de son parfum.) Matt, dit-elle encore en me faisant entrer et en refermant la porte. Je suis infiniment reconnaissante à Elaine de m'avoir suggéré de faire appel à vous. Vous savez ce que vous êtes ? Mon héros.

— Mais je n'ai fait que parler à cet homme.

— Je ne sais pas ce que vous avez fait, mais ça a marché. Pour moi, c'est la seule chose qui compte. Asseyez-vous, détendez-vous un moment. Je peux vous servir quelque chose à boire ?

— Non, merci.

— Du café ?

— Eh bien, si ça ne vous dérange pas...

— Asseyez-vous. C'est du café soluble — ça ne vous ennuie pas ? Je suis trop paresseuse pour en faire du vrai.

Je lui dis que ça irait très bien. Je m'assis sur le canapé et attendis qu'elle le prépare. La pièce était agréable. Peu meublée, mais avec beaucoup de goût. La chaîne stéréo diffusait discrètement une musique de jazz pour piano seul. Un chat noir passa la tête, m'observa prudemment et disparut.

Quelques magazines étaient posés sur la table basse : *People, TV Guide, Cosmopolitan, Natural History*. Au-dessus du meuble stéréo, une affiche encadrée était accrochée au mur : une exposition Hopper organisée deux ans plus tôt au Musée Whitney. Deux masques africains décoraient un autre mur. Un tapis scandinave, dont le motif abstrait se perdait dans un tourbillon de bleu et de vert, recouvrait la partie centrale du parquet en chêne.

Quand elle apporta le café, je lui fis des compliments sur le charme de son salon. Elle me dit qu'elle aurait bien aimé pouvoir rester dans l'appartement.

— Mais dans un sens, poursuivit-elle, c'est mieux comme ça — vous voyez ce que je veux dire ? Je veux dire que si je continuais à vivre ici, il y aurait des gens qui passeraient. Vous savez. Des hommes.

— Oui, bien sûr.

— Et puis aussi, tout ça, ce n'est pas moi. La seule chose que j'aie choisie dans cette pièce, c'est l'affiche. Je suis allée voir cette exposition et je voulais absolument en rapporter quelque chose. La façon dont cet homme dépeint la solitude. Les gens ensemble sans être ensemble, chacun regardant dans une autre direction. Ça m'a vraiment touchée.

— Où allez-vous habiter ?

— Dans un coin chouette, me répondit-elle avec assurance.

Elle se percha près de moi sur le bord du canapé, une de ses longues jambes repliée sous ses fesses, tandis qu'elle posait sa tasse de café en équilibre sur le genou de l'autre jambe. Elle portait le même jean bordeaux que je lui avais vu chez Armstrong et un pull jaune citron. Elle semblait nue, sous son pull. Elle avait ôté ses pantoufles avant de s'asseoir. Les ongles de ses pieds étaient du même rouge-brun que les ongles de ses mains.

J'observai le bleu de ses yeux et le vert de sa bague et mon regard fut attiré par le tapis. On aurait dit qu'on avait pris chacune de ces deux couleurs et qu'on les avait battues ensemble avec un fouet à pâtisserie.

Elle souffla sur son café, en but une gorgée, se pencha très loin en avant et posa sa tasse sur la table basse où se trouvait son paquet de cigarettes. Elle en prit une, l'alluma puis elle me dit :

— Je ne sais pas ce que vous avez raconté à Chance, mais vous lui avez fait une grosse impression.

— Je ne vois pas pourquoi.

— Il m'a téléphoné ce matin pour m'annoncer sa visite et quand il est arrivé, j'avais mis la chaîne à la porte et je ne sais pas pourquoi, mais j'étais persuadée que je n'avais rien à craindre de lui. Vous savez, ce genre de certitude qu'on a quelquefois sans raison.

En effet, je savais. L'Etrangleur de Boston ne fut jamais obligé d'enfoncer une porte. Toutes ses victimes s'empressaient de le faire entrer.

Elle fit un tunnel de ses lèvres et souffla une colonne de fumée.

— Il a été très gentil. Il m'a dit qu'il ne s'était jamais rendu compte que j'étais malheureuse et qu'il n'avait pas l'intention de me retenir contre mon gré. Il avait l'air blessé que j'aie pu m'imaginer qu'il ferait une chose pareille. Vous savez pas ? Il m'a presque flanqué un sentiment de culpabilité. Et il m'a donné l'impression que je faisais une grosse erreur, que je jetais quelque chose que je regretterais de ne jamais pouvoir récupérer. Il m'a dit : « Tu sais, je ne reprends jamais une fille », et j'ai pensé que j'étais folle de brûler mes ponts. Vous vous rendez compte ?

— Oui, je crois.

— C'est vraiment le roi du baratin. Il arrive presque à me convaincre que je renonce à un emploi glorieux, à la retraite des cadres et tout le tremblement. Faut quand même pas exagérer !

— Quand devez-vous quitter l'appartement ?

— Avant la fin du mois. J'aurai sans doute déménagé plus tôt. Je n'ai pas grand-chose à emporter. Les meubles ne sont pas à moi. Je n'ai que des vêtements, des disques et l'affiche

Hopper, mais vous savez pas ? Je crois que je la laisserai ici. Je n'ai pas besoin de souvenirs.

Je bus quelques gorgées de café — un peu trop léger à mon goût. Le disque se termina, suivi par une composition pour piano, batterie et basse. Kim me parla encore de l'impression que j'avais produite sur Chance.

— Il m'a demandé comment j'avais fait pour vous trouver. Je suis restée dans le vague. J'ai répondu que vous étiez un ami d'un ami. Il m'a dit que je n'avais pas besoin de vous engager, qu'il suffisait que je lui parle.

— C'est sans doute vrai.

— Peut-être. Mais je ne le pense pas. Je pense que j'aurais commencé à lui parler, en supposant que j'en aie eu le courage, il m'aurait répondu et, au fil de la conversation, j'aurais peu à peu changé d'avis et le sujet aurait été écarté, vous voyez, mis de côté parce que, sans jamais le dire ouvertement, il se serait débrouillé pour me donner l'impression qu'il n'était pas question que je le quitte, qu'il ne me permettrait pas de partir. Il ne m'aurait sans doute pas dit : « Ecoute-moi bien, salope, ou tu restes là, ou je te défigure. » Il ne l'aurait sans doute pas dit mais j'aurais cru l'entendre.

— Vous avez cru l'entendre, aujourd'hui ?

— Non. Justement. Pas du tout. (Elle posa la main sur mon bras, au-dessus de l'accoudoir.) Oh, avant que j'oublie. (Mon bras supporta une partie de son poids quand elle se leva. En quelques pas, elle fut de l'autre côté de la pièce, en train de fouiller dans son sac. L'instant d'après elle était revenue s'asseoir sur le canapé et me tendait cinq billets de cent dollars. Ceux-là même, sans doute, que je lui avais rendus trois jours plus tôt.) Il me semble que vous avez droit à une prime.

— Vous m'avez suffisamment payé.

— Mais vous avez si bien travaillé.

Elle se penchait vers moi, un bras passé au-dessus du canapé. Je regardai les tresses blondes enroulées autour de sa tête et cela me fit penser à une femme que je connais et qui a un loft à Tribeca. Elle est sculpteur. Une de ses œuvres représente une tête de Méduse, avec des serpents à la place des cheveux. Kim avait le même front large, les mêmes pommettes saillantes que la sculpture de Jan Keane.

L'expression n'était pas la même. La Méduse de Jan avait l'air profondément déçue. Le visage de Kim était plus difficile à déchiffrer.

— C'est des verres de contact ?

— Quoi ? Ah, mes yeux ? C'est leur couleur naturelle. Un peu bizarre, n'est-ce pas ?

— Inhabituelle.

Je déchiffrais maintenant son expression. J'y lisais de l'attente.

— De beaux yeux, lui dis-je.

L'ébauche d'un sourire adoucit sa bouche large. Je fis un léger mouvement vers elle et, aussitôt, elle fut dans mes bras. Elle était fraîche et chaude, ardente. J'embrassai sa bouche, sa gorge, ses paupières closes.

Sa chambre était vaste, inondée de soleil. Un tapis épais recouvrait le sol. Le grand lit n'était pas fait et le petit chat noir était lové sur un fauteuil crapaud recouvert de chintz. Kim ferma les rideaux, me lança un regard timide et entreprit de se déshabiller.

L'histoire entre nous fut étrange. Elle avait un corps splendide, de quoi faire rêver, et elle se donnait tout entière. Je fus surpris par l'intensité de mon propre désir qui, pourtant, était presque entièrement physique. Mon esprit restait curieusement détaché de son corps et du mien. C'était comme si je nous observais de loin.

La conclusion apporta soulagement et libération, mais pas grand-chose de plus. Je me retirai et j'eus l'impression de me retrouver au milieu d'un immense désert de sable et de broussailles. Il y eut un moment de tristesse infinie. Je sentis la douleur palpiter au fond de ma gorge et les larmes me monter aux yeux.

Ce sentiment ne dura qu'un moment. Je ne sais pas ce qui l'avait fait naître, ce qui le fit passer.

Elle me dit en souriant :

— Eh bien. (Elle roula sur le flanc pour me faire face et posa une main sur mon bras.) C'était bon, Matt.

*

Je m'habillai, refusai une autre tasse de café. Sur le pas de la porte, elle me prit la main, me remercia encore et promit de me donner son adresse et son numéro de téléphone dès qu'elle aurait emménagé quelque part. Je lui dis de ne pas hésiter à m'appeler quelle qu'en soit la raison. Nous n'échangeâmes pas de baiser.

Dans l'ascenseur, je me rappelai une chose qu'elle m'avait dite : « *Il me semble que vous avez droit à une prime.* » On pouvait appeler ça comme ça — pourquoi pas ?

Je fis tout le trajet de retour à pied. En chemin, je m'arrêtai deux ou trois fois pour prendre un café et un sandwich, puis dans l'intention de mettre cinquante dollars dans le tronc des pauvres d'une église de Manhattan, mais je me rendis compte que c'était impossible. Kim ne m'avait donné que des billets de cent et, en dehors de ça, je n'avais pas assez de petite monnaie.

Je ne sais pourquoi ni comment j'ai pris l'habitude de payer cette dîme. C'est une des choses que j'ai commencé à faire après avoir quitté Anita et les gosses et m'être installé à Manhattan. J'ignore ce que les églises font de cet argent, mais je suis persuadé qu'elles n'en ont pas plus besoin que moi et, depuis quelque temps, j'essaie de perdre cette habitude. Pourtant, chaque fois que je touche de l'argent, il s'accompagne d'un phénomène d'agitation que je ne peux calmer qu'en mettant dix pour cent de la somme dans le tronc des pauvres d'une église quelconque. Ce doit être une forme de superstition. Je pense sans doute qu'ayant commencé il faut que je continue sinon il m'arrivera quelque chose d'affreux.

C'est franchement absurde. Que je donne aux églises la totalité ou pas un sou de mes revenus, cela n'empêche et n'empêchera pas des choses affreuses d'arriver. Cette fois-ci, la dîme devrait attendre. Je restai quand même assis pendant quelques minutes, goûtant la paix que me procurait l'église déserte. Je laissai mon esprit vagabonder un moment. J'étais là depuis quelques minutes quand un homme âgé vint s'asseoir de l'autre côté de l'allée centrale. Il ferma les yeux et parut se plonger dans une profonde méditation.

Je me demandai s'il priait. Je me demandai quel effet cela faisait de prier et ce que cela pourrait apporter aux gens. Quand je me trouve dans une église — n'importe laquelle — il m'arrive d'avoir envie de dire une prière, mais je ne sais pas comment on fait.

S'il y avait eu des bougies, j'en aurais allumé une, mais c'était une église épiscopale et il n'y en avait pas.

*

Ce soir-là, j'assistai à la réunion à St. Paul, mais je fus incapable de me concentrer sur le témoignage. Je pensais à autre chose. Au cours du tour de table, le gamin de la réunion de midi annonça qu'il avait tenu quatre-vingt-dix jours et, là encore, on l'applaudit. Le modérateur lui dit :

— Sais-tu ce qui arrive après ton quatre-vingt-dixième jour ? Ton quatre-vingt-onzième jour.

Quand ce fut à mon tour, je dis :

— Je m'appelle Matt. Je n'ai rien à dire.

*

Je me couchai tôt. Je n'eus pas de mal à m'endormir, mais fus réveillé sans arrêt par des rêves. Ils se retiraient des frontières de ma pensée consciente quand j'essayais de les capter.

Je finis par me lever. Je sortis prendre le petit déjeuner, achetai un journal et remontai le lire dans ma chambre. Le dimanche, il y a une réunion à midi pas très loin de mon hôtel. Je n'y étais jamais allé mais elle figurait sur la liste des réunions. Quand l'idée me vint de m'y rendre, elle était déjà à moitié terminée. Je restai dans ma chambre et finis de lire le journal.

Avant, la boisson faisait passer le temps. Je pouvais rester assis pendant des heures, chez Armstrong, à boire du café additionné de bourbon sans me soûler, une tasse après l'autre, sans voir le temps passer. Essayez un peu de faire la même chose sans l'alcool et vous verrez que ça ne marche pas. Rien à faire.

Vers 3 heures, je pensai à Kim. Je tendis la main vers le téléphone pour l'appeler et dus me retenir. Nous avions couché ensemble parce que c'était le genre de cadeau qu'elle savait offrir et que j'étais incapable de refuser, mais nous n'en étions pas amants pour autant. Cela ne créait aucun lien particulier entre nous et les rapports que nous avions pu avoir l'un avec l'autre étaient maintenant terminés.

Je me rappelai ses cheveux et la Méduse de Jan Keane, et cela me donna envie de téléphoner à Jan. Que pourrions-nous avoir, comme conversation ?

Je pourrais lui dire que j'en étais à la moitié de mon septième jour sans alcool. Je n'avais eu aucun contact avec elle depuis qu'elle avait elle-même commencé à assister aux réunions. Ils lui avaient dit d'éviter les gens, les endroits et les choses qui avaient pour elle un rapport avec la boisson, et j'entrais dans cette catégorie. Aujourd'hui, je ne buvais pas et je pouvais le lui dire. Et alors ? Ce n'était pas pour ça qu'elle aurait envie de me voir. Ce n'était d'ailleurs pas pour ça que j'aurais envie de la voir.

Nous avions passé quelques soirées agréables à boire ensemble. Peut-être pouvions-nous passer ensemble des moments tout aussi agréables en ne buvant pas. Mais ce serait peut-être comme de rester assis pendant cinq heures chez Armstrong sans bourbon dans mon café.

J'allai jusqu'à chercher son numéro que je ne composai pas.

A St. Paul, le modérateur raconta comment il avait vraiment touché le fond. Il avait été héroïnomane pendant plusieurs années, s'était désintoxiqué puis s'était mis à boire au point de devenir un des clochards poivrots de la Bowery. Il donnait l'impression qu'il avait vu l'enfer et qu'il n'avait pas oublié ce spectacle.

Pendant la pause, Jim me coinça près du percolateur. Il me demanda comment j'allais. Je lui répondis que je n'allais pas mal. Il me demanda depuis combien de temps je ne buvais pas.

— J'en suis à mon septième jour.

— C'est formidable, Matt. Formidable.

Au cours du tour de table, je me dis que j'allais peut-être parler quand ce serait à mon tour. Je n'étais pas sûr de dire que j'étais alcoolique, car je n'étais pas sûr d'être alcoolique, mais je pourrais peut-être dire que c'était mon septième jour ou simplement que j'étais content d'être là, ou quelque chose comme ça. Mais quand mon tour arriva, je dis ce que je dis toujours.

Après la réunion, Jim s'approcha au moment où je portais ma chaise repliée à l'endroit où on les range. Il me dit :

— Vous savez, nous sommes un petit groupe à passer, d'habitude, au Cob's Corner prendre un café après la réunion. Pour bavarder un peu. Vous ne voulez pas venir avec nous ?

— Oh, j'aimerais bien, mais ce soir je ne peux pas, répondis-je.

— Alors, une autre fois ?

— C'est ça, avec plaisir, Jim.

J'aurais pu y aller. Je n'avais rien d'autre à faire. Mais j'allai chez Armstrong et mangeai un hamburger, un gâteau au fromage et bus une tasse de café. J'aurais pu faire le même repas au Cob's Corner.

Enfin, j'ai toujours aimé l'ambiance de chez Armstrong, le dimanche soir. Il n'y a pas trop de monde ; rien que les habitués. Après avoir mangé, j'allai m'installer au comptoir avec une tasse de café et bavardai avec un technicien de la CBS qui s'appelait Manny et un musicien qui s'appelait Gordon. Je n'avais même pas envie de boire un verre.

Je rentrai me coucher. Le lendemain, je me levai avec un sentiment d'appréhension que je mis sur le compte d'un rêve que j'avais dû faire mais avais oublié. Quand j'eus pris une douche et me fus rasé, cette appréhension était toujours là. Je m'habillai, descendis, portai un sac de linge sale à la blanchisserie, un costume et un pantalon à la teinturerie, pris le petit déjeuner et lus le *Daily News*. Un de leurs reporters avait interviewé le mari de la jeune femme qui avait été tuée d'un coup de fusil dans sa maison de Gravesend. Ils venaient d'emménager dans cette maison, c'était la maison de leurs rêves, la possibilité de vivre enfin une vie agréable dans un quartier agréable. Et il avait fallu que ces deux gangsters, en essayant de s'échapper, se précipitent justement vers *cette* maison. « Comme si la main de Dieu avait désigné Claire Ryzcek », écrivait le journaliste.

Dans les « nouvelles brèves », j'appris que deux clochards de la Bowery s'étaient battus pour une chemise qu'un des deux avait trouvé dans une poubelle de la station de métro Astor Place. L'un d'eux avait poignardé l'autre avec un couteau pliant de vingt centimètres. La victime avait cinquante ans et son assassin trente-trois. Je me demandai si l'incident aurait eu les honneurs de la presse s'il n'avait pas eu lieu au-dessous du niveau du sol. Quand ils s'entretuent dans les asiles de nuit de la Bowery, on n'en parle pas.

Je continuai à feuilleter le journal comme si je m'attendais à y trouver quelque chose de particulier. Ce vague pressentiment de malheur ne m'avait toujours pas quitté. J'avais l'impression d'avoir un peu la gueule de bois et j'étais obligé de me rappeler que je n'avais pas bu, la veille. J'en étais à mon huitième jour.

Je me rendis à la banque, déposai une partie des cinq cents dollars sur mon compte et changeai le reste en billets de dix et de vingt. J'entrai dans l'église St. Paul pour me débarrasser de cinquante dollars, mais il y avait une messe. Alors je pris le chemin du YMCA de la 63e Rue où j'écoutai le témoignage le plus ennuyeux qu'il m'eut été donné d'entendre. Je crois que le modérateur cita chaque verre qu'il avait bu à partir de sa onzième année. Sa voix monotone fit durer le supplice pendant trois bons quarts d'heure.

Quand ce fut terminé, j'allai m'asseoir dans le parc et mangeai un hot dog acheté à un marchand ambulant. Je rentrai à l'hôtel vers 3 heures, fis la sieste et ressortis vers 4 h 30. J'achetai le *Post* et allai le lire chez Armstrong. Je dus voir le gros titre en achetant le journal, mais sans y faire vraiment attention. Je m'assis à une table, commandai un café, regardai la première page du journal et *Bang!*

CALL-GIRL LACEREE, disait le gros titre.

Je savais ce que j'allais lire, et je n'avais pas vraiment besoin de le lire. Je restai un instant assis, les yeux fermés, le journal entre mes mains crispées, essayant par la seule force de ma volonté de transformer le contenu de l'article que je n'avais pas encore lu. Une couleur — le bleu même de ses yeux nordiques — irradiait sous mes paupières closes. J'avais du mal à respirer et sentais à nouveau ces élancements douloureux au fond de ma gorge.

Je tournai cette maudite page et mes yeux allèrent aussitôt à l'endroit précis où je savais que se trouverait le reportage, en page 3. Elle était morte... Il l'avait tuée, le salaud.

6

Kim Dakkinen était morte dans une chambre du seizième étage de l'hôtel Galaxy qui occupait une des tours de construction récente de la Sixième Avenue, entre la Cinquantième et la Soixantième Rue. La chambre avait été louée à un certain Charles Owen Jones, de Fort Wayne dans l'Indiana, qui avait payé une nuit d'avance et comptant, en arrivant le dimanche soir à 21 h 55, après avoir réservé une demi-heure avant. D'après les premières recherches, il n'y avait pas de M. Charles Owen Jones à Fort Wayne, et comme il n'y avait pas non plus de rue correspondant à l'adresse qu'il avait inscrite sur le registre de l'hôtel, on pouvait en déduire qu'il avait donné un faux nom.

M. Jones ne s'était pas servi du téléphone de sa chambre et n'avait ajouté aucun frais à sa note d'hôtel. Il était parti au bout d'un nombre d'heures indéterminé et sans prendre la peine de déposer sa clé à la réception. Il avait même accroché l'écriteau NE PAS DERANGER à la porte de la chambre et les femmes de chambre l'avaient scrupuleusement respecté jusqu'au lundi matin, 11 heures, heure à laquelle la chambre aurait dû être libérée. A ce moment-là, une des femmes de chambre avait téléphoné pour prévenir M. Jones. N'ayant pas de réponse, elle avait ouvert avec son passe-partout.

Elle était tombée sur ce que le reporter du *Post* appelait « un spectacle d'une horreur indescriptible ». Une femme nue était étendue sur le tapis, au pied du lit défait. Le lit et le tapis étaient imprégnés de son sang. La femme avait succombé à de multiples blessures car elle avait été poignardée et tailladée un nombre de fois incalculable avec ce qui, d'après l'adjoint du médecin légiste, pouvait être une baïonnette ou une machette. Le tueur avait balafré son visage au point de le rendre méconnaissable — le reporter parlait de « bouillie ». Un journaliste débrouillard ayant rapporté une photographie trouvée dans « l'appartement luxueux » de Miss Dakkinen, on pouvait voir de quoi le tueur était parti. Sur la photo, Kim était coiffée tout autrement, ses cheveux blonds tombaient en cascade sur ses épaules et une seule tresse entourait sa tête à la façon d'une tiare. Elle était radieuse, son regard était clair et elle faisait penser à une Heidi adulte.

Son sac à main, retrouvé sur les lieux du crime, avait permis de l'identifier et l'argent qu'il contenait avait poussé les policiers chargés de l'enquête à écarter le vol comme mobile du crime.

Sans blague.

Je posai le journal sur la table, constatant sans grande surprise que mes mains tremblaient. Je tremblais encore plus à l'intérieur. Je fis signe à Evelyn et, quand elle s'approcha, je lui demandai un double bourbon. Elle me demanda :

— Vous y tenez vraiment, Matt ?

— Pourquoi pas ?

— Eh bien, vous aviez arrêté de boire. Vous tenez vraiment à recommencer ?

Je songeai : « Qu'est-ce que ça peut te faire, petite ? » Je respirai à fond et répondis :

— Vous avez peut-être raison.

— Un autre café ?

— C'est ça.

*

Je reportai mon attention sur l'article. D'après les premiers examens, la mort remontait aux alentours de minuit. J'essayai de me rappeler ce que je faisais quand il l'avait assassinée. J'étais venu chez Armstrong après la reunion, mais quelle heure était-il quand j'en étais parti ? je m'étais couché assez tôt, mais il devait quand même être près de minuit quand je m'étais mis au lit. Seulement, comme l'heure de la mort était approximative, j'étais peut-être déjà en train de dormir quand il avait commencé à la charcuter.

Je restai là, à boire du café et à lire et relire l'article.

De chez Armstrong, je me rendis à l'église St. Paul, m'assis sur un banc du fond et m'efforçai de réfléchir. Des images se bousculaient dans ma tête, des bribes de mes deux rencontres avec Kim, entrecoupées d'instantanés de ma conversation avec Chance.

Je mis cinquante dollars dérisoires dans le tronc des pauvres. J'allumai une bougie et l'observai comme si je m'attendais à voir quelque chose danser dans sa flamme.

Je retournai m'asseoir. J'étais encore assis à la même place quand un jeune prêtre s'approcha et me dit, d'une voix douce, qu'il était désolé mais que l'église allait fermer pour la nuit. Je hochai la tête et me levai.

— Vous semblez très préoccupé, me dit-il. Puis-je vous venir en aide ?

— Je ne pense pas.

— Je vous ai vu ici, de temps en temps. Ça fait parfois du bien de parler à quelqu'un, vous savez.

Ah bon ? Je répondis :

— Je ne suis même pas catholique, mon Père.

— Ce n'est pas indispensable. Si quelque chose vous préoccupe...

— Simplement une mauvaise nouvelle, mon Père. La mort inattendue de quelqu'un que j'aimais.

— C'est toujours une épreuve difficile.

J'avais peur qu'il me sorte quelque chose à propos des voies impénétrables du Seigneur, mais il semblait attendre que je lui en dise plus. Je me débrouillai pour quitter l'église et restai un moment sur le trottoir en me demandant où aller.

Il n'était que 6 h 30. La réunion ne commençait que dans deux heures. On pouvait arriver une heure à l'avance, s'asseoir, boire du café, parler aux gens, mais je ne le faisais jamais. J'avais donc deux heures à tuer et je ne savais pas quoi faire.

On vous conseille de ne jamais attendre d'avoir trop faim. Je n'avais rien mangé depuis le hot dog dans le parc. L'idée de nourriture me donnait la nausée.

Je retournai à pied à l'hôtel. J'eus l'impression que je ne passais que devant des bistrots et des magasins de spiritueux. Je montai dans ma chambre et y restai.

*

J'arrivai à la réunion avec deux minutes d'avance. Une demi-douzaine de personnes me saluèrent par mon nom. Je pris du café et m'assis.

Le modérateur fit un résumé de son passé de buveur et consacra le reste de son discours aux choses qui lui étaient arrivées depuis qu'il ne buvait plus, c'est-à-dire quatre ans. Il s'était séparé de sa femme, son fils cadet avait été tué par un chauffard, il avait connu une longue période de chômage et plusieurs crises de dépression.

— Mais je n'ai pas bu, dit-il. La première fois que je suis venu ici, vous m'avez dit qu'il n'y avait rien d'assez terrible pour qu'un verre ne puisse l'empirer. Vous m'avez dit que la façon de suivre ce programme consistait à ne pas boire, même si je sentais que j'allais m'écrouler. Pour tout vous dire, je crois parfois que si je ne bois pas, c'est uniquement parce que je suis têtu comme une bourrique. Mais c'est très bien comme ça. Le tout, c'est que ça marche.

J'avais l'intention de m'en aller pendant la pause, mais quand je me levai, ce fut pour aller chercher un café et deux biscuits. Je crus entendre Kim me disant qu'elle avait une passion pour les sucreries. « *Mais je ne grossis pas d'un gramme. J'ai de la chance, hein ?* »

Je mangeai les biscuits. J'avais l'impression de mastiquer du foin, mais je les avalai et les fis glisser avec du café.

Au cours du tour de table, une femme se lança dans un grand laïus sur sa vie intime. C'était une emmerdeuse. Elle répétait la même chose tous les soirs. Je cessai d'écouter et me mis à gamberger.

Je me dis : Je m'appelle Matt et je suis un alcoolique. Une femme que je connaissais a été assassinée hier soir. Elle m'avait engagé pour ne pas se faire assassiner et j'ai fini par l'assurer qu'elle ne risquait rien, et elle m'a cru. Son meurtrier m'a mené en bateau, et je l'ai cru, et maintenant elle est morte et je n'y peux rien, c'est trop tard. Et ça me ronge et je n'y peux rien non plus, et il y a un bistrot à chaque coin de rue et, tous les cent mètres, un magasin de spiritueux, et ce n'est pas en buvant que je vais la ressusciter mais en ne buvant pas je ne la ressusciterai pas non plus, et je n'en peux plus. Je n'en peux plus.

Je me dis : Je m'appelle Matt et je suis un alcoolique, et nous venons nous asseoir ici comme des cons et nous disons toujours les mêmes conneries, et pendant ce temps-là, dehors, tous les animaux s'entretuent. Nous ne buvons pas et nous assistons aux réunions et nous disons : Ce qui importe, c'est que vous ne buviez pas, et nous disons : Allez-y doucement, et nous disons : vingt-quatre heures à la fois, et pendant que nous caquetons comme des zombis écervelés, la fin du monde est imminente.

Je me dis : je m'appelle Matt et je suis un alcoolique et j'ai besoin d'aide.

Quand ce fut à mon tour de parler, je dis :

— Je m'appelle Matt. Je vous remercie de votre témoignage. Il m'a vivement intéressé. Ce soir, je préfère écouter.

*

Je m'en allai tout de suite, après la prière. Je n'entrai pas au Cob's Corner et je n'entrai pas chez Armstrong non plus. Je marchai jusqu'à mon hôtel, le dépassai, fis la moitié du tour du pâté de maisons et entrai chez Joey Farrelle, dans la 58e Rue.

Il n'y avait pas grand monde. Un disque de Tony Bennett passait sur le juke-box. Je n'avais jamais vu ce barman.

Je regardai les bouteilles alignées à l'arrière du comptoir. La première bouteille de bourbon que je vis était du Early Times. J'en commandai un sec et un verre d'eau. Le barman servit le bourbon et le posa devant moi, sur le comptoir.

Je pris le verre et le regardai. Je ne sais pas ce que je m'attendais à voir.

Je l'avalai d'un trait.

7

Pas de quoi en faire un plat. Au début, l'alcool ne me fit aucun effet, puis je ne ressentis qu'un léger mal au crâne et une vague nausée.

Evidemment, mon organisme n'y était pas habitué. Ça faisait une semaine que je ne buvais pas. Depuis quand avais-je passé une semaine entière sans boire ?

Je ne m'en souvenais plus. Peut-être quinze ans. Peut-être vingt. Peut-être plus.

Debout, un coude sur le comptoir, un pied sur le barreau inférieur du tabouret à côté de moi, je tentai de déterminer ce que je ressentais exactement. Je conclus que quelque chose était un peu moins douloureux que quelques minutes plus tôt. Par ailleurs, j'avais le curieux sentiment d'avoir perdu quelque chose. Mais quoi ?

— Un autre ?

J'allais dire oui, puis me repris et secouai la tête.

— Pas tout de suite. Vous voulez bien me donner des pièces de dix *cents ?* J'ai un ou deux coups de fil à passer.

Il me fit la monnaie d'un dollar et me montra du doigt le taxiphone. Je m'enfermai dans la cabine, sortis mon carnet et un stylo et je passai mes coups de téléphone. Je dépensai quelques pièces de dix *cents* pour apprendre qui était l'inspecteur chargé de l'affaire Dakkinen, deux autres pièces pour le joindre et finis par être branché sur la permanence des inspecteurs du commissariat de Midtown North. Je demandai à parler à l'inspecteur Durkin et une voix répondit :

— Un instant... Joe, fit-elle à l'adresse de quelqu'un d'autre. C'est pour toi.

J'attendis un instant, puis entendis une autre voix :

— Joe Durkin à l'appareil.

Je lui dis :

— Durkin, je m'appelle Scudder. Je voudrais savoir si vous avez déjà procédé à une arrestation dans l'affaire Dakkinen.

— Vous pouvez répéter votre nom ?

— Matthew Scudder. Je ne cherche pas à vous tirer des renseignements mais à vous en donner. Si vous n'avez pas encore arrêté le souteneur, ce que j'ai à vous dire pourrait sans doute vous intéresser.

Il hésita un peu avant de répondre :

— Nous n'avons procédé à aucune arrestation.

— Elle avait un souteneur.

— Nous le savons.

— Vous savez comment il s'appelle ?

— Ecoutez, monsieur Scudder...

— Il s'appelle Chance. C'est peut-être son prénom, son nom ou un surnom. Il n'est pas fiché, pas sous ce nom-là, en tout cas.

— Comment pouvez-vous savoir ce genre de chose ?

— Je suis un ancien flic. Ecoutez, Durkin, j'ai un tas de renseignements et tout ce que je veux c'est vous les donner. Laissez-moi parler un moment et, après, vous pourrez me poser toutes les questions que vous voulez.

— D'accord.

Je lui dis tout ce que je savais de Chance. Je le lui décrivis, ainsi que sa voiture dont je lui donnai le numéro d'immatriculation. Je lui dis qu'il avait au moins quatre filles dont une s'appelait Sonya Hendryx, qu'on appelait peut-être Sonny, et je la décrivis.

— Vendredi soir, il l'a déposée au 444, Central Park West. Il est possible qu'elle y habite, mais il est plus probable qu'elle y allait seulement pour assister à une fête en l'honneur de la victoire d'un boxeur professionnel nommé Kid Bascomb. Chance a je ne sais quelle sorte d'intérêts dans la carrière de Bascomb, et il est probable qu'un habitant de l'immeuble a organisé une soirée en l'honneur du boxeur.

Il voulut m'interrompre, mais je poursuivis :

— Vendredi soir, Chance a appris que Miss Dakkinen voulait mettre un terme à leurs relations. Samedi après-midi, il lui a rendu visite dans son appartement de la 37ᵉ Rue Est et lui a dit qu'il n'y voyait pas d'objections. Il lui a demandé de libérer l'appartement avant la fin du mois. L'appartement était à lui, c'est lui qui payait le loyer et qui l'y avait installée.

— Un instant, me dit Durkin. (J'entendis un froissement de papiers.) L'appartement est loué au nom d'un certain David Goldman. C'est également le nom de l'abonné au téléphone de Miss Dakkinen.

— Vous avez retrouvé David Goldman ?

— Pas encore.

— A mon avis, vous ne le retrouverez pas, à moins qu'il s'agisse d'un avocat ou d'un comptable qui sert de façade à Chance. En tout cas, ce que je peux vous dire, c'est que Chance n'a pas une tête à s'appeler David Goldman.

— Vous dites que c'est un Noir ?

— C'est ça.

— Vous l'avez vu ?

— C'est ça. Mais ce n'est pas un habitué d'un endroit particulier ; il va souvent dans différents bars. (Je lui en citai la liste.) Je n'ai pas réussi à savoir où il habitait. J'ai l'impression qu'il ne l'a dit à personne.

— Pas de problème, fit Durkin. Nous trouverons son adresse par son numéro de téléphone, même s'il ne figure pas dans l'annuaire normal. Vous nous avez donné son numéro.

— Je crois que c'est celui d'un service d'abonnés absents.

— Ils auront bien un numéro où le joindre.

— Peut-être.

— Vous ne semblez pas convaincu.

— Je crois qu'il ne veut *pas* être facile à joindre.

— Comment avez-vous fait pour le trouver ? Quel rapport avez-vous avec toute cette affaire, Scudder ?

Je fus tenté de raccrocher. Je lui avais donné les renseignements dont je disposais et je n'avais pas envie de répondre à des questions. Mais j'étais beaucoup plus facile à trouver que Chance et si je raccrochais, Durkin aurait vite fait de mettre la main sur moi. Je répondis :

— Je l'ai vu vendredi soir. Miss Dakkinen m'avait demandé d'intercéder pour elle auprès de Chance.

— Comment ça, intercéder ?

— En lui disant qu'elle voulait décrocher. Elle avait peur de lui dire elle-même.

— Alors c'est vous qui le lui avez dit ?

— C'est ça.

— Parce que vous êtes souteneur, vous aussi, Scudder ? Elle avait l'intention de passer de son écurie à la vôtre ?

Mes doigts se crispèrent autour du combiné.

— Non, Durkin, ce n'est pas mon métier. Pourquoi me demandez-vous ça ? Votre mère veut changer de mac ?

— Qu'est-ce que...

— Faites attention à ce que vous dites, c'est tout. Je vous apporte tout sur un plateau, alors que je pouvais garder ça pour moi.

Il se tut. Je poursuivis :

— Kim Dakkinen était l'amie d'une amie. Si vous voulez

des renseignements sur moi, vous pouvez vous adresser à un flic nommé Gusik. Il est toujours au commissariat de Midtown North ?

— Vous êtes un ami de Guzik ?

— Nous n'avons jamais eu de passion l'un pour l'autre, mais il peut vous dire que je suis réglo. J'ai dit à Chance qu'elle voulait changer de vie et il m'a assuré qu'il n'y voyait aucun inconvénient. Il l'a vue le lendemain et lui a dit la même chose. Elle a été assassinée le surlendemain. Vous pensez toujours qu'elle a été tuée vers minuit ?

— Oui, mais c'est une heure approximative. On l'a trouvée douze heures plus tard. Et puis, étant donné l'état du cadavre, le médecin légiste ne devait pas avoir envie de s'attarder.

— C'était moche ?

— Celle que je plains le plus, c'est la pauvre petite femme de chambre. Elle est équatorienne, je pense qu'elle n'a pas de permis de séjour, elle parle à peine anglais et il a fallu que ce soit elle qui tombe là-dessus. (Il renifla bruyamment.) Vous voulez venir voir le cadavre, l'identifier formellement ? Vous verrez quelque chose que vous n'oublierez pas de sitôt.

— Vous ne pouvez pas l'identifier autrement ?

— Si. On a ses empreintes. Elle a été arrêtée une fois, il y a quelques années, à Long Island City. Accusée de délit d'intention. Quinze jours avec sursis. Depuis, aucune arrestation.

— Après ça, elle a travaillé en maison. Et, ensuite, Chance l'a installée dans l'appartement de la 37e Rue.

— Une vraie saga newyorkaise. Vous avez autre chose, Scudder ? Et comment je peux vous joindre si j'ai besoin de vous ?

Je n'avais plus de renseignements à lui communiquer. Je lui donnai mes coordonnées. Nous échangeâmes encore quelques politesses puis nous raccrochâmes. Le téléphone sonna aussitôt. Je devais quarante-cinq *cents* pour avoir dépassé les trois minutes auxquelles me donnait droit ma pièce de dix *cents*. Je retournai au comptoir faire la monnaie d'un dollar, glissai l'argent dans la fente et commandai un autre verre au barman. Un Early Times sec avec un verre d'eau.

Il me parut meilleur que le premier. Quand je l'eus avalé, je sentis quelque chose se détendre en moi.

Aux réunions, on vous dit que c'est le premier verre qui vous soûle. Vous buvez un verre et il déclenche un processus irrésistible qui fait que vous en prenez un autre et encore un autre, et que vous vous retrouvez soûl. Alors je n'étais peut-être pas alcoolique puisque ça ne se passait pas comme ça. J'avais bu deux verres et je me sentais beaucoup mieux qu'avant de les avoir bus, et je ne ressentais absolument pas le besoin de continuer à boire.

Pour m'en assurer, je restai là quelques minutes en pensant très fort à un troisième verre.

Non. Non, je n'en avais vraiment pas envie. J'étais très bien comme ça.

Je laissai un dollar sur le comptoir, ramassai le reste de ma monnaie et pris le chemin de l'hôtel. Je passai devant chez Arsmtrong et ne ressentis pas le besoin de m'y arrêter. Je n'éprouvais certainement pas l'envie irrésistible de boire un verre.

La première édition du *News* devait être en vente. Etait-il vraiment indispensable d'aller jusqu'au coin pour l'acheter ?

Non, je préférais m'en passer.

Je m'arrêtai à la réception. Pas de message. Jacob était de service. La tête dans un léger brouillard de codéine, il emplissait les cases d'un mot croisé. Je lui dis :

— Je voudrais vous remercier pour le service que vous m'avez rendu, l'autre soir. Le coup de téléphone.

— Oh, ça.

— Non, c'était formidable. Je vous suis très reconnaissant.

Je montai dans ma chambre et me préparai à me coucher. J'étais fatigué et j'avais le souffle court. Pendant un instant, juste avant de m'endormir, j'éprouvai à nouveau cette curieuse impression d'avoir perdu quelque chose. Que pouvais-je donc avoir perdu ?

Je songeai. Sept jours. Tu as passé sept jours et presque tout un huitième sans boire et tu les as perdus. Il se sont envolés.

8

Le lendemain matin, j'achetai le *News*. Une nouvelle atrocité avait chassé Kim Dakkinen de la première page. A Washington Heights, un jeune chirurgien, interne à l'hôpital Columbia Presbyterian, avait été abattu lors d'une tentative de cambriolage dans Riverside Drive. Il n'avait opposé aucune résistance à son agresseur qui l'avait tué sans raison apparente. La veuve de la victime attendait un enfant au début du mois de février.

Le meurtre de la call-girl était dans une page intérieure. L'article ne m'apprit rien que Durkin ne m'eût dit, la veille au soir.

Je marchai beaucoup. A midi, je me rendis à la réunion au YMCA, mais je ne tenais pas en place et m'en allai pendant le témoignage. Je mangeai un sandwich à la viande fumée et bus une bouteille de bière. Je bus une autre bière à l'heure du dîner. A 8 h 30, je marchai jusqu'à St. Paul et fis le tour du pâté de maisons sans descendre dans la salle de réunion, au sous-sol. J'avais envie de boire, mais j'avais déjà bu deux bières et je décidai que ma ration quoditienne ne dépasserait pas deux verres. Du moment que je m'en tenais là, je ne pouvais pas avoir d'ennuis. J'avais le droit de les boire très tôt le matin ou le soir avant de me coucher, dans ma chambre ou dans un bar, seul ou en compagnie.

Le lendemain mercredi, je dormis tard et pris un petit déjeuner tardif chez Amstrong. Je me rendis à pied à la bibliothèque municipale où je passai deux heures, puis j'allai m'asseoir dans Bryant Park jusqu'à ce que les dealers me tapent sur les nerfs. Ils ont si bien envahi les jardins publics qu'ils se figurent que, seuls des clients potentiels pourraient se donner la peine d'y aller, ce qui fait qu'on ne peut pas lire son journal sans se voir constamment proposer des sédatifs, des amphétamines, du canabis, de l'acide et Dieu sait quoi.

Ce soir-là, j'assistai à la réunion de 8 h 30. Mildred, une habituée, fut très applaudie quand elle annonça que c'était son anniversaire : onze ans sans boire une goutte d'alcool. Elle dit qu'elle n'avait pas de secret, elle se débrouillait pour tenir vingt-quatre heures de suite.

Je me dis que si j'allais me coucher sans boire, j'aurais déjà une journée. Après la réunion, je ne rentrai pas chez moi, mais me rendis au Polly's Cage et bus mes deux verres. Je me mis à discuter avec un type qui voulait me payer un troisième verre, mais je dis au barman de me servir un Coca. Je me félicitai intérieurement : je savais jusqu'où je pouvais aller et je m'en tenais là.

Jeudi, je pris une bière en dînant, me rendis à la réunion et m'en allai pendant la pause. Je passai chez Armstrong, mais quelque chose m'empêcha d'y commander un verre et je n'y restai pas longtemps. Je ne tenais pas en place. J'entrai chez Farrell, puis au Polly's Cage mais, chaque fois, je ressortis sans commander à boire. Le magasin de spiritueux proche du Polly's était encore ouvert. J'y achetai une demi-bouteille de J. W. Dant et la rapportai dans ma chambre.

Je commençai par prendre une douche et me préparai à me mettre au lit. Puis je débouchai la bouteille, versai environ dix centilitres de bourbon dans un verre à eau, bus le verre, me couchai et m'endormis.

Le vendredi, à peine sorti du lit, je bus encore dix centilitres. Le bourbon me fit vraiment de l'effet, un effet agréable. Je passai toute la journée sans boire d'autres verres.

Puis, au moment de me coucher, j'en bus un autre et m'endormis.

Le samedi, je m'éveillai parfaitement lucide, sans ressentir le besoin de commencer la journée en buvant. Je contrôlais si bien ma consommation d'alcool que je n'en revenais pas. J'avais presque envie d'aller à une réunion et de faire part de mon secret aux autres, mais je pouvais imaginer leur réaction. Des regards entendus et des rires entendus. Société de saintes nitouches. De toute façon, ce n'était pas parce que j'étais capable de contrôler ma consommation d'alcool que je devais le conseiller aux autres.

Je bus deux verres avant de me coucher. Ils ne me firent pratiquement aucun effet mais, le dimanche matin, je me éveillai un peu cotonneux et me versai une bonne rasade pour m'éclaircir les idées. Et cela réussit. Je lus le journal, puis consultai la liste des réunions et vis qu'il y en avait une l'après-midi dans le Village. Je m'y rendis en métro. Il n'y avait pratiquement que des homosexuels. Je m'en allai pendant la pause.

Je rentrai à l'hôtel et fis la sieste. Après le dîner, je finis de lire le journal et décidai de boire mon second verre. Je versai environ quinze centilitres de bourbon dans mon verre et le bus. Je me rassis et repris ma lecture, mais j'avais du mal à me concentrer sur ce que je lisais. J'avais envie de boire un autre verre. Je me l'interdis, car j'avais déjà bu ma ration pour la journée.

Puis une diée me vint à l'esprit. Mon verre du matin remontait à plus de douze heures. Il s'était écoulé plus de temps entre mes deux verres de la journée qu'entre celui du matin et le dernier de la veille. Ainsi, mon organisme avait depuis longtemps éliminé l'alcool de ce premier verre qui ne devait pas vraiment être considéré comme un des verres de ce jour-là.

Ce qui voulait dire que j'avais encore droit à un verre avant de me coucher.

Je me félicitai d'avoir trouvé ça et décidai de récompenser ma perspicacité en me servant généreusement. J'emplis le verre à eau jusqu'à un centimètre et demi du bord et le bus tranquillement, assis dans mon fauteuil, comme les mannequins-photos de certaines publicités. J'avais suffisamment de bon sens pour me rendre compte que l'important, c'était le nombre de verres et non de centilitres. L'idée me vint subitement que je m'étais volé. Mon premier verre, s'il méritait cette appellation, était vraiment un peu juste. Dans un sens, je me devais environ vingt centilitres de bourbon.

Je versai ce qui me sembla être vingt centilitres et vidai mon verre.

Je constatai avec satisfaction que ces deux verres n'avaient sur moi aucun effet sensible. En fait, il y avait longtemps que je ne m'étais pas senti aussi bien. Trop bien, d'ailleurs, pour rester assis dans ma chambre. Je décidai de sortir, de trouver un bistrot sympathique et de boire un Coca ou une tasse de café. Pas d'alcool, d'abord parce que je n'en avais pas envie et, ensuite, parce que j'avais déjà pris mes deux verres de la journée.

Je bus un Coca au Polly's Cage. Dans la Neuvième Avenue, j'entrai dans un bar *gay* qui s'appelait le Kid Gloves et bus une boisson gazeuse au gingembre. Il me sembla avoir déjà vu certains des clients et je me demandai s'ils n'avaient pas assisté à la réunion de l'après-midi dans le Village.

Je repris mon chemin vers le sud de Manhattan, mais je n'avais pas parcouru cent mètres que j'eus comme une révélation. Cela faisait maintenant plusieurs jours que je contrôlais fort bien ma consommation d'alcool et, avant ça, je n'avais pas bu du tout pendant plus d'une semaine. Cela constituait une preuve. Si je pouvais me limiter à deux verres par jour, c'est que je n'avais pas *besoin* de me limiter à deux verres par jour. L'alcool m'avait causé des problèmes par le passé, ça, je voulais bien l'admettre, mais j'avais manifestement surmonté cette mauvaise passe.

Donc, même si je n'avais certainement pas besoin d'un autre verre, je pouvais tout aussi certainement en prendre un si j'en avais envie. Et comme j'en avais envie, pourquoi me le refuser ?

J'entrai dans le bar et commandai un double bourbon et un verre d'eau. Je me souviens que le crâne chauve du barman était luisant et je me souviens que le barman me servit le verre, et je me souviens que je le pris dans ma main.

Et après, je ne me souviens plus.

9

Je me réveillai brusquement. La conscience revenant brutalement et à plein volume. J'étais dans un lit d'hôpital.

Cela me causa un choc. Le premier. Le deuxième arriva un peu plus tard, quand j'appris qu'on était mercredi. Je ne me souvenais de rien après le moment où j'avais pris ce troisième verre dans ma main, le dimanche soir.

Cela faisait plusieurs années qu'il m'arrivait de temps en temps d'avoir des trous de mémoire. Il m'arrivait parfois de perdre tout souvenir de la dernière demi-heure de la soirée. Parfois de quelques heures.

Jamais de deux journées entières.

*

Ils ne voulurent pas me laisser partir. J'étais entré à l'hôpital très tard, la veille, et ils voulaient me garder en désintoxication pendant cinq jours entiers.

Un interne me dit :

— Votre organisme n'a pas encore éliminé l'alcool. Si vous sortez d'ici, vous ne tiendrez pas cinq minutes avant de reprendre un verre.

— Mais non.

— Vous étiez en sevrage ici il y a quinze jours à peine. C'est dans votre dossier. Nous vous avons nettoyé et combien de temps avez-vous duré ?

Je ne dis rien.

— Vous savez comment vous êtes arrivé, la nuit dernière ? Vous aviez des convulsions, une bonne crise d'épilepsie. Vous avez déjà eu ça ?

— Non.

— Eh bien, vous en aurez d'autres. Si vous continuez à boire, vous n'y couperez pas. Pas à chaque fois, mais ça viendra tôt ou tard. Et, tôt ou tard, ça vous tuera. Si vous ne mourez pas avant ça d'autre chose.

— Arrêtez.

Il m'empoigna par l'épaule.

— Non, dit-il, je n'arrêterai pas. Comment voulez-vous que j'arrête ? Comment voulez-vous que je sois poli et plein de tact, alors que pour vous enfoncer la vérité dans le crâne, il faudrait un marteau-piqueur ? Regardez-moi. *Ecoutez-moi.* Vous êtes alcoolique. Si vous buvez encore, vous mourrez.

Je ne dis rien.

Il avait pensé à tout. J'allais rester dix jours en sevrage, puis vingt-huit jours à Smithers pour consolider le traitement. Il voulut bien renoncer à ça quand il apprit que je n'avais pas d'assurance-maladie, pas même les deux mille dollars que me coûterait la post-cure, mais il s'accrocha aux cinq jours dans le service de désintoxication.

— Je n'ai pas besoin de rester, lui dis-je. Je ne vais pas me remettre à boire.

— Tout le monde dit ça.

— Dans mon cas, c'est la vérité. Et vous ne pouvez pas me retenir contre ma volonté. Vous êtes obligé de me laisser signer ma feuille de sortie.

— Si vous faites ça, ce sera contre l'avis des médecins.

— C'est ce que je vais faire.

Il eut d'abord l'air furieux, puis il haussa les épaules et me dit d'un ton joyeux :

— Comme vous voudrez. La prochaine fois, vous suivrez peut-être mon conseil.

— Il n'y aura pas de prochaine fois.

— Oh, que si ! A moins que vous ne vous écrouliez plus près d'un autre hôpital. Ou que vous mouriez avant d'arriver ici.

*

Les vêtements qu'on m'apporta étaient en piteux état, avec des taches de boue, car je m'étais roulé par terre, dans la rue, et des taches de sang sur la chemise et sur la veste. J'avais une blessure à la tête, qui saignait quand on m'avait transporté à l'hôpital où ils m'avaient fait plusieurs points de suture. J'avais dû me blesser pendant ma crise d'épilepsie, à moins que ce ne fût au cours de mes aventures antérieures.

J'avais assez d'argent sur moi pour payer les frais d'hospitalisation. Ça, c'était un petit miracle.

Il avait plu pendant la matinée et les rues étaient encore mouillées. Je restai un moment planté sur le trottoir, sentant ma belle assurance se désagréger peu à peu. De l'autre côté de la rue, il y avait un bistrot. J'avais assez d'argent dans ma poche pour me payer un verre et je savais qu'après, je me sentirais mieux.

Mais je rentrai à mon hôtel. Il me fallut m'armer de courage pour m'approcher du comptoir de la réception et prendre mon courrier et les messages, comme si j'avais fait quelque chose de honteux et devais présenter mes plus plates excuses à l'employé de la réception. Le pire, c'est que je n'avais aucune idée de ce que j'avais pu faire pendant ces deux journées de trou total.

L'expression de l'employé ne me donna aucune indication. Peut-être avais-je passé la plupart du temps dans ma chambre à boire en solitaire. Peut-être n'avais-je pas mis les pieds à l'hôtel après en être sorti dimanche soir.

Dès que je fus monté, j'écartai cette dernière hypothèse. J'étais manifestement revenu ici, soit lundi, soit mardi, car j'avais vidé la bouteille de J. W. Dant posée sur la commode à côté d'un litre de Jim Beam à moitié vide. Le cachet du magasin m'apprit que cette dernière bouteille avait été achetée dans la Huitième Avenue.

Je me dis : en avant pour le premier test. Ou tu bois, ou tu ne bois pas.

Je vidai le bourbon dans le lavabo, rinçai les deux bouteilles et les mis dans la poubelle.

Le courrier n'avait aucun intérêt. Je le jetai et regardai les messages. Anita avait téléphoné lundi matin. Un certain Jim Faber avait appelé mardi soir et avait laissé son numéro. Et puis Chance avait aussi appelé, une fois la veille au soir, une fois le matin même.

Je pris une longue douche bien chaude, me rasai soigneusement et mis des vêtements propres. Je jetai la chemise, les chaussettes et les sous-vêtements que je portais en rentrant de l'hôpital et mis de côté le costume en espérant que le teinturier pourrait faire quelque chose pour l'arranger. Je repris les messages et les parcourus.

Anita, mon ex-femme, Chance, le souteneur qui avait tué Kim Dakkinen. Je ne connaissais personne du nom de Faber, à moins que ce ne fût un ivrogne devenu un vieux copain pendant mes deux jours de soulographie.

Je jetai la feuille sur laquelle était inscrit son numéro de téléphone et me demandai s'il valait mieux descendre ou me bagarrer avec l'opératrice pour téléphoner de ma chambre. Si je n'avais pas vidé la bouteille de bourbon dans le lavabo, c'est à ce moment-là que j'aurais peut-être bu un coup. Mais je descendis et appelai Anita du taxiphone dans le hall.

Ce fut une étrange conversation. Nous échangeâmes des propos d'une courtoisie attentive comme nous le faisons souvent et, après nous être prudemment mesurés à la façon des boxeurs professionnels pendant le premier round, elle me demanda pourquoi je l'appelais.

— J'ai eu ton message, répondis-je. Je suis désolé de ne pas avoir pu te rappeler plus tôt.

— Tu me *rappelles ?*

— J'ai un message disant que tu m'as appelé lundi.

Après un instant de silence, elle me dit :

— Nous nous sommes parlé lundi soir, Matt. Tu m'as rappelée. Tu ne t'en souviens pas ?

Je frémis, comme si quelqu'un venait de faire grincer la craie sur le tableau noir.

— Si, bien sûr, je me le rappelle. Mais comment cette feuille s'est-elle retrouvée dans mon casier ? Je pensais que tu avais encore téléphoné.

— Non.

— J'ai dû faire tomber la feuille et quelqu'un a cru bien faire en la remettant dans mon casier. On vient de me la redonner et j'ai cru que tu avais laissé un autre message.

— C'est probablement ce qui s'est passé.

— Oui. Dis-moi, Anita, j'avais bu un ou deux verres quand je t'ai appelée, l'autre soir, et je ne me souviens plus très bien de quoi nous avons parlé. Tu veux bien me rafraîchir la mémoire ?

Nous avions parlé d'orthodontie pour Mickey. Je lui avais conseillé de demander l'avis d'un autre spécialiste. Je dis à Anita que, ça, je me le rappelais. Y avait-il autre chose ? J'avais dit que j'espérais envoyer bientôt un autre mandat, une somme plus importante que celles que j'avais expédiées ces derniers temps, et qu'il ne devrait pas y avoir de problème pour payer l'appareil dentaire du petit. Je lui dis que je me souvenais de ça aussi et elle m'assura que c'était à peu près tout, sauf, bien sûr, que j'avais parlé aux gosses. Oui, bien sûr, je me rappelais ma conversation avec les enfants. C'était tout ? Alors, lui dis-je, je n'avais pas complètement perdu la mémoire, n'est-ce pas ?

Quand je raccrochai, je tremblais comme une feuille. Je restai un moment sans bouger, à essayer de me souvenir de la conversation dont elle venait de me parler, mais il n'y eut rien à faire. Je ne me souvenais absolument plus de rien entre le moment où mes doigts s'étaient refermés autour de ce troisième verre, le dimanche soir, et celui où la conscience m'était revenue, à l'hôpital. Rien. Le trou total.

Je déchirai la feuille du message en deux, puis en quatre, et mis les morceaux dans ma poche. Je regardai l'autre message. Chance avait donné le numéro de son service. Je préférai appeler le commissariat de Midtown North. Durkin n'était pas là, mais on me donna son numéro personnel.

Il me répondit d'une voix un peu brouillée.

— Attendez un instant, dit-il, faut que j'allume ma cigarette. (Quand il reprit l'appareil, sa voix était normale.) Je regardais la télé et je me suis endormi devant l'écran, m'expliqua-t-il. Que se passe-t-il, Scudder ?

— Le souteneur a essayé de me joindre. Chance.

— Vous joindre comment ?

— Par téléphone. Il a laissé un numéro pour que je le rappelle. Celui de son service. Ça veut sans doute dire qu'il est en ville, alors si vous voulez l'arrêter...

— Nous ne le cherchons pas.

Je connus un moment d'angoisse en pensant que j'avais dû causer à Durkin pendant la période dont je ne me souvenais plus, qu'il m'avait appelé ou que je l'avais appelé... Mais il continua à parler et je me rendis compte qu'il n'en était rien.

— Nous l'avons longuement cuisiné au commissariat, poursuivit Durkin. Nous avions lancé un mandat d'amener mais il est venu de lui-même. Il était accompagné d'un avocat très astucieux, mais il se débrouillait pas mal lui-même.

— Vous l'avez laissé repartir ?

— Nous n'avions aucune raison de le garder. Il avait un

alibi qui couvrait largement l'heure approximative fixée par le médecin légiste, puisqu'il allait de plusieurs heures avant le meurtre jusqu'à sept ou huit heures après. Son alibi semble increvable et nous n'avons rien trouvé qui puisse le mettre en question. L'employé qui a accueilli Charles Jones au Galaxy et lui a fait remplir sa fiche et lui a donné sa clé est incapable de le décrire. Il ne sait même pas vraiment s'il était noir ou blanc. Il a l'*impression* que c'était un Blanc. Comment voulez-vous que je présente une affaire pareille au District Attorney ?

— Il a pu faire louer la chambre par quelqu'un d'autre. Dans ces grands hôtels, ils ne regardent pas qui entre et qui sort.

— Vous avez raison. Il a pu faire louer la chambre par quelqu'un d'autre. Il a également pu la faire tuer par quelqu'un d'autre.

— Vous avez l'impression que c'est ce qu'il a fait ?

— On ne me paie pas pour avoir des impressions. Je sais que je n'ai pas la moindre preuve contre ce salaud.

Je réfléchis un instant :

— Pourquoi pourrait-il vouloir me parler ?

— Comment voulez-vous que je le sache ?

— Est-ce qu'il sait que c'est moi qui vous ai aiguillé sur lui ?

— C'est toujours pas moi qui le lui ai dit.

— Alors, qu'est-ce qu'il peut bien me vouloir ?

— Vous n'avez qu'à le lui demander.

Il faisait chaud, dans la cabine. J'entrouvris la porte pour aérer un peu.

— C'est peut-être ce que je vais faire.

— C'est ça. Mais... Scudder ? N'acceptez pas de le rencontrer dans une ruelle obscure, hein ? Parce que, s'il vous en veut, vous auriez intérêt à vous méfier.

— Oui.

— Si jamais il vous plante un couteau entre les omoplates,

n'oubliez pas de laisser un message avant de mourir. C'est ce qu'ils font toujours à la télévision.

— Je ferai tout mon possible.

— Quelque chose de subtil, mais pas *trop* subtil, hein ? Assez simple pour que je comprenne.

*

Je remis dix *cents* et composai le numéro du service de Chance. La femme à la voix rauque de fumeur répondit :

— Quatre-vingts, quatre-vingt-douze. Que puis-je faire pour vous ?

— Je m'appelle Scudder. Chance m'a appelé et je le rappelle.

Elle me dit qu'elle pensait lui parler sous peu et me demanda mon numéro. Je le lui donnai et précisai qu'on pourrait m'y joindre encore pendant une heure. Je raccrochai, montai dans ma chambre et m'étendis sur le lit.

Un peu moins d'une heure après, le téléphone sonna.

— Chance à l'appareil. Je vous remercie de m'avoir rappelé.

— J'ai eu votre message il y a environ une heure. Vos deux messages.

— Je voudrais vous parler. Ou plutôt, vous voir.

— D'accord.

— Je suis en bas. Dans le hall de votre hôtel. On pourrait aller boire un café dans le coin. Vous pouvez descendre ?

— D'accord.

10

Il me dit :

— Vous avez toujours l'impression que c'est moi qui l'ai tuée, n'est-ce pas ?

— Quelle importance peuvent bien avoir mes impressions ?

— Elles en ont pour moi.

Je plagiai Durkin.

— Personne ne me paie pour avoir des impressions.

Nous nous trouvions dans le box du fond d'un café situé à quelques pas de la Huitième Avenue. Mon café était noir. Le sien tout juste un peu plus clair que la couleur de sa peau. J'avais aussi commandé un muffin anglais grillé, en me disant qu'il valait sans doute mieux que je mange quelque chose, mais je n'avais pas pu y toucher.

— Ce n'est pas moi qui l'ai tuée, me dit-il.

— Ah, bon.

— J'ai ce qu'on pourrait appeler un alibi en profondeur. Je me trouvais ce soir-là dans une pièce pleine de gens qui peuvent en témoigner. A aucun moment je ne me suis trouvé près de cet hôtel.

— C'est pratique.

— Qu'est-ce que vous voulez dire ?

— Exactement ce que je dis.

— A savoir que j'aurais pu engager quelqu'un pour le faire à ma place ?

Je haussai les épaules. Je ne me sentais pas à l'aise, assis en face de lui, mais j'étais surtout fatigué. Je n'avais pas peur de lui.

— J'aurais pu. Mais je ne l'ai pas fait.

— Si vous le dites...

— Et *merde !* s'écria-t-il. (Il but un peu de café, puis me demanda :) Elle représentait plus pour vous que vous le prétendiez l'autre soir ?

— Non.

— Simplement une amie d'un ami ?

— C'est ça.

Il me regarda. Ses yeux me firent l'impression d'une lumière trop vive dans mes yeux.

— Vous avez couché avec elle, dit-il. (Il ajouta, sans me donner le temps de répondre :) Oui, bien sûr. Qu'aurait-elle pu faire d'autre pour vous remercier ? Elle ne connaissait que ce mode d'expression. J'espère que ce n'est pas la seule compensation que vous avez reçue, Scudder. J'espère qu'elle n'a pas réglé tous vos honoraires en monnaie de pute.

— Mes honoraires me regardent. Ce qui a pu se passer entre elle et moi me regarde.

Il hocha la tête.

— J'essaie simplement de comprendre d'où vous sortez.

— Je ne sors de nulle part et je ne vais nulle part. J'ai effectué un travail pour lequel j'ai été payé intégralement. Ma cliente est morte, je n'y suis pour rien et cela ne me concerne pas. Vous dites que vous n'êtes pour rien dans sa mort. C'est peut-être vrai et c'est peut-être faux. Je n'en sais rien, je n'ai pas besoin de le savoir et, franchement, je m'en fous. C'est entre vous et la police. Je ne suis pas la police.

— Vous l'avez été.

— Mais je ne le suis plus. Je ne suis pas la police, je ne suis pas le frère de la morte, je ne suis pas un justicier armé d'une épée flamboyante. Vous croyez que je veux savoir qui a tué Kim Dakkinen ? Vous croyez que j'y tiens vraiment ?

— Oui.

Je le regardai. Il me dit :

— Oui, je ne pense pas que vous vous en moquiez. Je pense que vous tenez à savoir qui l'a tuée. C'est pour ça que je suis ici. (Il me sourit avec douceur.) Vous comprenez, je voudrais vous engager, monsieur Matthew Scudder. Je voudrais que vous trouviez son assassin.

*

Il me fallut un certain temps pour comprendre qu'il disait ça sérieusement. Puis je fis de mon mieux pour le dissuader. S'il y avait une piste quelconque permettant de remonter jusqu'au meurtrier, la police était la mieux placée pour la trouver et pour la remonter, lui dis-je. La police avait l'autorité nécessaire, les effectifs, les capacités, les contacts et les moyens. Je n'avais rien de tout ça.

— Vous oubliez quelque chose, me dit Chance.

— Ah ?

— Les flics ne vont pas chercher. Ils *savent* qui l'a tuée. Comme ils n'ont aucune preuve, ça ne leur sert à rien, mais ça leur sert d'excuse pour ne pas trop se fatiguer à chercher. Ils vont dire : « nous savons que c'est Chance qui l'a tuée, mais comme nous ne pouvons pas le prouver, occupons-nous d'autre chose ». Et Dieu sait qu'ils ont autre chose à faire. De toute façon, s'ils continuaient à s'en occuper, tout ce qu'ils chercheraient, c'est un moyen de me coller ça sur le dos. Ils ne chercheraient même pas à savoir s'il existe une autre personne qui pouvait avoir une raison de vouloir sa mort.

— Qui, par exemple ?

— C'est ce que vous essaieriez de trouver.

— Pourquoi ?

— Pour de l'argent. (Il sourit encore.) Je ne vous demandais pas de travailler à l'œil. J'ai de grosses rentrées d'argent, en espèces. Je peux vous payer des honoraires confortables.

— Ce n'est pas ce que je voulais dire. Pourquoi voulez-vous que je m'occupe de cette affaire ? Pourquoi voulez-vous que je trouve le meurtrier — en admettant que j'aie une chance de le trouver ? Ce n'est pas pour vous disculper puisque vous n'êtes pas inculpé. Les flics n'ont aucune raison de vous inculper et ils ne sont pas près d'en trouver une. Qu'est-ce que ça peut vous faire si ce meurtre reste impuni ?

Son regard était calme et ferme quand il me répondit :

— Disons que je veux sauvegarder ma réputation.

— Comment ça ? Je croirais plutôt que votre réputation ne peut qu'y gagner. Si, dans le Milieu, on raconte que vous l'avez tuée et que vous vous en êtes tiré sans être inquiété, la prochaine fois qu'une fille aura envie de quitter votre écurie, ça lui donnera à réfléchir. Même si vous n'avez rien à voir avec le meurtre de Kim Dakkinen, il me semble que vous pourriez avoir tout intérêt à ce qu'on vous l'attribue.

Il frappa deux fois de l'index sa tasse vide. Il me dit :

— Quelqu'un a tué une de mes femmes. Je ne veux pas que le meurtrier puisse s'en tirer comme ça.

— Ce n'était plus une de vos femmes quand on l'a tuée.

— Qui le savait ? Vous le saviez, elle le savait, je le savais. Est-ce que mes autres filles le savaient ? Est-ce qu'on le savait dans les bars et dans la rue ? Est-ce qu'on le sait maintenant ? Pour les gens du Milieu, souteneurs et prostituées, une de mes filles a été assassinée et son meurtrier est en train de s'en tirer.

— Et c'est mauvais pour votre réputation ?

— Ça ne lui fait certainement aucun bien. Mais ce n'est pas tout. Mes filles ont peur. Kim a été tuée et le gars qui a fait ça se promène toujours. Et s'il remettait ça ?

— S'il tuait une autre prostituée ?

— Une autre fille à moi, dit-il d'un ton égal. Vous comprenez, Scudder, ce type est comme un revolver chargé, et j'ignore sur qui il est braqué. Tuer Kim, c'était peut-être une façon de s'en prendre à moi. Comment savoir si une autre de mes filles ne figure pas sur la liste des prochaines victimes ? Ce que je sais, c'est que mes affaires s'en ressentent déjà. Pour commencer, j'ai dit à mes filles de ne pas accepter de rendez-vous dans les hôtels, et je leur ai dit de refuser les nouveaux clients s'ils n'avaient pas l'air tout à fait normaux.

J'aurais pu tout aussi bien leur dire de décrocher leur téléphone.

Le garçon s'approcha, muni d'un pot plein de café, et il remplit nos tasses. Je n'avais toujours pas touché à mon muffin anglais, sur lequel le beurre fondu commençait à durcir. Je lui demandai de l'emporter. Chance mit un peu de lait dans sa tasse. Cela me fit penser au jour où j'étais assis avec Kim et où elle buvait du café-crème très sucré.

— Mais pourquoi faire appel à moi, Chance ?

— Je vous l'ai dit. Les flics ne vont pas se fatiguer. Je n'ai qu'un moyen d'obtenir que quelqu'un se décarcasse pour résoudre cette affaire : le payer.

— Il y a d'autres gens qui exercent le métier de détective privé. Vous pourriez engager toute une agence, les faire travailler vingt-quatre heures sur vingt-quatre.

— Je n'ai jamais aimé les sports d'équipe. Je préfère voir deux types s'affronter. Et puis, vous êtes plus ou moins dans le coup. Vous connaissiez cette femme.

— Je ne suis pas sûr que ce soit un avantage.

— Et je vous connais.

— Parce que vous m'avez vu une fois ?

— Et votre comportement m'a plu. Ça a son importance.

— Vous croyez ? La seule chose que vous savez de moi, c'est que je sais regarder un combat de boxe. Ça fait pas lourd.

— Mais ça compte. Et j'en sais plus que ça. Je sais comment vous travaillez. Je me suis renseigné, vous savez. Beaucoup de gens vous connaissent et la plupart disent du bien de vous.

Je restai silencieux quelques minutes, puis je dis :

— Le type qui l'a tuée est peut-être un psychopathe. En tout cas, il a tout fait pour qu'on le croie et c'est peut-être vrai.

— Vendredi, j'apprends qu'elle veut décrocher. Samedi, je lui dis que je n'y vois aucun inconvénient. Et dimanche, étrange coïncidence, un dingue arrive de l'Indiana et la taille en pièces. Ça vous paraît normal ?

— Les coïncidences, on en voit tous les jours mais, dans ce cas, je ne crois pas que ce soit une coïncidence. (Je n'en pouvais plus.) Je ne crois pas avoir envie de m'occuper de cette affaire.

— Pourquoi pas ?

Je réfléchis. Parce que j'ai envie de ne rien faire. Parce que j'ai envie de m'asseoir dans un coin sombre et oublier que le monde existe. Et j'ai envie de boire un coup, merde alors.

— Cet argent vous serait utile, poursuivit-il.

Je ne pouvais pas dire le contraire. Mes derniers honoraires n'avaient pas été très loin. Mon fils Mickey avait besoin d'un appareil dentaire, et après ça ce serait autre chose.

— Il faut que j'y réfléchisse.

— D'accord.

— Je suis incapable de me concentrer tout de suite. J'ai besoin d'un peu de temps pour savoir où j'en suis.

— Combien de temps ?

Je pensai « des mois » et répondis :

— Une ou deux heures. Je peux vous téléphoner quelque part ou j'appelle votre service ?

— Dites-moi l'heure qui vous convient. Je vous retrouverai devant votre hôtel.

— Vous n'avez pas besoin de vous déranger.

— Il est trop facile de dire non au téléphone. Je préfère que vous me répondiez de vive voix. Et puis, si vous répondez oui, il nous faudra parler un moment. Sans compter le fait que vous me demanderez une avance.

Je haussai les épaules.

— Votre heure sera la mienne, me dit-il.

— Dix heures ?

— Devant votre hôtel.

— D'accord. Si je devais vous donner ma réponse maintenant, ce serait non.

— Alors, c'est bien que vous ayez jusqu'à dix heures.

Il paya les cafés. Je le laissai faire.

*

Je retournai à l'hôtel et montai dans ma chambre. J'essayai de réfléchir avec lucidité et n'y arrivai pas. Je ne tenais pas en place non plus. Je faisais le va-et-vient entre le fauteuil et le lit, en me demandant pourquoi je n'avais pas tout de suite répondu non, définitivement non à Chance. Maintenant, je me retrouvais avec le problème agaçant de chercher quelque chose à faire en attendant dix heures, puis de m'armer de courage pour refuser ce qu'il me proposait.

Sans trop réfléchir à ce que je faisais, je mis mon manteau et mon chapeau et me rendis chez Armstrong. Je poussai la porte sans savoir ce que j'allais commander. Je m'approchai du comptoir. Dès qu'il me vit, Billie se mit à secouer la tête. Il me dit :

— Je ne peux pas vous servir, Matt. Je suis franchement désolé.

Je sentis le feu me monter au visage. J'étais gêné et j'étais furieux. Je répondis :

— Qu'est-ce qui vous prend ? J'ai l'air soûl ?

— Non.

— Alors, pourquoi refuse-t-on de me servir ?

Il évita mon regard en répondant :

— C'est pas moi qui fait le règlement. Je ne dis pas que vous n'êtes pas le bienvenu dans cet établissement. Du café, un Coca, un repas... Vous êtes client depuis longtemps et on vous aime bien, ici. Mais je n'ai pas le droit de vous servir de l'alcool.

— Qui a dit ça ?

— Le patron. Quand vous êtes venu, l'autre soir...

Oh, mon Dieu. Je lui dis :

— Je suis désolé pour l'autre soir, Billie. Pour tout vous

dire, j'ai passé deux soirées ignobles. Je ne savais même pas que j'étais venu ici.

— Ne vous en faites pas pour ça.

Oh, nom d'un chien. J'aurais voulu rentrer sous terre.

— Je me suis très mal tenu, Billie ? J'ai fait des histoires ?

— Ben, merde, dit-il. Vous étiez bourré, quoi. C'est des choses qui arrivent. Dans le temps, j'avais une logeuse irlandaise, et quand un soir je rentrais complètement noir, je lui faisais des excuses le lendemain et elle me disait : « T'affole pas, mon p'tit gars, ça pourrait arriver à un évêque ». Non, Matt, vous n'avez pas fait d'histoires.

— Alors...

— Ecoutez, me dit-il en se penchant vers moi, je vais vous répéter ce qu'il m'a dit. Il m'a dit : si ce gars veut boire à en crever, je peux pas l'en empêcher, s'il veut venir ici, il est le bienvenu, mais c'est pas moi qui lui vendrai de l'alcool. C'est pas moi qui ai dit ça, Matt. Je fais que répéter.

— Je comprends.

— S'il ne tenait qu'à moi...

— De toute façon, je ne suis pas venu boire un verre. Je suis venu prendre un café.

— Dans ce cas...

— Dans ce cas, j'en ai rien à foutre. Dans ce cas, je crois que j'ai envie de boire de l'alcool et que je ne devrais pas avoir trop de mal à trouver quelqu'un qui veuille bien m'en vendre.

— Ne le prenez pas comme ça, Matt.

— Ne me dites pas comment le prendre. Arrêtez vos conneries.

La colère que je ressentais avait quelque chose de propre et de satisfaisant. La rage au cœur, je sortis à grands pas et restai un instant planté sur le trottoir, me demandant où j'allais boire un verre.

Je m'entendis appeler par mon nom.

Je me retournai. Un gars en veste militaire me souriait avec douceur. Je ne le reconnus pas tout de suite. Il me dit qu'il était content de me voir et me demanda comment j'allais. Aussitôt, la mémoire me revint. Je répondis :

— Ah, salut, Jim. Ça va à peu près.

— Vous allez à la réunion ? Je vous accompagne.

— Oh, non, malheureusement, je ne pense pas pouvoir y aller ce soir. J'ai quelqu'un à voir.

Il ne dit rien mais sourit. Je sentis un déclic. Je lui demandai s'il s'appelait Faber.

— C'est ça.

— Vous m'avez téléphoné à l'hôtel.

— Je voulais juste vous dire bonjour. C'était sans importance.

— Le nom ne me disait rien. Autrement, je vous aurais rappelé.

— Je sais. Vous êtes sûr que vous ne voulez pas faire un tour à la réunion, Matt ?

— J'aimerais bien. Oh, mon Dieu.

Il attendit.

— J'ai eu quelques ennuis ces derniers jours, Jim.

— Ça n'a rien d'exceptionnel, vous savez.

J'étais incapable de le regarder. Je lui dis :

— Je me suis remis à boire. J'ai tenu, je ne sais pas, sept ou huit jours. Puis j'ai remis ça et ça allait, vous savez, je me contrôlais et puis, un soir, j'ai eu des ennuis.

— Vos ennuis ont commencé quand vous avez pris ce premier verre.

— Peut-être. Je ne sais pas.

— C'est pour ça que je vous ai appelé, dit-il avec douceur. Il m'a semblé que vous aviez sans doute besoin d'aide.

— Vous saviez ?

— Eh bien, vous n'étiez pas très frais, lundi soir, à la réunion.

— J'étais à la réunion ?

— Vous ne vous en rappelez pas, n'est-ce pas ? Il me semblait bien que vous aviez un passage à vide.

— Oh, mon Dieu !

— Qu'y a-t-il ?

— Je suis arrivé ivre à la réunion ? J'étais ivre et je suis allé à une réunion des A.A. ?

Il se mit à rire.

— A vous entendre, on croirait à un péché mortel. Vous croyez que vous êtes le premier à faire ça ?

J'avais envie de crever sur place.

— Mais c'est terrible, lui dis-je.

— Qu'y a-t-il de si terrible ?

— Je ne pourrai jamais y retourner. Je n'oserai plus jamais entrer dans cette salle.

— Vous avez honte, n'est-ce pas ?

— Bien sûr.

Il hocha la tête.

— Moi aussi, j'avais toujours honte quand j'avais des passages à vide. Je ne voulais pas qu'on m'en parle et j'avais toujours peur de ce que j'avais pu faire. Si ça peut vous rassurer, vous n'avez rien fait de terrible. Vous n'avez pas fait de scandale. Vous n'avez pas coupé la parole aux autres. Vous avez renversé une tasse de café...

— Oh, mon Dieu !

— Mais vous ne l'avez pas renversée *sur* quelqu'un. Vous étiez ivre, voilà tout. Si vous voulez savoir, vous n'aviez pas l'air à la fête. Vous aviez même l'air drôlement malheureux.

Je trouvai le courage de lui dire :

— Je me suis retrouvé à l'hôpital.

— Et vous en êtes déjà sorti ?

— J'ai signé ma sortie cet après-midi. J'ai eu des convulsions, c'est pour ça qu'on m'a conduit là-bas.

— Je comprends ça.

Nous marchâmes un moment en silence, puis je lui dis :

— Je ne pourrai pas rester pendant toute la réunion. Je dois voir un gars à dix heures.
— Vous pourriez assister à presque toute la réunion.
— Sans doute.

*

J'eus l'impression que tout le monde me dévisageait. Certaines personnes me dirent bonjour et je ne pus m'empêcher de voir des sous-entendus dans leur formule d'accueil. D'autres ne me dirent rien et j'en conclus qu'ils m'évitaient car ils avaient été choqués en me voyant soûl. J'étais tellement gêné que j'aurais voulu devenir l'homme invisible.

Pendant le témoignage, je ne pus tenir en place et fis plusieurs aller et retour entre ma chaise et le percolateur. J'étais persuadé que mes va-et-vient suscitaient du mécontentement, mais il semblait que je sois irrésistiblement attiré par le percolateur.

Mon esprit s'égarait constamment. Le modérateur, un pompier de Brooklyn, racontait une histoire de façon très vivante, mais je n'arrivais pas à fixer mon attention. Il expliquait que, dans sa caserne, il n'y avait que de gros buveurs, et que si on ne buvait pas assez, on était transféré ailleurs. « Le capitaine était un alcoolique et voulait s'entourer d'alcooliques. Il disait : Qu'on me donne assez de pompiers soûls et j'éteindrai n'importe quel feu. Et il avait raison. On était prêt à tout, à aller n'importe où, à prendre les risques les plus insensés. Parce qu'on était tellement bourré qu'on ne s'en rendait pas compte. »

Je n'y comprenais vraiment rien : j'avais contrôlé ma consommation d'alcool et tout allait bien. Sauf quand ça n'allait plus.

Pendant la pause, je mis un dollar dans la corbeille, puis m'approchai du percolateur pour prendre encore une tasse de café. Cette fois, je parvins à avaler un biscuit d'avoine. J'avais repris ma place quand le tour de table commença.

Je perdais constamment le fil de la discussion, mais cela n'avait pas d'importance. J'écoutai aussi bien que possible et restai aussi longtemps que possible. A dix heures moins le quart, je me levai et m'en allai discrètement. J'eus quand même l'impression que tout le monde me regardait et j'aurais voulu leur dire que je n'allais pas boire un coup mais que j'avais un rendez-vous, un rendez-vous d'affaires.

Je me rendis compte plus tard que j'aurais pu rester jusqu'à la fin. St. Paul n'était qu'à cinq minutes à pied de mon hôtel et Chance m'aurait attendu.

Je cherchais peut-être un prétexte pour m'en aller avant que ce soit à mon tour de parler.

*

J'étais dans le hall de l'hôtel à 10 heures précises. Je vis arriver la voiture de Chance et traversai le trottoir. J'ouvris la portière, montai et la refermai.

Il me regarda.

— Ce boulot tient toujours ?

Il hocha la tête en répondant :

— Si vous en voulez.

— J'en veux.

Il hocha encore la tête, embraya et s'éloigna du trottoir.

11

L'allée circulaire de Central Park fait presque exactement neuf kilomètres et demi de long. Nous en étions à notre quatrième tour dans le sens contraire des aiguilles d'une montre. Chance parlait presque tout le temps. J'avais sorti mon carnet et prenais des notes.

Il me parla d'abord de Kim. Ses parents étaient des immigrants finlandais qui s'étaient installés dans une ferme dans l'ouest du Wisconsin. La ville la plus proche s'appelait Eau Claire. Kim avait été baptisée Kiraa et avait passé une partie de sa jeunesse à traire des vaches et désherber le jardin potager. Elle avait neuf ans quand son frère aîné se mit à abuser d'elle ; il venait tous les soirs dans sa chambre et l'obligeait à avoir des rapports sexuels.

— Sauf qu'une fois, elle m'a raconté cette histoire en me disant que c'était son oncle maternel, et une autre fois que c'était son père, alors c'était peut-être une histoire qu'elle avait complètement inventée. Ou bien c'était une histoire vraie et elle la transformait pour lui ôter de sa réalité.

Elle était au lycée depuis trois ans quand elle eut une aventure avec un agent immobilier. Il lui dit qu'il allait quitter sa femme pour vivre avec elle. Elle fit sa valise et ils partirent pour Chicago où ils passèrent trois jours au Palmer House. Ils prenaient tous les repas dans leur chambre. Le deuxième jour, l'agent immobilier se soûla la gueule. Il avait le vin triste et passa la journée à lui répéter qu'il lui gâchait la vie. Le troisième jour, il était en meilleure forme mais le lendemain matin, quand elle se réveilla, il avait disparu. Il lui avait laissé un mot lui expliquant qu'il retournait avec sa femme, que la chambre était payée pour les quatre prochains jours et qu'il n'oublierait jamais la petite Kim. Avec le mot, il lui avait laissé six cents dollars dans une enveloppe de l'hôtel.

Elle était restée jusqu'à la fin de la semaine, avait visité Chicago et couché avec plusieurs hommes. Deux d'entre eux lui avaient donné de l'argent sans qu'elle le leur demande. Elle avait l'intention d'en demander aux autres, mais n'en avait pas eu le courage. Elle avait pensé retourner à la ferme. Puis, le dernier soir qu'elle passait à l'hôtel, elle avait racolé un homme qui était également descendu au Palmer House, un délégué nigérien qui assistait à une sorte de conférence commerciale.

— Là, elle avait coupé les ponts, me dit Chance. Coucher avec un Noir signifiait qu'elle ne pouvait plus retourner à la ferme. Dès le lendemain matin, elle prenait l'autocar pour New York.

La vie de prostituée ne lui convenait pas du tout, jusqu'au moment où Chance l'avait prise à Duffy et l'avait installée dans un appartement à elle. Elle avait tout ce qu'il fallait — le charme, la beauté — pour être call-girl, et c'était heureux car elle n'était vraiment pas douée pour le tapin.

— Elle était paresseuse, me dit-il. (Il réfléchit un moment et ajouta :) Les prostituées sont paresseuses.

Il avait six femmes qui travaillaient pour lui. Maintenant que Kim était morte, il en avait cinq. Il me parla d'elles de façon générale puis de chaque cas particulier, en me donnant les noms, les adresses, les numéros de téléphone et des renseignements précis. Je pris beaucoup de notes. Quand nous eûmes bouclé le quatrième tour du parc, il se mit à droite et sortit par la Soixante-douzième Rue Ouest, parcourut quelques centaines de mètres et s'arrêta près du trottoir en disant :

— J'en ai pour une minute.

Je restai dans la voiture pendant qu'il allait téléphoner d'une cabine au coin de la rue. Il avait laissé le moteur tourner au ralenti. Je regardai mes notes en essayant de dégager une idée directrice des bribes d'informations que j'avais mises bout à bout.

Chance reprit sa place au volant, regarda dans le rétroviseur et effectua un demi-tour expert bien qu'illégal.

— Il fallait que je passe un coup de fil à mon service, m'expliqua-t-il. Pour savoir s'il y avait des messages.

— Vous devriez avoir un téléphone dans la voiture.

— Trop compliqué.

Nous repartîmes en direction du sud-est de Manhattan et

nous arrêtâmes à côté d'une bouche d'incendie, devant un immeuble d'appartements en brique blanche de la 17e Rue, entre la Deuxième et la Troisième Avenues.

— C'est l'heure de l'encaissement, me dit Chance.

Il descendit à nouveau en laissant le moteur tourner au ralenti mais, cette fois, quinze minutes s'écoulèrent avant qu'il reparaisse, passant d'un pas vif devant le portier de l'immeuble pour se glisser avec souplesse derrière le volant.

— Là, c'est chez Donna. Je vous ai parlé de Donna.

— La femme poète.

— Elle est folle de joie. Deux de ses poèmes ont été acceptés par un magazine de San Francisco. Elle recevra six exemplaires du numéro dans lequel ses poèmes seront publiés. Ce sera la seule forme de paiement. Des exemplaires de magazine.

Devant nous, le feu passa au rouge. Chance ralentit, jeta un coup d'œil à gauche et à droite et brûla tranquillement le feu en disant :

— Une ou deux fois, ses poèmes ont paru dans des magazines qui l'ont payée. Une fois, elle a touché vingt-cinq dollars. C'est le maximum qu'elle ait jamais reçu.

— Comme gagne-pain, ça me paraît un peu juste.

— Un poète ne gagne pas d'argent. Les prostituées sont paresseuses, mais celle-ci ne l'est pas quand il s'agit de ses poèmes. Elle peut rester assise entre six et huit heures pour chercher les mots justes, et elle a en permanence une flopée de poèmes dans la nature. On les lui renvoie et, aussitôt, elle les expédie ailleurs. Elle dépense plus en frais postaux que ce que pourront jamais lui rapporter ses poèmes. (Il resta un instant silencieux, puis il rit doucement.) Vous savez combien d'argent Donna vient de me remettre ? Huit cents dollars et, ça, rien que pour ces deux derniers jours. Remarquez qu'il arrive que son téléphone ne sonne pas une seule fois dans la journée.

— Ça fait quand même une moyenne confortable.

— C'est mieux que la poésie. (Il me regarda.) Vous voulez faire un tour ?

— Ce n'est pas ce que nous faisons ?

— Pour le moment, nous tournons en rond. Maintenant, je vais vous emmener dans un tout autre monde.

*

Nous descendîmes la Deuxième Avenue et traversâmes l'est de la ville basse pour emprunter le pont Williamsburg et rejoindre Brooklyn. Après le pont, nous tournâmes tant de fois que j'en perdis le sens de l'orientation et ne fus guère aidé par les panneaux portant le nom des rues — que je ne connaissais pas. Toutefois, en voyant les quartiers passer de juif à italien à polonais, j'eus quand même une idée de l'endroit où nous nous trouvions.

Dans une rue sombre et silencieuse, bordée de maisons à deux entrées, à charpente de bois, Chance ralentit en arrivant devant un bâtiment en brique de deux étages avec, juste au milieu, une porte de garage. Il utilisa le système de commande à distance pour faire basculer la porte puis la refermer quand nous fûmes entrés. Je le suivis dans un escalier qui conduisait à une pièce spacieuse et haute de plafond.

Il me demanda si je savais où nous étions.

— Peut-être à Greenpoint, répondis-je.

— Bravo. On dirait que vous connaissez bien Brooklyn.

— Pas de ce côté-ci. Ce qui m'y a fait penser, c'est le marché à la viande avec ses réclames pour les *kielbasa.*

— Je vois. Vous savez chez qui nous nous trouvons ? Vous avez déjà entendu parler du Dr Casimir Levandowski ?

— Non.

— Rien d'étonnant. C'est un vieux monsieur. Il est retraité et vit dans un fauteuil roulant. C'est aussi un original. Il ne veut voir personne. Cette maison est une ancienne caserne de pompiers.

— Je me disais que c'était quelque chose comme ça.

— Il y a quelques années, deux architectes l'ont achetée et l'ont transformée. Ils n'ont gardé que les murs extérieurs. Ils devaient avoir quelques dollars pour faire joujou car ils n'ont pas regardé à la dépense. Regardez les sols. Regardez les moulures des fenêtres. (Il désigna chaque détail, le commenta.) Puis ils en ont eu assez de leur maison, ou peut-être l'un de l'autre, je ne sais pas, et ils ont vendu au Dr Levandowski.

— Il habite ici ?

— Il existe pas. (Sa façon de parler oscillait sans cesse entre le ghetto et l'université.) Les voisins ont jamais mis les yeux sur le vieux toubib. Ils voient que son fidèle serviteur noir et ils le voient seulement aller et venir en bagnole. C'est ma maison, Matthew. Je peux vous faire faire le tour du propriétaire ?

C'était une maison assez extraordinaire. Au deuxième étage, il y avait un gymnase parfaitement équipé : haltères, appareils de gymnastique, sauna et Jacuzzi. Il y avait aussi la chambre à coucher où le lit, recouvert d'une grande fourrure, était placé juste au-dessous d'une lucarne. Au premier étage, la bibliothèque avait tout un mur recouvert de livres, et une table de billard.

Il y avait des masques africains partout et, par-ci par-là, des groupes de statues africaines. Chance me désigna quelques pièces en me disant le nom de la tribu dont elles provenaient. Je lui dis que j'avais vu des masques africains dans l'appartement de Kim.

— Des masques de cérémonie de la Société Poro. De la tribu des Dans. J'ai un ou deux trucs africains dans l'appartement de chacune de mes filles. Pas les objets les plus précieux, bien sûr, mais pas de la camelote. D'ailleurs, je n'ai pas de camelote.

Il décrocha du mur un masque assez rudimentaire et me le tendit pour que je l'examine. Les ouvertures figurant les yeux étaient carrées et tous les traits d'une précision géométrique ; l'ensemble, dans son aspect primitif, donnait une impression de puissance.

— C'est un masque Dogon, me dit-il. Prenez-le dans vos mains. Les yeux ne suffisent pas pour apprécier la sculpture. Les mains doivent participer. Allez-y, touchez-le.

Je pris le masque. Il pesait plus lourd que je ne l'avais cru. Le bois dans lequel il était sculpté devait être très dense.

Chance décrocha un téléphone posé sur une table en tek et composa un numéro.

— Bonsoir, chérie, dit-il. Pas de messages ? (Il écouta un instant, puis raccrocha.) La paix et la tranquillité. Je peux vous offrir un café ?

— Si ça ne vous dérange pas.

Il m'assura qu'il n'en était rien. Pendant que le café passait, il me parla de la sculpture africaine et des artisans qui ne considéraient pas leurs œuvres comme des œuvres d'art.

— Tout ce qu'ils font a une fonction précise, m'expliqua-t-il. Protéger la maison, écarter les esprits ou être utilisé dans un rite spécifique de la tribu. Lorsqu'un masque a perdu son pouvoir, on le jette et quelqu'un en sculpte un autre. L'ancien masque n'est plus qu'un objet de rebut qu'on jette car il ne sert plus à rien.

Il se mit à rire :

— Puis les Européens sont arrivés et ont découvert l'art africain. Certains peintres français ont puisé leur inspiration dans les masques des tribus africaines. On en est arrivé au point où il y a maintenant, en Afrique, des sculpteurs qui passent leur temps à faire des masques et des statues destinés à l'exportation vers l'Europe et vers l'Amérique. Ils reproduisent les anciennes formes car c'est ce que veulent leurs clients, mais c'est drôle, leurs œuvres ne valent rien. Elles ne sont pas « habitées ». Elles ne sont pas vraies. Vous les regardez, vous les prenez dans vos mains, puis vous en faites autant avec les sculptures authentiques et vous voyez tout de suite la différence. Si vous aimez sincèrement cette sculpture. C'est drôle, non ?

— C'est intéressant.

— Si j'avais ce genre de camelote, je vous ferais voir. Mais je n'en ai pas. Au départ, si, j'en ai acheté. On commet forcément des erreurs avant d'acquérir le sens de l'authentique. Mais je me suis débarrassé de la camelote, je l'ai brûlée, là, dans la cheminée. (Il sourit.) La toute première pièce que j'ai achetée, je l'ai encore. Elle est accrochée au mur de la chambre. Un masque Dans. Société Poro. Je connaissais que dalle à l'art africain, mais j'ai vu ce masque chez un antiquaire et j'ai été frappé par son intégrité artistique. (Il s'interrompit et secoua la tête.) Tu parles ! En fait, voilà ce qui s'est passé. J'ai regardé ce morceau de bois noir et lisse et j'ai cru regarder dans un miroir. Je me suis vu. J'ai vu mon père. Je regardais en arrière à travers les siècles. Vous comprenez de quoi je parle ?

— Je n'en suis pas sûr.

— Ouais. Peut-être que je ne le suis pas non plus. (Il secoua la tête.) Vous ne savez pas ce que penserait un de ces anciens artisans s'il voyait ça ? Il dirait : « Merde, il est fou, ce nègre, qu'est-ce qu'il a à foutre de tous ces vieux masques ? Pourquoi est-ce qu'il est allé les accrocher partout sur le mur ? » Le café est prêt. Vous le prenez noir, n'est-ce pas ?

*

Il dit :

— Comment un détective s'y prend-il pour détecter ? Par où commencez-vous ?

— En allant voir des gens, en leur parlant. Si Kim n'a pas été tuée par hasard, par un fou, sa mort émane de sa vie. (Je tapotai mon carnet.) Vous ignorez bien des choses de sa vie.

— Sans doute.

— J'irai voir des gens et je verrai ce qu'ils peuvent me dire. Peut-être que les bribes de renseignements finiront par s'emboîter et que ça me donnera une idée du sens où chercher. Peut-être pas.

— Mes filles savent qu'elles peuvent vous parler en toute confiance.

— Ça me sera utile.

— Si jamais elles savaient quoi que ce soit, ce qui n'est pas du tout certain.

— Il arrive que les gens sachent des choses sans savoir qu'ils les savent.

— Et parfois ils en disent sans savoir qu'ils les ont dites.

— C'est tout aussi vrai.

Il se leva, mit ses mains sur ses hanches.

— C'est curieux. Je n'avais pas l'intention de vous amener ici. Je ne voyais pas pourquoi vous auriez dû connaître l'existence de cette maison. Et je vous ai amené ici sans même que vous me le demandiez.

— C'est une maison assez sensationnelle.

— Merci.

— Kim était de mon avis ?

— Elle ne l'a jamais vue. Aucune de mes filles ne l'a vue. Il y a une vieille Allemande qui vient une fois par semaine faire le ménage. Elle brique tout de fond en comble. C'est la seule femme qui ait jamais pénétré dans cette maison. Depuis qu'elle est à moi, en tout cas, Et les architectes qui l'habitaient avant moi n'avaient rien à faire des femmes. On finit le café.

Son café était délicieux. J'en avais déjà trop bu, mais il était si bon que je ne pouvais pas refuser. Quand, un peu plus tôt, je lui en avais fait des compliments, il m'avait dit que c'était un mélange de Colombie et de Jamaïque. Il m'en avait offert une livre, mais j'avais répondu que ça ne me servirait pas à grand-chose dans une chambre d'hôtel.

Je bus mon café pendant qu'il appelait une fois encore son service. Quand il eut raccroché, je lui dis :

— Vous voulez bien me donner le numéro d'ici ? Ou est-ce un numéro secret que vous ne voulez pas donner ?

Il rit et répondit :

— Je ne suis pas souvent là. Il est plus facile d'appeler mon service.

— Très bien.

— Et le numéro d'ici ne vous servirait pas à grand-chose. Moi-même, je ne le connais pas. Je serais obligé de regarder sur une vieille facture pour être sûr de ne pas me tromper. Si vous le composiez, il ne se passerait rien.

— Pourquoi ?

— Parce que les sonneries ne sonneraient pas. Les téléphones sont faits pour donner des coups de fil, pas pour en recevoir. Quand j'ai emménagé, je me suis abonné à mon service et j'ai mis des postes partout pour ne jamais être loin d'un appareil, mais je n'ai jamais donné le numéro à personne. Pas même à mon service. Personne.

— Et alors ?

— Un soir, j'étais ici ; je crois bien que je jouais au billard quand le téléphone a sonné. Ça m'a fait sursauter. C'était quelqu'un qui désirait savoir si je voulais m'abonner au *New York Times*. Et puis, deux jours après, j'ai reçu un autre appel, mais c'était un faux numéro, alors je me suis rendu compte que les seules personnes qui m'appelleraient seraient des gens qui se trompaient de numéro ou des gens qui avaient quelque chose à vendre. J'ai pris un tournevis, j'ai ouvert chaque appareil et il y a un petit marteau qui déclenche la sonnerie quand le courant passe dans une bobine, alors j'ai tout simplement retiré le petit marteau de chaque appareil. Un jour, j'ai composé le numéro sur un autre téléphone et on croit que ça sonne parce qu'on ne peut pas se rendre compte qu'il n'y a pas de marteau, mais dans la maison, on n'entend pas de sonnerie.

— Astucieux.

— Pas de sonnette à la porte non plus. Il y a un truc pour sonner, dehors, à côté de la porte, mais ça ne sert à rien parce que ce n'est pas relié à quelque chose. Depuis que j'ai emménagé, cette porte n'a jamais été ouverte, on ne voit pas à travers les vitres et il y a partout des dispositifs anti-vol. Pas qu'il y ait beaucoup de vols à Greenpoint, ce quartier polonais bien tranquille, mais le vieux Dr Levandowski tient à sa sécurité comme il tient à ne pas être dérangé.

— C'est bien ce qu'on dirait.

— Je ne suis pas souvent ici, Matthew, mais, quand la porte du garage se referme derrière moi, le monde extérieur ne peut plus m'atteindre. Rien ne peut me toucher dans cette maison. Rien.

— Ça m'étonne que vous m'y ayez amené.

— Moi aussi.

*

Nous ne parlâmes d'argent qu'à la fin. Il me demanda combien je voulais et je lui répondis deux mille cinq cents dollars.

Il me demanda ce que ça payait.

— Je ne sais pas au juste. Je ne me fais pas payer à l'heure et je ne calcule pas le montant de mes frais. Si je m'aperçois que j'ai dû sortir trop d'argent, ou si ça dure trop longtemps, je vous demanderai peut-être une rallonge. Mais je ne vous enverrai pas de facture et je ne vous intenterai pas un procès si vous ne me payez pas.

— Vous n'aimez pas les trucs officiels.

— Non.

— Ça me plaît. Paiement comptant, pas de reçu. Je veux bien payer un certain prix. Mes femmes font rentrer beaucoup d'argent, mais il y a beaucoup d'argent qui sort. Les loyers. Les frais d'exploitation. Les pots-de-vin. On installe une prostituée dans un immeuble, et il faut payer la moitié de l'immeuble. Pas question de donner au portier vingt dollars pour Noël comme le font les autres locataires. C'est plutôt de l'ordre de vingt dollars par mois et cent pour Noël, et il en va de même pour tous les autres employés de l'immeuble. Ça finit par faire un paquet.

— Ça ne m'étonne pas.

— Il en reste quand même beaucoup. Et je ne le claque pas en reniflant de la coco ou en jouant. Combien vous dites ? Deux mille cinq cents ? J'ai payé plus du double pour le masque Dogon que je vous ai fait tenir. Il m'a coûté 6200 dollars plus la commission de dix pour cent que font maintenant payer aux acheteurs les galeries qui organisent les ventes aux enchères. Alors, ça fait combien ? 6820 dollars. Et il y a la T.V.A.

Je me tus. Il ajouta :

— Merde, je ne sais pas ce que je veux prouver. Que je suis un nègre nouveau riche, sans doute. Attendez-moi là un instant.

Il revint avec une liasse de billets de cent. Il en compta vingt-cinq ; des billets usagés dont les numéros ne se suivaient pas. Je me demandai combien d'argent liquide il gardait dans la maison et combien il en portait d'habitude sur lui. Dans le temps, j'avais connu un usurier qui avait pour principe de ne jamais mettre les pieds dehors sans avoir au moins dix mille dollars dans sa poche. Il n'en faisait pas un secret et tous ceux qui le connaissaient étaient au courant du magot qu'il trimbalait en permanence.

Personne n'a jamais essayé de le lui faucher.

*

Chance me reconduisit chez moi. Nous prîmes un autre itinéraire, le Pont Pulaski, Queens, puis le tunnel, pour rejoindre Manhattan. Nous ne parlâmes pas beaucoup et, à un moment quelconque, je dus même m'endormir car il fut obligé de poser la main sur mon épaule pour me réveiller.

Je clignai des yeux et me redressai. Nous étions arrêtés devant mon hôtel.

— Service de livraison à domicile, me dit-il.

Je descendis et restai sur le trottoir. Il laissa passer deux taxis pour effectuer son demi-tour. Je regardai la Cadillac jusqu'à ce qu'elle disparaisse.

Les pensées barbotaient dans ma tête comme des nageurs épuisés. J'étais beaucoup trop fatigué pour réfléchir. Je montai me coucher.

12

Je ne la connaissais pas si bien que ça. Ça faisait quelques années que je l'avais rencontrée chez le coiffeur et nous avions pris un café ensemble. Je n'avais eu qu'à lire entre les lignes de sa conversation pour comprendre que je n'avais pas affaire à une oie blanche. Nous avions échangé nos numéros de téléphone et pris l'habitude de nous appeler de temps en temps, mais nous n'étions jamais devenus amis intimes. Puis, il y avait déjà une quinzaine de jours, elle m'avait appelé en disant qu'elle voulait me voir. J'avais été surpris car nous avions perdu tout contact depuis quatre mois.

Nous nous trouvions dans l'appartement d'Elaine Mardell dans la 51e Rue, entre la Première et la Deuxième Avenue. Un tapis blanc à points noués recouvrait le sol et quelques huiles résolument abstraites ornaient les murs, la chaîne stéréo dispensait un fond sonore inoffensif. Je buvais un café, Elaine un jus de fruit.

— Que voulait-elle ?

— Elle m'a dit qu'elle quittait son souteneur. Elle voulait

s'en séparer sans qu'il lui fasse d'ennuis. Et c'est là que vous êtes intervenu.

— Oui. Mais pourquoi s'est-elle adressée à vous ?

— Je n'en sais rien. J'ai eu l'impression qu'elle n'avait pas tellement d'amis. Ce n'était pas le genre de chose dont elle voulait parler avec les autres filles de Chance, et elle ne voulait probablement pas en parler non plus avec quelqu'un qui n'avait absolument rien à voir avec la prostitution. Et puis elle était jeune, vous savez, jeune par rapport à moi. Elle me considérait peut-être comme une vieille dame de bon conseil.

— C'est tout à fait vous.

— N'est-ce pas ? Quel âge avait-elle ? Vingt-cinq ans ?

— Elle m'a dit qu'elle en avait vingt-trois. Dans le journal, ils disaient vingt-quatre.

— C'est encore l'enfance.

— Oui.

— Un peu plus de café, Matt ?

— Non merci, ça va.

— Vous savez pourquoi je pense que c'est avec moi qu'elle a eu cette petite conversation ? Je pense que c'est parce que je n'ai pas de souteneur.

Elle se carra dans son fauteuil, croisa et décroisa les jambes. Je me rappelai d'autres occasions où nous nous étions retrouvés dans cet appartement, l'un assis sur le canapé, l'autre dans le fauteuil, avec le même genre de musique discrète qui arrondissait les angles de la pièce.

— Vous n'en avez jamais eu, n'est-ce pas ? lui demandai-je.

— Non.

— Et en général, les autres filles ?

— Toutes celles qu'elle connaissait en avaient un. C'est presque indispensable quand on fait le trottoir. On a besoin de quelqu'un pour défendre ses droits sur une portion de rue bien délimitée et payer votre caution quand les flics vous arrêtent. Quand on travaille comme moi dans un appartement, ce n'est pas pareil. Mais la plupart des filles que je connais ont quand même un petit ami.

— C'est la même chose qu'un souteneur ?

— Oh, pas du tout. Un petit ami n'a pas toute une écurie de filles. C'est simplement un petit ami. Et on ne lui remet pas ce qu'on gagne. Mais on lui fait un tas de cadeaux, tout simplement parce qu'on en a envie, et puis on le dépanne financièrement quand il a des revers ou qu'il a besoin d'une certaine somme rapidement pour saisir une affaire ou qu'il lui faut emprunter un peu d'argent, mais ce n'est pas comme si on lui *donnait* de l'argent. Ça, c'est un petit ami.

— Une sorte de souteneur monogame.

— C'est un peu ça, mais chaque fille vous jure que son petit ami n'est pas comme les autres, que leurs relations sont totalement différentes, sauf que ce qui ne change jamais c'est qui, dans le couple, gagne l'argent et qui le dépense.

— Et vous n'avez jamais eu de souteneur ou de petit ami ?

— Jamais. Un jour, je me suis fait lire dans les lignes de la main par une femme qui a été assez surprise. Elle m'a dit : « Vous avez une double ligne de tête, mon petit », et elle m'a dit : « Votre tête domine votre cœur. » (Elaine se leva et vint me montrer sa main.) C'est cette ligne-là, vous la voyez ?

— Elle m'a l'air très bien.

— Elle est vachement droite. (Elle repartit chercher son verre et revint s'asseoir près de moi sur le canapé. Elle me dit :) Quand j'ai appris ce qui était arrivé à Kim, je vous ai aussitôt téléphoné. Mais vous n'étiez pas là.

— On ne m'a pas remis le message.

— Je n'en ai pas laissé. J'ai raccroché, j'ai appelé une agence de voyages que je connais et, deux heures après, j'étais dans un avion à destination de la Barbade.

— Vous aviez peur de figurer sur une liste noire ?

— Non. J'ai pensé que Chance l'avait tuée et je ne voyais pas pourquoi il se mettrait à éliminer tous ses amis et connaissances. Non, je me suis rendu compte qu'il était temps de faire une pause. Une semaine dans un hôtel en bord de mer. Un peu de soleil l'après-midi, un peu de roulette le soir et suffisamment de musique de steel-band et de danseurs de limbo pour me permettre de tenir encore un bon moment.

— Pas mal.

— Le deuxième soir, j'ai rencontré un gars dans un cocktail au bord de la piscine. Il était descendu à l'hôtel voisin. Un avocat, un type très sympathique, il était divorcé depuis un an et demi, puis il avait eu une brève liaison qui avait mal fini avec une fille trop jeune pour lui. Il s'en est remis. Et le voilà qui tombe sur moi.

— Et alors ?

— Nous avons vécu une délicieuse petite idylle qui a duré jusqu'à la fin de la semaine. Longues promenades sur la plage, baignades, tennis. Dîners aux chandelles. Nous montions boire un pot sur mon balcon. J'avais un balcon qui donnait sur la mer.

— Ici, vous en avez un qui donne sur l'East River.

— Ce n'est pas pareil. Nous avons passé des moments merveilleux, Matt. Nos rapports sexuels étaient aussi très chouettes. Je croyais qu'il me faudrait jouer les grandes filles timides, mais je n'ai pas eu besoin de jouer la comédie. J'étais vraiment intimidée, et puis j'ai surmonté ma timidité.

— Vous ne lui avez pas dit...

— Vous plaisantez ? Bien sûr que non. Je lui ai dit que je travaillais pour des galeries, que je restaurais des tableaux. Que je travaillais en free-lance. Il a trouvé ça passionnant et m'a posé un tas de questions. Ç'aurait été plus facile si j'avais eu le bon sens de me choisir un métier un peu plus ordinaire, seulement je voulais qu'il ne me trouve pas ordinaire, vous comprenez ?

— Bien sûr.

Elle regardait ses mains posées sur ses genoux. Son visage n'avait pas une ride, mais ses mains commençaient à trahir son âge. Je me demandai quel âge elle avait : trente-six ans ? Trente-huit ans ?

— Il voulait me revoir ici, Matt. Nous ne nous sommes pas dit que c'était le grand amour mais nous avions le sentiment que nos relations pourraient déboucher sur quelque chose de solide. Il ne voulait pas que nous risquions de laisser passer la possibilité de construire quelque chose de durable. Il habite à Merrick. Vous savez où c'est ?

— Oui, dans Long Island. Ce n'est pas loin de là où j'habitais avant.

— C'est bien ?

— Il y a des coins très agréables.

— Je lui ai donné un faux numéro. Il connaît mon nom mais je ne suis pas dans l'annuaire. Je n'ai pas eu de ses nouvelles et je ne m'attends pas à en avoir. Je voulais passer une semaine au soleil, vivre une petite aventure agréable et c'est ce que j'ai eu, mais il m'arrive d'avoir envie de l'appeler et d'inventer quelque chose à propos du faux numéro. Je pense que je trouverais une histoire convaincante.

— Probablement.

— Mais à quoi bon ? Je pourrais même devenir sa femme, sa petite amie ou quelque chose comme ça en lui faisant avaler un tas de mensonges. Je pourrais abandonner cet appartement et brûler mon carnet de rendez-vous. Mais à quoi bon ? (Elle me regarda.) Je vis bien. Je fais des économies. J'ai toujours économisé.

— Et si je me souviens bien, vous l'avez investi. Dans l'immobilier, je crois. Des immeubles d'appartements à Queens.

— Et ailleurs. Si j'y étais obligée, je pourrais déjà prendre ma retraite et vivre confortablement. Mais je n'ai aucune raison de me retirer et je n'ai pas besoin d'un petit ami.

— Pourquoi Kim Dakkinen voulait-elle abandonner le métier ?

— C'est ça qu'elle voulait ?

— Je ne sais pas. Pourquoi voulait-elle quitter Chance ?
Elle réfléchit, secoua la tête et répondit :
— Je ne le lui ai pas demandé.
— Moi non plus.
— Pour commencer, je n'ai jamais compris pourquoi les filles avaient un souteneur ; alors je n'ai pas besoin d'explication quand il y en a une qui me dit qu'elle veut s'en débarrasser.
— Elle était amoureuse de quelqu'un ?
— Kim ? C'est possible. Elle ne m'en a pas parlé.
— Elle avait l'intention de quitter New York ?
— Ce n'est pas l'impression que j'ai eue. Mais, même si c'était le cas, elle ne me l'aurait sans doute pas dit.
— Nom d'un chien. (Je posai ma tasse vide sur la petite table.) Elle avait forcément des rapports quelconques avec quelqu'un. J'aimerais bien savoir qui.
— Pourquoi ?
— Parce que c'est la seule façon pour moi de découvrir qui l'a tuée.
— Parce que c'est comme ça que ça se passe ?
— En général, oui.
— Et si demain je me faisais assassiner, que feriez-vous ?
— Je pense que j'enverrais des fleurs.
— Non, vraiment.
— Vraiment ? J'irais voir du côté des avocats de Merrick.
— Il doit y en avoir pas mal, vous ne pensez pas ?
— Sans doute. Mais il ne doit pas y en avoir tant que ça qui ont passé une semaine à La Barbade ce mois-ci. Vous m'avez dit qu'il avait passé une semaine dans l'hôtel voisin du vôtre, en bord de mer. Je ne pense pas que j'aurais du mal à le trouver ou à prouver qu'il avait des rapports avec vous.
— Vous feriez vraiment ça ?
— Pourquoi pas ?
— Vous ne seriez pas payé.
Je ris.

— Nous sommes de vieux complices, Elaine.

C'était vrai. Quand j'étais dans la police, il y avait entre nous une sorte d'accord. Je lui donnais un coup de main quand elle avait besoin du genre d'aide que peut fournir un flic — des ennuis avec la police ou avec un client difficile. En échange, quand j'avais envie d'elle, elle était à ma disposition. Je me demandai soudain si j'avais joué le rôle de souteneur ou de petit ami. Ni l'un ni l'autre. Quoi, alors ?

— Matt ? Pourquoi Chance vous a-t-il engagé ?

— Pour découvrir qui l'a tuée.

— Pourquoi ?

Je songeai aux raisons qu'il m'avait données.

— Je l'ignore.

— Pourquoi avez-vous accepté ce travail ?

— J'ai besoin d'argent, Elaine.

— Vous ne tenez pas tant que ça à l'argent.

— Mais si. Il faut que je me mette à faire des économies en prévision de ma vieillesse. Je guigne ces immeubles d'appartements à Queens.

— Ha, ha.

— Vous devez faire une drôle de propriétaire. Je parie que vos locataires sont dans leurs petits souliers quand vous venez encaisser les loyers.

— C'est une entreprise de gestion immobilière qui s'occupe de ça. Je ne vois jamais mes locataires.

— Vous n'auriez pas dû me le dire. Je m'étais fait tout un cinéma.

— C'est ça.

— Quand j'ai eu fini mon travail, Kim s'est offerte à moi. Je suis allé chez elle, elle m'a payé, puis nous avons couché ensemble.

— Et alors ?

— C'était une sorte de pourboire. Enfin, presque. Une façon amicale de me remercier.

— C'est mieux que dix dollars à Noël.

— Mais elle aurait vraiment fait ça ? Je veux dire, si elle était amoureuse de quelqu'un. Est-ce qu'elle coucherait avec moi comme ça, sans problème ?

— Vous oubliez quelque chose, Matt.

Pendant un instant, elle eut vraiment l'air de la vieille dame de bon conseil. Je lui demandai ce que j'oubliais.

— C'était une prostituée, Matt.

— Et vous, à La Barbade, vous étiez une prostituée ?

— Je ne sais pas. Peut-être que oui, peut-être que non. Mais ce que je peux vous dire, c'est que j'étais ravie quand la parade nuptiale a été terminée, et quand nous avons couché ensemble, parce que, pour une fois, je savais ce que je faisais. Et mon métier consiste à coucher avec des hommes.

Je réfléchis un instant, puis demandai :

— Quand je vous ai appelée, tout à l'heure, vous m'avez dit de vous accorder une heure, de ne pas venir tout de suite.

— Et alors ?

— C'est parce que vous attendiez un client ?

— C'était pas le relevé des compteurs, en tout cas.

— Vous aviez besoin de cet argent ?

— Besoin de cet argent ? Vous posez de ces questions. J'ai *accepté* cet argent.

— Mais vous auriez quand même pu payer le loyer.

— Et je n'aurais pas été forcée de sauter un repas, non. Ni de mettre des bas filés. A quoi voulez-vous en venir ?

— Aujourd'hui, vous avez reçu ce gars parce que c'est votre métier.

— Sans doute.

— Et c'est vous qui me demandez pourquoi j'ai accepté ce travail.

— Parce que c'est votre métier, dit-elle.

— C'est un peu ça.

Elle pensa à quelque chose qui la fit rire et me dit :

— Au moment de sa mort, Heinrich Heine... Vous savez, le poète allemand.

— Eh bien ?

— Au moment de sa mort, il dit : « Dieu me pardonnera. C'est Son métier. »

— Joli.

— C'est sans doute encore mieux en allemand. Je baise, vous enquêtez et Dieu pardonne. (Elle baissa les yeux.) J'*espère* qu'Il pardonne. Quand mon tour viendra d'éteindre ma lampe, j'espère qu'Il ne sera pas parti passer le week-end à La Barbade.

13

Quand je partis de chez Elaine, le ciel s'assombrissait et la sortie des bureaux rendait la circulation difficile. Il s'était remis à pleuvoir — un crachin tenace qui gênait les conducteurs qui rentraient chez eux en banlieue. Je regardai ce flot en crue et me demandai si l'avocat d'Elaine ne se trouvait pas dans une de ces voitures. En pensant à lui, je tentai d'imaginer sa réaction quand il s'était aperçu qu'elle lui avait donné un faux numéro.

S'il y tenait, il pouvait la retrouver. Il connaissait son nom. La compagnie du téléphone ne lui communiquerait pas un numéro figurant sur la liste rouge, mais il avait sans doute assez de relations pour trouver quelqu'un qui pourrait l'obtenir. A défaut, il n'aurait pas trop de mal en passant par son hôtel qui lui donnerait le nom de son agence de voyages et il finirait sûrement par se faire donner son adresse. Bien sûr, j'avais été flic et je pensais automatiquement à ce genre de démarches, mais il me semblait que n'importe qui pouvait y penser. Cela ne me semblait pas très compliqué.

Peut-être avait-il été blessé en s'apercevant que c'était un faux numéro. Sachant qu'elle ne voulait pas le voir, peut-être n'avait-il plus envie de la voir. Mais sa première idée ne serait-elle pas qu'elle s'était trompée involontairement ? Alors, il appellerait les Renseignements, puis se dirait sans doute que le numéro figurant sur la liste rouge ne se différenciait de celui qu'elle lui avait donné que par la transposition de deux chiffres. Alors, pourquoi se décourager ?

Peut-être ne l'avait-il même pas appelée et ne savait-il donc pas que c'était un faux numéro. Peut-être avait-il jeté son numéro dans les toilettes de l'avion qui le ramenait à sa femme et ses gosses.

Peut-être avait-il mauvaise conscience de temps en temps en pensant à la restauratrice de tableaux qui attendait, assise près de son téléphone. Peut-être finirait-il par regretter son geste irréfléchi. Ce n'était quand même pas la peine de jeter son numéro. Il aurait certainement pu la caser dans son emploi du temps une ou deux fois par semaine. Aucune raison de lui parler de sa femme et ses gosses. Elle serait certainement ravie que quelqu'un la sorte de ses pinceaux et de sa térébenthine.

*

Sur le chemin de mon hôtel, je m'arrêtai dans un snack et pris un potage, un sandwich et un café. Il y avait dans le *Post* une curieuse histoire. Cela se passait à Queens où deux voisins se chamaillaient depuis des mois à cause d'un chien qui aboyait en l'absence de son maître. La veille au soir, le propriétaire du chien promenait l'animal quand celui-ci leva la patte contre un arbre qui poussait devant la maison du voisin. Il se trouva que le voisin regardait justement la rue. Il s'empara d'un arc et d'une flèche et tira d'une fenêtre du premier étage sur le chien. Le propriétaire du chien courut chez lui et revint armé d'un Walther P.38, souvenir de la Deuxième Guerre mondiale. Le voisin se précipita aussi dans la rue avec son arc et ses flèches et le propriétaire du chien lui tira dessus et le tua. Le voisin avait quatre-vingt-un ans, le propriétaire du chien en avait soixante-deux et les deux hommes habitaient l'un à côté de l'autre depuis plus de vingt ans. L'âge du chien n'était pas précisé mais il y avait une photo de l'animal tirant sur sa laisse que tenait un officier de police en uniforme.

*

Le commissariat de Midtown North n'était pas loin de mon hôtel. La pluie tombait toujours sans grande conviction quand je m'y rendis ce soir-là vers neuf heures. Je m'arrêtai devant le bureau du sergent de garde qui m'indiqua l'escalier d'un geste de la main. Je montai un étage et trouvai la permanence des inspecteurs. Quatre flics en civil étaient assis à des bureaux tandis que deux autres, vers le fond de la salle, regardaient la télévision. Les trois jeunes Noirs qui étaient au violon me regardèrent avec intérêt quand j'entrai, puis ne firent plus attention à moi quand ils virent que je n'étais pas leur avocat.

Je m'avançai vers le bureau le plus proche. Un flic un peu chauve leva la tête du rapport qu'il tapait à la machine. Je lui dis que j'avais rendez-vous avec l'inspecteur Durkin.

Un flic assis à un autre bureau tourna la tête et me regarda.

— C'est vous, Scudder ? Je suis Joe Durkin.

Sa poignée de main était excessivement ferme, presqu'un test de virilité. Il me désigna une chaise, se rassit, écrasa sa cigarette dans un cendrier débordant de mégots, en alluma une autre, se renversa dans son fauteuil et me regarda. Ses yeux étaient de ce gris pâle qui ne vous révèle rien. Il me demanda :

— Il pleut toujours ?

— Par moments, oui.

— Un temps pourri. Vous voulez du café ?

— Non, merci.

— Que puis-je faire pour vous ?

Je lui dis que j'aimerais voir tout ce qu'il pouvait me montrer sur l'affaire Dakkinen.

— Pourquoi donc ?

— J'ai promis à quelqu'un de m'en occuper.

— Vous avez promis à quelqu'un de vous en occuper ? Vous voulez dire que vous avez un client ?

— Si vous voulez.

— Qui est-ce ?

— Je ne peux pas vous le dire.

Un muscle se crispa sur le côté de sa mâchoire. Durkin avait environ trente-cinq ans et quelques kilos de trop, suffisamment pour le faire paraître un peu plus vieux que son âge. Il avait encore tous ses cheveux qui étaient brun foncé, presque noirs, coiffés à plat sur son crâne. Il aurait dû emprunter une brosse chauffante au voisin du dessous.

Il me dit :

— Vous ne pouvez pas garder ça pour vous. Vous n'avez pas de licence et, même si vous en aviez une, le renseignement ne serait pas couvert par le secret professionnel.

— Je ne savais pas que nous étions dans une salle d'audience.

— Nous n'y sommes pas. Mais vous venez me demander un service...

Je haussai les épaules.

— Je ne peux pas vous dire le nom de mon client. C'est quelqu'un qui a intérêt à ce que le meurtrier soit arrêté. Voilà tout.

— Et il pense que ça se passera plus vite s'il fait appel à vous ?

— Manifestement.

— Vous le pensez aussi ?

— Moi, ce que je pense, c'est que j'ai besoin de gagner ma vie.

— Vous n'êtes pas le seul.

J'ai répondu ce qu'il fallait. Je n'étais plus un concurrent. J'étais simplement un gars qui se remuait un peu pour essayer de gagner sa croûte. Il soupira, abattit une main sur le plateau de son bureau, se leva et traversa la pièce pour s'approcher d'une rangée de classeurs métalliques. C'était un homme trapu aux jambes arquées, qui avait ses manches de chemise retroussées, son col ouvert et la démarche chaloupée d'un marin. Il revint avec un dossier à soufflets, se rassit, ouvrit le dossier et en sortit une photographie qu'il jeta sur le bureau.

— Tenez, dit-il. Régalez-vous.

C'était une photo noir et blanc, 13 × 18, de Kim mais, si je ne l'avais pas su, je n'aurais jamais pu la reconnaître. Je regardai, ravalai un haut-le-cœur et m'obligeai à regarder encore.

— Il l'a vraiment arrangée.

— Il l'a frappée soixante-six fois avec ce qui, d'après le toubib, devait être une machette ou un truc comme ça. Ça vous aurait plu de faire le compte ? Je ne comprends pas comment ils arrivent à faire ce boulot. Je vous jure que leur travail est encore pire que le mien.

— Qu'est-ce qu'il y a comme sang !

— Ne vous plaignez pas. Vous le voyez en noir et blanc. Vous auriez vu ça en couleurs...

— Je me l'imagine.

— Il a sectionné des artères. Quand on fait ça, le sang jaillit, il y en a plein la pièce.

— Il devait être lui-même couvert de sang.

— C'est inévitable.

— Alors, comment a-t-il pu sortir de là sans se faire remarquer ?

— Cette nuit-là, il faisait froid. Il devait avoir un manteau qu'il a mis pour cacher ses vêtements. (Il tira sur sa cigarette.) Ou bien il était à poil quand il l'a charcutée. Elle aussi, elle était à poil ; il ne voulait peut-être pas avoir l'impression d'être trop habillé. Après, il lui suffisait de prendre une douche. Il y avait une belle salle de bains et il avait tout son temps. Rien ne l'empêchait de faire un brin de toilette.

— Les serviettes étaient sales ?

Il me regarda. Ses yeux gris étaient toujours impénétrables, mais il me sembla déceler un peu plus de respect dans son attitude.

— Je ne me rappelle pas avoir vu de serviette sale, répondit-il.

— Ce n'est pas le genre de chose qu'on doit remarquer, pas avec un spectacle pareil sous les yeux.

— Elles devraient quand même figurer sur l'inventaire. (Il parcourut rapidement les pièces du dossier.) Vous savez bien qu'ils prennent une photo de tout ce qu'ils voient et que tout objet susceptible de constituer une pièce à conviction est mis dans un sac, avec une étiquette, et répertorié. Puis c'est envoyé à l'entrepôt, et quand on en a besoin au moment de la préparation de l'affaire, on n'arrive plus à mettre la main dessus. (Il ferma un instant le dossier et se pencha en avant.) Je vais vous raconter quelque chose. Il y a quinze jours, trois semaines, je reçois un coup de téléphone de ma sœur. Elle habite à Brooklyn avec son mari. Le quartier de Midwood. Vous connaissez le coin ?

— Je le connaissais assez bien dans le temps.

— C'était probablement plus agréable à cette époque-là. Mais c'est pas mal. Etant donné que toute la ville est un cloaque, ce n'est pas désagréable en comparaison. Enfin, elle m'a téléphoné parce qu'ils venaient de rentrer chez eux et s'étaient aperçu qu'ils avaient été cambriolés. Quelqu'un avait enfoncé la porte et avait embarqué un téléviseur portable, une machine à écrire et des bijoux. Elle voulait savoir comment porter plainte, auprès de qui porter plainte et tout ça. La première chose que je lui ai demandée, c'est si elle était assurée. Elle m'a dit que non, qu'ils n'avaient pas pensé que ça en valait la peine. Alors je lui ai dit de ne pas se fatiguer. Je lui ai dit : « Ne porte pas plainte, ce serait une perte de temps. »

« Elle se demande comment on pourra arrêter les cambrioleurs si elle ne signale pas le cambriolage. Je lui explique que la police n'a plus le temps d'enquêter sur les cambriolages. On rédige un rapport, on le fourre dans un dossier mais on ne se met pas à cavaler partout pour essayer de retrouver celui qui a fait le coup. Prendre un cambrioleur sur le fait, c'est une chose, mais entreprendre une enquête, ça, c'est tout au bout de la liste des priorités. Elle me dit d'accord, elle comprend, mais si jamais on retrouvait les objets volés ? Si elle n'a jamais signalé le vol, comment fera-t-on pour les lui rendre ? Alors, je suis obligé de lui expliquer à quel point tout le système est bordélique. Nous avons des entrepôts bourrés d'objets volés que nous avons récupérés ; et nous avons des fichiers bourrés de rapports que des gens ont signés, contenant la liste des objets qui leur ont été volés, mais nous ne sommes pas foutus de restituer les trucs à leur légitime propriétaire. J'ai continué comme ça pendant une heure. Je vous en épargnerai les détails, mais je ne pense pas qu'elle ait fini par me croire. Parce qu'on ne peut pas croire que ce soit aussi mal fichu.

Il rouvrit le dossier, en sortit une feuille et la regarda en fronçant les sourcils. Il lut à haute voix :

— Une serviette de bain blanche. Une serviette à main, blanche. Deux gants de toilette blancs. Ça ne dit pas s'ils étaient propres ou sales.

Il sortit ensuite un paquet de photos qu'il examina rapidement. Je regardai par-dessus son épaule des photos de la pièce dans laquelle Kim Dakkinen était morte. Kim n'était pas sur toutes les photos. Le photographe, soucieux de ne rien omettre de la scène du meurtre, avait photographié pratiquement chaque centimètre de la chambre d'hôtel.

Une photo de la salle de bains montrait un porte-serviettes avec du linge propre dessus.

— Pas de serviettes sales, dit-il.

— Il les a embarquées.
— Quoi ?
— Il a été obligé de se laver. Même s'il s'est contenté de jeter un manteau par-dessus ses vêtements pleins de sang. Là, il n'y a pas assez de serviettes. Dans un hôtel chic, les chambres pour deux personnes n'ont pas une seule serviette de bain et une seule serviette à main.
— Pourquoi les aurait-il embarquées ?
— Peut-être pour envelopper la machette.
— Ça, pour commencer, il lui fallait quelque chose pour la transporter, il avait besoin d'une sorte de sac pour la faire entrer dans l'hôtel. Pourquoi ne pas la ressortir de la même façon ?
Je convins qu'il avait pu le faire.
— Et pourquoi l'envelopper dans des serviettes sales ? Disons que vous prenez une douche, que vous vous essuyez et que vous voulez envelopper une machette avant de la ranger dans votre valise. Vous avez des serviettes propres sous la main. Vous ne préférerez pas envelopper la machette dans une serviette propre plutôt que de la coller dans une serviette mouillée pour la ranger dans votre sac ?
— Vous avez raison.
— Inutile de perdre du temps pour ça, dit-il en tapant avec la photographie sur son bureau. Mais j'aurais dû remarquer qu'il manquait des serviettes. C'est un truc auquel j'aurais dû penser.
Nous parcourûmes ensemble le dossier. Le rapport médical ne contenait guère de surprises. La mort était due à des hémorragies massives, causées par des blessures multiples ayant entraîné des pertes de sang excessives. Oui, bon...
Je lus les comptes rendus d'interrogatoires de témoins et parcourus tous les autres formulaires et bouts de papier qui viennent grossir le dossier des victimes d'homicide. J'avais du mal à me concentrer. Je commençais à avoir mal au crâne et mon cerveau tournait à vide. Au bout d'un moment, Durkin

décida de me laisser finir seul. Il alluma une cigarette et reporta son attention sur ce qu'il tapait à la machine quand j'étais arrivé.

Finalement, n'en pouvant plus, je fermai le dossier et le lui rendis. Il alla le remettre dans le classeur, faisant un détour, en revenant, pour s'arrêter près du distributeur de café.

— Je les ai pris tous les deux avec du lait et du sucre, me dit-il en posant une tasse devant moi. Ce n'est peut-être pas comme ça que vous le vouliez.

— Ça va très bien.

— Maintenant, vous en savez autant que nous.

Je lui exprimai ma gratitude.

Il me dit :

— Vous savez, vous nous avez évité du boulot fastidieux et une perte de temps avec ce tuyau sur le souteneur. Nous vous devions bien ça. Si vous pouvez vous faire quelques dollars, hein, pourquoi pas ?

— Qu'est-ce que vous allez faire ?

— Nous allons poursuivre notre enquête de façon normale. Etudier chaque indice, rassembler tous les renseignements, jusqu'à ce que nous puissions communiquer le dossier aux services du District Attorney.

— On dirait une bande enregistrée.

— Ah bon ?

— Et ensuite, Joe ?

— Oh, la vache, dit-il. Ce café est infect. Vous ne trouvez pas ?

— Non, ça va.

— Je croyais que c'étaient les tasses. Alors, un jour, j'ai apporté une tasse et j'ai bu dans de la porcelaine au lieu du plastique. Pas de la porcelaine de luxe, non, une tasse comme il y en a dans les restaurants. Vous voyez, quoi.

— Oui, oui.

— Eh bien, le café était aussi infect dans une vraie tasse. Et le lendemain du jour où j'ai apporté la tasse, j'étais en train de rédiger un rapport sur l'arrestation de je ne sais quel voyou et j'ai fait tomber la putain de tasse qui était posée sur mon bureau. Vous n'êtes pas pressé ?

— Non.

— Alors, si vous voulez, on va descendre en boire un au bistrot du coin.

14

En fait de bistrot du coin, il m'emmena dans la Dixième Avenue où nous parcourûmes environ deux cents mètres avant d'entrer dans une sorte de brasserie qui aurait pu figurer à la fin d'un témoignage. Je n'en saisis pas le nom et je ne sais même pas si elle en avait un. Elle aurait pu s'appeler « Dernier Arrêt avant le Sevrage ». Deux hommes âgés, en costume bon marché, assis ensemble au comptoir, buvaient en silence. Un homme d'une quarantaine d'années, de type méditerranéen, se tenait au bout du comptoir et buvait un petit verre de rouge en lisant le journal. Le barman, un gars décharné en tee-shirt et blue-jean, regardait quelque chose sur un petit téléviseur noir et blanc dont le volume était au minimum.

Durkin et moi nous installâmes à une table, puis j'allai chercher nos consommations au comptoir : une double vodka pour lui et, pour moi, une boisson au gingembre. Je les rapportai à notre table. En voyant mon verre, Durkin ne fit aucun commentaire.

Ça aurait pu être un scotch avec pas mal d'eau de Seltz, à en juger par la couleur.

Il but un peu de vodka et dit :

— Ça fait du bien. Ça fait vraiment du bien.

Je me tus.

— Qu'est-ce que vous me demandiez, tout à l'heure ? Ce que nous allions faire maintenant ? Vous auriez pu répondre à ça tout seul.

— Probablement.

— J'ai dit à ma propre sœur d'acheter une nouvelle télé, une nouvelle machine à écrire et d'ajouter quelques serrures à sa porte. Mais de ne pas se donner la peine d'appeler les flics. Qu'est-ce que nous allons faire à propos de Dakkinen ? Rien.

— C'est ce que je pensais.

— Nous savons qui l'a tuée.

— Chance ? (Il acquiesça d'un signe de tête.) Son alibi me paraît bon.

— Oh, pour ça, il est doré sur tranche. Inattaquable. Mais qu'est-ce que ça prouve ? Il aurait quand même pu faire le coup. Les gens avec qui il prétend s'être trouvé sont des gens qui n'hésiteraient pas à mentir pour lui.

— Vous pensez qu'ils ont menti ?

— Non, mais je ne jurerais pas qu'ils ont dit la vérité. De toute façon, il a pu engager un tueur. Nous en avons déjà parlé.

— C'est ça.

— Si c'est lui, il ne risque rien. Nous n'allons pas pouvoir ébrécher son alibi. S'il a payé un tueur, nous ne saurons jamais qui c'est. A moins d'un coup de pot. Ça arrive quelquefois, vous savez. Ça nous tombe tout rôti dans le bec. Un gars dit quelque chose dans un bar, quelqu'un qui lui en veut le répète et voilà que tout à coup on apprend quelque chose dont on ne se doutait même pas. Mais même si ça se produisait, nous serions encore loin de pouvoir le traîner en justice. En attendant, nous n'allons pas nous fatiguer.

Ce qu'il me disait ne me surprenait pas, mais les mots avaient un effet calmant. Je pris mon verre et regardai le liquide légèrement ambré.

— Dans ce métier, me dit Durkin, faut savoir faire la part des choses. Travailler sur les affaires que nous avons une chance de résoudre, laisser les autres flotter au gré du vent. Vous connaissez le taux de criminalité dans cette ville ?

— Je sais qu'il est en augmentation.

— Comme vous dites. Il augmente chaque année. Il y a de plus en plus de crimes chaque année, sauf que les statistiques indiquent une baisse de certains crimes de moindre importance parce que les gens ne se donnent plus la peine de les signaler à la police. Comme le cambriolage de ma sœur. Vous êtes victime d'une agression en rentrant chez vous, mais vous ne subissez aucun dommage en dehors du fait que le type vous a volé votre argent ? Estimez-vous heureux d'être encore en vie. Rentrez chez vous et dites une Action de Grâce.

— Pour Kim Dakkinen.

— Qu'elle aille se faire foutre. Une petite connasse qui fait deux mille cinq cents kilomètres pour venir vendre son cul et filer le fric à un nègre. Qu'est-ce que ça peut foutre si elle s'est fait tailler en morceaux ? Elle avait qu'à rester dans son bled du Minnesota.

— Wisconsin.

— C'est ce que je voulais dire. La plupart du temps, elles sont du Minnesota.

— Je sais.

— Avant, on avait à peu près mille meurtres par an, à New York. Trois par jour dans chacun des cinq districts. Ça paraissait beaucoup.

— C'était déjà pas mal.

— Maintenant, ça fait deux fois plus. (Il se pencha vers moi.) Mais ce n'est *rien,* Matt. La plupart des meurtres, ce sont des histoires entre mari et femme, ou bien deux amis qui font la tournée des bistrots, et y en a un qui descend l'autre et qui ne s'en souvient même pas le lendemain matin. Ces meurtres-là n'augmentent jamais. Leur nombre est toujours le même. Ce qui a changé, ce sont les meurtres commis par des inconnus ; où le meurtrier et sa victime ne s'étaient jamais vus. C'est le taux de ces meurtres-là qui indique combien il peut être dangereux de vivre quelque part. Si on prend simplement les meurtres d'inconnus, sans s'occuper des autres et qu'on les met sur un graphique, la courbe monte en flèche.

— A Queens, hier soir, il y avait justement un gars armé d'un arc et d'une flèche, lui dis-je, et son voisin l'a descendu avec un .38.

— Oui, j'ai lu ça. Une histoire de chien qui se trompait de pelouse en faisant sa crotte ?

— C'est à peu près ça.

— Ça, ce serait pas sur le graphique. Ces deux types se connaissaient.

— C'est vrai.

— Mais ça fait partie du même phénomène. Les gens n'arrêtent pas de s'entretuer. Ils ne prennent même pas le temps de réfléchir, ils tuent. Ça fait combien de temps que vous n'êtes plus dans la police, deux ans ? Je peux vous dire que vous n'avez pas connu ça. C'est bien pire.

— Je vous crois.

— C'est vrai. C'est devenu une jungle où tous les animaux sont armés. Tout le monde a une arme à feu. Vous avez une idée du nombre de gens qui se trimbalent avec un revolver ? L'honnête citoyen qui sent qu'il a besoin d'un revolver pour se protéger, alors il l'achète et puis voilà qu'un beau jour il se suicide ou bien il tue sa femme ou le gars d'à côté.

— Le gars qui a un arc et une flèche.

— Lui ou un autre. Mais qui est-ce qui va lui dire de ne pas avoir d'arme à feu ? (Il se frappa l'estomac, où son arme de service était glissée dans sa ceinture.) Il faut que je me promène avec ça. C'est le règlement. Mais je peux vous dire que je ne me promènerais pas sans ça. J'aurais l'impression d'être nu.

— C'est ce que je pensais, dans le temps. Mais on s'habitue.

— Vous n'êtes pas armé ?

— Non.

— Et ça ne vous gêne pas ?

Je retournai au comptoir chercher deux autres verres. Vodka pour lui, boisson au gingembre pour moi. Quand je les rapportai à la table, Durkin vida le sien d'un seul trait, puis soupira longuement à la façon d'un pneu qui se dégonfle. Il alluma une cigarette, aspira profondément et souffla la fumée comme s'il était pressé de s'en débarrasser.

— Saloperie de ville, dit-il.

Il me dit qu'il n'y avait rien à faire, que c'était fichu. Il mit en accusation l'ensemble du système judiciaire, des flics aux prisons en passant par les tribunaux, m'expliquant que rien ne marchait et que c'était pire de jour en jour. On n'arrivait pas à arrêter un type et puis, de toute façon, on ne pouvait pas l'inculper et, pour finir, on ne pouvait pas garder ce salaud en prison.

— Les prisons sont surpeuplées, dit-il, alors les juges ne veulent pas infliger de longues peines et les prisonniers ne les purgent pas jusqu'au bout. Et puis les rôles des tribunaux sont surchargés et les juges sont tellement soucieux de sauvegarder les droits des accusés qu'il faudrait pratiquement une photo du gars en train de commettre le meurtre pour qu'on obtienne une condamnation ; mais alors, il y aurait un arrêt d'annulation parce qu'on aurait violé ses droits en le prenant en photo sans autorisation préalable. Et pendant ce temps-là, il n'y a pas de flics. La police a dix mille hommes de moins qu'elle en avait il y a douze ans. Dix mille flics de moins dans la rue !

— Je sais.

— Deux fois plus de criminels et un tiers de flics en moins, et on s'étonne que ce soit dangereux de marcher dans les rues. Et tout ça, vous savez pourquoi ? La ville est complètement fauchée. Il n'y a pas d'argent pour payer les flics, pas d'argent pour faire rouler le métro, pas d'argent pour quoi que ce soit. Le pays entier laisse filer son fric et tout le fric atterrit en Arabie Saoudite. Et ces cons-là échangent leurs chameaux contre des Cadillac pendant que notre pays s'enfonce dans la merde. (Il se leva.) C'est ma tournée.

— Non, non. J'y vais. J'ai droit aux notes de frais.

— C'est vrai, vous avez un client. (Il s'assit. Quand je revins avec nos verres, il me demanda :) Qu'est-ce que c'est que vous buvez ?

— De la limonade au gingembre.

— Ouais, je pensais bien que ça en avait l'air. Pourquoi vous prenez pas un verre — un vrai ?

— J'essaie de réduire un peu ma consommation, ces temps-ci.

— Ah bon ? (Ses yeux gris se fixèrent sur moi quand il comprit ce que signifiait ma réponse. Il leva son verre, en but à peu près la moitié et le reposa bruyamment sur la table en bois.) Vous avez eu une bonne idée. (Je crus qu'il parlait de la limonade au gingembre, mais il pensait déjà à autre chose.) En quittant la police. En laissant tomber. Vous savez ce que je veux, moi ? Je veux encore faire six ans, pas plus.

— Et vous aurez vos vingt ans de service ?

— J'aurai mes vingt ans de service et j'aurai droit à ma retraite et je foutrai le camp. De ce boulot et de cette ville de merde. La Floride, le Texas, le Nouveau Mexique, un endroit chaud et sec et propre. Pas la Floride. J'ai entendu des trucs sur la Floride, tous ces salauds de Cubains, le taux de criminalité est pareil qu'ici. Ces ordures de Colombiens. Vous êtes au courant, pour les Colombiens ?

Je songeai à Royal Waldron.

— Je connais un gars qui dit que ce ne sont pas des brutes. A condition de ne pas vouloir les rouler.

— Ah, ça, vous pouvez le dire. Vous avez lu ce qui est arrivé à ces deux filles, à Long Island City ? Il y a six ou huit mois. Des sœurs, une de douze ans, l'autre de quatorze. On les retrouve dans l'arrière-salle d'une station-service désaffectée. Les mains liées derrière le dos et dans la tête, chacune deux balles de petit calibre, un .22, je crois, mais qu'est-ce que ça peut foutre ? (Il vida son verre.) Apparemment, aucune raison. Elles avaient pas été violées, rien. C'est une exécution, mais qui peut bien exécuter deux sœurs qui sont encore des gamines ?

« Et puis on comprend, parce qu'une semaine plus tard quelqu'un pénètre dans la maison où elles habitaient et abat leur mère. On l'a retrouvée dans la cuisine avec le dîner qui cuisait encore sur la cuisinière. Mais vous voyez, c'est une famille de Colombiens, le père est dans le trafic de la cocaïne, qui est la principale industrie de ce pays en dehors de la contrebande des émeraudes...

— Je croyais qu'ils avaient beaucoup de plantations de café.

— Probablement une couverture. Où en étais-je ? Ah oui, un mois plus tard, le père est retrouvé mort dans la capitale de la Colombie, je sais pas comment ça s'appelle. Il a doublé quelqu'un, il s'est taillé en vitesse et ils ont fini par le retrouver en Colombie, après avoir tué ses gosses et sa femme. Parce que, vous voyez, les Colombiens ne raisonnent pas comme nous. Vous les couillonnez, et ils ne se contentent pas de vous tuer. Non, ils éliminent toute la famille. Les gosses, quel que soit leur âge. Vous avez un chien, un chat, des poissons exotiques, ils y passent aussi.

— La vache.

— La Mafia a toujours fait preuve de considération envers la famille. Ils prenaient même soin d'organiser l'exécution pour que la famille ne soit pas là pour voir ça. Maintenant, on a affaire à des criminels qui liquident toute la famille. C'est chouette, hein ?

— C'est vache.

Il posa ses mains à plat sur la table pour assurer son équilibre, se mit péniblement debout et annonça :

— Cette fois, c'est ma tournée. J'ai pas besoin de me faire payer à boire par un maquereau.

De retour à la table, il me dit :

— Parce que c'est bien votre client, hein ? Chance ? (Comme je ne répondais pas, il poursuivit :) Ben merde, vous l'avez rencontré hier soir. Il voulait vous voir et, maintenant, vous avez un client et vous voulez pas dire qui c'est. Deux et deux, ça fait toujours quatre, pas vrai ?

— Je vous laisse le soin de faire vos calculs.

— Mettons que j'aie raison et qu'il est votre client. Rien que pour qu'on puisse discuter. Vous n'avez trahi personne.

— D'accord.

Il se pencha en avant.

— Il l'a tuée, dit-il. Alors, pourquoi est-ce qu'il irait vous engager pour faire une enquête ?

— Il ne l'a peut-être pas tuée.

— Oh, mais si. (D'un geste de la main, il balaya la possibilité de l'innocence de Chance.) Elle lui annonce qu'elle le quitte, il dit que c'est d'accord et, le lendemain, elle est morte. Voyons, Matt. Vous trouvez pas que c'est évident ?

— Alors on en revient à votre question. Pourquoi m'a-t-il engagé ?

— C'est peut-être pour détourner les soupçons.

— Comment ça ?

— Il se dit peut-être qu'on pensera qu'il doit être innocent sinon il vous aurait pas engagé.

— Mais ce n'est pas du tout ce que vous avez pensé.

— Non.

— Vous pensez vraiment qu'il s'est dit ça ?

— Comment je pourrais savoir ce qu'un maquereau noir à moitié camé peut avoir dans la tête ?

— Vous pensez qu'il se came ?

— Il doit bien claquer son fric d'une façon ou d'une autre. Et c'est pas en abonnements à des clubs sportifs superchics, ou en billets d'entrée aux bals de charité. Maintenant, c'est *moi* qui vais vous demander quelque chose.

— Allez-y.

— Vous croyez qu'il y a une seule possibilité pour qu'il ne l'ait pas tuée ? Ou la piéger et la faire tuer par quelqu'un d'autre ?

— Oui, je crois qu'il y en a une.

— Pourquoi ?

— Pour commencer, il m'a engagé. Et ce n'était pas pour que la police lui fiche la paix puisqu'elle ne l'a pas inquiété et que vous m'avez dit vous-même que vous n'aviez pas l'intention de le faire. Vous allez laisser tomber et vous occuper d'autre chose.

— Ça, il ne le sait pas forcément.

Je ne relevai pas.

— Voyons ça sous un autre aspect. Mettons que je ne vous aie pas appelé, lui dis-je.

— Quand ça ?

— La toute première fois. Vous auriez pu ne pas savoir qu'elle rompait avec son souteneur.

— Si c'était pas venu de vous, ce serait venu de quelqu'un d'autre.

— De qui ? Kim était morte et Chance n'allait pas vous fournir ce renseignement. Et je suis à peu près sûr que personne d'autre n'était au courant. (A part Elaine, mais je n'avais pas l'intention de la mêler à ça.) Je ne pense pas que vous l'auriez su. En tout cas, pas si facilement.

— Et alors ?

— Alors, comment auriez-vous expliqué ce meurtre ?

Il ne répondit pas tout de suite. Il baissa les yeux sur son verre presque vide, tandis que deux rides verticales apparaissaient sur son front.

— Je vois ce que vous voulez dire, répondit-il.

— Qu'auriez-vous conclu ?

— Ce que nous pensions avant votre coup de fil. A un

meurtre de sadique, de détraqué. Vous savez qu'on n'a plus le droit de les appeler comme ça ? Maintenant, on doit les appeler des P.P.P.

— Qu'est-ce qu'un P.P.P. ?

— Une Personne Psychologiquement Perturbée. C'est un type du Service Central qui a trouvé ça ; il a rien de mieux à foutre. Il y a, dans cette ville, plus de marteaux que de mains pour les tenir, mais la seule chose qui compte c'est le nom qu'on leur donne. Faut surtout pas leur faire de peine. Enfin, moi, j'aurais dit que c'était un détraqué, un Jack l'Eventreur dernier modèle. Il téléphone à une putain, l'invite à venir à son hôtel et la découpe en tranches.

— Et si c'était un détraqué ?

— Vous savez comment ça se passe. On espère avoir la chance de trouver une preuve de la présence du gars sur les lieux du crime. Dans le cas présent, les empreintes digitales ne servaient à rien ; une chambre d'hôtel, trop de passages, on en trouverait des millions et on ne saurait pas par où commencer. A moins d'en trouver une belle, bien sanglante, et ce serait forcément celle du meurtrier. Mais nous n'avons pas eu ce pot.

— Et même si vous l'aviez eu...

— Même si nous l'avions eu, une seule empreinte ne nous aurait pas servi à grand-chose. A moins de tenir un suspect. Les gars de Washington ne pensent pas pouvoir se prononcer sur une seule empreinte. Ils disent tout le temps que c'est pour bientôt, mais...

— Ça fait des années qu'ils répètent la même chose.

— Ils n'y arriveront jamais. Ou ce sera dans plus de six ans et je serai dans l'Arizona. A défaut de preuves nous permettant de remonter jusqu'au gars, il nous faudrait sans doute attendre qu'il remette ça. Encore un ou deux meurtres portant sa signature et le dingue finit par faire une connerie et, quand on le tient, il suffit de comparer ses empreintes avec des empreintes relevées au Galaxy et on peut l'inculper. (Il avala les dernières gouttes de vodka.) Puis il plaide coupable d'homicide involontaire, il s'en tire avec un maximum de trois ans et il remet ça, mais je préfère changer de sujet, bon Dieu, je veux plus recommencer à m'étendre là-dessus.

*

Je payai la prochaine tournée. Les scrupules qu'il avait eus, refusant que ses vodkas soient payées avec le fric d'un maquereau, semblaient s'être dissous dans l'alcool qui les avait fait naître. Il était maintenant manifestement soûl, mais il fallait savoir où regarder pour s'en rendre compte. Il y avait de l'opacité dans ses yeux et même dans son comportement. Il tenait le rôle d'un des deux ivrognes parlant chacun tout seul et chacun à son tour au cours d'une typique conversation entre alcooliques.

Je ne l'aurais pas remarqué si, à chaque tournée, j'avais bu un verre d'alcool. Mais ce n'était pas le cas et je sentais un fossé se creuser entre nous à mesure qu'il s'enivrait.

Je m'efforçai de maintenir la conversation sur l'affaire Dakkinen, mais il s'en écartait constamment. Il voulait absolument parler de tout ce qui n'allait pas à New York.

— Vous savez pourquoi ça ne va pas, dit-il en se penchant vers moi et en baissant la voix comme si nous n'étions plus les deux seuls clients qui restaient, plus que nous deux et le barman. Oh bien, je vais vous dire. C'est les Nègres.

Je me tus.

— Et les métèques. Les Noirs et les Antillais.

Je dis quelque chose à propos des flics noirs et portoricains, mais j'aurais aussi bien pu me taire.

— C'est pas à moi qu'il faut dire ça. Y a un gars avec qui je fais souvent équipe, il s'appelle Larry Haynes, vous le connaissez peut-être. (Je ne le connaissais pas.) C'est un gars bien. Je remettrais ma vie entre ses mains — pour dire si je lui fais confiance. D'ailleurs, merde, ça m'est arrivé. Il est noir comme du cirage et j'ai jamais connu un type plus chouette que lui, dans la police ou ailleurs. Mais ça n'a rien à voir avec ce dont je parle. (Il s'essuya la bouche d'un revers de main.) Vous avez déjà pris le métro ?

— Quand je ne peux pas faire autrement.

— Ben merde, personne ne le prend pour le plaisir. C'est toute la ville en raccourci ; le matériel est tout le temps en panne, les voitures sont pleines de graffiti, ça pue la pisse, et les flics chargés d'y maintenir l'ordre sont complètement dépassés ; mais ce que je veux dire, merde, c'est que si je prends le métro, je regarde autour de moi et vous savez où je suis ? Dans un putain de pays étranger.

— Comment ça ?

— Eh bien, y a que des Noirs, des Antillais ou des Sud-Américains. Et des Orientaux, on a tous ces immigrants chinois plus les Coréens. Les Coréens, on peut rien leur reprocher, ils s'assimilent, ils installent partout ces chouettes marchés aux légumes, ils travaillent vingt heures par jour, ils envoient leurs gosses à l'Université, mais tout ça, ça fait partie de quelque chose.

— Partie de quoi ?

— Ouais, merde, je sais que ça fait réac et chauvin, mais j'y peux rien. Avant, c'était une ville blanche, et maintenant j'ai parfois l'impression que je suis le seul Blanc qui reste.

Le silence dura un moment, puis il reprit :

— Maintenant, les gens fument dans le métro. Vous avez remarqué ?

— J'ai remarqué, oui.

— Avant, on ne voyait jamais ça. Un gars pouvait très bien assassiner son père et sa mère avec une hache de pompier mais il n'aurait jamais osé allumer une cigarette dans le métro. Maintenant, on voit des gars d'un certain âge qui fument tranquillement. Depuis quelques mois, on voit ça. Vous savez comment ça a commencé ?

— Non.

— Vous vous rappelez pas, y a un an ? Un gars fumait dans le métro, la ligne PATH, et quand un flic lui a demandé d'éteindre sa cigarette, le gars a sorti un revolver et il a abattu le flic. Vous vous rappelez pas ?

— Je m'en rappelle, oui.

— C'est là que ça a commencé. On lit ça et qui qu'on soit, un flic ou l'épicier du coin, on n'est pas si pressé de dire à un mec d'éteindre sa putain de cigarette. Alors, quelques personnes allument un clope, personne ne dit rien, d'autres s'y mettent aussi et tout le monde s'en fout si les gens fument dans le métro puisque ça sert à rien de signaler des trucs plus importants à la police, comme les cambriolages ? Dès qu'on ne s'occupe plus de faire respecter une loi, les gens font comme si elle n'existait pas. (Il fronça les sourcils.) Mais, quand même, ce flic de la ligne PATH. Ça vous plairait de mourir comme ça ? Vous avez pas fini de demander à un type d'éteindre sa cigarette que vous êtes mort.

Je lui racontai l'histoire de la mère de Rudenko, tuée par l'explosion d'une bombe parce que son ami avait eu le tort de ramasser un téléviseur dans la rue. Et nous voilà partis à échanger des histoires lugubres. Il me parla d'une assistante sociale attirée sur les toits d'un immeuble sordide et violée plusieurs fois avant d'être jetée dans la rue. J'évoquai le souvenir d'un truc que j'avais lu à propos d'un gamin de quatorze ans qui en avait tué un autre du même âge parce que celui-ci s'était moqué de lui. Les deux gamins ne se connaissaient même pas. Durkin cita des cas d'enfants martyrs qui avaient succombé aux coups, dont celui d'un homme qui avait étouffé le bébé de sa petite amie pour ne pas avoir à payer une garde d'enfants quand le couple avait envie d'aller au cinéma. Je racontai l'histoire de la femme de Gravesend, tuée par des coups de fusil alors qu'elle rangeait des vêtements dans la penderie de l'entrée. Notre dialogue aurait pu s'intituler : « *Qui dit mieux ?* »

— Le maire croit avoir trouvé la solution, déclara-t-il. La peine de mort. Ressortons la chaise électrique.

— Vous croyez qu'ils le feront ?

— J'en sais rien, mais la plupart des gens le souhaitent. Y a une bonne raison pour que ça marche et vous me direz pas le contraire. Vous faites griller un de ces salauds et, au moins, vous êtes sûr qu'il ne recommencera pas. Moi, en tout cas, je voterais pour. On ressort la chaise et on retransmet l'exécution à la télé, avec ça on passe quelques pubs et ça ramène un peu de fric pour recruter quelques flics de plus. Vous voulez que je vous dise ?

— Quoi ?

— La peine de mort, nous *l'avons*. Mais pas pour les assassins, non. Pour les gens normaux. L'homme de la rue a plus de chances de se faire tuer que le tueur de passer à la chaise électrique. La peine de mort, on la trouve cinq, six, sept fois par jour.

Il avait élevé la voix et le barman écoutait maintenant notre conversation. Nous l'avions arraché à son émission.

Durkin me dit :

— L'histoire du téléviseur qui explose me plaît bien. Je comprends pas comment j'ai pu la louper. On croit avoir tout lu ou entendu, mais y en a toujours une qui vous a échappé, hein ?

— C'est vrai.

— Il y a huit millions d'histoires dans la ville, me dit-il. Vous vous rappelez cette émission ? C'était à la télévision, il y a quelques années.

— Je m'en rappelle.

— Ils disaient un truc comme ça, à la fin de chaque émission. Il y a huit millions d'histoires dans la ville nue. Celle-ci en était une.

— Je me rappelle.

— Huit millions d'histoires. Vous savez ce qu'il y a, ici,

dans cette putain de ville de merde ? Vous savez ce qu'il y a ? Il y a huit millions de façons de mourir.

*

Je finis par le sortir du bistrot. La fraîcheur de l'air nocturne lui ôta l'envie de parler. Nous marchâmes en silence, contournant deux pâtés de maisons pour nous retrouver au bout de la rue du commissariat. La voiture de Durkin, une Mercury, n'était pas neuve. Elle était un peu cabossée. Sur la plaque minéralogique, un code indiquait aux autres flics que c'était un véhicule utilisé par un policier dans l'exercice de ses fonctions et qu'il ne fallait donc pas mettre de contravention. Certains malfaiteurs bien informés devaient également savoir que c'était une voiture de flic.

Je lui demandai s'il se sentait assez bien pour conduire. Ma question ne lui plut pas beaucoup. Il me dit :

— Vous vous prenez pour un flic ? (Puis, se rendant compte de l'absurdité de cette réflexion, il éclata de rire. Il s'accrocha à la portière ouverte pour se retenir et continua à rire en balançant la portière et en répétant :) Vous vous prenez pour un flic ? Vous vous prenez pour un flic ?

Puis son humeur se transforma aussi rapidement qu'un petit changement de plan, dans un film. Je le vis soudain grave, apparemment dessoûlé, les yeux plissés, la mâchoire agressive comme celle d'un bouledogue mécontent.

— Dites donc, fit-il d'une voix basse et dure. Ça va comme ça. Laissez tomber vos airs de supériorité.

Je ne compris pas de quoi il parlait.

— Vous n'avez pas de leçons à me donner. Vous ne valez pas mieux que moi, espèce d'ordure.

Il démarra et s'éloigna. Aussi longtemps que je pus le voir, il me parut conduire correctement. J'espérai quand même qu'il n'habitait pas trop loin.

15

Je rentrai tout droit à mon hôtel. Les magasins de spiritueux étaient fermés. Les bars ne l'étaient pas encore. Je n'eus guère de mal à passer devant sans m'y arrêter, non plus qu'à résister à l'appel des putains, de part et d'autre du Holiday Inn, dans la 57e Rue. Je saluai Jacob, m'assurai qu'il n'y avait pas de messages dans mon casier et montai dans ma chambre.

Pas de leçons à me donner. Vous valez pas mieux que moi. Il avait l'alcool méchant et cette agressivité défensive du buveur qui s'est trop livré. Ses paroles ne voulaient rien dire. Il les aurait adressées à n'importe quel compagnon, ou aux murs.

N'empêche que je n'arrivais pas à me les sortir de la tête.

Je me couchai mais, ne pouvant dormir, je me relevai, allumai la lumière et m'assis au bord du lit avec mon carnet. Je lus certaines de mes notes, puis écrivis une ou deux choses que j'avais retenues de notre conversation dans le bistrot de la Dixième Avenue. Je pris aussi quelques notes mentales, jouant avec les idées comme un chaton avec une bobine de fil. Je refermai le carnet quand je m'aperçus que je commençais à m'empêtrer et à tourner en rond. Je pris le livre de poche que j'avais acheté pendant la journée, mais ne parvins pas à fixer mon attention sur la lecture. Je relisais constamment le même paragraphe sans rien enregistrer.

Pour la première fois depuis plusieurs heures, j'avais vraiment envie de boire un verre. J'étais angoissé, énervé et ne voulais pas le rester. A trois maisons de mon hôtel, il y avait une épicerie-charcuterie avec une glacière pleine de bière, et la bière n'avait jamais déclenché le processus conduisant au passage à vide, n'est-ce pas ?

Je restai où j'étais.

Chance ne m'avait pas demandé pour quelle raison j'acceptais de travailler pour lui. Durkin avait accepté l'argent comme raison valable. Elaine voulait bien croire que je le faisais parce que c'était mon métier, tout comme elle se prostituait et comme Dieu pardonnait aux pécheurs. Et tout cela était vrai. J'avais effectivement besoin d'argent et si l'on pouvait dire que j'avais un métier, le mien était de faire des enquêtes.

J'avais cependant une autre maison, peut-être plus profonde. Rechercher l'assassin de Kim était une chose que je pouvais faire au lieu de boire.

En tout cas, pendant un certain temps.

*

Quand je me réveillai, le soleil brillait sur la ville. Quand j'eus pris une douche, me fus rasé et sortis au-dehors, il s'était caché derrière un paquet de nuages. Il passa la journée à se montrer, puis à disparaître, comme si le responsable ne voulait pas se compromettre.

Je petit-déjeunai légèrement, passai quelques coups de téléphone, puis me rendis à pied au Galaxy. L'employé qui avait fait remplir sa fiche à Charles Jones n'était pas de service. J'avais lu le procès-verbal de son interrogatoire et ne m'attendais d'ailleurs pas vraiment à lui en faire dire plus que les flics.

Un directeur-adjoint m'autorisa à regarder la fiche de Jones. Celui-ci avait écrit « Charles Owen Jones » à côté de « Nom » et, à l'emplacement laissé pour la signature, il avait marqué « C. O. JONES » en capitales d'imprimerie. Je le fis remarquer au directeur-adjoint qui me dit que cette divergence était fréquente.

— Les gens écrivent leur nom en entier sur une ligne et

leur nom en abrégé sur l'autre. Mais cela n'a rien d'illégal, m'assura-t-il.

— D'accord, mais ce n'est pas une signature.

— Pourquoi pas ?

— C'est en capitales d'imprimerie.

Il haussa les épaules et me dit :

— Il y a des gens qui écrivent tout en majuscules. Le type a réservé par téléphone, puis il est arrivé et a payé d'avance en liquide. Dans un cas pareil, je ne m'attends pas à ce que les employés mettent une signature en question.

Ce n'était pas là que je voulais en venir. Ce qui m'avait frappé, c'était que Jones s'était débrouillé pour éviter de laisser un spécimen de son écriture ; je trouvais ça intéressant. Je regardai le nom écrit en entier. Les trois premières lettres de *Charles* étaient aussi celles de *Chance*. Simple constatation qui ne voulait rien dire. Pourquoi, d'ailleurs, tenter de relever des indices compromettants pour mon client ?

Je demandai si ce M. Jones était déjà descendu au Galaxy au cours des derniers mois.

— Pas au cours de la dernière *année*, affirma le directeur adjoint. Mais nous enregistrons les fiches par ordre alphabétique dans notre ordinateur. Un des inspecteurs a déjà fait vérifier ça. Si vous n'avez plus rien...

— Combien d'autres clients ont signé leur nom en capitales ?

— Aucune idée.

— Vous voulez bien me laisser regarder les fiches des deux ou trois derniers mois ?

— Pour voir quoi ?

— Si d'autres gars écrivent comme ce gars, en capitales d'imprimerie.

— Oh non, vraiment, je ne peux pas. Vous vous rendez compte du nombre de fiches que ça fait ? C'est un hôtel de 635 chambres, monsieur...

— Scudder.

— Monsieur Scudder. Ça fait plus de dix-huit mille fiches par mois.

— Seulement si vos clients ne restent qu'une nuit.

— Ils restent trois nuits en moyenne. Mais ça fait quand même plus de six mille fiches par mois, douze mille pour deux mois. Vous vous rendez compte du temps qu'il faudrait pour regarder douze mille fiches ?

— A elle seule, une personne doit pouvoir en faire deux mille à l'heure étant donné qu'il suffit de regarder la signature pour voir si elle est en lettres normales ou en capitales. C'est une question de deux heures, pas plus. Je pourrais le faire, ou vous pourriez le demander à des gens de votre personnel.

Il secoua la tête.

— Je ne pourrais pas donner mon autorisation, dit-il. Vraiment pas. Vous êtes un particulier, pas un policier, et bien que j'aie fait tout mon possible pour faciliter l'enquête, il y a quand même des limites à mon autorité dans cet hôtel. Si la police veut présenter une demande officielle...

— Je me rends compte que je vous demande une faveur...

— Si j'étais en mesure de vous accorder ce genre de faveur...

— Je sais que ça causerait un dérangement, lui dis-je, et je suis tout prêt à payer le temps perdu et le dérangement.

Cela aurait marché dans un hôtel plus modeste mais, ici, je perdais mon temps. Je ne sais même pas s'il comprit que je lui offrais un pot-de-vin. Il répéta qu'il serait heureux de collaborer si la demande était faite en mon nom par la police. Cette fois, je n'insistai pas. Je lui demandai simplement si je pouvais emprunter la fiche de Jones, le temps d'en faire exécuter une photocopie.

— Nous avons un photocopieur, me dit-il aussitôt, ravi de pouvoir être utile. Si vous voulez bien attendre un instant.

Il me rapporta une photocopie. Je le remerciai. Il me demanda s'il pouvait faire autre chose, d'un ton qui indiquait sa conviction qu'il ne le pouvait pas. Je lui dis que j'aimerais voir la chambre où la jeune femme était morte.

— La police a fini, là-haut. La chambre est en travaux. Il fallait changer la moquette, comprenez-vous, et repeindre les murs.

— J'aimerais quand même la voir.

— Il n'y a vraiment rien à voir. Je crois que des ouvriers y travaillent aujourd'hui. Les peintres ont dû terminer, mais les poseurs de moquette...

— Je ne les dérangerai pas.

Il me remit la clé et me laissa monter tout seul. Je trouvai quand même la chambre et me félicitai de mes talents de détective. La porte était fermée à clé. Les poseurs de moquette devaient être allés déjeuner. L'ancienne moquette avait été retirée et une nouvelle moquette recouvrait environ un quart du sol, tandis que des rouleaux attendaient d'être posés.

Je ne m'attardai pas. Comme l'avait dit le directeur-adjoint, il n'y avait vraiment rien à voir. Il n'y avait dans la chambre pas plus de traces de Kim que de meubles. Les murs étaient fraîchement repeints et la salle de bains étincelait de tous ses chromes. Je fis le tour des lieux comme aurait pu le faire un voyant extra-lucide, en essayant de capter des vibrations par le bout de mes doigts. S'il y avait des vibrations, elles m'échappèrent.

La fenêtre était orientée vers le sud de Manhattan, mais la vue était en partie cachée par la façade d'autres hauts immeubles. Entre deux d'entre eux, j'aperçus le World Trade Center, tout en bas.

Avait-elle eu le temps de regarder par la fenêtre ? Et M. Jones avait-il regardé, avant ou après ?

*

Je pris le métro en direction du sud de Manhattan. Les voitures étaient neuves et l'intérieur agréablement décoré dans les tons de jaune, d'orange et de beige. Les graffitomanes étaient déjà passés par là, laissant leurs messages indéchiffrables sur chaque espace disponible.

Je ne vis personne fumer.

Je descendis à la 4ᵉ Rue Ouest et marchai plein sud, puis vers l'ouest jusqu'à Morton Street où Fran Schecter avait un petit appartement tout en haut d'un immeuble en brique de quatre étages. Je sonnai, dis mon nom au portier électronique et la porte d'entrée s'ouvrit.

La cage d'escalier était pleine d'odeurs — odeurs de cuisine au rez-de-chaussée, odeur de chat un peu plus haut, odeur caractéristique de la marijuana tout en haut. Je songeai qu'on pourrait faire le portrait d'un immeuble et de ses habitants en partant des senteurs répandues dans sa cage d'escalier.

Fran m'attendait à sa porte. Des cheveux courts et bouclés, châtain clair, encadraient un visage de bébé joufflu. Elle avait un petit bout de nez, une bouche boudeuse et des joues qui auraient fait honneur à un écureuil.

Elle me dit :

— Salut, je m'appelle Fran. Vous, c'est Matt. Vous permettez que je vous appelle Matt ?

Quand je l'eus assurée qu'elle le pouvait, elle posa la main sur mon bras et me fit entrer.

A l'intérieur, l'odeur de marijuana était encore plus violente. L'appartement était, en fait, un studio. Une assez grande pièce avec une cuisine américaine le long d'un mur. Le mobilier consistait en un fauteuil de toile, pliant, un canapé constitué de coussins, des caisses en plastique disposées de façon à servir, soit de bibliothèque, soit de commode, un vaste lit d'eau, recouvert de fausse fourrure. Au-dessus du lit, une affiche encadrée montrait l'intérieur d'une pièce avec une cheminée d'où émergeait une locomotive.

Je refusai un verre d'alcool mais acceptai une petite boîte de jus de fruit que j'emportai en allant m'asseoir sur le canapé en coussins — beaucoup plus confortable qu'il n'en avait l'air. Elle s'installa sur le fauteuil en toile, sans doute aussi plus confortable qu'il n'en avait l'air.

— Chance dit que vous enquêtez sur ce qui est arrivé à Kim et qu'il faut répondre à toutes vos questions.

Sa voix faisait penser à celle d'une gamine intimidée, mais j'aurais été incapable de dire si c'était naturel ou calculé. Je lui demandai si elle connaissait bien Kim.

— Pas très bien. Je ne l'ai vue que deux ou trois fois. Il arrive que Chance emmène deux filles en même temps dîner ou au spectacle. C'est pour ça que j'ai fini par les voir toutes, un jour ou l'autre. Je n'ai vu Donna qu'une seule fois. Elle vit dans un monde à elle, complètement à côté de ses pompes. Vous connaissez Donna ? (Je fis non de la tête.) J'aime bien Sunny. Je ne sais pas si on peut dire que nous sommes vraiment amies, mais c'est la seule à qui je téléphone quand j'ai envie de parler à quelqu'un. Je l'appelle une ou deux fois par semaine, ou bien c'est elle qui m'appelle et nous bavardons un moment.

— Mais vous ne téléphoniez jamais à Kim ?

— Ah, non. Je n'avais même pas son numéro. (Elle réfléchit un instant.) Elle avait de beaux yeux. J'ai qu'à fermer les miens et je vois leur couleur.

Elle avait de grands yeux dont la couleur se situait entre le brun et le vert. Ses cils étaient si longs que je pensai qu'ils devaient être faux. Elle était petite et aurait pu être danseuse dans ce qu'on appelle les « pony ballets », dans les boîtes de Las Vegas. Elle portait un jean délavé dont elle avait roulé les revers et un pull rose foncé qui moulait ses seins arrondis.

Elle ne savait pas que Kim avait l'intention de quitter Chance et cette nouvelle l'intéressa beaucoup. Elle la médita, puis me dit :

— Au fond, je la comprends. Il ne tenait pas vraiment à elle, vous savez, et on n'a pas envie de rester éternellement avec un homme qui ne tient pas à vous.

— Qu'est-ce qui vous fait penser qu'il ne tenait pas à elle ?

— C'est des choses qu'on sent. Il était sans doute content de l'avoir, qu'elle lui fasse pas d'ennuis et qu'elle ramène du pognon, mais il ne tenait pas à elle.

— Et les autres, il y tient ?

— Il tient à moi.

— Et à une des autres ?

— Il aime bien Sunny. Tout le monde aime bien Sunny, on ne s'ennuie pas, avec elle. Mais je ne sais pas s'il *tient* à elle. C'est comme Donna, je suis sûre qu'il ne tient pas à Donna, mais je ne pense pas qu'elle tienne à lui non plus. Je crois que c'est une affaire purement commerciale de part et d'autre. Je ne pense pas que Donna tienne à qui que ce soit. Je ne pense pas qu'elle se rende compte que le monde est habité par des êtres humains.

— Et Ruby ?

— Vous l'avez vue ? (Je répondis que non.) Eh bien, elle est, comment dire ? Exotique. Alors, il aime forcément ça. Et Mary Lou est très intelligente et il l'emmène au concert et des conneries comme ça, le Lincoln Center, la musique classique, mais ça ne veut pas dire qu'il tient à elle.

Elle se mit à glousser. Quand je lui demandai ce qui la faisait rire, elle me répondit :

— Oh, je viens de penser que je suis le type même de la petite prostituée idiote qui se figure être le seul amour de son mac. Mais vous savez ce que c'est, en fait ? Eh bien, je suis la seule avec laquelle il peut se détendre. Il peut monter chez moi, enlever ses chaussures et dire ce qui lui passe par la tête. Vous savez ce qu'est, le Karma ?

— Non.

— Ça a un rapport avec la réincarnation. Je ne sais pas si vous y croyez.

— Je n'y ai pas beaucoup réfléchi.

— Eh bien, je ne sais pas si j'y crois ou non, mais il y a des moments où j'ai l'impression que Chance et moi, nous nous sommes connus dans une vie antérieure. Pas forcément sous forme d'amants ou de mari et femme ou quelque chose comme ça. Nous aurions pu être frère et sœur, ou il était peut-être mon père ou moi sa mère. Ou nous pouvions être tous les deux du même sexe parce qu'on peut en changer, d'une vie à l'autre. Nous pouvions être deux sœurs, ou quelque chose comme ça. Enfin, n'importe quoi.

Le téléphone interrompit ses spéculations. Elle se leva, traversa la pièce pour aller répondre et parla en me tournant le dos, une main sur sa hanche. Je n'entendis pas ce qu'elle disait. Au bout d'un instant, elle posa la main sur le micro, se tourna vers moi et demanda :

— Matt ? Je ne veux pas vous bousculer, mais vous savez si nous en avons encore pour longtemps ?

— Non, non.

— Je peux dire à quelqu'un qu'il peut venir dans une heure ?

— Absolument.

Elle se retourna, termina sa conversation à voix basse, puis raccrocha.

— C'était un de mes habitués. Un type vraiment sympa. Je lui ai dit dans une heure.

Elle vint se rasseoir. Je lui demandai si elle habitait déjà cet appartement avant de connaître Chance. Elle me dit qu'elle était avec Chance depuis deux ans et demi et qu'avant ça elle partageait un appartement plus grand à Chelsea avec trois autres filles. Chance avait cet appartement tout prêt pour elle. Elle n'avait eu qu'à s'installer.

— J'ai simplement apporté mes meubles, poursuivit-elle, sauf le lit d'eau. Ça, c'était déjà là. J'avais un lit d'une personne et je m'en suis débarrassé. Et j'ai acheté l'affiche de Magritte, mais les masques étaient là.

Je n'avais pas remarqué les masques. Je dus me retourner pour les voir sur le mur, derrière moi — un groupe de trois sculptures en ébène, figurant des visages empreints de solennité.

— Il sait tout là-dessus, me dit-elle. De quelle tribu ils viennent, et tout ça. Il sait des choses comme ça.

Je lui fis remarquer que cet appartement semblait mal convenir à l'usage qu'elle en faisait. Elle eut une grimace interrogatrice. Je m'expliquai :

— La plupart des call-grils habitent un immeuble avec portier, ascenseur et tout ça.

— Ah, bon, d'accord. Je ne voyais pas ce que vous vouliez dire. Oui, c'est vrai. (Elle eut un sourire joyeux.) Ici, c'est autre chose. Les clients qui viennent ici ne se considèrent pas comme des clients.

— Comment ça ?

— Ils pensent qu'ils sont des amis à moi. Ils pensent que je suis une de ces nanas du Village, vachement cool, ce qui est vrai, et qu'ils sont mes amis, ce qui est vrai aussi. Parce que, bon, d'accord, ils viennent ici tirer un coup, mais ils pourraient le faire plus vite et plus facilement dans un salon de massage, sans problème et sans se fatiguer, vous comprenez ? Mais ils montent jusqu'ici, ils enlèvent leurs chaussures, ils fument un joint et c'est comme s'ils débarquaient dans une piaule vachement bohême parce qu'il faut monter trois étages à pied et, après, on batifole sur un lit d'eau. Parce que je ne suis pas une prostituée, je suis une petite amie. Je ne me fais pas payer. Ils me donnent de l'argent parce que j'ai mon loyer à régler et, vous voyez, je suis une pauvre petite nana du Village qui veut faire une carrière dans le théâtre et qui n'y arrivera jamais. C'est vrai que je n'y arriverai pas, et je m'en fiche un peu, mais je prends quand même des cours de danse deux matins par semaine et je suis un cours de théâtre d'Ed Kovens, tous les jeudis soir et, en mai dernier, j'ai eu un rôle dans un spectacle pour débutants, trois week-ends de suite, à Tribeca. On a joué Ibsen. *Quand nous nous réveillerons d'entre les morts*. Et vous savez pas ? Trois de mes clients sont venus.

Elle me parla de la pièce, puis du fait que ses clients ne lui donnaient pas seulement de l'argent, mais lui faisaient des cadeaux.

— Je ne suis jamais obligée d'acheter de l'alcool. Je suis plutôt obligée de m'en débarrasser parce que je ne bois pas. Et ça fait des siècles que je n'ai pas eu à acheter de l'herbe. Vous savez qui sait se procurer la meilleure qualité ? Les gars de Wall Street. Ils en achètent trente grammes, nous en fumons un peu et ils me laissent le reste. (Elle me regarda en battant des cils.) J'aime bien fumer.

— Je l'avais deviné.

— Comment ? J'ai l'air givrée ?

— L'odeur.

— Ah, oui. Moi, je ne la sens pas parce que je suis dedans, mais quand je sors et puis que je rentre, ouaouch ! C'est comme une de mes amie. Elle a quatre chats et elle jure qu'ils ne sentent pas, et pourtant, ils puent. Seulement, elle y est habituée. (Elle se tortilla sur son fauteuil.) Il vous arrive de fumer, Matt ?

— Non.

— Vous ne buvez pas et vous ne fumez pas. C'est formidable. Je peux aller vous chercher un autre jus de fruit ?

— Non, merci.

— Vous êtes sûr ? Dites, ça vous ennuierait si je fumais un petit joint ? Ça me détend.

— Allez-y.

— Parce qu'il y a ce gars qui va venir et ça m'aide à me mettre dans l'ambiance.

Je lui dis que cela ne me dérangeait pas. Elle alla chercher un sachet en plastique sur une étagère au-dessus de la cuisinière et se roula une cigarette de marijuana. Elle avait manifestement de l'expérience.

— Il aura certainement envie de fumer, dit-elle.

Elle confectionna deux autres cigarettes. Elle en alluma une, rangea tout le reste et revint s'asseoir dans le fauteuil en toile. Parlant de sa vie entre deux bouffées, elle fuma le joint jusqu'au bout, puis elle écrasa le minuscule mégot et le mit de côté pour s'en servir plus tard. Son comportement ne parut pas changé. Elle avait peut-être passé la journée à fumer et elle était déjà givrée quand j'étais arrivé ; peut-être que la drogue n'avait pas d'effet visible sur elle, comme certains buveurs qui n'ont jamais l'air soûls.

Je lui demandai si Chance fumait quand il allait la voir et cela la fit rire.

— Il ne boit jamais, il ne fume jamais. Comme vous. Hé, dites, c'est comme ça que vous le connaissez ? Vous fréquentez le même « non bar » ? A moins que vous n'ayez le même « non dealer » ?

Je parvins à remettre la conversation sur Kim. Puisque Chance ne tenait pas à elle, était-il possible qu'elle ait eu quelqu'un d'autre ?

— Chance ne tenait pas à elle, c'est sûr. Vous voulez que je vous dise quelque chose ? Je suis la seule qu'il aime.

Maintenant, l'effet de l'herbe se faisait sentir dans sa façon de parler. Elle avait toujours la même voix, mais son esprit suivait le chemin fantasque des méandres de la fumée.

— Vous pensez que Kim avait un petit ami ?

— Moi, j'ai des petits amis. Kim avait des michés. Elles ont toutes des michés.

— Si Kim avait eu un homme pas comme...

— Ouais, j'ai compris. Quelqu'un qui était pas un client et c'est pour ça qu'elle voulait quitter Chance. C'est à ça que vous pensez ?

— C'est possible, non ?

— Alors, c'est lui qui l'a tuée.

— Chance ?

— Vous êtes fou ? Chance tenait pas assez à elle pour la

tuer. Vous savez combien de temps il lui faudrait pour la remplacer ? Merde.

— Vous voulez dire que le petit ami l'a tuée.

— Evidemment.

— Pourquoi ?

— Parce qu'il est bien embêté. Elle quitte Chance, et la voilà toute prête pour l'amour-toujours, et lui, qu'est-ce qu'il en a à faire ? Il a sa femme, son boulot, sa famille, sa maison à Scarsdale...

— Comment savez-vous ça ?

Elle soupira :

— C'est la marijuana, mon chou. Je gambade dans l'herbe. Mais moi, je vois ça comme ça. C'est un gars marié, il est amoureux de Kim ; c'est quand même le pied d'être amoureux d'une prostituée qui est amoureuse de vous, et comme ça on fait ça à l'œil, mais on n'a pas envie qu'on vienne vous mettre la vie sens dessus dessous. Elle lui annonçe : ça y est, je suis libre, tu peux plaquer bobonne et nous partirons tous deux dans le soleil couchant, mais le soleil couchant, c'est quelque chose qu'il regarde de la terrasse de son club de golf et il trouve que c'est très bien comme ça. Alors, dès le lendemain, paff, elle est morte et il est de retour à Larchmont.

— Je croyais que c'était Scarsdale.

— Ça revient au même.

— Et qui serait le gars, Fran ?

— Le petit ami ? Je ne sais pas. N'importe qui.

— Un client ?

— On ne tombe pas amoureuse d'un client.

— Où l'aurait-elle rencontré ? Et quel genre de gars pourrait-elle rencontrer ?

Elle fit un effort pour réfléchir, haussa les épaules et y renonça. La conversation en resta là. Je me servis de son téléphone, parlai un moment puis écrivis mon nom et mon numéro sur un bloc, à côté de l'appareil.

— Au cas où vous auriez besoin de quelque chose, lui dis-je.

— D'accord, je vous appellerai. Vous partez ? Vous voulez vraiment pas un autre jus de fruit ?

— Non, merci.

— Ah, bon. (Elle s'approcha de moi, étouffant du dos de sa main un long bâillement paresseux, puis elle me regarda entre ses longs cils et me dit :) Je suis vraiment contente que vous soyez venu. Si vous avez envie de compagnie, n'hésitez pas, hein, appelez-moi — promis ? On pourra bavarder tranquillement.

— D'accord.

— Ça me ferait plaisir, dit-elle d'une voix douce, en se mettant sur la pointe des pieds pour me planter un baiser surprenant sur la joue. Ça me ferait vraiment plaisir, Matt.

Je n'étais pas arrivé en bas que je me mis à rire en pensant à la facilité, presque automatique, avec laquelle Fran avait repris son comportement de prostituée, sa chaleur, sa sincérité au moment du départ. Elle était vraiment douée. Rien d'étonnant à ce que ces agents de change n'hésitent pas à monter tous ces escaliers. Rien d'étonnant à ce qu'ils courent assister à ses débuts sur la scène. La comédie, elle la jouait dans la vie, et avec quel talent.

Au bout de deux cents mètres, je sentais encore l'empreinte de son baiser sur ma joue.

16

L'appartement de Donna Campion se trouvait au dixième étage d'un immeuble en brique blanche de la 17e Rue Est. La fenêtre du salon était orientée à l'ouest, où le soleil faisait une de ses brèves apparitions au moment où j'arrivai. La pièce était inondée de soleil. Il y avait des plantes partout, des plantes très vertes et florissantes, des plantes par terre, sur le rebord de la fenêtre, accrochées aux murs qui encadraient la fenêtre, des plantes sur les étagères et sur les tables du salon. La lumière, filtrant à travers ce rideau de végétation, décrivait des motifs compliqués sur le bois du parquet.

Assis dans un fauteuil en osier, je buvais du café noir tandis que Donna était installée de biais sur un banc de chêne à dossier qui faisait plus d'un mètre de large. Elle m'avait expliqué que c'était un ancien banc d'église anglais, de l'époque jacobite ou peut-être élizabethaine. Il était noirci par les ans et admirablement usé et poli par trois ou quatre siècles de culs bénits et autres pieux derrières. Le vicaire de Dieu sait quel petit village du Devon avait un jour décidé de redécorer l'église, et c'est ainsi que, finalement, Donna avait pu acheter le banc dans une vente aux enchères d'une galerie spécialisée d'University Place.

Son visage allait bien avec ce banc d'église, un long visage qui s'effilait entre le front haut et large et le menton pointu. Elle avait le teint très pâle, comme si elle ne voyait jamais d'autre soleil que celui qui passait à travers le rideau de plantes. Elle était vêtue d'un chemisier blanc à col Claudine, d'une jupe plissée en flanelle grise, de collants noirs et de ballerines à bouts pointus, en chevreau.

Un nez étroit et long, une petite bouche aux lèvres minces. Des cheveux châtain foncé, coiffés en arrière, qui poussaient en V sur son front et lui tombaient sur les épaules. Les yeux cernés, des taches de nicotine sur l'index et le majeur de la main droite. Pas de vernis à ongles, pas de bijoux, pas de maquillage apparent. Pas jolie, sans doute, mais elle avait quelque chose de médiéval, proche de la beauté.

Elle ne ressemblait en rien à aucune des prostituées que j'avais pu rencontrer. Elle ne ressemblait pas non plus à un poète ou, du moins, à l'idée que je m'en faisais. Elle me dit :

— Chance souhaite que je vous aide dans toute la mesure

du possible. Il paraît que vous essayez de découvrir qui a tué la Reine des Champs.

— La Reine des Champs ?

— Elle avait l'air d'une reine de beauté, et puis j'ai appris qu'elle était originaire du Wisconsin, et j'ai pensé à toute cette innocence robuste, gavée de lait. Kim était une sorte de laitière royale. (Elle eut un sourire très doux.) Je laisse parler mon imagination. En fait, je ne la connaissais pas vraiment.

— Vous avez rencontré son petit ami ?

— Je ne savais pas qu'elle en avait un.

Elle ignorait aussi que Kim avait l'intention de quitter Chance, et cette information sembla l'intéresser.

— Je me demande, dit-elle, si elle était une émi- ou une immi-grante.

— Que voulez-vous dire ?

— Partait-elle *de* ou *pour ?* C'est une question de point de vue. Quand je suis arrivée à New York, j'étais partie *pour*, j'étais également partie *de* chez mes parents et de la ville où j'avais été élevée, mais c'était secondaire. Par la suite, quand je me suis séparée de mon mari, je fuyais quelque chose. Le fait de partir était une chose en soi, qui comptait plus que la destination.

— Vous avez été mariée ?

— Pendant trois ans. Enfin, nous sommes restés ensemble pendant trois ans. Un an de concubinage et deux ans de mariage.

— Il y a longtemps ?

— Environ quatre ans. (Elle calcula mentalement.) Ça fera cinq ans au printemps. Bien que sur le papier, je sois encore mariée. Je n'ai pas pris la peine de demander le divorce. Vous pensez que j'ai tort ?

— Je ne sais pas.

— Je devrais peut-être le faire. Pour mettre les choses au point.

— Depuis combien de temps êtes-vous avec Chance ?

— Presque trois ans. Pourquoi ?

— Ce n'est pas votre genre.

— Parce qu'il y a un genre ? Je ne pense pas que je ressemble beaucoup à Kim. Ni royale, ni laitière. (Elle rit.) Quand j'ai quitté mon mari, je suis allée vivre tout au bas de l'East Side. Vous connaissez Norfolk Street ? Entre Stanton et Rivington ?

— Pas très bien.

— Moi, je l'ai très bien connue. J'y habitais et puis j'avais des petits boulots dans le quartier. J'ai travaillé dans une laverie, j'ai été serveuse, vendeuse de magasin. Quand je ne quittais pas ma place, c'était ma place qui me quittait, et j'étais toujours à court d'argent, et je détestais l'endroit où j'habitais, et je commençais à détester ma vie. J'étais sur le point de téléphoner à mon mari et de lui demander s'il voulait bien me reprendre, rien que pour qu'il se charge de moi. C'était devenu une obsession. Un jour, j'ai même composé son numéro. Mais c'était occupé.

C'est ainsi qu'elle en était venue, presque sans y penser, à se vendre. Il y avait, dans sa rue, un commerçant qui n'arrêtait pas de lui faire du gringue. Un jour, sans l'avoir prémédité, elle lui dit de but en blanc :

— Dites, si vous voulez tellement me baiser, vous voulez bien me donner vingt dollars ?

Il avait été interloqué, puis avait bégayé qu'il ne savait pas qu'elle était une putain.

— Je ne le suis pas, mais j'ai besoin d'argent, avait-elle répondu. Et il paraît que je suis une affaire.

Elle prit quelques clients par semaine. Elle déménagea de Norfolk Street pour une rue plus agréable du même quartier, puis alla s'installer dans la 9e Rue, tout près de Tompkins Square. Elle n'avait plus besoin de travailler, mais elle était en butte à d'autres problèmes. Une fois, elle se fit tabasser et plusieurs fois dévaliser. Elle se reprit à penser à téléphoner à son mari.

Puis elle rencontra une fille du quartier qui travaillait dans un salon de massage du centre. Elle tenta l'expérience et apprécia la sécurité de ce genre d'emploi. Il y avait, devant la porte, un homme chargé de s'occuper de tous les fauteurs de troubles et le travail avait quelque chose de mécanique, de si impersonnel qu'il en était presque clinique. Elle ne travaillait, en principe, qu'avec sa bouche ou avec ses mains. Elle n'avait pas le sentiment de donner une parcelle de sa chair, il n'y avait aucun semblant d'intimité en dehors du simple contact physique.

Au début, elle s'en félicita. Elle se considérait comme une sorte de spécialiste des techniques sexuelles, un genre de kinésithérapeute. Puis elle changea d'avis.

— Cet endroit sentait la Mafia. Une odeur de mort imprégnait les tentures et les tapis. Et puis j'avais l'impression de pointer. J'avais des horaires réguliers, et je prenais le métro pour y aller et pour rentrer. Ça me suçait — j'adore ce mot — jusqu'à la dernière goutte de poésie.

Elle était donc partie et avait repris ses activités indépendantes. Et puis, un beau jour, Chance l'avait trouvée, et tout s'était arrangé. Il l'avait installée dans cet appartement, le premier logement agréable qu'elle ait eu depuis son arrivée à New York, il avait fait connaître son numéro de téléphone et avait pris en charge tous les petits problèmes. Ses factures étaient payées, son ménage était fait, elle n'avait à s'occuper de rien si ce n'est d'écrire des poèmes, les envoyer à des magazines et se montrer charmante quand le téléphone sonnait.

— Chance prend tout l'argent que vous gagnez, lui dis-je. Ça ne vous ennuie pas ?

— Ça devrait m'ennuyer ?

— Je ne sais pas.

— De toute façon, ce n'est pas de l'argent véritable. L'argent trop vite gagné ne dure pas. Autrement, Wall Street appartiendrait aux dealers. Mais ce genre d'argent s'en va aussi vite qu'il est venu. (Elle balança ses jambes de l'autre côté du banc et se retrouva assise face à moi.) De toute façon, dit-elle, j'ai tout ce que je veux. Tout ce que je veux depuis toujours, c'est qu'on me fiche la paix. Je voulais habiter dans un endroit agréable et avoir du temps pour travailler. Je parle de ma poésie.

— J'avais compris.

— Vous savez comment font la plupart des poètes pour s'en tirer ? Ils enseignent, ou ils ont un emploi stable ou ils jouent au jeu de la poésie en lisant leurs œuvres, en faisant des conférences, en écrivant des projets de subvention par des fondations, en côtoyant des gens bien placés, en léchant des bottes. Moi, je n'ai jamais voulu rien faire de tout ça. Je voulais simplement écrire mes poèmes.

— Et Kim, qu'est-ce qu'elle voulait faire ?

— Dieu seul le sait.

— Je pense qu'elle fréquentait quelqu'un. Je pense que c'est à cause de ça qu'on l'a tuée.

— Alors, je ne risque rien. Je ne fréquente personne. Evidemment, vous pourriez rétorquer que je fréquente l'humanité. Pensez-vous que cela me mettrait en danger de mort ?

Je ne vis pas ce qu'elle voulait dire. Fermant les yeux, elle poursuivit :

— Un poète a dit que la mort d'un homme le diminuait car il était engagé dans l'humanité. Savez-vous comment et avec qui elle s'était engagée ?

— Non.

— Pensez-vous que sa mort me diminue ? Je me demande si j'avais un engagement avec elle ? Je ne la connaissais pas vraiment et, pourtant, j'ai écrit un poème sur elle.

— Je peux le voir ?

— Oui, sans doute, mais je ne pense pas qu'il puisse vous apprendre quoi que ce soit. J'ai écrit un poème sur la Grande Ourse, mais si vous voulez vraiment savoir quelque chose à propos de cette constellation, vous feriez mieux de consulter un astronome. Les poèmes ne traitent jamais des sujets qui les inspirent, vous savez. Ils traitent de l'âme du poète.

— J'aimerais quand même le voir.

Cela parut lui faire plaisir. Elle s'approcha de son bureau, version moderne du modèle à cylindre, et trouva presque immédiatement ce qu'elle cherchait. Le poème était écrit à la main, en italiques, sur papier chiffon blanc, avec une plume spéciale.

— Je les tape à la machine pour les soumettre aux magazines, me dit-elle, mais je préfère les voir comme ça. Je me suis appris la calligraphie. Dans un livre. C'est plus facile que ça en a l'air.

Je lus :

Baignez-la dans le lait : que coule le flot blanc,
Pur, dans le baptême bovin du paganisme
Guérissez le moindre schisme
Sous le plus prochain soleil. Prenez sa main,
Dites-lui que ça ne fait rien,
On ne paie pas le pot au lait cassé.
Semez le grain d'un fusil argenté. Pilez
Ses os dans un mortier. Cassez, brisez
Des bouteilles de vin à ses pieds et que le verre des verts débris
Scintille sur sa main. Qu'il en soit ainsi
Que coule le flot de lait blanc
Coule jusqu'à l'herbe d'antan.

Je lui demandai si je pouvais recopier ce poème dans mon carnet. Elle eut un rire léger, joyeux.

— Pourquoi ? Il vous dit qui l'a tuée ?

— Je ne sais pas ce qu'il me dit. Mais si je le garde, je comprendrai peut-être ce qu'il me dit.

— Si vous arrivez à comprendre ce qu'il veut dire, j'espère que vous me le direz, *à moi.* Non, là, j'exagère. Je sais plus ou moins où je veux en venir. Mais ne vous fatiguez pas à le recopier. Vous pouvez garder cet exemplaire.

— Vous n'y pensez pas. C'est le vôtre.

Elle secoua la tête.

— Le poème n'est pas terminé. Je dois encore le travailler. Je veux y mettre ses yeux. Si vous avez vu Kim, vous avez dû remarquer ses yeux.

— Oui.

— A l'origine, je voulais faire un contraste entre le bleu de ses yeux et le vert du verre. C'est comme ça que l'image m'est venue, au départ, mais quand je l'ai écrit, les yeux ont disparu. Je crois qu'ils étaient dans un de mes brouillons mais je les ai perdus quelque part en cours de route. (Elle sourit.) En un clin d'œil, *pfuit !* J'ai l'argent, le vert et le blanc, mais je n'ai plus les yeux. (Une main sur mon épaule, elle regarda le poème.) Combien ça fait ? Douze vers ? Je crois qu'il devrait y en avoir quatorze. C'est la longueur d'un sonnet, même si les vers ne sont pas réguliers. D'ailleurs, je ne suis pas très contente de *schisme*. Il vaudrait peut-être mieux faire rimer avec lyrisme ou fatalisme, quelque chose comme ça.

Elle continua à parler, s'adressant à elle-même plutôt qu'à moi, discutant des amendements qu'elle pourrait apporter à son poème.

— Mais, je vous en prie, gardez celui-là. Il est encore loin de la version définitive, conclut-elle. C'est drôle. Je ne l'ai même pas regardé depuis qu'elle est morte.

— Qu'est-ce qui vous a retenue ? Le choc ?

— Ça m'a fait un choc ? Oui, sans doute. Ça pourrait aussi m'arriver. Sauf que je ne le crois pas. C'est comme le cancer du poumon. Cela n'arrive qu'aux autres. « La mort d'un homme me diminue. » La mort de Kim m'a-t-elle diminuée ? Non, je ne crois pas.

— Alors, pourquoi avez-vous mis le poème de côté ?

— Je ne l'ai pas mis de côté. Je ne l'ai pas regardé. Là, je coupe peut-être les cheveux en quatre. (Elle réfléchit.) Sa mort a changé la façon dont je la voyais. Je voulais travailler ce poème, mais je ne voulais pas que sa mort y apparaisse. J'avais assez de couleurs. Je n'avais pas besoin d'y ajouter du sang.

17

J'avais pris un taxi de Morton Street à la Dix-septième Rue Est. J'en pris un autre pour me rendre à l'appartement de Kim, dans la 37e Rue. En payant le chauffeur, je me rendis compte que je n'étais pas passé à la banque. Le lendemain étant un samedi, j'aurais donc l'argent de Chance sur moi pendant tout le week-end. A moins qu'un agresseur ne m'en débarrasse.

Je me déchargeai un peu en filant cinq dollars au portier en échange de la clé de l'appartement. Je prétendis être le représentant d'une association de locataires. Pour cinq dollars, il était plus que prêt à me croire. Je montai en ascenseur et entrai dans l'appartement.

La police l'avait déjà fouillé. Je ne savais pas ce qu'ils cherchaient et ne savais pas ce qu'ils avaient pu trouver. Le compte rendu figurant dans le dossier que m'avait montré Durkin était assez laconique, mais personne n'écrit jamais tout ce qui attire son attention.

Je ne savais pas ce qu'avaient pu remarquer les officiers de police venus sur les lieux. Je ne savais pas non plus s'ils avaient embarqué quelque chose. Il y a des flics qui n'hésitent pas à dépouiller les morts, ce qui ne veut pas dire qu'ils sont particulièrement malhonnêtes en d'autres circonstances.

Les flics ont trop souvent affaire à la mort, aux histoires sordides, et pour pouvoir continuer à le supporter, ils éprouvent souvent le besoin de déshumaniser les morts. Je me rappelle encore la première fois où j'ai aidé à enlever un cadavre d'une chambre d'hôtel miteux. Le gars était mort en vomissant du sang et il était resté là plusieurs jours avant que sa mort ne soit découverte. J'avais aidé un agent beaucoup plus âgé que moi à fourrer le cadavre dans un sac, puis à le descendre. Mon compagnon s'était arrangé pour que le sac frappe chaque marche de l'escalier. Il aurait fait plus attention s'il s'était agi d'un sac de pommes de terre.

Je me rappelle aussi la façon dont les autres habitants de l'hôtel nous avaient regardés. Et je me souviens que mon coéquipier avait examiné les affaires personnelles du mort, prélevant le peu d'argent qu'il avait trouvé, le comptant délibérément et le partageant avec moi.

Je n'en avais pas voulu.

— Allez, mets-le dans ta poche, m'avait-il dit. Tu sais ce qui se passera, autrement ? Quelqu'un d'autre le prendra. Ou bien l'Etat en héritera. Qu'est-ce qu'il en a à faire, l'Etat de New York, de quarante-quatre dollars ? Mets-le dans ta poche et tu t'achèteras du savon parfumé pour essayer de débarrasser tes mains de la puanteur de ce pauvre mec.

Je l'avais mis dans ma poche. Par la suite, c'était moi qui faisais rebondir le sac sur les marches de l'escalier, c'était moi qui comptais et divisais le maigre héritage.

Je suppose qu'un jour je décrirai le tour complet : c'est moi qui serai dans le sac.

*

Je restai plus d'une heure. Je fouillai placards et tiroirs sans savoir ce que j'espérais y trouver. Je ne trouvai d'ailleurs pas grand-chose. Si elle avait eu un petit carnet noir plein de numéros de téléphone — légendaire attirail de la parfaite call-girl — quelqu'un d'autre l'avait trouvé avant moi. Je n'avais aucune raison de penser qu'elle en avait un. Si Elaine avait un carnet, Fran et Donna m'avaient dit l'une et l'autre qu'elles n'en avaient pas.

Je ne trouvai ni drogue ni matériel de drogué ce qui, en soi, ne prouvait pas grand-chose. Un flic pouvait s'approprier la drogue aussi bien que l'argent d'un mort. Ou bien Chance avait fait disparaître un objet compromettant. Il m'avait dit qu'il était passé à l'appartement après la mort de Kim. Je remarquai, cependant, qu'il n'avait pas touché aux masques africains qui me lorgnaient avec hostilité du haut du mur, comme s'ils gardaient les lieux au nom de Dieu sait quelle jeune prostituée pleine de bonne volonté qui remplacerait Kim dans le cheptel de Chance.

L'affiche Hopper était toujours là, elle aussi, au-dessus du meuble stéréo. Resterait-elle aussi pour la prochaine locataire ?

L'odeur de Kim flottait encore partout. Elle imprégnait ses vêtements dans le tiroir de la commode et dans la penderie. Dans la chambre, le lit n'était pas fait. Je soulevai le matelas et regardai dessous. D'autres l'avaient certainement fait avant moi. Ne trouvant rien, je laissai retomber le matelas. Une forte bouffée de parfum poivré s'éleva des draps chiffonnés et m'emplit les narines.

Dans le salon, j'ouvris un placard et trouvai sa veste de fourrure, d'autres vestes et des manteaux. Il y avait une étagère pleine de vins et d'alcools divers. Une bouteille de Wild Turkey attira mon attention, et j'eus vraiment l'impression de sentir le goût riche de ce bourbon, d'éprouver son exquise morsure dans ma gorge, la chaleur du liquide descendant jusqu'à mon estomac puis se répandant à travers mon corps jusqu'au bout de mes orteils et de mes doigts. Je refermai le placard et traversai la pièce pour aller m'asseoir sur le canapé. Cela faisait des heures que je n'avais pas eu envie de boire, que je n'y pensais même pas, et devant ces bouteilles j'avais été pris au dépourvu.

Je retournai dans la chambre. Il y avait sur la commode une

boîte à bijoux dont j'examinai le contenu. Beaucoup de boucles d'oreilles, trois colliers dont un de perles assez mal imitées. Il y avait beaucoup de bracelets dont un en ivoire bordé d'un liseret d'or ou de métal doré. Une vilaine chevalière portant l'inscription Lycée LaFollette, Eau Claire, Wisconsin. La bague était en or, 14 carats d'après le poinçon que je vis à l'intérieur. Elle était assez lourde pour avoir une certaine valeur.

Qui allait hériter de tout ça ? On avait trouvé de l'argent dans son sac, au Galaxy, quatre cents dollars et de la monnaie, à en croire son dossier, et cet argent serait sans doute envoyé à ses parents dans le Wisconsin. Mais la famille allait-elle prendre l'avion pour venir chercher ses manteaux et ses pull-overs ? Allaient-ils demander qu'on leur remette la veste de fourrure, la chevalière en or, le bracelet en ivoire ?

Je restai le temps qu'il fallait pour prendre des notes, puis je me débrouillai pour repartir sans avoir rouvert le placard du salon. Je descendis en ascenseur jusqu'au hall d'entrée, saluai le portier et une locataire qui entrait — une dame âgée tenant un toutou à poil ras au bout d'une laisse incrustée de faux diamants. Le chien m'adressa quelques aboiements qui me firent penser au petit chat noir de Kim. Pour la première fois, je me demandai ce qu'il était devenu. Je n'avais vu aucune trace de l'animal, le bac à litière n'était plus dans la salle de bains. Quelqu'un avait dû le prendre.

Je trouvai un taxi au coin de la rue. Quand je le payai devant mon hôtel, je m'aperçus que la clé de Kim était dans ma poche, avec la petite monnaie. J'avais oublié de la rendre au portier qui n'avait pas pensé à me la demander.

*

Un message m'attendait. Joe Durkin avait appelé et laissé son numéro de téléphone au commissariat. Je l'appelai. On me dit qu'il était sorti mais n'allait pas tarder à rentrer. Je laissai mon nom et mon numéro.

Je montai dans ma chambre. J'étais fatigué et j'avais du mal à respirer. Je m'allongeai, mais ne pus me reposer ni cesser de gamberger. Je redescendis et allai manger un sandwich au fromage, des frites et boire une tasse de café. Quand j'eus terminé, je commandai un autre café et sortis de ma poche le poème de Donna Campion. J'avais le sentiment qu'il voulait me communiquer quelque chose mais je ne voyais pas ce que ça pouvait être. Je le relus. La signification du poème m'échappait — en admettant que le poème fut censé avoir un sens littéral. Il me semblait pourtant qu'il m'adressait un clin d'œil, qu'il essayait d'attirer mon attention sur quelque chose que mon esprit était trop détérioré pour comprendre.

Je me rendis à St. Paul. Le modérateur raconta une histoire épouvantable d'un ton prosaïque et bavard. L'alcoolisme avait tué ses parents — son père était mort d'une pancréatite aiguë, et sa mère s'était suicidée alors qu'elle était ivre. Il avait deux frères et une sœur qui étaient morts alcooliques. Un troisième frère, atteint d'éthylisme, se trouvait à l'hôpital avec un œdème cérébral.

— J'avais cessé de boire depuis quelques mois, dit-il, quand j'ai commencé à entendre dire que l'alcool détruit les cellules cérébrales. Je me suis demandé si mon cerveau ne risquait pas d'avoir été atteint. Alors je suis allé trouver mon conseiller et je lui ai fait part de mes préoccupations. Il m'a dit : « Il est possible que votre cerveau ait subi des dommages. Mais je voudrais que vous répondiez à deux questions. Etes-vous capable de vous rappeler où ont lieu les réunions d'un jour à l'autre ? Etes-vous capable de trouver le chemin des salles de réunion ? » Je lui ai répondu que cela ne me posait pas de problème. « Alors, a-t-il dit, vous avez toutes les cellules cérébrales qu'il vous faut, pour le moment ».

Je m'en allai au moment de la pause.

Un autre message de Durkin m'attendait à la réception. Je le rappelai immédiatement, mais il était encore sorti. Je laissai mon nom et mon numéro et montai dans ma chambre. J'étais en train de regarder le poème de Donna quand le téléphone sonna.

C'était Durkin. Il me dit :

— Salut, Matt. Je voulais simplement vous dire que j'espérais ne pas vous avoir fait trop mauvaise impression, hier soir.

— Et pourquoi donc ?

— Oh, comme ça. De temps en temps, je suis un peu dépassé par la situation, le boulot, vous voyez ce que je veux dire ? Alors, j'ai besoin de me défouler, de boire un coup de trop, de me laisser aller. Je n'en fais pas une habitude, mais de temps en temps, j'en ai vraiment besoin.

— Je comprends.

— La plupart du temps, j'adore mon boulot, mais il y a des trucs qui finissent par vous ronger, même si vous essayez de ne pas les voir. Alors, il faut que ça sorte. J'espère que je ne suis pas allé trop loin hier, surtout à la fin.

Je l'assurai qu'il n'en était rien. Je me demandai s'il se rappelait clairement les événements de la veille. Il était assez soûl pour avoir eu un passage à vide. Ou bien ses souvenirs étaient juste un peu vagues et il voulait seulement savoir comment j'avais pris ses sorties.

Songeant à la réflexion que sa propriétaire avait faite à Billie, je lui dis :

— Ne vous tracassez pas. Ça pourrait arriver à un évêque.

— Pas mal, celle-là, faut que je m'en souvienne. Ça pourrait arriver à un évêque. Et ça doit bien leur arriver de temps en temps.

— Probablement.

— Ça marche, votre enquête ? Vous avez trouvé quelque chose ?

— C'est pas évident.

— Je vois ce que vous voulez dire. Si je peux faire quoi que ce soit...

— Eh bien, justement...

— Ah ?

— Je suis allé faire un tour au Galaxy. J'ai parlé au directeur-adjoint. Il m'a montré la fiche remplie et signée par M. Jones.

— Le célèbre M. Jones.

— En fait, elle n'est pas signée. Il a écrit son nom en capitales d'imprimerie.

— M'étonne pas.

— Je lui ai demandé si je pouvais jeter un coup d'œil aux fiches des deux derniers mois pour voir s'il y avait d'autres signatures en lettres capitales, et les comparer à celle de Jones. Il ne m'y a pas autorisé.

— Fallait lui glisser quelques dollars.

— J'ai essayé. Il n'a même pas compris où je voulais en venir. Mais vous pourriez lui demander de voir s'il y a d'autres fiches signées de cette façon-là. Il ne le fera pas pour moi parce que je n'ai pas de statut officiel. Par contre, si c'était un flic qui lui en faisait la demande, il se précipiterait.

Il ne répondit pas tout de suite. Puis il me demanda si ça pouvait servir à quelque chose.

— On ne sait jamais.

— Vous pensez que le meurtrier a déjà pu descendre dans cet hôtel ? Mais sous un autre nom ?

— C'est possible.

— Pas sous son vrai nom, autrement il aurait signé normalement au lieu de faire le malin. Alors, ce que nous saurions, en admettant qu'on ait du pot, qu'il y ait effectivement une fiche et qu'on mette la main dessus, ce que nous aurions, c'est un autre faux nom pour le même salaud, mais nous ne serions pas plus avancés que maintenant quant à sa véritable identité.

— Pendant que vous y êtes, il y a autre chose que vous pourriez faire.

— Quoi ?

— Demander aux autres hôtels du coin de regarder leurs registres pour les derniers six mois, ou même la dernière année.

— Pour chercher quoi ? Des signatures en lettres capitales ? Vous n'y pensez pas, Matt. Vous avez une idée du nombre d'heures de boulot que ça représenterait ?

— Non, pas les signatures. Simplement des clients qui s'appelleraient Jones. Je pense à des hôtels comme le Galaxy, des hôtels modernes qui pratiquent le même genre de prix. La plupart doivent être informatisés, comme le Galaxy. Il leur faudra cinq ou dix minutes pour retrouver tous les Jones, mais ils ne le feront que si on leur montre une plaque.

— Et à quoi ça nous mènera ?

— Vous prenez les fiches correspondantes, vous cherchez un Jones dont l'initiale est soit C ou bien C. O., vous comparez les signatures et vous voyez si vous pouvez le retrouver quelque part. Si vous trouvez quelque chose, vous voyez ce que vous pouvez faire de ce renseignement. Ce n'est pas à moi de vous dire ce que vous devez en faire.

A nouveau, il resta un instant silencieux.

— Je ne sais pas, dit-il au bout d'un moment. Ça me paraît un peu mince.

— Peut-être.

— A mon avis, c'est une perte de temps.

— Pas beaucoup de temps. Et ce n'est pas si mince que ça, Joe. Vous le feriez, si l'affaire n'était pas déjà classée dans votre tête.

— C'est pas sûr.

— Bien sûr que si. Vous pensez que c'est le coup d'un tueur professionnel ou d'un fou. Si c'est un tueur professionnel, vous pensez que ce n'est pas la peine d'essayer de l'attraper, si c'est un fou, vous attendrez qu'il recommence.

— Je n'irais quand même pas jusque-là.

— Hier soir, vous alliez jusque-là.

— Hier soir, c'était hier soir, bon Dieu. Je vous ai déjà expliqué, pour hier soir.

— Il ne s'agit pas d'un tueur professionnel, lui dis-je. Et ce n'est pas un fou qui est tombé sur elle par hasard.

— Vous semblez bien sûr de ce que vous avancez.

— A peu près sûr, oui.

— Pourquoi ?

— Un tueur à gages n'est pas soudain pris de folie. Combien de coups de machette, soixante ?

— Soixante-six, je crois.

— Mettons soixante-six.

— Et ce n'était pas forcément une machette. Quelque chose *comme* une machette.

— Il l'a obligée à se déshabiller. Puis il l'a massacrée comme ça, et il a fichu tellement de sang sur les murs qu'ils ont été obligés de repeindre la chambre. Vous avez déjà entendu parler d'un tueur professionnel qui travaillait comme ça ?

— Coment savoir à quel genre de tueur un maquereau va s'adresser ? Et puis il a peut-être dit au type qu'il fallait que ce soit moche, une vraie boucherie, pour en faire un exemple. Comment savoir ce qui a pu lui passer par la tête ?

— Et après, il m'engage pour faire une enquête ?

— Je sais bien que c'est bizarre, Matt, mais...

— Et ça ne peut pas être un dingue non plus. C'est quelqu'un qui est *devenu* dingue, mais c'était pas un obsédé qui se faisait plaisir.

— Comment le savez-vous ?

— Trop de précautions. Il signe sa fiche en capitales d'imprimerie. Il emporte les serviettes sales. C'est un type qui a pris grand soin de ne laisser aucune preuve concrète derrière lui.

— Je croyais qu'il avait pris les serviettes pour envelopper la machette.

— Pour quoi faire ? Il rince la machette et la remet dans le sac qui lui a servi à l'apporter. S'il voulait vraiment l'envelopper, il aurait pris des serviettes propres. Il n'aurait pas pris les serviettes dans lesquelles il s'est essuyé, s'il n'avait pas voulu éviter qu'on les trouve. On peut laisser une trace dans une serviette — un poil, une tache de sang — et il savait qu'il pourrait être soupçonné parce qu'il avait des rapports avec Kim.

— Nous ne savons même pas si les serviettes étaient sales, Matt. Rien ne nous dit qu'il a pris une douche.

— Il la coupe en morceaux, il met du sang plein les murs. Et vous croyez qu'il a pu sortir de là sans se laver ?

— Evidemment...

— Vous embarqueriez des serviettes pour avoir un souvenir, comme un cendrier ? Il avait forcément une raison.

— Bon, d'accord. (Il marqua une pause.) Mais un détraqué peut aussi avoir l'idée de ne pas laisser de preuves, vous dites que c'est quelqu'un qui la connaissait, qui avait une raison de la tuer. Vous ne pouvez pas en être sûr.

— Pourquoi l'aurait-il fait venir à l'hôtel ?

— Parce que c'est là qu'il l'attendait. Avec sa petite machette.

— Pourquoi n'est-il pas allé, avec sa petite machette, jusqu'à l'appartement de Kim, dans la 37e Rue ?

— Au lieu de l'obliger à se déplacer ?

— Oui. J'ai passé la journée à parler à des prostituées. Elles n'aiment pas aller chez les gens à cause du temps perdu dans les transports. Elles acceptent, mais elles essaient de convaincre le gars qui les appelle de venir plutôt chez elles parce qu'ils y seront beaucoup mieux, et tout ça. C'est ce qu'elle a dû faire, mais il n'a rien voulu savoir.

— Il avait déjà payé la chambre. Il voulait pas gaspiller son fric.

— Pourquoi ne pas aller chez elle ?

Il réfléchit un instant, puis répondit :

— A cause de son portier. Il ne voulait pas passer devant son portier.

— Alors il a préféré traverser tout le hall d'un hôtel, remplir une fiche et parler à l'employé de la réception. Il ne voulait peut-être pas passer devant le portier parce que le portier l'avait déjà vu. Autrement, un portier est moins dangereux que tout un hôtel.

— Ça fait quand même beaucoup de suppositions, Matt.

— Je n'y peux rien. Quelqu'un a fait un tas de choses qui n'ont aucun sens, à moins qu'il n'ait connu sa victime et n'ait eu une raison personnelle de vouloir sa mort. Il est peut-être psychologiquement perturbé. Les gens parfaitement sains d'esprit n'ont pas l'habitude de se défouler à coups de machette. Mais il ne s'agit pas simplement d'un fou qui choisit une bonne femme au hasard.

— Alors, à votre avis ? Un petit ami ?

— Quelque chose comme ça.

— Elle plaque son souteneur, annonce au petit ami qu'elle est libre et il s'affole ?

— C'est à un truc comme ça que je pensais, oui.

— Et il se déchaîne à coups de machette. Vous trouvez que ça cadre avec votre théorie du gars qui décide de rester sagement avec sa légitime ?

— Je n'en sais rien.

— Vous êtes sûr qu'elle avait un petit ami ?

— Non.

— Et cette histoire de fiches, me dit-il. Charles O. Jones et tous ses éventuels noms d'emprunt ? Vous pensez que ça vous mènera quelque part ?

— On ne sait jamais.

— Ce n'est pas ce que je vous demande, Matt.

— Alors, je vous répondrai non, je ne pense pas que ça nous mène quelque part.

— Mais vous pensez que ça vaut quand même la peine d'essayer ?

— J'aurais regardé moi-même les fiches du Galaxy. Je vous rappelle que j'étais prêt à y passer le temps qu'il fallait, si le gars m'y avait autorisé.

— Je pense qu'on pourrait s'occuper des fiches.

— Merci, Joe.

— Et puis, je pense qu'on peut aussi s'occuper de l'autre truc. Les hôtels de première catégorie du quartier, et les clients du nom de Jones qu'ils ont reçus dans les six derniers mois. C'est bien ce que vous vouliez ?

— C'est ça.

— D'après le rapport d'autopsie, elle avait du sperme dans la gorge et dans l'œsophage. Vous aviez remarqué ce détail ?

— J'ai vu ça hier soir, dans le dossier.

— Il commence par se faire faire un pompier, puis il la charcute avec sa machette de boy-scout. Et vous pensez que c'est son petit ami.

— Le sperme provenait peut-être de rapports qu'elle avait eus avant, avec un autre homme. N'oubliez pas que c'était une prostituée.

— Possible, dit-il. Vous savez qu'on peut maintenant classer le sperme dans différents groupes, un peu comme le sang. Rien à voir avec les empreintes digitales, mais ça constitue quand même une preuve indirecte. Mais vous avez raison, étant donné son métier, on ne peut pas écarter un suspect sous prétexte que son sperme n'est pas du même groupe que celui qu'on a trouvé dans la gorge de la victime.

— Et dans le cas contraire, ce n'est pas une preuve contre lui.

— Non, mais je lui ferais passer un mauvais quart d'heure. Si seulement elle avait pu le griffer, on aurait trouvé un peu de peau sous ses ongles. Ça, c'est toujours utile.

— On ne peut pas tout voir.

— Hélas. Si elle lui a fait un pompier, elle aurait quand même pu avoir un ou deux poils entre les dents. L'ennui, c'est qu'elle était trop raffinée.

— C'est ça l'ennui, oui.

— Et, pour ma part, l'ennui, c'est que je commence à penser qu'il faut peut-être creuser cette affaire et qu'on retrouvera l'assassin la semaine des quatre jeudis. Mon bureau croule sous des trucs dont je n'ai pas le temps de m'occuper, et vous m'obligez à me démener sur cette histoire.

— Pensez aux honneurs que vous récolterez si cela aboutit.

— Parce que le mérite sera pour moi ?

— Autant l'attribuer à quelqu'un.

*

J'avais encore trois prostituées à aller voir : Sunny, Ruby et Mary Lou. J'avais leur numéro dans mon carnet, mais j'avais fait mon plein de parlotes avec des prostituées pour la journée. J'appelai le service de Chance et demandai qu'il me rappelle. Nous étions vendredi soir. Il était peut-être au Garden en train de regarder deux types se cogner dessus. A moins qu'il n'assistât qu'aux combats de Kid Bascomb.

Je sortis le poème de Donna Campion et le relus. Dans mon esprit, toutes les couleurs du poème étaient recouvertes de sang, du sang artériel rouge vif qui ternissait pour devenir brun rouille. Je me dis que c'était ridicule puisque Kim était vivante quand le poème avait été écrit. Alors comment expliquer ce sentiment de fatalité que je ressentais à la lecture de ces vers ? Donna avait-elle su ou pressenti quelque chose ? Ou voyais-je quelque chose là où il n'y avait rien ?

Donna avait omis l'or des cheveux de Kim. A moins que le soleil ne fût responsable de l'impression qu'elles m'avaient faite, les tresses d'or avaient évoqué dans mon esprit la Méduse de Jan Keane. Sans réfléchir, je décrochai le téléphone et demandai un numéro. C'était un numéro que je n'avais pas composé depuis longtemps, pourtant ma mémoire me l'imposa à la façon dont un prestidigitateur vous oblige à prendre une carte plutôt qu'une autre.

Après la quatrième sonnerie, je m'apprêtais à raccrocher quand j'entendis soudain sa voix, grave, tout essoufflée.

— Jan, lui dis-je, ici Matt Scudder.

— Matt ! Je pensais à toi, il y a pas une heure. Attends une seconde, je viens de rentrer, j'enlève mon manteau... Voilà. Comment vas-tu ? Ça me fait plaisir de t'entendre.

— Ça va bien, et toi ?

— Oh, moi, ça marche. Vingt-quatre heures à la fois.

Les petits slogans des A.A.

— Tu vas toujours aux réunions ?

— Oui, oui. Justement, j'en sors. Et toi, comment tu te débrouilles ?

— Pas trop mal.

— C'est bien.

Nous étions quoi — vendredi ? Mercredi, jeudi. Vendredi.

— Ça fait trois jours.

— C'est formidable, Matt !

Je ne voyais pas ce que ça avait de si formidable.

— Sans doute, lui dis-je.

— Tu assistes aux réunions ?

— Plus ou moins. Je ne suis pas encore tout à fait prêt.

Nous bavardâmes un moment. Elle me dit que nous nous rencontrerions peut-être à une réunion, un de ces jours. Je répondis que c'était bien possible. Elle ne buvait plus depuis six mois et elle avait déjà fait deux témoignages. Je lui dis que ça m'intéresserait, un jour, d'entendre son histoire.

— L'entendre ? s'écria-t-elle. Mais tu en fais *partie !*

Elle commençait tout juste à se remettre à la sculpture. Elle l'avait mise de côté quand elle avait cessé de boire et qu'elle avait trop de mal à obtenir de l'argile ce qu'elle voulait. Mais elle s'y était remise, elle travaillait sans perdre de vue que son objectif principal était de ne plus boire et en laissant sa vie s'organiser autour de ça.

Et moi ? Eh bien j'étais sur une affaire, une enquête que j'effectuais pour le compte d'une de mes connaissances. Je ne m'étendis pas et elle n'insista pas. La conversation ralentit, fut entrecoupée de silences. Finalement, je lui dis :

— Voilà, je voulais juste te dire un petit bonjour.

— Je suis ravie que tu l'aies fait, Matt.

— Nous nous rencontrerons peut-être un de ces jours.

— Ça me ferait plaisir.

Je raccrochai. Je me souvins d'une soirée que nous avions passée dans son loft de Lispenard Street. Nous buvions et la magie de l'alcool nous réchauffait le cœur, nous emplissait de tendresse. Oh, la douceur, le charme de cette merveilleuse soirée.

Au cours des réunions, on entend les gens dire : « le pire de mes jours de sobriété vaut mieux que le meilleur de mes jours d'ivresse ». Et tout le monde hoche la tête comme le petit chien en plastique sur le tableau de bord d'un Porto-Ricain. Je songeai à cette soirée avec Jan, puis je regardai la petite cellule qui me sert de chambre et j'essayai de comprendre en quoi cette soirée-ci était meilleure que cette soirée-là.

Je regardai ma montre. Les magasins de spiritueux étaient fermés. Les bars seraient ouverts pendant plusieurs heures.

Je restai où j'étais. Dehors, j'entendis passer une voiture de police qui faisait hurler sa sirène. Le bruit s'éloigna, les minutes s'écoulèrent et mon téléphone sonna.

C'était Chance qui me dit, d'un ton approbateur :

— Vous avez travaillé. C'est ce qu'on m'a rapporté. Les filles ont bien collaboré ?

— Très bien.

— Vous commencez à y voir plus clair ?

— C'est difficile à dire. On glane un truc par-ci, un truc par-là et on ne sait jamais s'ils vont se recouper. Qu'avez-vous pris, dans l'appartement de Kim ?

— Simplement de l'argent. Pourquoi ?

— Combien ?

— Deux cents dollars. Elle mettait son argent dans le tiroir du haut de la commode. Ce n'était pas une cachette, mais simplement l'endroit où elle le rangeait. J'ai regardé un peu partout pour m'assurer qu'elle n'en planquait pas ailleurs mais je n'ai rien trouvé. Je n'ai pas vu de carnet de chèques ou de clés de coffre bancaire. Et vous ?

— Non.

— D'argent non plus ? Je vous demande ça comme ça, parce que qui le trouve le garde.

— Pas d'argent. C'est tout ce que vous avez pris ?

— Une photo d'elle et moi prise par un photographe de boîte de nuit. Je ne voyais pas de raison de la laisser pour la police. Pourquoi ?

— Je me demandais, comme ça. Vous y êtes allé avant de vous faire cueillir par la police ?

— Je ne me suis pas fait cueillir. J'y suis allé de mon plein gré. Mais oui, je suis passé à l'appartement avant eux. Sinon, je n'aurais pas trouvé les deux cents dollars.

Peut-être. Je lui demandai :

— Vous avez pris le chat ?

— Le chat ?

— Elle avait un petit chat noir.

— Ah oui, c'est vrai. Je n'y ai même pas pensé. Non, je ne l'ai pas pris. Mais si j'y avais pensé, je lui aurais apporté à manger. Pourquoi ? Il n'est plus là ?

Je lui répondis que non, ainsi que son bac à litière. Je lui demandai si le chat était là quand il avait visité l'appartement, mais il n'en savait rien. Il ne l'avait pas remarqué, mais il ne l'avait pas cherché.

— Et puis je me dépêchais, vous savez, poursuivit-il. Je ne suis pas resté plus de cinq minutes. Le petit chat aurait pu venir se frotter à mes chevilles que je n'y aurais pas prêté attention. Quelle importance ? Ce n'est pas le chat qui l'a tuée.

— Non.

— Vous ne pensez quand même pas qu'elle avait emporté le petit chat à l'hôtel ?

— Pourquoi aurait-elle fait ça ?

— J'en sais rien, moi, je ne sais même pas pourquoi nous *parlons* de ce chat.

— Quelqu'un a dû le prendre. Après sa mort, quelqu'un d'autre que vous a dû entrer dans son appartement et prendre le petit chat.

— Vous êtes sûr qu'il n'y était pas aujourd'hui ? Les animaux ont peur des inconnus. Ils se cachent.

— Il n'était pas là.

— Il a pu s'échapper quand les flics sont venus. La porte ouverte, le chat s'enfuit, adieu petit chat.

— Ce serait bien la première fois qu'un chat pense à embarquer son bac à litière.

— C'est peut-être un voisin qui l'a pris. Il a dû l'entendre miauler et se dire que le chat avait faim.

— Un voisin qui aurait la clé ?

— Il y a des gens qui confient leur clé à un voisin. Au cas où ils perdraient la leur. Ou bien le voisin a pu la demander au portier.

— C'est sans doute ça.

— Probablement.

— J'irai voir les voisins demain.

Il émit un petit sifflement et me dit :

— Vous ne laissez rien passer, hein ? Même un petit truc comme un chat. Vous êtes comme un chien qui s'acharne sur un os.

— C'est comme ça qu'il faut faire. Agopapap.

— Vous dites ?

— Agopapap. (J'épelai.) Ça veut dire Assez Glandé On Passe Au Porte A Porte.

— Pas mal, ça. Répétez-le ?

Je répétai.

— Assez Glandé, On Passe Au Porte A Porte. Oui, pas mal, dit-il.

18

Le samedi était un bon jour pour faire du porte à porte. Ça l'est en général parce qu'il y a plus de gens chez eux que pendant la semaine. Ce samedi-là, le temps ne faisait rien pour les inciter à sortir. Une pluie fine tombait du ciel sombre et vous cinglait le visage sous l'effet du vent qui soufflait par rafales.

Le vent, à New York, a parfois un comportement curieux. Les hauts bâtiments semblent le casser, le diviser, puis le faire tourbillonner comme une boule de billard anglais, de sorte qu'il rebondit de façon imprévue et souffle dans des sens différents d'un pâté de maisons à l'autre. Ce matin et cet après-midi-là, où que je sois, il me soufflait dans la figure. Quand je tournais le coin d'une rue, il tournait avec moi, mais toujours face à moi pour mieux m'asperger de pluie. Il y avait des moments où cela me semblait revigorant, d'autres où je baissais la tête, remontais les épaules, maudissais les éléments et me traitais d'imbécile pour ne pas être resté chez moi.

Ma première visite fut pour l'immeuble de Kim où j'inclinai la tête en passant devant le portier, clé en main. Il m'était aussi inconnu que je devais l'être pour lui ; cependant, il ne mit pas en doute mon droit de me trouver là. Je montai donc et entrai dans l'appartement de Kim.

Peut-être voulais-je m'assurer que le chat n'était toujours pas là. Rien ne parut avoir changé, et je ne vis ni chat ni bac à litière. Pendant que j'y étais, je regardai dans la cuisine mais ne trouvai pas plus d'aliments pour chats dans les placards que de bac de litière. J'eus beau renifler partout, je ne détectai aucune odeur de chat et j'en vins à me demander si je ne rêvais pas en croyant me souvenir de la présence du chaton. C'est alors qu'en ouvrant le réfrigérateur je découvris une boîte à moitié pleine de Régal du Chat, fermée par un couvercle en plastique.

Victoire. Le célèbre détective avait découvert un indice capital.

Peu de temps après, le célèbre détective découvrit un chat. Je me promenai dans le couloir en frappant aux portes. Les locataires n'étaient pas tous chez eux, malgré le samedi pluvieux, et les trois premiers qui m'ouvrirent ignoraient que Kim avait un chat, et à plus forte raison ce qu'il était devenu.

La quatrième porte qui s'ouvrit était celle d'Alice Simkins, une petite quinquagénaire qui ne se montra pas très loquace jusqu'à ce que je lui parle du chat de Kim.

— Oh, Panther, dit-elle. Vous venez chercher Panther. Je craignais bien qu'on vienne le chercher. Mais donnez-vous la peine d'entrer.

Elle m'installa dans un fauteuil capitonné, m'apporta une tasse de café et me présenta ses excuses pour l'excès de mobilier qui encombrait la pièce, disant à sa décharge qu'elle était veuve et avait quitté sa maison de banlieue pour venir s'installer dans ce petit appartement et qu'elle avait eu beau se débarrasser de beaucoup de choses, elle avait quand même eu le tort de garder trop de meubles.

— On croirait une course d'obstacles, me dit-elle. Et ça ne date pas d'hier. Il y a près de deux ans que j'ai emménagé. Mais comme il n'y a pas vraiment urgence, je trouve plus facile de toujours remettre au lendemain.

Elle avait appris la mort de Kim par quelqu'un de l'immeuble. Le lendemain matin, elle était au bureau quand elle avait soudain pensé au petit chat de Kim. Qui allait le nourrir ? Qui allait s'en occuper ?

— Je me suis obligée à attendre l'heure du déjeuner parce que je me suis dit que je n'étais quand même pas assez folle pour quitter le bureau en courant sous prétexte qu'un petit chat allait avoir faim pendant une heure de plus. Quand j'y suis allée, je lui ai donné à manger, j'ai changé sa litière, j'ai remis de l'eau dans son bol et puis, le soir, en rentrant du bureau, je suis passée et j'ai vu que personne n'était venu s'en occuper. Pendant la nuit, j'ai pensé à cette pauvre petite bête et, le lendemain matin, en lui apportant à manger, je me suis dit qu'il serait aussi bien chez moi pour le moment. (Elle sourit.) On dirait qu'il est déjà bien adapté. Vous pensez qu'elle lui manque ?

— Je ne sais pas.

— Je ne pense pas que je lui manquerai non plus mais, lui, il me manquera. Je n'ai jamais eu de chat. Dans le temps, nous avions des chiens. Je ne crois pas que j'aimerais avoir un chien, pas en ville, mais un chat ne semble pas poser de problème. Elle a fait couper les griffes de Panther, alors il ne risque pas d'égratigner les meubles, encore que je regrette presque qu'il ne m'ait rien abîmé, car j'aurais eu moins de mal à m'en séparer. (Elle eut un petit rire.) Je suis désolée, j'ai pris toute la nourriture pour chat que j'ai trouvée dans l'appartement de Kim. Mais je peux vous en racheter. Et Panther se cache quelque part, mais je vais certainement le trouver.

Je la rassurai. Je n'étais pas venu chercher le chat et elle pouvait le garder si elle le voulait. Elle eut l'air surprise et manifestement soulagée. Mais si je n'étais pas venu chercher le chat, quel était donc le but de ma visite ? Je lui résumai mon rôle en quelques mots. Pendant qu'elle assimilait cette information, je lui demandai comment elle avait eu accès à l'appartement de Kim.

— Oh, mais, j'avais la clé. Il y a quelques mois, je lui ai donné la clé de mon appartement, parce que je m'absentais et que je voulais qu'elle arrose mes plantes, et peu après mon retour, elle m'a donné la clé du sien, mais je ne me rappelle plus pourquoi. Peut-être pour donner à manger à Panther ? Je ne m'en souviens vraiment pas. Vous croyez que je peux changer son nom ?

— Comment ?

— C'est parce que je n'aime pas son nom. Seulement, je ne sais pas si on peut changer le nom d'un chat. Je ne crois pas qu'il le reconnaisse. Ce qu'il reconnaît, par contre, c'est le bourdonnement de l'ouvre-boîtes électrique qui lui annonce que le dîner est prêt. (Elle sourit.) T. S. Eliot a écrit que tout chat a un nom secret qui n'est connu que de lui seul. Alors, je pense que la façon dont je l'appelle n'a aucune importance.

J'amenai la conversation sur Kim et demandai à Mme Simkins si elle était très amie avec elle.

— Nous n'étions pas vraiment amies, répondit-elle. Nous étions voisines. Nous étions de bonnes voisines. J'avais la clé de son appartement, mais je ne pense pas que nous étions vraiment amies.

— Vous saviez qu'elle était call-girl ?

— Je m'en doutais. Au début, j'ai cru qu'elle était mannequin. Elle en avait l'allure.

— Oui.

— Mais, peu à peu, j'ai fini par comprendre quel était son vrai métier. Elle ne m'en a jamais parlé. C'est peut-être justement parce qu'elle ne me parlait jamais de son travail que je me suis doutée de quoi il s'agissait. Et puis, il y avait cet homme noir qui venait souvent la voir. Je ne sais pas pourquoi, mais j'ai pensé qu'il devait être son souteneur.

— Avait-elle un petit ami ?

— En dehors de ce Noir ? (Elle réfléchit. C'est le moment que choisit une petite flèche noire pour traverser le tapis et bondir sur un canapé, sauter par terre et disparaître.) Vous voyez ? Il n'a pas du tout l'air d'une panthère. Je ne sais pas à quoi il ressemble, mais certainement pas à une panthère. Vous me demandiez si elle avait un petit ami ?

— Oui.

— Je ne sais pas vraiment. Elle avait certainement un secret dans sa vie parce qu'elle y a fait allusion la dernière fois que nous nous sommes parlé. Elle m'a dit qu'elle allait partir et que sa vie serait transformée. J'avoue que j'ai pensé qu'elle se construisait des châteaux en Espagne.

— Pourquoi ?

— Parce que j'ai pensé qu'elle voulait dire qu'elle allait partir avec son souteneur pour filer le parfait amour, mais qu'elle ne me donnait pas plus de précisions parce qu'elle ne m'avait pas dit qu'elle avait un souteneur ou qu'elle était une prostituée. Il paraît que les souteneurs jurent à une de leurs filles que leurs autres filles ne comptent pas et que, dès qu'ils auront fait assez d'économies, ils s'en iront tous les deux et qu'ils achèteront un élevage de moutons en Australie ou autre chose de tout aussi réaliste.

Je songeai à Fran Schecter de Morton Street, qui était persuadée que Chance et elle avaient vécu ensemble dans une vie antérieure et avaient encore d'innombrables vies communes devant eux.

— Elle avait l'intention de quitter son souteneur.

— A cause d'un autre homme ?

— C'est ce que je cherche à savoir.

Mme Simkins n'avait jamais vu Kim en compagnie d'un homme en particulier, elle n'avait jamais fait très attention aux hommes qui rendaient visite à Kim. De toute façon, m'expliqua-t-elle, ces visiteurs étaient peu nombreux, le soir, et pendant la journée, Mme Simkins se trouvait à son bureau.

— J'ai cru qu'elle s'était payé elle-même la veste de fourrure. Elle en était tellement fière, comme si quelqu'un la lui avait offerte, mais j'ai pensé qu'elle ne voulait pas faire voir qu'elle avait honte d'avoir été obligée de se la payer elle-même. Alors, je parie qu'elle avait un petit ami. Elle avait un de ces airs, quand elle me la montrait, comme si c'était un homme qui lui en avait fait cadeau, mais elle ne me l'a pas dit explicitement.

— Parce que l'existence de cet homme était un secret.

— Oui. Elle était fière de sa fourrure et fière de ses bijoux. Vous dites qu'elle voulait quitter son souteneur. C'est pour ça qu'on l'a tuée ?

— Je ne sais pas.

— J'essaie de ne pas penser au fait qu'on l'a tuée, et pourquoi et comment elle est morte. Vous avez lu un livre qui s'appelle *Watership Down ?* (Je ne l'avais pas lu.) Eh bien, ça parle d'une colonie de lapins, des lapins semi-domestiques. Ils ont toute la nourriture qu'il leur faut parce que les humains leur en apportent. C'est une sorte de paradis pour lapins, sauf que les hommes qui leur donnent à manger le font pour pouvoir tendre des pièges et avoir de temps en temps un lapin pour le dîner. Les lapins survivants ne parlent jamais des pièges, ni de leurs compagnons que les pièges ont tués. Ils ont une sorte d'accord tacite en fonction duquel ils font comme si les pièges n'existaient pas et comme si leurs copains morts n'avaient jamais existé. (Jusque-là, en parlant, elle ne m'avait pas regardé. Mais ses yeux se fixèrent sur les miens quand elle poursuivit :) Vous savez, je crois que les New-Yorkais sont comme ces lapins. Nous vivons ici pour profiter de ce que la ville peut nous procurer sous forme de culture, de possibilités d'emploi ou ce que vous voudrez. Et nous détournons les yeux quand la ville tue nos voisins et nos amis. Oh, bien sûr, nous lisons ça dans les journaux, nous en parlons pendant un jour ou deux, mais après, nous nous empressons d'oublier. Parce qu'autrement, nous serions obligés de faire quelque chose contre ça et nous en sommes incapables. Ou bien il nous faudrait aller vivre ailleurs et nous n'avons pas envie de bouger. Nous sommes comme ces lapins, vous ne croyez pas ?

*

Je lui laissai mon numéro et lui demandai de m'appeler si jamais elle pensait à quelque chose. Elle me promit de le faire. Je redescendis en ascenseur, mais arrivé au niveau de la rue, je restai dans la cabine et remontai au onzième étage. J'avais retrouvé le chaton, mais cela ne signifiait pas que je perdrais mon temps en frappant encore à quelques portes.

C'est pourtant ce que je fis. Je parlai à cinq ou six personnes qui ne m'apprirent rigoureusement rien, sauf que Kim et elles-mêmes avaient soigneusement évité tout contact. Il y avait même un homme qui s'était débrouillé pour ignorer qu'une de ses voisines avait été assassinée. Les autres le savaient, mais ne savaient pas grand-chose de plus.

Quand j'eus épuisé les portes auxquelles frapper, je m'aperçus que j'étais irrésistiblement attiré par celle de Kim. J'avais déjà sorti sa clé. Pourquoi ? A cause de la bouteille de Wild Turkey dans le placard du salon ?

Je remis la clé dans ma poche et déguerpis.

*

La liste des réunions me conduisit à quelques centaines de mètres de chez Kim, dans une salle où la chose avait commencé à midi. J'arrivai au moment où le modérateur, une femme, terminait son témoignage. Je crus d'abord que c'était Jan, mais, en la regardant mieux, je vis qu'elle ne lui ressemblait pas vraiment. Je pris une tasse de café et allai m'asseoir au fond.

La salle était pleine de monde et de fumée. Le tour de table sembla s'orienter totalement sur l'aspect spirituel du programme, mais je ne voyais pas très bien en quoi il consistait et rien de ce que j'entendis ne m'apporta d'éclaircissements.

Pourtant, un des hommes, un grand gaillard à la voix rauque, dit quelque chose qui me plut : « Je suis venu ici pour sauver mes côtelettes et je me suis aperçu qu'elles étaient attachées à mon âme. »

*

Si le samedi était un bon jour pour frapper aux portes, je m'aperçus que c'était également un bon jour pour rendre visite aux prostituées. Le miché du samedi après-midi n'est peut-être pas une espèce inexistante, mais il est quand même l'exception.

Après avoir déjeuné, je pris le métro en direction du nord de Manhattan. Il n'y avait guère de passagers dans ma voiture et, juste en face de moi, un gamin noir, en veste de marin et bottes à semelles épaisses, fumait une cigarette. Me rappelant ma conversation avec Durkin, je fus tenté de dire au gosse d'éteindre son mégot.

Laisse tomber, me dis-je. Mêle-toi de tes oignons. T'occupe.

Je descendis à la 63e Rue, parcourus une centaine de mètres tout droit, puis tournai à gauche et marchai encore un peu. Ruby Lee et Mary Lou Barcker habitaient deux immeubles presqu'en face l'un de l'autre. J'entrai d'abord dans celui de Ruby car il était le premier sur mon chemin. Le portier m'annonça au téléphone intérieur et je partageai l'ascenseur avec le livreur d'un fleuriste. Il avait les bras pleins de roses dont l'arôme emplissait la cabine.

Ruby m'ouvrit la porte, m'adressa un sourire poli et me pria d'entrer. L'appartement était décoré avec goût, mais sobriété. Le mobilier contemporain était neutre, mais quelques autres éléments apportaient une note orientale : un tapis chinois, quelques estampes japonaises dans des cadres en bois noir laqué, un paravent en bambou. Cela ne suffisait pas à rendre l'appartement exotique, mais la présence de Ruby y suffisait.

Ruby n'était pas tout à fait aussi grande que Kim et son corps était mince et souple. Ces qualités étaient mises en valeur par le fourreau noir dont la jupe fendue découvrait un brin de cuisse quand elle marchait. Elle me fit asseoir dans un fauteuil et m'offrit un verre. J'eus la surprise de m'entendre lui demander du thé. Elle sourit, s'absenta et revint en apportant du thé pour elle et pour moi. Je remarquai que c'était du Lipton's. Dieu sait à quoi je m'étais attendu.

Son père était moitié français, moitié sénégalais, sa mère était chinoise. Elle était née à Hong Kong, avait vécu un certain temps à Macao, puis elle était venue en Amérique en passant par Paris et Londres. Elle ne me dit pas son âge et je ne le lui demandai pas. J'aurais été incapable de le deviner. Elle pouvait avoir aussi bien vingt ans que quarante-cinq ans, ou n'importe quel âge entre les deux.

Elle avait vu Kim une fois. Elle ne savait rien d'elle et pas grand-chose des autres filles. Elle était avec Chance depuis un certain temps et leur arrangement lui convenait fort bien.

Elle ignorait si Kim avait eu un petit ami. Elle ne voyait pas pourquoi une femme aurait pu vouloir deux hommes dans sa vie. Elle aurait été obligée de leur donner de l'argent à tous les deux.

J'émis la possibilité de rapports d'une autre sorte entre Kim et son petit ami. Peut-être lui faisait-il des cadeaux ? Cette idée sembla la déconcerter.

— Vous voulez dire un client ? me demanda-t-elle.

Je répondis que c'était possible. Elle me dit qu'un client n'était pas un petit ami. Un client n'était qu'un homme de plus dans une longue file d'hommes. Comment pouvait-on éprouver des sentiments envers un client ?

*

De l'autre côté de la rue, Mary Lou Barcker me servit un Coca et me présenta une assiette de fromage et de crackers.

— Alors, vous avez vu la Dame Dragon ? me dit-elle. Saisissante, n'est-ce pas ?

— C'est un euphémisme.

— Trois races mélangées pour donner une femme absolument sensationnelle. Puis vous avez un choc. Vous ouvrez la porte et la maison est vide. Venez voir.

J'allai la rejoindre à la fenêtre et regardai dans la direction qu'elle me désignait.

— C'est sa fenêtre, là-bas. On voit son appartement de chez moi. Vous pourriez penser que nous sommes de grandes amies, n'est-ce pas ? Que nous débarquons l'une chez l'autre à n'importe quelle heure pour emprunter une tasse de sucre ou nous plaindre de nos tensions prémenstruelles. Ça paraîtrait normal, n'est-ce pas ?

— Mais vous n'en êtes pas arrivées là ?

— Elle est toujours polie. Seulement, elle n'est pas là. Il est impossible d'établir un rapport avec cette femme. Je connais des tas de clients qui sont allés là-bas. Je lui en ai envoyés. Si un gars me dit qu'il a un faible pour les Orientales, par exemple. Ou bien il m'arrive de dire à un gars que je connais une fille qui lui plairait sûrement. Eh bien, vous ne savez pas ? Je ne perds jamais un client. Ils sont ravis parce que c'est vrai qu'elle est belle, qu'elle est exotique et qu'elle sait sûrement s'y prendre, au plumard, mais ils n'y retournent pas. Ils filent son numéro à leurs copains au lieu de rappeler eux-mêmes. Je suis sûre qu'elle a du boulot, mais je parie qu'elle ne sait pas ce que c'est qu'un client régulier, je parie qu'elle n'en a jamais eu.

Mary Lou était mince, brune, un peu plus grande que la moyenne. Ses traits étaient bien dessinés, ses dents petites et régulières. Ses cheveux étaient coiffés en arrière et roulés en chignon. Elle portait des lunettes de pilote aux verres légèrement ambrés. Sa coiffure et ses lunettes lui donnaient un air assez sévère dont elle était parfaitement consciente. A un moment, elle me dit :

— Quand j'enlève mes lunettes et défais mon chignon, j'ai l'air beaucoup plus douce, beaucoup moins menaçante. Mais il y a des clients qui tiennent à ce que les femmes aient l'air menaçant.

A propos de Kim, elle me dit :

— Je ne la connaissais presque pas. Je n'en connais vraiment aucune. Mais quelle équipe ! Sunny, c'est la fille qui aime bien sortir, qui aime bien rigoler. Elle s'imagine avoir fait un grand bond en avant dans l'échelle sociale en devenant une prostituée. Ruby est une sorte d'adulte autistique, vierge de tout contact avec l'esprit humain. Je suis persuadée qu'elle amasse des dollars sous son matelas et qu'un de ces jours elle retournera à Macao ou Port Saïd et ouvrira une fumerie d'opium. Chance sait probablement qu'elle planque du fric, mais il a suffisamment de bon sens pour la laisser faire.

Elle mit une tranche de fromage sur un cracker, me le donna, s'en prépara un et but un peu de vin rouge. Après quoi, elle poursuivit :

— Fran est une charmante petite bécasse. Je l'ai baptisée l'Idiote du Village. Chez elle, l'illusion est une forme d'art. Elle doit être obligée de fumer des tonnes d'herbe pour soutenir les structures d'illusion qu'elle a échafaudées. Encore un peu de Coca ?

— Non, merci.

— Vous êtes sûr que vous ne voulez pas plutôt un verre de vin ? Ou quelque chose de plus fort ?

Je secouai la tête. Une radio jouait discrètement à l'arrière-plan, branchée sur une station de musique classique. Mary Lou ôta ses lunettes, les embua de son haleine et les essuya avec une serviette de table.

— Et puis il y a Donna, dit-elle. La prostitution au service de la poésie. Je pense, en fait, que ses poèmes sont pour elle l'équivalent de la marijuana pour Fran. Mais elle écrit de beaux poèmes, vous savez.

J'avais sur moi le poème de Donna. Je le montrai à Mary Lou. Elle le lut et son front se barra de lignes verticales. Je lui dis :

— Il n'est pas terminé. Elle doit encore le travailler.

— Je me demande comment les poètes savent qu'ils ont terminé. Ou les peintres. Comment savent-ils qu'il est temps d'arrêter ? Ça me dépasse. Ça, c'est un poème sur Kim ?

— Oui.

— Je ne vois pas ce qu'il signifie, et pourtant je sens qu'il y a quelque chose là-dedans. (Elle réfléchit un instant, penchant la tête de côté à la façon d'un oiseau. Puis elle dit :) Je crois que, dans mon esprit, Kim était l'archétype de la putain. La spectaculaire blonde scandinave issue du nord du Midwest, le genre de fille qui semblait née pour traverser la vie au bras d'un souteneur noir. Mais je vais vous dire. Je n'ai pas été surprise en apprenant qu'elle avait été assassinée.

— Pourquoi ?

— Je ne sais pas très bien. Ça m'a fait un choc, mais pas une surprise. Je crois que je m'attendais à ce qu'elle finisse mal. Une fin brutale. Pas forcément qu'elle soit victime d'un assassinat, mais victime de la vie de prostituée, d'une façon ou d'une autre. Le suicide, par exemple. Ou une de ces mortelles combinaisons entre les pilules et l'alcool. Ce qui ne veut pas dire qu'elle buvait ou se droguait — pas à ma connaissance. Je m'attendais sans doute à un suicide, mais un meurtre fait aussi bien l'affaire — n'est-ce pas ? Pour mettre fin à sa vie de prostituée. Parce que je ne la voyais pas continuer comme ça éternellement. Dès qu'elle aurait perdu cette innocence campagnarde, elle n'aurait plus supporté ça. Et je ne vois pas comment elle aurait pu s'en sortir autrement.

— Elle avait l'intention de s'en sortir. Elle avait dit à Chance qu'elle voulait décrocher.

— Vous en êtes sûr ?

— Oui.

— Et qu'a-t-il fait ?

— Il lui a dit que c'était à elle de décider.

— Comme ça, tout simplement ?

— Apparemment.

— Et elle a été tuée. Vous pensez qu'il y a un rapport ?

— Forcément. Je pense qu'elle avait un petit ami et que le rapport est là. C'est le petit ami. Je pense que c'est à cause de lui qu'elle voulait se libérer de Chance, et je pense que c'est aussi à cause de lui qu'elle a été tuée.

— Mais vous ne savez pas qui c'est.

— Non.

— Quelqu'un a une idée ?

— Pas jusqu'à présent.

— Ce n'est pas moi qui vous éclairerai. Je ne me souviens pas quand je l'ai vue pour la dernière fois, mais je ne me rappelle pas avoir vu ses yeux briller des feux du Grand Amour. Et pourtant, ça me paraît logique. Un homme l'a conduite à mener ce genre de vie. Il fallait sans doute un autre homme pour la décider à en sortir.

Ce qui l'amena à me raconter comment elle en était elle-même venue à se prostituer. Elle répondait ainsi à la question que je n'avais pas pensé à lui poser.

Quelqu'un lui avait désigné Chance lors d'un vernissage à Soho, dans une galerie de West Broadway. Il était en compagnie de Donna et la personne qui l'avait désigné avait dit à Mary Lou qu'il était souteneur. Enhardie par un ou deux verres de plus du mauvais vin offert par la galerie, elle l'avait abordé, s'était présentée et lui avait dit qu'elle aimerait écrire un papier sur lui.

Elle n'était pas vraiment journaliste. A l'époque, elle vivait du côté de la 90e Rue Ouest, avec un homme qui faisait quelque chose d'incompréhensible à Wall Street. Cet homme était divorcé, mais encore un peu amoureux de son ancienne épouse, et ses gosses — des affreux jojos — venaient passer tous les week-ends. Ça ne marchait pas très fort. Mary Lou corrigeait des textes en free-lance, mais elle avait aussi un emploi de correctrice d'épreuves à temps partiel, et elle avait publié quelques articles dans un mensuel féministe.

Chance lui avait fixé un rendez-vous, l'avait emmenée

dîner et avait retourné l'interview. Ils en étaient aux cocktails quand elle s'était rendu compte qu'elle avait envie de coucher avec lui, plus par curiosité que par désir sexuel. Avant la fin du dîner, il lui avait déjà suggéré de renoncer à un article superficiel et d'écrire quelque chose de vrai, de vécu sur la vie d'une prostituée. Il lui avait fait remarquer qu'elle était manifestement fascinée. Pourquoi ne pas utiliser cette fascination, en tirer pleinement parti, vivre carrément cette vie pendant un ou deux mois et voir ce que ça lui apportait ?

Elle avait ri de cette suggestion. Après le dîner, il l'avait ramenée chez elle sans lui faire du gringue. Il n'avait même pas semblé se rendre compte qu'elle avait envie de lui. Pendant une semaine, elle n'avait pu se sortir de la tête la proposition de Chance. Tout lui déplaisait dans la vie qu'elle menait. Elle n'avait plus vraiment de contact avec son amant et avait parfois l'impression que c'était la flemme de se rechercher un appartement qui la faisait rester avec lui. Son propre métier ne l'intéressait guère et ne la mènerait nulle part. L'argent qu'elle gagnait ne suffisait pas à la faire vivre.

— Soudain, dit-elle, j'ai ressenti le besoin irrésistible d'écrire un livre sur la prostitution. Maupassant s'adressa à une morgue pour se procurer de la chair humaine qu'il mangea afin d'en décrire précisément le goût. Dans cet esprit, ne pouvais-je pas vivre pendant un mois la vie de call-girl afin d'écrire le meilleur livre jamais écrit sur la question ?

Une fois qu'elle eût accepté sa proposition, Chance s'occupa de tout. Il la déménagea de l'appartement de la 90e Rue Ouest et l'installa dans son appartement actuel. Il la sortit, la montra, coucha avec elle — et, ce faisant, lui expliqua précisément ce qu'il fallait faire. Elle en fut curieusement ravie. Selon son expérience, les hommes se montraient toujours fort réservés à ce sujet, comme s'ils s'attendaient à ce que vous deviniez leurs désirs intimes. Même les clients avaient du mal à vous dire ce qu'ils voulaient.

Pendant les premiers mois, elle continua à s'imaginer

qu'elle faisait des recherches dans le but d'écrire un livre. Dès qu'un client s'en allait, elle prenait des notes, écrivant ses impressions. Elle tenait un journal. Elle avait du recul par rapport à ce qu'elle faisait, par rapport à son rôle, elle se servait de son objectivité de journaliste comme Donna de la poésie ou Fran de la marijuana.

Quand elle prit conscience que la prostitution était une fin en soi, elle traversa une crise émotionnelle. Elle n'avait jamais pensé au suicide, mais pendant une semaine, elle n'en avait pas été loin. Puis elle avait mis les choses en place. Le fait qu'elle se livrait à la prostitution ne l'obligeait pas à considérer qu'elle était une prostituée. C'était une activité qu'elle avait choisi d'exercer pendant quelque temps. Ce livre, au départ une excuse pour connaître cette vie, peut-être aurait-elle un jour vraiment envie de l'écrire. Mais, en fait, cela n'avait pas d'importance. Sa vie au jour le jour était plutôt agréable et la seule ombre au tableau, c'était qu'elle se voyait parfois vivre ainsi indéfiniment. Mais cela n'arriverait pas. Quand elle se sentirait prête, elle se dégagerait de cette vie aussi facilement qu'elle s'y était engagée.

— Et voilà pourquoi je suis calme et décontractée, Matt. Je ne suis pas une prostituée. La prostitution est une activité comme une autre que j'exerce temporairement. Et vous savez, ce n'est pas une façon désagréable de passer un ou deux ans.

— Je n'en doute pas.

— J'ai tout mon temps, ma vie est confortable. Je lis beaucoup, je vais au cinéma, je visite les musées et Chance aime bien m'emmener au concert. Vous connaissez l'histoire des deux aveugles et de l'éléphant ? L'un l'attrape par la queue et s'imagine que l'éléphant est un serpent, l'autre touche son flanc et croit que c'est un mur.

— Et alors ?

— Je pense que l'éléphant, c'est Chance, et que ses filles

sont les aveugles. Chacune d'entre nous voit en lui quelqu'un de différent.

— Et vous avez toutes des sculptures africaines dans votre appartement.

La sienne était une statue d'environ quatre-vingts centimètres de haut — un petit homme tenant un fagot de bois dans une main. Son visage et ses mains étaient faits de perles rouges et bleues, alors que tout le reste de son corps était couvert de petits coquillages.

— Mon dieu du foyer, dit-elle. C'est une figure ancestrale des Bamoums du Cameroun. Ce sont des coquilles de porcelaine. Dans le monde entier, les sociétés primitives utilisent la coquille de ce mollusque comme monnaie d'échange. C'est le franc suisse des sociétés tribales. Vous avez remarqué la forme ?

J'allai regarder de près.

— Elle ressemble aux organes génitaux féminins, dit-elle. C'est pourquoi les hommes l'utilisent automatiquement pour acheter et pour vendre. Voulez-vous que j'aille vous chercher encore du fromage ?

— Non, merci.

— Un autre Coca ?

— Non.

— Eh bien, si vous voulez quoi que ce soit, vous n'avez qu'à me le dire.

19

Comme je sortais de son immeuble, un taxi s'arrêta devant pour décharger un client. J'y montai et donnai l'adresse de mon hôtel.

Du côté du conducteur, l'essuie-glace ne marchait pas. Le

conducteur était blanc ; la photo de la licence affichée dans la voiture était celle d'un Noir. Un écriteau annonçait : DEFENSE DE FUMER. CHAUFFEUR ALLERGIQUE. L'intérieur du taxi empestait la marijuana.

— Je vois rigoureusement que dalle, dit le chauffeur.

Je me renversai contre le dossier et savourai la promenade.

*

J'appelai Chance du taxiphone du hall avant de monter dans ma chambre. Il me rappela environ un quart d'heure plus tard.

— Agopapap, me dit-il. J'aime vraiment ce mot. Vous avez fait beaucoup de porte-à-porte, aujourd'hui ?

— Pas mal.

— Et alors, quoi de neuf ?

— Elle avait un petit ami. Il lui faisait des cadeaux qu'elle était fière de montrer.

— A qui ? A mes filles ?

— Non, c'est pour ça que je suis sûr qu'elle voulait que ça reste un secret. C'est une de ses voisines qui m'a parlé des cadeaux.

— C'est cette voisine qui avait le petit chat ?

— Exactement.

— Agopapap. C'est vrai que ça marche. On commence par chercher un chat et on se retrouve avec un indice. Quels cadeaux ?

— Une fourrure et des bijoux.

— Une fourrure. Vous voulez dire le manteau en lapin ?

— Elle a dit que c'était du vison d'élevage.

— Du lapin. C'est moi qui lui ai acheté ce manteau, je l'ai emmenée faire des courses et j'ai payé ça cash. L'hiver dernier, je crois. Si la voisine a dit que c'était du vison, merde, j'aimerais bien vendre quelques visons comme ça à la voisine. Je lui ferais même un prix.

— Kim a dit que c'était du vison.

— A la voisine ?

— Elle me l'a dit à moi. (Je fermai les yeux et revis Kim à ma table, chez Armstrong.) Elle m'a dit qu'elle était arrivée en ville avec une veste en jean, que maintenant elle portait du vison d'élevage et qu'elle l'échangerait volontiers contre la veste en jean si ça pouvait lui faire récupérer les années.

La ligne m'apporta son rire.

— Du lapin traité, dit-il avec certitude. Ça valait un peu plus que le chiffon qu'elle avait sur le dos quand elle est descendue de l'autocar, sans doute, mais ce n'était pas le Pérou. Et ce n'est pas un petit ami qui lui en a fait cadeau puisque c'est moi qui l'ai payé.

— Alors...

— A moins que je sois le petit ami dont elle parlait.

— C'est possible.

— Vous avez parlé de bijoux. Elle n'avait que des babioles, mec. Vous avez vu ce qu'il y avait dans son coffre à bijoux ? Rien qui ait de la valeur.

— Je sais.

— Des fausses perles, une bague de son lycée. Le seul truc un peu chouette était encore une chose que je lui avais achetée. Vous l'avez peut-être vu ? Le bracelet ?

— C'est de l'ivoire, non ?

— De l'ivoire de défense d'éléphant. Du vieil ivoire et la monture est en or. Le fermoir aussi. Ça ne fait pas beaucoup d'or mais, par les temps qui courent...

— C'est vous qui le lui avez acheté ?

— Je l'ai eu pour cent dollars. Il en aurait coûté au moins trois cents dans une boutique, si on avait pu en trouver un aussi joli.

— Un bijou volé ?

— Disons qu'on ne m'a pas donné de reçu. Le type qui me l'a vendu ne m'a pas dit qu'il était volé. Il m'a simplement dit que je pouvais l'avoir pour cent dollars. J'aurais dû l'emporter en même temps que la photo. J'ai acheté ce bracelet parce qu'il me plaisait et je le lui ai donné parce que ce n'est pas moi qui risquais de le porter et que j'ai pensé qu'il irait bien à son poignet. Et c'était le cas. Vous pensez toujours qu'elle avait un petit ami ?

— Je crois bien.

— Vous n'en semblez plus tellement sûr. A moins que ce soit la fatigue qui perce dans votre voix. Vous êtes fatigué ?

— Oui.

— Trop de portes. Qu'a fait ce petit ami, en dehors de la combler de cadeaux ?

— Il allait s'occuper d'elle.

— Ben, merde. C'est bien ce que je faisais, moi. Qu'est-ce que je faisais sinon m'occuper de cette fille ?

*

Je m'étendis sur le lit et m'endormis tout habillé. J'avais sonné à trop de portes, parlé à trop de gens, J'aurais dû aller voir Sunny Hendryx. Je l'avais appelée pour la prévenir de ma visite, au lieu de quoi je dormais. Je rêvai de sang, d'une femme qui criait. Je m'éveillai trempé de sueur, un goût métallique au fond de la bouche.

Je pris une douche et me changeai. Je cherchai le numéro de Sunny dans mon carnet et le composai du taxiphone du hall. Pas de réponse.

J'en fus soulagé. Je regardai ma montre et pris le chemin de St. Paul.

*

Le modérateur était un gars à la voix douce, aux cheveux châtain clair, au visage de gamin malgré son front dégarni. Je crus d'abord qu'il était prêtre.

J'appris que c'était un meurtrier. Il était homosexuel. Un

soir, au cours d'un passage à vide, il avait pris un couteau de cuisine et frappé son petit ami trente ou quarante fois. Il expliqua calmement qu'il se rappelait vaguement l'incident car la conscience lui revenait entre deux passages à vide, qu'il se retrouvait le couteau à la main, se rendait compte de l'horreur de ce qu'il venait de faire et sombrait à nouveau dans le noir. Il avait passé sept ans à la prison d'Attica, il en était sorti et n'avait pas bu une goutte d'alcool depuis trois ans qu'il était libre.

Je l'écoutais parler, et je ne savais trop que penser. Je ne savais pas si je devais me réjouir ou déplorer le fait qu'il était vivant et sorti de prison.

Pendant la pause, je me mis à parler à Jim. Etait-ce une réaction à ce témoignage, ou le fait que j'étais encore obsédé par la mort de Kim, toujours est-il que je déplorai toute la violence, tous les crimes, tous les meurtres.

— Je me sens atteint, lui dis-je. J'ouvre le journal et je tombe toujours sur une atrocité. Ça me mine.

— Vous connaissez la plaisanterie classique ? « Docteur, j'ai mal quand je fais ça. » « Eh bien, ne faites pas ça ! ».

— Et alors ?

— Alors, vous ne devriez peut-être pas ouvrir le journal. (Je le regardai comme s'il se fichait de moi.) Je ne plaisante pas, dit-il. Moi aussi, ces histoires me fichent le cafard. Ça et les articles sur la situation dans le monde. Et puis un jour, une idée m'est venue, à moins que ce soit quelqu'un d'autre qui m'y ait fait penser. Toujours est-il que je me suis rendu compte que rien ne m'obligeait à lire ces horreurs.

— Faire comme si elles n'existaient pas ?

— Pourquoi pas ?

— C'est la politique de l'autruche, hein ? Ce que je ne vois pas ne peut pas me faire de mal.

— C'est pas tout à fait mon point de vue. Je considère qu'il est inutile de me rendre malade à cause de trucs auxquels je ne peux rien.

— Je ne me vois pas fermer les yeux sur ce genre de choses.

— Pourquoi pas ?

Je songeai à Donna.

— Peut-être parce que je suis engagé dans l'humanité.

— Moi aussi, dit-il. Je viens ici, j'écoute, je parle. Je ne bois pas. C'est ma façon d'être engagé dans l'humanité.

Je pris un autre café et deux biscuits. Pendant le tour de table, tous les gens félicitèrent le modérateur de sa franchise.

Je me dis : en tout cas, je n'ai jamais fait une chose pareille. Mes yeux se posèrent sur le mur. Ils affichent toujours leurs maximes sur les murs, des perles de sagesse telles que « Un Verre c'est Trop. Dix mille Verres c'est Pas Assez », ou « Agir posément », ou encore « L'important d'abord ». Mon regard fut attiré comme par un aimant sur celui qui disait : « Ce n'est que Par la Grâce de Dieu ».

Je me dis : non, quand même. Je ne suis pas un meurtrier pendant mes passages à vide. Ne me parlez pas de la Grâce de Dieu.

Quand ce fut à mon tour, je me tus.

20

Danny Boy leva son verre de vodka russe pour regarder la lumière briller à travers le liquide.

— Pureté. Clarté. Précision, dit-il en faisant rouler chaque mot qu'il prononçait avec un soin particulier. La meilleure vodka, Matthew, est un rasoir. Un scalpel bien tranchant dans la main d'un chirurgien accompli. C'est net et sans bavures.

Il inclina son verre et avala quelques centilitres de pureté et de clarté. Nous nous trouvions au Poogan's. Danny Boy était vêtu d'un costume bleu marine à fines rayures rouges — si fines qu'on les distinguait à peine dans la pénombre du bar. Je buvais un soda au citron vert. Dans un autre bar où nous avions fait une halte, la serveuse m'avait informé que cette boisson s'appelait un Lime Rickey. Je ne me voyais pas la commander en l'appelant par ce nom.

Danny Boy me dit :

— Récapitulons. Elle s'appelait Kim Dakkinen. Elle était grande, elle était blonde, elle avait vingt-trois ans, elle habitait Murray Hill et elle a été tuée, il y a quinze jours, à l'hôtel Galaxy.

— Pas tout à fait quinze jours.

— Bon. C'était une des filles de Chance. Elle avait aussi un petit ami et c'est lui que vous voulez. Le petit ami.

— C'est ça.

— Et vous êtes prêt à payer quiconque vous apportera un renseignement sur lui. Combien ?

Je haussai les épaules et répondis :

— Quelques dollars.

— Cent dollars ? Cinq cents dollars ? Combien de dollars ?

A nouveau, je haussai les épaules.

— Je ne sais pas, Danny. Ça dépend de la valeur de l'information, de sa source et de ce que je pourrai en faire. Je n'ai pas un million de dollars pour faire joujou mais je ne suis pas complètement raide non plus.

— Vous m'avez dit que c'était une des filles de Chance.

— C'est ça.

— Il y a quinze jours, Matthew, c'est Chance que vous cherchiez. Puis vous m'avez emmené aux combats de boxe rien que pour que je puisse vous le montrer du doigt.

— C'est ça.

— Et deux jours après, votre grande blonde a sa photo dans le journal. Vous cherchiez son souteneur, maintenant elle est morte et voilà que vous cherchez son petit ami.

— Et alors ?

Il finit sa vodka.

— Est-ce que Chance sait ce que vous faites ?

— Il le sait.

— Vous lui en avez parlé ?

— Je lui en ai parlé.

— Intéressant. (Il leva son verre vide et plissa les yeux pour voir à travers. Sans doute pour s'assurer de la pureté, de la clarté et de la précision. Il me demanda :) Qui est votre client ?

— C'est confidentiel.

— C'est drôle comme les gens qui cherchent des renseignements ne tiennent jamais à en fournir. Pas de problème. Je peux poser quelques questions, faire savoir dans certains milieux qu'on recherche une information précise. C'est ce que vous voulez ?

— C'est ça.

— Vous savez quelque chose à propos du petit ami ?

— Quel genre de chose ?

— Est-ce qu'il est jeune ou vieux, marié ou célibataire, bourgeois ou branché ? Est-ce qu'il va au boulot à pied ou est-ce qu'il emporte sa gamelle ?

— Il lui a peut-être fait des cadeaux.

— Ça restreint le champ des recherches.

— Je sais.

— Enfin, on peut toujours essayer.

*

C'était certainement tout ce que je pouvais faire. Après la réunion, j'étais rentré à l'hôtel où j'avais trouvé un message : *Appelez Sunny,* et le numéro où je l'avais appelée plus tôt. Je téléphonai du hall, mais n'obtins pas de réponse. Elle n'avait donc pas de répondeur ? Je croyais que tout le monde avait un répondeur.

Je montai dans ma chambre mais n'eus pas envie d'y rester.

Je n'étais pas fatigué, ma petite sieste avait suffi à dissiper ma fatigue et tout le café que j'avais bu pendant la réunion m'avait rendu nerveux et agité. Je parcourus les notes dans mon carnet, je relus le poème de Donna et je me dis que je cherchais probablement une réponse que quelqu'un d'autre connaissait déjà.

C'est souvent ce qui arrive dans une enquête policière. Le moyen le plus simple d'apprendre quelque chose est d'interroger la personne qui sait. Le plus dur consiste à découvrir qui est cette personne, celle qui connaît la réponse.

A quelle personne Kim avait-elle bien pu faire des confidences ? Pas aux filles à qui j'avais parlé jusqu'à présent. Pas à sa voisine de la 37e Rue. Alors, qui ?

Sunny ? Peut-être. Mais Sunny ne répondait pas au téléphone. J'essayai à nouveau en passant par le standard de l'hôtel.

Pas de réponse. J'en fus soulagé. Je n'avais pas très envie de passer encore une heure à boire de la limonade au gingembre en compagnie d'une autre prostituée.

Qu'avaient-ils pu faire, Kim et son ami sans visage ? S'ils avaient passé tout leur temps derrière des portes closes à batifoler sur un matelas en se jurant un amour éternel sans jamais en parler à qui que ce soit, je n'avais guère de chances d'apprendre quelque chose. Mais ils étaient peut-être sortis, il l'avait peut-être exhibée dans un milieu ou dans un autre. Il en avait peut-être parlé à quelqu'un qui en avait peut-être parlé à quelqu'un d'autre, et peut-être...

Ce n'était pas dans ma chambre d'hôtel que je trouverais les réponses. Le temps, dehors, n'était pas si terrible que ça. La pluie avait cessé de tomber pendant que j'étais à la réunion, et le vent s'était un peu calmé. Il était temps de me remuer, de prendre quelques taxis, de dépenser un peu d'argent. Puisque je ne le mettais pas en banque, ne le fourrais pas dans le tronc des pauvres et ne l'expédiais pas à Syosset, autant le faire circuler dans les bars.

C'est exactement ce que j'avais fait. Le Poogan's Pub était le huitième ou le neuvième bar que j'avais visité, et Danny Boy était au moins la quinzième personne à qui j'avais parlé. Certains des bars, pas tous, faisaient partie de ceux où j'étais allé quand je cherchais Chance. J'essayai toutes sortes de bars plus ou moins reluisants, allant du Village à Turtle Bay, en passant par Murray Hill et la Cinquième Avenue. Et je continuai après le Poogan's, dépensant des sommes modiques mais nombreuses en taxis et en consommations, et recommençant tout le temps la même conversation.

Personne ne savait rien. On vit d'espoir quand on se lance dans ce genre de quête désespérée. Comment savoir si la énième personne à qui on sort sa rengaine ne va pas se retourner, pointer du doigt et dire : « C'est lui, là-bas, c'est son petit ami. Le grand type dans le coin, là-bas. »

Seulement, ça ne se passe presque jamais comme ça. Ce qui se passe quand on a de la chance, c'est que le bruit se répand. Il y a huit millions d'habitants dans cette putain de ville, mais c'est fou ce qu'ils peuvent se parler. Si je savais m'y prendre, il ne faudrait pas longtemps pour qu'une bonne partie de ces huit millions sachent qu'une prostituée morte avait eu un petit ami, lequel petit ami était recherché par un certain Scudder.

Deux chauffeurs de taxi d'affilée refusèrent d'aller à Harlem. Le règlement leur interdit de refuser. Si un client dont le comportement est normal leur demande de les conduire n'importe où dans les cinq districts de la ville de New York, ils doivent le faire. Je ne me fatiguai pas à leur citer cet article du règlement. Il était plus simple de marcher jusqu'à la prochaine station de métro.

Le quai était désert. L'employée était assise et enfermée dans sa cage en verre blindé, à l'épreuve des balles. Je me demandai si elle s'y sentait en sécurité. Les taxis new-yorkais ont une vitre épaisse en plexiglas pour protéger le chauffeur mais deux chauffeurs avaient refusé, malgré la vitre de protection, de me conduire à Harlem.

Quelque temps auparavant, un employé du métro avait eu une crise cardiaque alors qu'il se trouvait dans une de ces cabines en verre. L'équipe de réanimation n'avait pu pénétrer dans la cabine fermée de l'intérieur pour lui porter secours et le pauvre type y était mort. Je pense quand même que ces machines doivent protéger plus de gens qu'elles n'en tuent.

Encore qu'elles n'avaient pas protégé les deux femmes de la station Broad Channel. Deux gamins en voulaient à une des employées qui les avait dénoncés pour avoir sauté par-dessus le tourniquet, alors ils avaient empli un extincteur d'essence qu'ils avaient projeté dans la cabine, puis ils avaient gratté une allumette. La cabine avait explosé, incinérant les deux femmes. Encore une façon de mourir.

J'avais lu ça dans le journal un an plus tôt. Evidemment, aucun règlement ne m'obligeait à lire le journal.

*

J'achetai un billet. Quand le métro arriva j'y montai, puis je descendis à Harlem. Je commençai par Kelvin Small's, et quelques autres bistrots de Lenox Avenue. Je tombai sur Royal Waldron et lui tins le même discours qu'à tous les gens que j'abordais. Je bus une tasse de café dans la 125e Rue, puis je marchai jusqu'à St. Nicholas Avenue et commandai une boisson au gingembre au comptoir du Club Cameroon.

La statue de l'appartement de Mary Lou venait du Cameroun. Une statue incrustée de coquilles de porcelaine.

Je ne connaissais personne assez bien pour engager la conversation. Je regardai ma montre. Il commençait à se faire tard. Le samedi soir, à New York, les bars ferment une heure plus tôt que d'habitude. Je n'ai jamais compris pourquoi. A moins que ce ne soit pour que les gros buveurs aient le temps de se dessoûler à temps pour aller à la messe.

Je fis signe au barman et lui demandai de m'indiquer des bars qui fermaient plus tard que les autres. Il se contenta de me regarder d'un air impassible. Je lui sortis mon baratin sur le petit ami de Kim. Je savais qu'il ne me répondrait pas, je savais qu'il ne me donnerait même pas l'heure si je la lui demandais, mais c'était une façon de diffuser mon message. Il m'entendait tout comme m'entendaient les hommes qui se trouvaient de part et d'autre de moi, au comptoir. Ils en parleraient et c'était tout ce que je voulais.

— Peux rien faire pour vous, me dit le barman. J' sais pas trop ce que vous cherchez, mais vous êtes venu bien loin pour le chercher.

*

Le gamin dut me suivre quand je quittai le bar. J'aurais dû m'en apercevoir, mais je ne le remarquai pas. Il faut toujours faire attention à ce genre de choses.

Je marchais dans la rue, la tête pleine de pensées qui bondissaient dans tous les sens, du mystérieux petit ami de Kim au modérateur qui avait poignardé son amant. Quand je sentis un mouvement à côté de moi, il était trop tard pour réagir. Je commençais à peine à me tourner qu'une main m'empoigna l'épaule et me propulsa à l'entrée d'une ruelle.

Il s'y précipita juste derrière moi. Il devait faire deux ou trois centimètres de moins que moi, mais sa coiffure Afro broussailleuse compensait largement. Il avait entre dix-huit et vingt-deux ans, une moustache tombante et une cicatrice de brûlure sur une joue. Il portait un blouson d'aviateur avec des poches fermées par des fermetures à glissière, un jean noir collant et, dans sa main, un petit revolver qu'il braquait droit sur moi. Il me dit :

— Salope, putain de salope. File-moi ton fric, hé, salope.

Vas-y, file-le-moi. File-moi tout ce que t'as où t'es mort, salope.

Je songeai : pourquoi ne suis-je pas allé à la banque ? Pourquoi n'en ai-je pas laissé une partie à l'hôtel ? Je songeai, oh, merde, plus question d'appareil pour redresser les dents de Mickey, pas de dix pour cent dans le tronc des pauvres. Plus question pour moi de songer au lendemain.

— Putain de salaud de merde, salope...

Parce qu'il allait me tuer. Je mis la main à ma poche pour attraper mon portefeuille, je regardai ses yeux et son doigt sur la détente et je compris. Il était en train de se monter, il était givré et quelle que soit la somme que j'avais sur moi, ça ne lui suffirait pas. Il allait se faire un bon paquet, plus de deux mille dollars, mais cela n'empêchait pas que j'étais un homme mort.

La ruelle où nous étions faisait à peine plus d'un mètre cinquante de large — tout juste un couloir entre deux immeubles miteux. L'éclairage de la rue se répandait dans la ruelle, l'illuminant jusqu'à dix ou quinze mètres de l'endroit où nous nous tenions. Le sol était jonché de détritus imbibés de pluie, de bouts de papiers, de boîtes de bière, de débris de verre.

Chouette endroit pour mourir. Chouette *façon* de mourir, et même pas très originale. Abattu par un voyou, un meurtre dans la rue, un entrefilet en dernière page.

Je sortis le portefeuille de ma poche en disant :

— Je vous le donne, tout ce que j'ai, vous pouvez le prendre.

Je savais que ça ne suffisait pas, je savais qu'il était décidé à me tuer, pour cinq dollars ou pour cinq mille. Je lui tendis le portefeuille d'une main tremblante et le laissai tomber.

— Désolé, lui dis-je, vraiment désolé. Je vais le ramasser.

Je me penchai en espérant qu'il se pencherait aussi, que ce serait automatique. Je pliai les genoux en rapprochant mes pieds, bien à plat sur le sol, et je me dis *Maintenant* et me redressai brutalement, heurtant le revolver quand ma tête remonta pour le frapper violemment au menton.

Un coup partit, assourdissant dans cet espace restreint. Je pensai que la balle avait dû me toucher mais je ne sentis rien. Je l'empoignai et lui donnai un autre coup de tête, puis je le poussai de toutes mes forces et il partit à reculons contre le mur, les yeux vitreux, la main mal refermée autour du revolver. Je lui décochai un coup de pied sur le poignet et le revolver voltigea.

Il s'écarta du mur, le regard plein de haine. Une feinte du gauche et je lui expédiai mon droit dans le creux de l'estomac. Il eut un bruit comme un haut-le-cœur et se plia en deux. J'attrapai ce petit salaud, une main agrippée à son blouson de nylon, l'autre à sa tignasse crépue, et je l'envoyai contre le mur — trois petits pas rapides qui s'arrêtèrent quand sa figure s'aplatit contre le mur. Trois fois, quatre fois de suite, je le tirai en arrière par les cheveux et lui écrasai la figure contre le mur. Quand je le lâchai, il s'écroula comme une marionnette dont les fils sont coupés, et il s'étala sur le sol de la ruelle.

Mon cœur battait comme si je venais de monter dix étages quatre à quatre. Je n'arrivais pas à reprendre mon souffle. Je m'adossai au mur de brique, hors d'haleine, et attendis l'arrivée des flics.

Personne n'arriva. Il y avait eu une bagarre bruyante, il y avait même eu un coup de feu, mais cela ne fit venir — et n'allait faire venir — personne. Je regardai par terre le jeune homme qui m'aurait tué s'il l'avait pu. Sa bouche ouverte découvrait des dents cassées au niveau de la gencive. Son nez, complètement aplati, ruisselait de sang.

Je m'assurai que la balle ne m'avait pas atteint. Il paraît qu'on peut recevoir une balle et ne rien sentir sur le moment. Le choc et la décharge d'adrénaline ont un effet anesthésiant. Mais la balle m'avait raté. Je regardai le mur, derrière l'endroit où je m'étais tenu, et je trouvai une encoche toute fraîche dans la brique, là où la balle avait fait sauter un fragment avant de ricocher. En fonction de l'endroit où je m'étais trouvé, je calculai qu'elle m'avait loupé de peu.

Et maintenant, que faire ?

Je trouvai mon portefeuille et le remis dans ma poche. Je dus chercher un moment pour mettre la main sur le revolver, un calibre .32 avec une cartouche usée dans une des chambres et des cartouches non explosées dans les cinq autres. Avait-il déjà tué quelqu'un avec ce revolver ? Il avait semblé si nerveux que j'étais probablement la première personne qu'il avait l'intention d'abattre. Encore qu'il soit possible que certains tueurs aient le trac avant d'appuyer sur la détente, comme certains comédiens ont le trac avant d'entrer en scène.

Je m'agenouillai et le fouillai. Je trouvai un couteau à cran d'arrêt dans une poche et un autre couteau glissé dans sa chaussette. Pas de portefeuille, pas de pièces d'identité, mais une grosse liasse de billets sur sa hanche. J'ôtai l'élastique et comptai rapidement les billets. Il avait plus de trois cents dollars, ce fumier. Il ne m'avait donc pas attaqué pour payer son loyer ou acheter sa dose.

Qu'est-ce que je pouvais bien faire de lui ?

Appeler les flics ? Qu'est-ce que je leur donnerais ? Pas de preuves, pas de témoins et c'était le prétendu agresseur qui avait l'air d'être la victime. En tout cas, pas de quoi l'envoyer devant un tribunal, pas même de quoi le garder en détention préventive. On l'enverrait à l'hôpital se faire rafistoler et on lui rendrait même son argent. Impossible de prouver que c'était de l'argent volé. Impossible de prouver que cet argent n'était pas sa propriété légitime.

On ne lui rendrait pas son revolver. Mais on ne l'accuserait pas de port d'arme prohibé car on ne pourrait pas prouver qu'il le portait.

Je mis les billets dans ma poche et en sortis le revolver que j'y avais mis plus tôt. Je tournai et retournai l'arme dans ma main, en essayant de me rappeler depuis quand je n'en avais pas touché une. Ça faisait pas mal de temps.

Je regardai le voyou étendu par terre. Sa respiration glougloutait faiblement à travers le sang qu'il avait dans le nez et dans la gorge. Je m'accroupis à côté de lui. Au bout d'un moment, j'introduisis le canon du revolver entre ses lèvres tuméfiées et passai le doigt autour de la détente.

Pourquoi pas ?

Quelque chose m'arrêta, et ce n'était pas la peur du châtiment dans ce monde ou dans l'au-delà. Je ne sais pas ce que c'était, toujours est-il qu'au bout de ce qui me parut être un long moment, je retirai le revolver de sa bouche. Il y avait, sur le canon, des traînées de sang qui brillaient comme du bronze à la faible lumière de la ruelle. J'essuyai le revolver sur le devant de son blouson et je le remis dans ma poche.

Je pensai : merde, sale petit con, qu'est-ce que je vais faire de toi ?

Je ne pouvais pas le tuer et je ne pouvais pas le livrer aux flics. Alors, qu'en faire ? Le laisser là ?

Je n'avais pas le choix.

Je me relevai. Pris de vertige, je titubai et tendis les mains pour m'appuyer contre le mur. Au bout d'un moment, ma tête cessa de tourner et je me repris.

Je respirai profondément. A nouveau, je me penchai, l'attrapai par les pieds, le traînai de quelques mètres dans la ruelle jusqu'à un rebord, à une trentaine de centimètres de hauteur, qui était la partie supérieure de l'encadrement d'un soupirail protégé par des barreaux. Je l'étendis en travers de l'allée, posai ses pieds sur le rebord du soupirail et coinçai sa tête contre le mur d'en face.

J'appuyai de toute ma force un pied sur son genou, mais cela ne suffit pas. Je fus obligé de sauter en l'air et de lui tomber dessus à pieds joints. Sa jambe gauche se brisa comme une allumette dès le premier saut, mais il m'en fallut quatre pour lui casser la jambe droite. Pendant toute l'opération, il gémit faiblement en restant à demi-inconscient, mais il poussa un cri quand sa jambe droite cassa.

Je chancelai, tombai, atterris sur un genou et me relevai. A nouveau, je fus pris de vertige, cette fois accompagné de nausées, et je m'agrippai au mur pour attendre la fin des haut-le-cœur. Le vertige passa, les nausées aussi, mais je n'arrivais toujours pas à reprendre haleine et je tremblais comme une feuille. Je tendis la main devant moi et regardai mes doigts trembler. Je n'avais jamais vu ça. Un peu plus tôt, j'avais fait semblant de trembler en sortant mon portefeuille et en le laissant tomber, mais, cette fois, le tremblement était tout à fait authentique et je n'arrivais pas à le contrôler. Mes mains avaient une volonté indépendante de la mienne et elles avaient décidé de trembler.

La tremblote était encore pire à l'intérieur.

Je me tournai et le regardai une dernière fois. Puis je pivotai et me dirigeai, à travers les ordures, vers la rue. Je tremblais encore, tout autant qu'avant.

Eh bien, je connaissais la façon de faire cesser les tremblotes — intérieures et extérieures. Il y avait un remède spécifique contre ce mal précis.

De l'autre côté de la rue, un néon rouge faisait clignoter son invitation. Une invitation en trois lettres : BAR.

21

Je ne traversai pas la rue. Le gamin au visage aplati et aux jambes brisées n'était pas le seul dangereux voyou du quartier et je me dis que je n'aimerais pas en rencontrer un autre, surtout si j'avais de l'alcool dans le corps.

Non, il me fallait retrouver mon terrain familier. Je boirais simplement un verre, peut-être deux, encore que je ne puisse garantir que je m'en tiendrais là, tout comme je n'aurais pu dire avec certitude l'effet qu'un ou deux verres auraient sur moi.

Le plus raisonnable consistait à rentrer dans mon quartier boire un coup, deux coups maximum, dans un bar, et monter une ou deux bières dans ma chambre.

Sauf qu'il n'y avait pas de façon raisonnable de boire. Plus pour moi, en tout cas. N'en avais-je pas fait la preuve ? Combien de fois devais-je continuer à le prouver ?

Alors, qu'est-ce que je devais faire ? Continuer à trembler comme un pantin ? Je ne pourrais jamais trouver le sommeil si je ne buvais pas un verre, nom d'un chien.

Et puis, merde. Un verre était indispensable. Médicinal. Il suffirait à n'importe quel médecin de me regarder pour le prescrire.

N'importe quel médecin ? Et l'interne de Roosevelt ? J'avais l'impression de sentir sa main sur mon épaule, là où le voyou m'avait empoigné pour me propulser dans la ruelle. *Regardez-moi. Ecoutez-moi. Vous êtes alcoolique. Si vous buvez, vous mourrez.*

De toute façon — d'une des huit millions de façons — je mourrais. Mais, tant qu'à faire, autant mourir plus près de chez moi.

Je m'avançai jusqu'au bord du trottoir. Un taxi indépendant (les artisans sont les seuls qui s'aventurent dans Harlem) ralentit en s'approchant. Le chauffeur, une femme d'une cinquantaine d'années, de type sud-américain, qui portait une casquette à visière sur ses cheveux roux, crépus, estima que j'étais un client acceptable et s'arrêta. Je m'installai sur le siège arrière, refermai la portière et lui demandai de me déposer au coin de la 58e Rue et de la Neuvième Avenue.

Pendant le trajet, les pensées ne cessèrent de tourbillonner dans ma tête. Mes mains tremblaient encore, mais moins fort. Par contre, la tremblote interne était toujours aussi violente. J'avais l'impression qu'on n'arriverait jamais ; pourtant, quand la femme me demanda de quel côté de la rue je voulais qu'elle stoppe, sa question me prit par surprise. Je lui dis de s'arrêter devant chez Armstrong. Quand le feu passa au vert, elle traversa prudemment le carrefour et s'arrêta là où je le lui avais demandé. Comme je ne bougeais pas, elle se retourna pour voir ce qui se passait.

Je venais de me rappeler que je ne pouvais pas boire un verre chez Armstrong. Ils avaient peut-être déjà oublié que Jimmy interdisait qu'on me serve de l'alcool, mais ce n'était pas sûr et je sentais monter la colère à l'idée d'entrer dans ce bistrot et qu'on refuse de me servir. Non, qu'ils aillent se faire foutre, je ne pousserais pas leur putain de porte.

Mais alors, où aller ? Polly's Cage devait être fermé, ils n'allaient jamais jusqu'à l'heure de fermeture. Farrell's ?

C'est là que j'avais bu le premier verre après la mort de Kim. Avant ce verre, j'avais passé huit jours sans boire. Je me souvenais de ce verre. C'était du bourbon Early Times.

C'est drôle comme je me rappelle toujours la marque de l'alcool que j'ai bu. Tout ça, c'est la même cochonnerie, mais c'est le genre de détail qu'on n'oublie pas.

J'avais entendu quelqu'un faire cette remarque, au cours d'une réunion, quelque temps auparavant.

Et maintenant, qu'est-ce que j'avais ? Quatre jours ? Je pouvais monter dans ma chambre, m'obliger à y rester et, quand je me réveillerais, je commencerais mon cinquième jour.

Sauf que je n'arriverais jamais à m'endormir. Je ne resterais même pas dans ma chambre. J'essaierais, mais je serais incapable de rester nulle part, avec mon esprit tourbillonnant pour toute compagnie. Si je ne buvais pas maintenant, je boirais dans une heure.

— Monsieur ? Ça va ?

Je clignai des paupières et regardai la femme, puis je sortis mon portefeuille de ma poche et y cherchai un billet de vingt.

— Je voudrais passer un coup de téléphone, de la cabine, là, au coin. Prenez ça et attendez-moi. Vous voulez bien ?

Elle allait peut-être se tailler avec mon billet. Ça m'était égal. Je marchai jusqu'à la cabine, mis une pièce dans l'appareil et restai un moment à écouter la tonalité.

Il était trop tard pour appeler. Quelle heure était-il ? Plus de deux heures. Ce n'était vraiment pas l'heure de téléphoner aux gens pour leur dire bonsoir.

Je n'avais qu'à monter dans ma chambre. Il suffisait que je tienne pendant une heure et je n'aurais plus de problème. A 3 heures, les bars seraient fermés.

Et alors ? Il y avait une épicerie fine où l'on me vendrait de la bière, même si c'était interdit. Il y avait un bar ouvert la nuit dans la 51e Rue entre la Onzième et la Douzième Avenues. A moins que ce bar n'existât plus. Ça faisait longtemps que je n'y étais pas allé.

Il y avait une bouteille de Wild Turkey dans le placard du salon de Kim Dakkinen. Et j'avais sa clé dans ma poche.

C'est ça qui me faisait peur. L'alcool était accessible à toute heure, et si j'allais là-bas, je ne me contenterais pas d'un ou deux verres. Je finirais la bouteille et, après celle-là, il y en avait d'autres à ma disposition.

Je composai le numéro.

*

Je l'avais réveillée. Je m'en rendis compte à sa voix quand elle répondit.

Je lui dis :

— Ici Matt. Excuse-moi de te déranger à une heure pareille.

— Ce n'est pas grave. Quelle heure est-il ? Oh, mon Dieu, il est plus de 2 heures.

— Je suis désolé.

— Ce n'est rien. Tu vas bien, Matthew ?

— Non.

— Tu as bu ?

— Non.

— Alors, tu vas bien.

— Je suis en train de m'écrouler. Je t'appelle parce que c'est la seule façon que j'ai trouvée pour m'empêcher de boire.

— Tu as bien fait.

— Je peux venir ?

Silence. Je songeai : ça ne fait rien, laisse tomber. Un petit verre rapide chez Farrell avant la fermeture, puis tu rentres à l'hôtel. Tu n'aurais jamais dû l'appeler.

— Matthew, me dit-elle, je ne pense pas que ce soit une bonne idée. Vas-y une heure à la fois, une minute à la fois s'il le faut, et appelle-moi autant que tu veux, ça m'est égal si tu me réveilles, mais...

Je l'interrompis :

— J'ai failli me faire tuer, il y a une demi-heure. J'ai tabassé un gamin et je lui ai cassé les jambes. Je tremble comme je n'ai jamais tremblé de ma vie. Je ne vois pas comment je vais m'en remettre sans boire un verre, et j'ai peur de boire un verre. et peur de ne pas pouvoir m'en empêcher. J'ai pensé que si j'étais avec quelqu'un, que je pouvais lui parler, ça m'aiderait peut-être à m'en sortir, mais je me faisais sans doute des illusions et je suis désolé, je n'aurais pas dû t'appeler. Tu n'es pas responsable de moi. Je suis désolé.

— Attends !

— Je suis toujours là.

— Il y a un club, à St. Marks Place, où il y a des réunions toute la nuit pendant le week-end. Il est sur la liste. Je peux te chercher l'adresse, si tu veux.

— C'est ça.

— Mais tu n'iras pas, hein ?

— Je suis incapable de parler pendant les réunions. Mais t'en fais pas, Jan. Ça ira.

— Où es-tu ?

— Au coin de la 58e Rue et de la Neuvième Avenue.

— Combien de temps te faudra-t-il pour venir jusqu'ici ?

Je regardai la rue devant chez Armstrong. Mon taxi était toujours là. Je répondis :

— J'ai un taxi qui m'attend.

— Tu connais toujours le chemin ?

— Je n'ai pas oublié.

*

Le taxi m'arrêta devant l'immeuble de cinq étages de Lispenard où Jan avait un loft. Le compteur avait avalé presque tout le billet de vingt dollars. J'en ajoutai un autre. C'était trop, mais j'étais reconnaissant et je pouvais me permettre d'être généreux.

Je sonnai à la porte de Jan — deux coups longs et trois courts — et retournai dans la rue pour qu'elle puisse me lancer la clé. Je pris le monte-charge jusqu'au quatrième étage et entrai dans le loft de Jan.

— Tu as eu vite fait, me dit-elle. Il y avait vraiment un taxi qui t'attendait.

Elle avait eu le temps de s'habiller. Elle portait un vieux blue-jean avec une chemise de flanelle à carreaux rouges et noirs. C'était une belle femme de taille moyenne, bien en chair, évoquant le confort plutôt que la vitesse. Un visage en forme de cœur, des cheveux bruns parsemés de fils gris et lui tombant sur les épaules. De grands yeux gris bien écartés. Pas de maquillage.

— J'ai fait du café, me dit-elle. Tu le prends sans rien, je crois.

— Rien qu'un peu de bourbon.

— Nous n'en avons plus une goutte. Va t'asseoir. Je vais chercher le café.

Quand elle revint, je me tenais près de sa Méduse, suivant du bout du doigt un des serpents de sa chevelure.

— Ses cheveux me faisaient penser à ta bonne femme, lui dis-je. Elle avait des tresses blondes, mais elle les enroulait autour de sa tête d'une façon qui me rappelait ta Méduse.

— Qui ça ?

— Une femme qui a été tuée. Je ne sais pas par où commencer.

— N'importe où, dit-elle.

*

Je parlai longtemps, sautant sans cesse du coq à l'âne, allant sans transition de ce qui s'était passé le soir même aux événements des quinze derniers jours. De temps en temps, Jan se levait et allait nous chercher du café. Quand elle revenait, je reprenais là où je m'étais interrompu. Ou ailleurs. Cela n'avait pas d'importance.

Je lui dis :

— Je ne savais pas quoi foutre de ce gars. Après l'avoir mis K.O. et l'avoir fouillé. Je ne pouvais pas le faire arrêter et je ne supportais pas l'idée de le laisser s'en tirer. Je voulais le tuer, mais je n'en ai pas été capable. Je ne sais pas pourquoi. Si j'avais continué à lui cogner une ou deux fois la tête contre le mur, ça l'aurait peut-être tué. J'avoue que j'aurais été content. Mais je n'ai pas pu lui tirer dessus pendant qu'il était là, sans connaissance.

— Non, bien sûr.

— Mais je ne pouvais pas le laisser là. Je ne voulais pas qu'il se balade dans les rues. Il se serait procuré un nouveau revolver et il aurait recommencé. Alors, je lui ai cassé les jambes. Les os finiront par se recoller et il pourra reprendre sa carrière, mais en attendant, il ne pourra pas recommencer. (Je haussai les épaules.) C'est insensé. Mais je ne vois pas ce que je pouvais faire d'autre.

— Ce qui compte, c'est que tu n'as pas bu.

— C'est ça qui compte ?

— C'est mon avis.

— J'ai failli boire. Si j'avais été dans mon quartier, ou si je n'avais pas pu te joindre, Dieu sait que j'avais envie de boire un coup. J'en ai d'ailleurs encore envie.

— Mais tu ne le feras pas.

— Non.

— Tu as un parrain, Matthew ?

— Non.

— Tu devrais. Ça aide beaucoup.

— Comment ça ?

— Eh bien, le parrain, c'est quelqu'un que tu peux appeler n'importe quand, quelqu'un à qui tu peux tout dire.

— Tu en as un ?

— Oui, dit-elle en secouant la tête. C'est une femme. Je l'ai appelée après t'avoir parlé.

— Pourquoi ?

— Parce que j'avais peur. Parce que quand je lui parle, ça me calme. Parce que je voulais voir ce qu'elle me dirait.

— Qu'est-ce qu'elle a dit ?

— Que je n'aurais pas dû te dire de venir. (Elle rit.) Heureusement, tu étais déjà en route.

— Qu'a-t-elle dit d'autre ?

Elle détourna ses grands yeux gris.

— Que je ne devrais pas coucher avec toi.

— Pourquoi a-t-elle dit ça ?

— Parce qu'il vaut mieux éviter ce genre de relations pendant la première année. Et parce qu'il ne faut surtout pas avoir de rapports avec quelqu'un qui a cessé de boire tout récemment.

— Rassure-toi, lui dis-je, je suis venu parce que j'avais les nerfs à fleur de peau et peur de boire un coup, pas pour en tirer un.

— Je le sais.

— Tu fais tout ce que te dit ta marraine ?

— J'essaie.

— Qui est cette femme ? Une envoyée de Dieu sur terre ?

— Une femme, tout simplement. Elle a mon âge ou, plus exactement, un an et demi de moins que moi. Ça fait presque six ans qu'elle ne boit pas.

— C'est long.

— Ça me paraît long. (Elle prit sa tasse, s'aperçut qu'elle était vide et la reposa.) Tu ne connais personne à qui tu pourrais demander d'être ton parrain ?

— C'est comme ça qu'on pratique ? Il faut demander à quelqu'un ?

— C'est ça.

— Et si je te le demandais, à toi ?

Elle secoua la tête.

— Pour commencer, il faut que tu demandes à un homme. Ensuite, il n'y a pas assez longtemps que j'ai cessé de boire. Troisièmement, nous sommes amis.

— Un parrain ne doit pas être un ami ?

— Pas ce genre d'ami. Un ami des A.A. Quatrièmement, il faut que ce soit quelqu'un qui assiste aux réunions de ton quartier, pour que vos contacts soient fréquents.

Malgré moi, je pensai à Jim.

— Il y a un gars à qui je parle de temps en temps.

— Il est important de choisir quelqu'un à qui on peut parler.

— Je ne sais pas si je pourrais lui parler. C'est probable.

— Tu respectes sa sobriété ?

— Je ne comprends pas ce que tu veux dire.

— Eh bien, est-ce que tu...

— Ce soir, je lui ai dit que je me sentais atteint par les histoires que je lisais dans le journal. Les crimes dans la rue, tout le mal que se font les gens, ça me mine, Jan.

— Oui, je sais.

— Il m'a dit de ne plus lire le journal. Pourquoi ris-tu ?

— C'est tellement dans l'esprit du programme.

— Les gens sortent de tels trucs. J'ai perdu mon boulot,

ma mère est en train de mourir d'un cancer. Je vais être amputé du nez, mais aujourd'hui je n'ai pas bu, alors je suis un chef.

— C'est vrai qu'ils donnent cette impression.

— Quelquefois. Qu'est-ce qui te fait rire ?

— Je vais être amputé du nez. On ampute du *nez ?*

— Ne ris pas, lui dis-je. Le problème est grave.

Un peu plus tard, elle me parla d'un membre de son groupe dont le fils avait été tué par un chauffard. Cet homme était allé à une réunion, il en avait parlé, et avait puisé de la force dans la solidarité du groupe, et tout le monde avait été comme enrichi par cette épreuve. Il ne s'était pas mis à boire et sa sobriété lui avait permis de faire face et de remonter le moral de ses proches tout en faisant l'expérience de son propre chagrin.

Je me demandai ce qu'il y avait de si merveilleux à être capable de faire l'expérience de son propre chagrin. Puis je m'interrogeai sur ce qui se serait passé, plusieurs années auparavant, si je ne m'étais pas mis à boire après qu'une de mes balles perdues avait ricoché sur un mur et blessé mortellement une fillette de six ans qui s'appelait Estrellita Rivera. J'avais fait face aux sentiments subséquents en les arrosant de bourbon. Cela m'avait paru une excellente idée, à l'époque.

Je m'étais peut-être trompé. Il n'y avait peut-être ni détours, ni raccourcis. Il fallait peut-être subir les épreuves d'un bout à l'autre.

Je dis à Jan :

— On ne pense pas qu'on puisse se faire écraser par une voiture à New York, et pourtant ça arrive. Ici comme ailleurs. On a retrouvé le chauffard ?

— Non.

— Il devait être soûl. C'est presque toujours comme ça.

— Peut-être en plein passage à vide. Si ça se trouve, il en est sorti le lendemain sans se douter de ce qu'il avait fait.

— La vache. (Je songeai au modérateur qui avait poignardé son amant.) Huit millions d'histoires dans la Cité d'Emeraude.

— La ville nue.

— Ce n'est pas ce que j'ai dit ?

— Tu as dit la Cité d'Emeraude.

— Ah bon ? Où est-ce que je suis allé pêcher ça ?

— *Le Magicien d'Oz*. Tu ne te rappelles pas ? Dorothy et Toto au Kansas ? Judy Garland et l'arc-en-ciel ?

— Si, si, je m'en souviens.

— « Suivez la Route de Brique Jaune. » Elle menait à la Cité d'Emeraude où habitait le Magicien.

— Oui, je me rappelle. L'Epouvantail, le Lion et tout ça. Mais où est-ce que je suis allé chercher des émeraudes ?

— Tu es alcoolique, n'oublie pas. Il te manque quelques cellules cérébrales, voilà tout.

— Ça doit être ça, dis-je en hochant la tête.

*

Le ciel commençait à s'éclaircir quand nous nous couchâmes, Jan dans son lit, moi sur le canapé, enveloppé dans deux couvertures. Je crus d'abord que je n'arriverais pas à m'endormir, mais la fatigue m'emporta comme une énorme vague à laquelle je ne résistai pas.

J'ignore où elle m'emporta car je dormis comme une souche et si je rêvai, je ne me le rappelai pas. En me réveillant je fus accueilli par une exquise odeur de café et de bacon grillé. Je pris une douche et me rasai avec le rasoir jetable que Jan avait mis à ma disposition, après quoi j'allai la rejoindre dans la cuisine. Assis à la table en planches de pin, je bus un jus d'orange et du café, mangeai des œufs brouillés au bacon, des muffins de blé complet avec des pêches en conserve, et me demandai depuis quand je n'avais pas eu un appétit pareil.

Elle m'annonça qu'un groupe se réunissait tous les dimanches après-midi à quelques centaines de mètres de chez elle. C'était une des réunions auxquelles elle assistait régulièrement. Elle me demanda si j'avais envie de l'y accompagner.

— Je devrais travailler.

— Un dimanche ?

— Qu'est-ce que ça change ?

— Tu crois que tu arriveras à quelque chose un dimanche après-midi ?

Je sortis mon carnet et composai le numéro de Sunny. Pas de réponse. J'appelai mon hôtel. Pas de message de la part de Sunny. Rien de la part de Danny Boy Bell ou de qui que ce soit que j'avais vu la veille. A cette heure-ci, Danny devait dormir et la plupart des autres aussi.

Chance avait laissé un message. Je commençai à composer le numéro de son service, puis m'arrêtai. Si Jan allait à une réunion, je n'avais pas envie d'attendre dans son loft jusqu'à ce qu'il me rappelle. La marraine de Jan n'approuverait probablement pas.

*

La réunion avait lieu au premier étage d'une synagogue de Forsythe Street. Il était interdit de fumer. Je n'avais pas l'habitude d'assister à une réunion des A.A. dont l'atmosphère n'empestait pas la fumée de cigarette.

Il y avait dans la salle une cinquantaine de personnes dont Jan semblait connaître la plupart. Elle m'en présenta plusieurs dont je m'empressai d'oublier le nom. J'étais assez mal à l'aise, gêné par l'attention que me prêtaient les gens. Ma tenue ne faisait rien pour arranger les choses. Je n'avais pas dormi tout habillé, mais la bagarre de la veille avait laissé des traces sur mes vêtements.

Elle en avait aussi laissé sur moi. Jan et moi avions déjà quitté son immeuble quand je m'étais rendu compte à quel point j'avais mal à la tête. J'avais particulièrement mal là où ma tête avait percuté le menton du gars, j'avais aussi une ecchymose à l'avant-bras, une épaule pleine de bleus et douloureuse. D'autres muscles me faisaient mal quand je bougeais. Je n'avais rien senti juste après la bagarre, mais il est normal que les douleurs ne se réveillent que le lendemain.

Je pris du café et des biscuits et restai sagement assis pendant la réunion. Tout se passa très bien. Le modérateur fit un témoignage assez bref, laissant ainsi plus de temps au tour de table. Il fallait lever la main si on voulait parler.

Un quart d'heure avant la fin, Jan leva la main et déclara qu'elle était très heureuse d'avoir cessé de boire, que sa marraine avait joué un grand rôle dans sa sobriété, lui apportant une aide efficace à chaque fois que quelque chose la tracassait ou qu'elle ne savait pas quoi faire. Elle n'apporta pas plus de précisions. J'eus l'impression que son intervention était une façon de m'adresser un message. Je m'en serais passé.

Je ne levai pas la main.

Après la réunion, elle allait prendre un café avec d'autres personnes. Elle me demanda si je voulais venir. Je n'avais plus envie de café et je n'avais pas envie, non plus, de compagnie. Je trouvai une excuse.

Dehors, au moment de nous séparer, elle me demanda comment je me sentais. Je lui répondis que je me sentais assez bien.

— Tu as encore envie de boire ?

— Non.

— Je suis contente que tu aies téléphoné, hier soir.

— Moi aussi.

— Appelle-moi quand tu voudras, Matthew. Même au milieu de la nuit si tu ne peux pas faire autrement.

— Espérons que je n'y serai pas obligé.

— Mais s'il le faut, n'hésite pas. Promis ?

— Promis.

— Ne bois pas sans m'avoir d'abord appelée.

— Je ne vais pas boire aujourd'hui.

— Je sais. Mais si jamais tu as envie de prendre un verre, ne le fais pas avant de m'avoir appelée. Tu me le promets?

— Oui.

Dans le métro, en rentrant chez moi, je pensai à notre conversation et je jugeai idiot d'avoir fait cette promesse. Enfin, ça lui avait fait plaisir — alors, pourquoi pas?

*

J'avais un autre message de Chance. Je rappelai du hall pour dire à son service que j'étais rentré à mon hôtel. J'achetai un journal et l'emportai dans ma chambre pour faire passer le temps en attendant le coup de téléphone de Chance.

La grosse affaire du jour était particulièrement gratinée. Une famille de Queens — le père, la mère et deux gosses de moins de cinq ans — était allée faire un tour dans sa Mercedes flambant neuve. Une autre voiture était venue se placer à côté et quelqu'un avait déchargé les deux cartouches d'un fusil à double canon dans la Mercedes, tuant les quatre membres de la famille. La police avait fouillé leur appartement de la résidence Jamaïca et découvert une grosse somme d'argent liquide et une grande quantité de cocaïne brute. Elle en avait déduit que le massacre avait sans doute un rapport avec la drogue.

Sans blague.

On ne parlait pas du gamin que j'avais abandonné dans la ruelle. Rien d'étonnant. Les journaux du dimanche étaient déjà en vente quand nous nous étions rencontrés. Il y avait peu de chances qu'il fasse les journaux du lendemain ou du surlendemain. Si je l'avais tué, il aurait sans doute eu droit à un entrefilet quelque part, mais quel intérêt journalistique pouvait avoir un jeune Noir aux deux jambes cassées?

J'étais en train de penser à ça quand on frappa à ma porte.

Curieux. Les femmes de chambre sont libres le dimanche et les rares personnes qui me rendent visite se font annoncer par la réception. Je pris ma veste sur le dossier de la chaise et sortis le .32 de la poche. Je ne m'étais pas encore débarrassé du revolver ni des deux couteaux que j'avais confisqués à mon copain éclopé. Revolver en main, je m'approchai de la porte et demandai :

— Qui est là ?

— Chance.

Je mis le revolver dans une poche et ouvris la porte en disant :

— La plupart des gens se font annoncer.

— Le gars était plongé dans la lecture ; je n'ai pas voulu le déranger.

— Vous êtes vraiment très attentionné.

— C'est pour ainsi dire ma marque de fabrique. (Il m'observait, me jaugeait. Puis son regard me quitta pour faire le tour de la pièce.) C'est charmant, chez vous.

Les mots étaient ironiques, mais le ton de sa voix ne l'était pas. Je refermai la porte et lui désignai un fauteuil. Il resta debout.

— Je suis mieux comme ça.

— Oui, je vois. Le côté spartiate, monacal.

Il était vêtu d'un blazer bleu marine et d'un pantalon de flanelle grise. Il n'avait pas de pardessus. Evidemment, le temps s'était radouci et, de toute façon, il avait une voiture. Il s'approcha de la fenêtre et regarda dehors. Il me dit :

— J'ai essayé de vous joindre, hier soir.

— Je sais.

— Vous n'avez pas rappelé.

— J'ai trouvé votre message en rentrant, il y a un moment. De toute façon, là où j'étais, on ne pouvait pas me joindre.

— Vous n'avez pas dormi ici ?

— Non.

Il hocha la tête. Il s'était tourné vers moi et son expression était réservée, presque indéchiffrable. Je ne l'avais jamais vu comme ça.

— Vous avez parlé à mes filles ?

— Toutes sauf Sunny.

— Ouais. Vous ne l'avez pas encore vue ?

— Non. Je l'ai appelée plusieurs fois, hier soir, et encore une fois aujourd'hui, vers midi. Je n'ai pas eu de réponse.

— Pas de réponse ?

— Non. Elle m'a laissé un message hier soir, mais quand j'ai rappelé, elle n'était pas chez elle.

— Elle vous a appelé hier soir ?

— C'est ça.

— A quelle heure ?

Je fis un effort pour m'en souvenir.

— J'ai quitté l'hôtel vers 8 heures et je suis rentré un peu après 10 heures. J'ai trouvé son message en rentrant. Je ne sais pas à quelle heure elle l'avait laissé. Ils devraient noter l'heure sur la fiche, mais ils ne la mettent pas toujours. De toute façon, j'ai dû la jeter.

— Aucune raison de la garder.

— Non. Pourquoi voulez-vous savoir à quelle heure elle m'a appelé ? Qu'est-ce que ça peut faire ?

Il me regarda longuement. Je vis les paillettes d'or dans ses yeux bruns, profonds. Puis il dit :

— Merde, je ne sais pas quoi faire. Je n'ai pas l'habitude de ces choses-là. En général, au moins je *crois* savoir quoi faire.

Je me tus.

— Vous êtes mon homme, dans la mesure où vous travaillez pour moi. Mais je ne suis pas sûr de ce que ça veut dire.

— Je ne sais pas où vous voulez en venir, Chance.

— Merde. Le problème, c'est que je ne sais pas dans quelle mesure je peux vous faire confiance. Je bute sans arrêt là-dessus. En fait, j'ai confiance en vous. La preuve, mec, c'est que je vous ai amené chez moi, alors que je n'ai jamais amené personne d'autre. Pourquoi j'ai fait ça ?

— Je n'en sais rien.

— Je veux dire, est-ce que c'était pour me faire valoir ? Dans le genre : « Voyez un peu la classe qu'il a, ce nègre ? » Ou vous ai-je invité dans ma maison pour vous faire voir mon âme ? Quelle que soit la réponse, merde, il faut que je pense que j'ai confiance en vous. Mais est-ce que j'ai raison ?

— Je ne peux pas décider pour vous.

— Non, vous ne pouvez pas. (Il se pinça le menton entre le pouce et l'index.) Je l'ai appelée hier soir, Sunny. Deux fois, comme vous : pas de réponse. Bon c'est pas grave. Pas de répondeur, mais c'est pas grave non plus parce qu'elle oublie parfois de le brancher. Je la rappelle cette nuit, une heure et demie, deux heures et elle ne répond toujours pas, alors qu'est-ce que je fais ? Je saute dans ma voiture et je vais voir ce qu'elle a. J'ai la clé, bien sûr. C'est mon appartement. Pourquoi j'aurais pas de clé ?

J'avais compris où il voulait en venir, mais je le laissai me le dire lui-même.

— Eh bien, elle était là. Elle y est encore. Vous comprenez, ce qu'elle a, c'est qu'elle est morte.

22

Pour être morte, elle était morte. Elle était étendue sur le dos, nue, un bras jeté au-dessus de sa tête, le visage tourné sur le côté, l'autre bras replié et la main posée sur sa cage thoracique, juste au-dessous du sein. Elle était par terre, à quelques pas du lit défait, ses cheveux auburn étalés au-dessus et derrière sa tête. A côté de sa bouche aux lèvres peintes, une ellipse de vomi flottait sur le tapis couleur ivoire comme de l'écume sur une mare. Entre ses cuisses musclées, une tache d'urine faisait une ombre sur le tapis.

Elle avait des bleus sur le visage et sur le front, un autre sur l'épaule. Automatiquement, je touchai son poignet, cherchai son pouls, mais sa chair était bien trop froide pour qu'elle puisse être animée par un souffle de vie.

Elle avait les yeux ouverts, remontés vers le haut. J'avais envie de fermer ses paupières. Je n'en fis rien. Je demandai :

— Vous l'avez remuée ?

— Pas du tout. J'ai touché à rien.

— Ne me mentez pas. Vous avez fouillé tout l'appartement de Kim après sa mort. Vous avez certainement jeté un coup d'œil.

— J'ai ouvert un ou deux tiroirs. Je n'ai rien pris.

— Que cherchiez-vous ?

— Je ne sais pas, mec. Quelque chose qu'il aurait mieux valu que je trouve le premier, peut-être. J'ai trouvé de l'argent : deux cents dollars. Je les ai laissés. Et puis un chéquier et je l'ai laissé aussi.

— Combien avait-elle en banque ?

— Moins de mille dollars. Pas grand-chose. Ce qu'elle avait, par contre, c'est une tonne de pilules. C'est comme ça qu'elle a fait ça.

Il désigna une coiffeuse, de l'autre côté de la chambre. Là, au milieu d'innombrables pots et bouteilles de produits de beauté et de parfums, il y avait deux flacons vides sur lesquels étaient collées les prescriptions. Sur chacune, le nom du malade était S. Hendryx, mais elles avaient été délivrées par deux médecins différents et exécutées par deux pharmacies différentes, l'une et l'autre dans le quartier. Un des flacons avait contenu du Valium, l'autre du Séconal.

— J'ai toujours jeté un coup d'œil dans son armoire à pharmacie, me disait Chance. Comme ça, automatiquement, vous voyez ? Mais il n'y avait que ce truc antihistamique pour le rhume des foins. Et puis, hier soir, j'ai ouvert ce tiroir et j'y ai trouvé toute une pharmacie. Rien que des trucs sur ordonnance.

— Quels genres de trucs ?

— Je n'ai pas lu toutes les étiquettes. Je ne voulais pas coller mes empreintes partout. D'après ce que j'ai vu, c'étaient surtout des sédatifs. Beaucoup de tranquillisants. Valium, Librium, Elavil. Des somnifères comme le Séconal, là. Un ou deux excitants, comme ce machin... Ritalin, je crois. Mais surtout des sédatifs. (Il secoua la tête.) Il y a des trucs dont je n'ai jamais entendu parler. Il faudrait un médecin pour dire à quoi ça servait.

— Vous ne saviez pas qu'elle prenait des pilules ?

— Absolument pas. Tenez, venez voir. (Il ouvrit un tiroir de la commode en prenant soin de ne pas laisser ses empreintes.) Regardez ça, dit-il en tendant le doigt.

D'un côté du tiroir, à côté d'une pile de pull-overs pliés il y avait environ deux douzaines de flacons de pilules.

— Ça, c'est les réserves de quelqu'un qui ne peut pas s'en passer. Quelqu'un qui a peur de se trouver à court. Et je n'étais pas au courant. C'est ça qui me fiche en l'air, Matt. Vous avez lu son mot ?

Le mot se trouvait sur la coiffeuse ; une bouteille d'eau de Cologne jouait le rôle de presse-papier. Du dos de la main j'écartai la bouteille et j'emportai le billet près de la fenêtre. Sunny avait écrit à l'encre brune sur du papier beige et j'avais besoin d'un bon éclairage. Je lus :

Kim, tu as eu de la chance. Tu as trouvé quelqu'un pour le faire pour toi. Il faut que je le fasse moi-même. Si j'en avais le courage, je passerais par la fenêtre. Je pourrais changer d'avis à mi-chemin et rire pendant le restant du trajet. Mais je n'en ai pas le courage et ça n'a pas marché avec la lame de rasoir.

J'espère en avoir pris assez, cette fois.

On ne peut pas descendre du manège. Elle a attrapé la bague en cuivre, et la bague lui a teint le doigt en vert.

Personne ne m'offrira d'émeraude. Personne ne me fera des enfants. Personne ne me sauvera la vie.

J'en ai marre, de sourire. Marre d'essayer de rattraper et d'attraper. Finis les beaux jours.

Par la fenêtre, je regardai l'Hudson et le New Jersey, à l'horizon. Sunny avait vécu et était morte au trente-deuxième étage d'une tour d'un ensemble qui s'appelait Lincoln View Gardens. Je n'avais pas vu l'ombre d'un jardin en dehors des palmiers en pot du hall d'entrée.

— Juste en dessous, c'est le Lincoln Center, me dit Chance.

Je hochai la tête.

— C'est Mary Lou que j'aurais dû installer ici. Elle aime aller au concert ; elle aurait pu y aller à pied. Mais, avant, elle habitait du côté ouest. Alors, j'ai préféré la mettre à l'est. C'est mieux. Ça leur fait un changement radical.

Je ne m'intéressais pas à la philosophie du proxénétisme. Je demandai :

— Ce n'est pas la première fois ?

— Qu'elle se suicide ?

— Qu'elle essaie. Elle a écrit : « J'espère en avoir pris assez, cette fois. » Vous savez si une autre fois elle n'en avait pas pris assez ?

— Pas depuis que je la connais. Et ça fait deux ans.

— Elle dit aussi que ça n'a pas marché avec la lame de rasoir. Qu'est-ce que ça signifie ?

— Je n'en sais rien.

Je m'approchai de Sunny pour examiner le poignet du bras étendu au-dessus de sa tête. On y voyait nettement une cicatrice horizontale. Je trouvai une cicatrice identique sur l'autre poignet. Je me redressai et relus le billet.

— Qu'est-ce qu'on fait maintenant, mec ?

Je sortis mon carnet et recopiai fidèlement tout ce qu'elle avait écrit. J'utilisai un Kleenex pour effacer les empreintes que j'avais pu laisser sur la feuille que j'allai remettre où je l'avais trouvée. Je replaçai dessus la bouteille d'eau de Cologne.

Je dis à Chance :

— Répétez-moi ce que vous avez fait hier soir.

— Exactement ce que je vous ai dit. Je l'ai appelée et, je ne sais pas pourquoi, j'ai eu comme un pressentiment, alors je suis venu ici.

— A quelle heure ?

— Après 2 heures. Je n'ai pas regardé l'heure exacte.

— Vous êtes monté tout droit ?

— Oui.

— Le portier vous a vu ?

— Nous avons échangé un signe de tête. Il me connaît. Il croit que j'habite ici.

— Il se rappellera vous avoir vu ?

— Oh, mec, je ne sais pas ce dont il se rappelle et ce qu'il oublie.

— Il ne travaille que pendant le week-end ou il était aussi de service vendredi ?

— Je n'en sais rien. Qu'est-ce que ça peut faire ?

— S'il était là tous les soirs, il se rappellera peut-être vous avoir vu, mais pas forcément quel jour c'était. S'il ne travaille que le samedi et...

— Je pige.

Dans la petite cuisine, une bouteille de vodka Georgi, posée sur la paillasse, ne contenait plus que deux ou trois centimètres d'alcool. A côté, il y avait un carton d'un litre de jus d'orange complètement vide. Dans l'évier, il y avait un verre et, dans le verre, un fond de ce qui semblait être un mélange des deux. J'avais senti une faible odeur acide d'orange dans son vomi. Nul besoin d'être un grand détective pour additionner ces quelques éléments et parvenir à une conclusion. Elle avait fait glisser les pilules avec plusieurs verres de vodka-orange et l'effet des sédatifs avait été multiplié par l'alcool.

J'espère en avoir pris assez, cette fois.

Je dus résister à l'envie de vider la bouteille dans l'évier.

— Combien de temps avez-vous passé ici, Chance ?

— Je ne sais pas. Je n'y ai pas fait attention.

— Vous avez parlé au portier, en sortant ?

— Je suis descendu au sous-sol et sorti par le garage.

— Il n'a donc pas pu vous voir.

— Personne ne m'a vu.

— Et pendant que vous étiez ici...

— Comme je vous l'ai dit, j'ai regardé dans les tiroirs et dans les placards. Je n'ai touché à rien et je n'ai rien déplacé.

— Vous avez lu le billet ?

— Oui. Mais je ne l'ai pas pris pour le lire.

— Vous vous êtes servi du téléphone ?

— J'ai appelé mon service pour voir s'il y avait des messages. Et je vous ai appelé. Mais vous n'étiez pas là.

Non, je n'étais pas là. J'étais en train de casser les jambes d'un gamin, quatre kilomètres plus au nord. Je demandai :

— Pas d'interurbains ?

— Rien que ces deux appels. Et ils n'ont rien d'interurbain. On pourrait presque jeter un caillou d'ici à votre hôtel.

Et j'aurais pu marcher jusqu'ici, hier soir, après la réunion, quand son numéro n'avait pas répondu. Etait-elle encore en vie ? Je l'imaginai étendue sur son lit, attendant que les pilules et la vodka fassent leur effet, laissant le téléphone sonner, sonner, sonner... En aurait-elle fait autant pour la sonnette de la porte ?

Peut-être. Ou peut-être avait-elle déjà perdu connaissance. Seulement, j'aurais peut-être eu le pressentiment que quelque chose n'allait pas, j'aurais peut-être fait monter le portier ou enfoncé la porte, j'aurais pu arriver à temps.

Et comment donc. J'aurais aussi pu sauver Cléopâtre de la morsure de la vipère si je n'étais pas né trop tard.

— Vous avez une clé de l'appartement ?

— J'ai la clé de tous leurs appartements.

— Vous êtes donc entré sans problème.

Il secoua la tête.

— Non, elle avait mis la chaîne. C'est là que j'ai compris que quelque chose n'allait pas. Je me suis servi de ma clé. La porte s'est ouverte de quelques centimètres, puis s'est arrêtée à cause de la chaîne ; la preuve qu'il y avait du vilain. J'ai fait sauter la chaîne et je suis entré en sachant que j'allais trouver quelque chose que je ne voulais pas voir.

— Vous auriez pu repartir. Laisser la chaîne, rentrer chez vous.

— J'y ai pensé. (Il me regarda bien en face, et c'était la première fois que je lui voyais cette expression presque désarmée.) Vous savez, quand j'ai vu qu'elle avait mis la chaîne, j'ai tout de suite pensé qu'elle s'était suicidée. C'est la première chose, et même la *seule* chose à laquelle j'ai pensé. C'est pour ça que j'ai fait sauter la chaîne. J'ai pensé qu'elle pouvait être encore vivante, que je pourrais peut-être la sauver. Mais il était trop tard.

J'allai à la porte examiner le système de fixation de la chaîne. La chaîne elle-même n'était pas cassée, mais la fixation avait été arrachée du chambranle et pendait au bout de la chaîne restée accrochée à la porte. Je ne l'avais pas remarqué quand nous étions entrés dans l'appartement.

— Vous l'avez fait sauter en tirant ?

— Comme je viens de vous le dire.

— La chaîne pouvait très bien ne pas être mise quand vous êtes entré. Vous avez pu la mettre et la faire sauter de l'intérieur.

— Pourquoi est-ce que j'irais faire ça ?

— Pour donner l'impression que l'appartement était fermé de l'intérieur quand vous êtes arrivé.

— Eh bien, il l'était. Je n'ai pas eu besoin de faire ça. Je ne vois pas où vous voulez en venir, mec.

— Je veux simplement m'assurer qu'elle était bien enfermée de l'intérieur quand vous êtes arrivé.

— Mais puisque je vous l'ai dit.

— Et vous avez fait le tour de l'appartement ? Elle était bien seule ?

— A moins que quelqu'un se soit caché dans le grille-pain...

C'était manifestement un suicide. Le seul problème, c'était sa première visite. Il savait qu'elle était morte et ne l'avait pas signalé à la police pendant plus de douze heures.

Je réfléchis un moment. Nous étions au nord de la 60e Rue, ce qui nous sortait du territoire de Durkin et nous faisait dépendre du 20e Commissariat. Ils concluraient au suicide, à moins que les examens médicaux prouvent le contraire, auquel cas sa première visite finirait par être connue.

Je lui dis :

— Nous pourrions procéder de différentes façons. Nous pourrions dire que vous avez tenté en vain de la joindre pendant toute la nuit et que vous avez fini par vous faire du souci. Vous m'avez appelé cet après-midi et nous sommes venus ici ensemble. Vous aviez la clé. Vous avez ouvert, nous l'avons trouvée et avons appelé la police.

— C'est ça.

— Le problème, c'est la chaîne de sûreté. Si vous n'êtes pas venu avant, comment est-ce qu'elle a pu sauter ? Si quelqu'un l'a cassée, qui était-ce et qu'est-ce qu'il faisait là ?

— Et si nous disions que nous avons dû la faire sauter pour entrer ?

Je secouai la tête.

— Ce n'est pas possible. S'ils ont la preuve que vous êtes venu la nuit dernière, je serai accusé de faux témoignage. Je veux bien mentir pour vous par omission en ne divulguant pas quelque chose que vous m'avez dit, mais je ne veux pas risquer d'être accusé d'un mensonge qui aurait faussé le déroulement de l'enquête. Non, je serais obligé de dire que la fixation de la chaîne était arrachée quand nous sommes arrivés.

— Alors, ça fait des semaines qu'elle est cassée.

— Sauf que la cassure est récente. On voit l'endroit où les vis sont sorties du bois. S'il y a une chose qu'il ne faut pas faire, c'est de raconter des trucs en contradiction avec les preuves. Je vais vous dire ce que je pense qu'il faut faire.

— Quoi donc ?

— Dire la vérité. Vous êtes venu ici, vous avez enfoncé la porte, elle était morte et vous vous êtes barré. Vous êtes monté dans votre voiture et vous avez roulé un bon moment en essayant de faire le point. Vous vouliez me parler avant de faire quoi que ce soit mais vous n'arriviez pas à me joindre. Quand vous avez fini par me trouver, nous sommes venus ici et nous avons appelé la police.

— C'est la meilleure tactique ?

— A mon avis, oui.

— A cause de cette histoire de chaîne ?

— Disons que c'est surtout ça. Mais, même sans la chaîne, vous avez intérêt à dire la vérité. Vous ne l'avez pas tuée, Chance. Elle s'est suicidée.

— Et alors ?

— Si vous ne l'avez pas tuée, il vaut mieux que vous disiez la vérité. Si vous êtes coupable, il vaut mieux que vous ne disiez rien, pas un mot. Vous appelez votre avocat et puis vous la fermez. Mais si vous êtes innocent, vous dites tout bonnement la vérité. C'est plus facile, c'est plus simple, ça vous évite d'avoir à vous rappeler ce que vous avez dit avant. Parce que, vous savez, les criminels mentent tout le temps et les flics le savent et ça les fait suer. Dès qu'ils mettent le doigt sur un mensonge, ils ne le lâchent plus et ça finit par payer. Là, vous avez envie de mentir pour vous éviter des complications, et ça marchera peut-être parce que c'est manifestement un suicide et vous avez des chances de vous en tirer, mais si jamais ça ne prend pas, vous aurez dix fois plus de complications que vous ne cherchiez à en éviter.

Il réfléchit, puis soupira et dit :

— Ils voudront savoir pourquoi je n'ai pas appelé tout de suite.

— Pourquoi ne l'avez-vous pas fait ?

— Parce que j'étais paumé, mec. Je ne savais pas si j'avais envie de chialer ou de faire dans mon froc.

— Vous n'avez qu'à le leur dire.

— Ouais, ça vaut peut-être mieux.

— Qu'avez-vous fait en sortant d'ici ?

— La nuit dernière ? Comme vous l'avez dit, je suis monté dans ma voiture et j'ai roulé un bon moment. J'ai fait le tour du parc plusieurs fois. J'ai traversé le pont George Washington et j'ai pris Palisades Parkway. La vraie balade du dimanche, sauf qu'il était un peu tôt. (Il secoua la tête en se rappelant sa balade.) Je suis revenu et je suis allé voir Mary Lou. Je suis entré avec ma clé, j'ai pas eu besoin de faire sauter la chaîne. Elle dormait. Je me suis couché à côté d'elle, je l'ai réveillée et je suis resté là un moment. Puis je suis rentré chez moi.

— Dans votre maison ?

— Oui, dans ma maison. Mais je ne vais pas leur parler de ma maison.

— Ce n'est pas la peine. Vous avez un peu dormi chez Mary Lou.

— Je ne dors jamais si je ne suis pas seul. Je n'y arrive pas. Mais ils n'ont pas besoin de le savoir.

— Non.

— J'ai passé un moment à la maison, puis je suis revenu en ville pour vous chercher.

— Qu'avez-vous fait, chez vous ?

— J'ai un peu dormi. Environ deux heures. Je n'ai pas besoin de beaucoup de sommeil, et ça m'a suffi.

— C'est tout ?

— Je n'ai rien fait de particulier.

Il s'approcha du mur et décrocha un masque accroché à un clou. Il entreprit de m'expliquer de quelle tribu il venait, de l'endroit où vivait cette tribu, le but dans lequel le masque avait été fabriqué. Je lui prêtai une oreille distraite. Puis il me dit :

— Maintenant, j'ai collé mes empreintes dessus. Mais ce n'est pas grave. Vous pourrez leur dire qu'en les attendant, j'ai décroché le masque et je vous ai raconté son histoire. Autant leur dire la vérité. Mais faudrait pas que je me trouble s'ils m'interrogent de but en blanc. (La phrase le fit sourire.) De but en noir, dit-il. Et si vous passiez ce coup de fil ?

23

Il y eut deux fois moins de complications qu'on aurait pu le prévoir. Je ne connaissais aucun des deux flics du 20e Commissariat mais ça n'aurait pas pu mieux se passer si je les avais connus. Après avoir répondu sur place à leurs questions, nous les accompagnâmes au commissariat de la 82e Rue Ouest pour signer notre déposition. Les flics ne mirent pas longtemps à faire remarquer à Chance qu'il aurait dû les appeler dès qu'il avait trouvé la morte, mais ils ne lui cherchèrent pas d'ennuis pour avoir pris son temps. Débarquer quelque part et trouver un cadavre inattendu, ça vous file un coup, même si vous êtes souteneur, et elle prostituée, et puis nous étions à New York, la ville de l'indifférence, et ce qui était remarquable, finalement, ce n'était pas qu'il eût tardé à appeler les flics, mais qu'il les eût appelés.

Je commençais à me sentir mieux quand nous arrivâmes au commissariat. J'avais été vraiment inquiet, tout au début, quand je m'étais rendu compte que l'idée pouvait leur venir de nous fouiller. J'étais un petit arsenal ambulant car j'avais toujours dans mes poches de revolver et les deux couteaux confisqués au voyou de la ruelle. Les couteaux étaient des armes prohibées. Le revolver l'était aussi, sans doute encore plus ; Dieu sait quelle pouvait être son origine. Cependant, nous n'avions rien fait pour mériter d'être fouillés et nous ne le fûmes pas.

*

— Les putains ont tendance à se suicider, me dit Durkin. Ça leur arrive souvent et celle-ci n'en était pas à sa première tentative. Vous avez vu les cicatrices qu'elle avait aux poignets ? D'après le rapport médical, elles remontaient à plusieurs années ; ce que vous ignoriez peut-être, c'est qu'elle avait déjà essayé avec des pilules, il y a un peu moins d'un an. Une de ses amies l'avait amenée à l'hôpital St. Clare pour lui faire faire un lavage d'estomac.

— Elle y faisait allusion dans son billet. Elle espérait en avoir pris assez, cette fois, quelque chose comme ça.

Nous nous trouvions au Slate, un grill-room qui se trouve dans la Dixième Avenue et que fréquentent surtout les flics de John Jay College et du Commissariat du Midtown North. J'étais retourné à mon hôtel, m'étais changé et avais trouvé des entroits où planquer les armes et une partie de l'argent que j'avais trimbalés, quand Durkin m'avait appelé, me suggérant de l'inviter à dîner.

— Il vaut mieux que j'en profite maintenant, m'avait-il dit, avant que toutes les filles de votre client aient passé l'arme à gauche et que nos notes de frais aient du mal à passer tout court.

Il commanda un assortiment de viandes grillées et deux bouteilles de Carlsberg. Je choisis le filet de bœuf et bus du café avec mon repas. Nous parlâmes un peu du suicide de Sunny, mais cela ne nous mena pas très loin. Il me dit :

— S'il n'y avait pas eu l'autre, la blonde, on ne se poserait même pas de questions. D'après le rapport d'autopsie, il s'agit bien d'un suicide. Pour les bleus, pas de problème. Elle était groggy, elle savait plus ce qu'elle faisait, elle est tombée, elle s'est cognée dans des trucs. C'est d'ailleurs pour ça qu'elle était par terre et pas dans son lit. Les bleus n'ont rien de particulier. Et ses empreintes étaient là où on pouvait s'y attendre — sur la bouteille, le verre et les flacons de pilules. Le billet colle avec les échantillons de son écriture. Si on en croit votre client, elle s'était même enfermée, elle avait mis la chaîne. Enfermée de l'intérieur quand il l'a trouvée. Vous pensez que c'est la vérité ?

— J'ai eu l'impression que tout ce qu'il disait était vrai.

— Elle s'est donc suicidée. Ça cadre aussi avec la mort de Dakkinen, il y a quinze jours. Elles étaient amies et la mort de sa copine lui a fichu un coup. Vous voyez, comment ça pourrait être autre chose qu'un suicide ?

Je secouai la tête.

— Si on voulait faire croire à un suicide, on ne pourrait pas trouver plus difficile que ça. Comment la forcer à avaler toutes ces pilules ? En la gavant comme une oie, à l'aide d'un entonnoir ? En les lui faisant prendre sous la menace d'un revolver ?

— On pourrait les dissoudre, les lui faire avaler sans qu'elle le sache. Mais ils ont trouvé des résidus de capsules de Séconal dans son estomac. Alors, c'est exclu. C'est bien un suicide.

J'essayai de me rappeler le taux annuel des suicides dans la ville de New York. Je fus incapable d'avancer un chiffre, même approximatif. Durkin ne put m'aider. J'aurais voulu savoir si le taux était en hausse, comme celui de la criminalité.

Durkin en était au café quand il me dit :

— J'ai demandé à deux employés de vérifier toutes les

fiches du Galaxy depuis le premier de l'an. D'examiner celles qui étaient en capitales d'imprimerie. Il n'y en a pas une qui ressemble à celle de Jones.

— Et les autres hôtels ?

— Rien qui pourrait aller. C'est pas les Jones qui man quent, le nom est trop courant, mais toutes les fiches sont signées normalement, les gens ont payé avec des cartes de crédit et il n'y a pas lieu de douter de leur identité. Une perte de temps.

— Désolé.

— Pourquoi ? Les quatre-vingt-dix pour cent de mon travail sont une perte de temps. Vous aviez raison, ça valait le coup de vérifier. S'il s'était agi d'une grosse affaire, le truc qui fait la Une, où les huiles nous talonnent pour qu'on obtienne des résultats, j'y aurais sûrement pensé moi-même et on serait en train de vérifier tous les hôtels des cinq districts de la ville. Et vous ?

— Moi, quoi ?

— Où en êtes-vous de votre enquête sur l'affaire Dakkinen ?

Je fus obligé de réfléchir avant de répondre :

— Nulle part.

— C'est agaçant. J'ai encore parcouru tout le dossier et vous savez ce qui me paraît bizarre ? L'employé de la réception.

— Celui à qui j'ai parlé ?

— Non, lui c'était un directeur, directeur adjoint ou quelque chose comme ça. Non, celui qui était de service à la réception quand le meurtrier a rempli sa fiche. Voilà un type qui arrive, qui remplit et signe sa fiche en capitales, qui paie comptant. C'est déjà deux trucs pas courants, hein ? Vous croyez qu'il y en a beaucoup, à l'heure actuelle, des gens qui paient d'avance et en liquide une note d'hôtel ? Je ne parle pas des hôtels de passe, mais des hôtels pas mal où la chambre va vous coûter soixante ou quatre-vingt dollars. Tout le monde a des cartes de crédit, maintenant. Mais ce type règle en espèces et l'employé ne se souvient même pas de l'avoir vu.

— Vous vous êtes renseigné sur lui ?

— Oui, je suis allé lui parler hier soir. C'est un petit Sud-Américain de je ne sais quel pays. Il était complètement dans le brouillard quand je lui ai parlé. Il était probablement dans le brouillard quand le meurtrier est arrivé. Il vit probablement dans un brouillard perpétuel. Je ne sais pas d'où il sort son brouillard, s'il le fume, s'il le renifle ou autre chose, mais je ne pense pas que ce soit de façon illégale. Vous avez une idée du nombre de gens, ici, qui sont perpétuellement givrés ?

— Je sais ce que vous voulez dire.

— On les voit pendant l'heure du déjeuner. Des employés de bureau du centre ville, de Wall Street, de n'importe quel quartier. Ils achètent leurs saloperies de joints dans la rue et, au lieu de bouffer, ils vont fumer dans le parc. On se demande comment ils arrivent à travailler.

— Je l'ignore.

— Et puis tous ceux qui se défoncent en bouffant des pilules. Comme la femme qui s'est suicidée. Elle arrêtait pas de prendre toutes ces pilules et c'était tout ce qu'il y a de plus légal. La came. (Il soupira, secoua la tête, lissa ses cheveux noirs.) Bon, moi je vais me taper un cognac si vous pensez que votre client peut le payer.

*

J'arrivai à St. Paul à temps pour assister aux dix dernières minutes de la réunion. Je pris un café et un biscuit et n'écoutai pratiquement rien de ce que les gens disaient. Je n'eus même pas besoin de dire mon nom et me taillai pendant la prière.

Je rentrai à l'hôtel. Il n'y avait pas de message. Le portier me dit que j'avais reçu deux coups de téléphone, mais que les gens n'avaient pas laissé leur nom. Je montai dans ma chambre et m'efforçai d'analyser l'effet qu'avait produit sur moi la mort de Sunny mais, apparemment, je ne ressentais qu'une sorte de torpeur. J'étais tenté de me reprocher le fait que j'aurais pu apprendre quelque chose si je n'avais pas remis en dernier l'interrogatoire de Sunny, que j'aurais pu dire ou faire quelque chose qui aurait évité son suicide mais, là, je n'étais pas convaincu. Je lui avais parlé au téléphone. Elle aurait pu dire quelque chose et elle n'avait rien dit. Et puis, il ne fallait pas oublier qu'elle avait déjà fait deux tentatives de suicide et vraisemblablement d'autres qui étaient passées inaperçues.

*

A force de faire, on finit par mettre les choses au point. Le lendemain matin, après un petit déjeuner léger, je me rendis à la banque où je déposai de l'argent à mon compte puis j'allai à la poste envoyer un mandat à Anita. Je n'avais pas trop pensé à l'appareil dentaire de mon fils; maintenant j'avais la conscience tranquille.

Je marchai jusqu'à St. Paul et allumait une bougie pour Sonya Hendryx. Je m'assis sur un banc pour consacrer quelques minutes au souvenir de Sunny. Je n'avais guère de quoi alimenter ce souvenir. Je l'avais tout juste entrevue. Je n'arrivais même pas à me rappeler clairement son visage car l'image de la mort repoussait l'image déjà floue que j'avais de Sunny vivante.

Je songeai soudain que je devais de l'argent à l'église. Dix pour cent des honoraires versés par Chance, soit deux cent cinquante dollars auxquels je devais ajouter ma dîme sur les trois cents et quelques dollars du voyou qui m'avait agressé. Je ne connaissais pas le chiffre exact, mais ça devait faire dans les trois cent cinquante. Si je mettais deux cent quatre-vingt-dix dollars dans le tronc des pauvres, j'aurais versé mes dix pour cent.

Seulement, j'avais déposé presque tout mon argent à la banque et si je donnais 285 dollars à l'église, je n'aurais plus assez d'argent pour mes dépenses courantes. J'étais en train de penser que je n'avais pas envie de retourner à la banque quand je fus frappé par l'imbécillité fondamentale de mon petit jeu.

Qu'est-ce que je faisais, au juste ? D'où me venait l'idée que je devais de l'argent à quelqu'un ? Et d'ailleurs, à *qui ?* Pas à l'église, puisque je n'appartenais à aucune religion. Je remettais ma dîme au premier édifice consacré à n'importe quel culte que je trouvais sur mon chemin.

Alors, envers qui avais-je une dette ? Envers Dieu ?

A quoi cela rimait-il ? Quelle était la nature de cette dette ? Comment l'avais-je contractée ? Est-ce que je remboursais un emprunt ? Ou n'avais-je pas plutôt inventé une sorte de système de pot-de-vin ? Un racket de protection céleste ?

C'était la première fois que j'avais du mal à me l'expliquer. Ce n'était, en fait, qu'une habitude, qu'une petite excentricité. Je ne faisais pas de déclaration de revenus, alors je compensais en payant ma dîme.

Je ne m'étais jamais vraiment demandé pourquoi je faisais ça.

Je n'étais pas trop satisfait de la réponse. Je me rappelai aussi une pensée qui m'avait traversé l'esprit, dans la ruelle qui donnait sur l'avenue St. Nicholas : j'allais me faire tuer par ce gamin parce que je n'avais pas payé ma dîme. Je ne l'avais pas vraiment cru, je ne pensais pas qu'ainsi allait le monde, mais c'était quand même curieux que cette idée me soit venue.

Au bout d'un moment, je pris mon portefeuille et en sortis les 285 dollars. Je restai assis, avec cet argent dans la main. Puis je le remis dans ma poche, tout à l'exception d'un dollar.

Je pouvais au moins payer la bougie.

*

Dans l'après-midi, je me rendis à pied à l'immeuble de Kim. Il ne faisait pas mauvais et je n'avais rien de mieux à faire. Mon premier geste fut de vider la bouteille de Wild Turkey dans l'évier.

Ce n'était pas très logique. Il y avait d'autres bouteilles d'alcool dans le placard et je n'avais pas envie de jouer les champions de la tempérance. Mais cette bouteille de Wild Turkey avait revêtu une valeur de symbole. Chaque fois que je pensais aller dans cet appartement, je me représentais la bouteille en question et cette image s'accompagnait le plus souvent du souvenir vivace du goût et de l'odeur. Quand il n'en resta plus une goutte, je pus enfin me détendre.

Je retournai au placard du salon et regardai la veste de fourrure qui y était suspendue. L'étiquette cousue à la doublure annonçait clairement que c'était de la fourrure de lapin soumise à une teinture. Le mot « lapin » était écrit en français. Je consultai les pages jaunes de l'annuaire et téléphonai à un fourreur pour m'assurer que ce mot, appliqué à une fourrure ne désignait pas, pour les Américains, une autre bête que le modeste petit rongeur.

Mais non. Chance ne s'était pas trompé.

*

En rentrant chez moi, j'eus soudain envie de boire une bière. Je ne me rappelais pas ce qui avait déclenché cette envie mais je m'imaginai appuyé à un comptoir, un pied sur la barre de cuivre, un verre en forme de cloche dans la main, de la sciure par terre et les narines pleines de l'odeur un peu rance d'un vieux bistrot.

L'envie n'était pas très forte et je n'avais nullement l'intention de la satisfaire, mais elle me rappela la promesse que j'avais faites à Jan. Etant donné que je n'avais pas l'intention de boire, je ne me sentais pas obligé de l'appeler, mais je décidai de le faire quand même. Je trouvai une cabine au coin d'une rue proche de la bibliothèque municipale.

Notre conversation fut en concurrence avec le bruit de la circulation, elle fut donc brève et légère. Je ne parlai pas à Jan du suicide de Sunny. Je ne lui parlai pas non plus de la bouteille de Wild Turkey.

*

Je lus le *Post* en dînant. Le *News* du matin avait accordé deux paragraphes au suicide de Sunny — qui ne méritait pas plus — mais le *Post,* toujours prêt à monter en épingle une histoire qui pouvait augmenter le tirage du journal, insistait sur le fait que Sunny avait le même souteneur que Kim, la prostituée charcutée dans une chambre d'hôtel quinze jours auparavant. Comme ils n'avaient pas pu mettre la main sur une photo de Sunny, ils repassaient la photo de Kim.

L'article ne tenait pas les promesses du gros titre. On y parlait simplement de suicide en ajoutant quelques spéculations fumeuses selon lesquelles Sunny se serait donné la mort en raison de ce qu'elle savait à propos du meurtre de Kim.

Je ne trouvai rien sur le gamin auquel j'avais cassé les jambes. Il y avait, par contre, la ration habituelle de crimes et de morts répartie ça et là d'un bout à l'autre du journal. Je songeai à Jim Faber qui m'avait conseillé de ne plus lire les journaux. Apparemment, je ne renoncerais pas à grand-chose.

Après le dîner, je passai prendre mon courrier à l'hôtel. Il n'y avait rien d'intéressant, mais je trouvai un message me demandant de rappeler Chance. Je contactai son service et il me rappela pour me demander comment allait mon enquête. Je lui dis que ça n'avançait pas et il me demanda si j'avais l'intention de continuer. Je répondis :

— Oui, encore un peu. Pour voir si j'arrive à trouver quelque chose.

Il me dit que les flics ne l'avaient pas inquiété. Il avait passé la journée à prendre des dispositions pour l'enterrement de Sunny. Contrairement à Kim, dont la dépouille avait été rapatriée dans le Wisconsin, Sunny n'avait ni parents, ni famille. N'étant pas sûr du jour où le cadavre de Sunny pourrait quitter la morgue, Chance avait organisé un service funèbre dans une salle de l'entreprise Walter B. Cooke de la 72e Rue Ouest. Le service aurait lieu jeudi à 14 heures.

— J'aurais dû en faire autant pour Kim, me dit-il, mais je n'y ai pas pensé. C'est surtout pour les filles. Elles sont dans tous leurs états, vous savez.

— Ça ne m'étonne pas.

— Elles pensent toutes la même chose. Un malheur n'arrive jamais seul et jamais deux sans trois. Elles se demandent qui sera la troisième.

*

Ce soir-là, je me rendis à la réunion. Pendant le témoignage, je songeai qu'une semaine plus tôt j'étais en plein passage à vide et je ne savais même pas ce que j'avais fait. Quand mon tour vint, je dis :

— Je m'appelle Matt. Ce soir, je préfère écouter. Merci.

*

Quand la réunion fut terminée, un type me suivit dans l'escalier et se mit à marcher à côté de moi, sur le trottoir. Il avait une trentaine d'années, il portait une veste écossaise et une casquette à visière. Je ne me rappelais pas l'avoir déjà vu. Il me dit :

— Vous vous appelez Matt, hein ?

J'en convins.

— Ça vous a plu, l'histoire du gars ?

— Elle était intéressante.

— Vous voulez entendre une autre histoire intéressante ? J'ai entendu parler d'un homme de Harlem qui a la figure cassée et les deux jambes cassées. Ça, c'est une drôle d'histoire, mec.

J'eus soudain froid dans le dos. Le revolver était dans le tiroir de ma commode, bien enveloppé dans une paire de chaussettes. Les couteaux se trouvaient dans le même tiroir.

Il me dit encore :

— Vous avez des couilles, mec. Vous avez des *cojones,* si vous voyez ce que je veux dire. (Il posa une main sur son bas-ventre, à la façon d'un joueur de base-ball ajustant son suspensoir.) Mais quand même, c'est pas la peine d'aller chercher des ennuis.

— Je ne sais pas de quoi vous parlez.

Il tendit ses mains ouvertes.

— Qu'est-ce que je sais, moi. Je suis le petit télégraphiste, mec. Je délivre le message, c'est tout ce que je fais. Une nénette se fait buter dans un hôtel, mec, ça c'est une chose, mais qui sont ses amis, c'est une toute autre chose. Ce n'est pas important, vous voyez ?

— Qui m'envoie ce message ?

Il se contenta de me regarder.

— Comment m'avez-vous trouvé à la réunion ?

— Je vous ai suivi quand vous êtes entré, je vous ai suivi quand vous êtes sorti. (Il gloussa.) Le *maricón* aux jambes cassées, c'était dingue, mec, complètement dingue.

24

Le mardi fut en grande partie consacré au jeu de Suivez la Fourrure.

Cela commença dans un état situé quelque part entre le

rêve et le conscient. Un rêve m'avait éveillé, après quoi je m'étais mis à somnoler et à visionner une bande vidéo mentale de ma rencontre avec Kim chez Armstrong. Les premières images étaient purement fictives puisque je la voyais telle qu'elle avait dû être en arrivant dans l'autocar en provenance de Chicago, une valise bon marché à la main, une veste en jean sur les épaules. Puis elle était assise à ma table, une main sur sa gorge, la lumière faisait scintiller sa baguc tandis qu'elle tripotait la boucle qui fermait le col de sa veste de fourrure. Elle me disait que c'était du vison d'élevage, mais qu'elle serait prête à l'échanger contre la veste en jean qu'elle portait à son arrivée.

Effectuant un fondu enchaîné, mon esprit passa à autre chose. J'étais de retour dans la ruelle de Harlem, sauf que mon agresseur avait maintenant de l'aide. Royal Waldron et le messager de la veille l'encadraient. La partie consciente de mon cerveau tenta de les faire déguerpir pour que les chances soient un peu plus égales, et puis je pris conscience de quelque chose, si clairement et si brutalement que je projetai mes jambes hors du lit et m'assis, tandis que les images de mon rêve détalaient pour retourner à leur place, dans les recoins de mon esprit.

Ce n'était pas la même veste.

Je me hâtai de prendre une douche, de me raser et de sortir. Je me rendis d'abord en taxi chez Kim pour regarder une fois de plus dans le placard du salon. La veste de lapin, celle que Chance lui avait achetée, n'était pas la veste que je lui avais vue chez Armstrong. Elle était plus longue, plus évasée et elle n'avait pas de fermoir au col. Ce n'était pas la veste qu'elle portait, celle dont elle m'avait dit que c'était du vison d'élevage, et qu'elle l'aurait volontiers échangée contre sa vieille veste en jean.

J'eus beau chercher, je ne trouvai pas l'autre veste dans l'appartement.

Je pris un autre taxi pour aller à Midtown North. Durkin

n'était pas de service mais je parvins à convaincre un autre flic de l'appeler chez lui et j'eus ainsi l'autorisation officieuse de consulter le dossier. Oui, l'inventaire des objets ayant appartenu à la victime et retrouvés dans la chambre du Galaxy faisait bien état d'une veste de fourrure. Je regardai toutes les photos du dossier mais la veste ne figurait sur aucune d'entre elles.

Je pris le métro pour me rendre au commissariat central, Police Plaza, où je parlai à plusieurs personnes et attendis que ma demande ait suivi ou contourné différentes filières. J'arrivai dans un bureau juste après que l'homme que je venais voir fut parti déjeuner. J'avais sur moi la liste des réunions et j'en trouvai une tout près, à l'église St. Andrew. Cela me fit passer une heure. Puis j'allai dans un snack et mangeai un sandwich, debout.

Je retournai Police Plaza et pus enfin examiner la veste de fourrure trouvée dans la chambre du Galaxy où Kim était morte. Je n'aurais pas pu jurer que c'était la veste que j'avais vue chez Armstrong, mais elle lui ressemblait beaucoup. Je passai la main sur la fourrure soyeuse en essayant de repasser la bande vidéo qui s'était déroulée ce matin-là dans mon esprit. Cette fourrure-ci était de la bonne longueur et le col était fermé par une boucle qu'auraient pu tripoter ses doigts aux ongles rouge porto.

L'étiquette cousue à la doublure m'apprit que cette fourrure était du vison d'élevage et que la veste provenait de chez un fourreur nommé Arvin Tannenbaum.

Les établissements Tannenbaum occupaient le deuxième étage d'un immeuble industriel de la 29e Rue Ouest, en plein quartier de la fourrure. Si j'avais pu emprunter la veste de Kim cela aurait beaucoup simplifié les opérations, mais il ne faut quand même pas trop en demander aux fonctionnaires de la ville de New York. Je décrivis la veste, ce qui ne servit pas à grand-chose, puis je décrivis Kim. Un coup d'œil sur leur registre de ventes révéla qu'une veste de vison avait été achetée, six semaines plus tôt, par Kim Dakkinen, ainsi que le nom du vendeur qui se souvenait très bien de la transaction.

C'était un homme au visage rond, aux cheveux clairsemés, aux yeux bleus délavés derrière des verres épais. Il me dit :

— Une grande fille très jolie. Vous savez, j'ai lu son nom dans le journal et ça m'a vaguement dit quelque chose, mais j'ai été incapable de me rappeler pourquoi. C'est affreux, une si jolie fille.

Il se rappelait qu'elle était accompagnée d'un monsieur et que c'était le monsieur qui avait payé le manteau. En espèces, même. Non, cela n'avait rien d'inhabituel, pas dans le commerce des fourrures. Ils vendaient assez peu au détail et dans ce cas presque toujours à des gens qui travaillaient dans l'industrie du vêtement ou qui avaient des relations dans cette industrie ; mais, bien sûr, n'importe qui pouvait entrer et acheter tout ce qui lui plaisait. La plupart des paiements se faisaient en espèces car les clients n'aimaient pas, en général, attendre que le vendeur s'assure que leur chèque était approvisionné, et puis la plupart du temps, une fourrure était un cadeau de luxe destiné à une amie de luxe, pour ainsi dire, et le client préférait qu'il n'y ait pas trace de la transaction. D'où le règlement en espèces, d'où le fait que c'était le nom de Miss Dakkinen qui figurait dans le registre et non celui de l'acheteur.

Le prix de vente, toutes taxes comprises, s'élevait à près de deux mille cinq cents dollars. Une grosse somme à transporter sur soi, mais ce n'était pas si rare. J'en avais moi-même, tout récemment, transporté presque autant.

Pouvait-il décrire ce monsieur ? Le vendeur soupira, il lui était beaucoup plus facile de décrire la dame. Il la voyait encore, avec ces tresses d'or enroulées autour de sa tête, et le bleu surprenant de ses yeux. Elle avait essayé plusieurs vestes, elle portait bien la fourrure, mais le monsieur...

Trente-huit ou quarante ans, pensait-il. Plutôt grand, mais pas tellement grand par rapport à la dame.

— Je suis désolé, me dit-il, je m'en souviens, mais trop vaguement pour pouvoir le décrire. S'il avait porté une fourrure, ça, je pourrais vous en parler dans les moindres détails, mais malheureusement...

— Comment était-il habillé ?

— Un costume, je crois, mais je ne m'en souviens pas. C'était le genre d'homme à porter un costume. Mais je ne saurais vous dire comment il était habillé.

— Vous pourriez le reconnaître ?

— Si je le croisais dans la rue, je ne m'en apercevrais pas.

— Et si on vous le désignait ?

— Alors là, oui, peut-être. Comme dans une séance d'identification, vous voulez dire ? Oui, je pense que oui.

Je lui dis qu'il se le rappelait sans doute mieux qu'il ne le croyait. Je lui demandai la profession qu'exerçait cet homme.

— Je ne connais même pas son nom. Comment voulez-vous que je sache comment il gagne sa vie ?

— Votre impression, lui dis-je. Mécanicien dans un garage ? Agent de change ? Cow-boy de rodéo ?

— Ah, dit-il. (Il réfléchit un instant.) Il pourrait être comptable.

— Comptable ?

— Quelque chose comme ça. Expert financier, comptable. Mais c'est un jeu ; j'essaie simplement de deviner, n'allez pas croire...

— Oui, bien sûr. Sa nationalité ?

— Américaine. Comment ça ?

— Anglais, Irlandais, Italien...

— Ah, dit-il, toujours le jeu des devinettes. Je dirais juif. Je dirais italien. Je dirais très brun, type méditerranéen. Parce qu'elle était si blonde, vous comprenez. Le contraste. Je ne sais pas s'il était si brun que ça, mais ça faisait un contraste. Il pourrait être grec, ou bien espagnol.

— Il est allé à l'université ?

— Il ne m'a pas montré ses diplômes.

— Non, mais il a dû parler, à vous et à Miss Dakkinen. On aurait dit un homme instruit ou un prolo ?

— Non, pas un prolo. C'était un monsieur, il avait de l'éducation.

— Marié ?

— Pas avec elle.

— Avec quelqu'un d'autre ?

— Ne le sont-ils pas tous ? Quand on n'est pas marié, on n'a pas besoin d'acheter un vison à sa petite amie. Il en a sans doute acheté un autre pour son épouse, pour qu'elle lui fiche la paix.

— Il portait une alliance ?

— Je ne m'en souviens pas. (Il toucha sa propre alliance.) Peut-être ; je ne sais pas. Je ne m'en souviens pas.

Il ne se souvenait pas de grand-chose, et les impressions que je lui avais arrachées n'étaient pas fiables. Savoir si elles étaient justes ou si elles m'émanaient pas d'un désir inconscient de me fournir les réponses que je voulais. J'aurais pu continuer comme ça : *bon, vous ne vous souvenez pas des chaussures qu'il avait aux pieds, mais quel genre de chaussures porterait un homme comme lui ? Des brodequins ? Des mocassins ? Des Adidas ? Des Richelieu ?* J'avais franchement le sentiment de perdre mon temps. Je le remerciai et m'en allai.

*

Il y avait une cafétéria au rez-de-chaussée de l'immeuble — juste un long comptoir, des tabourets et un guichet pour servir les gens dans la rue. J'entrai, m'assis et tentai de faire le point en buvant un café.

Kim avait un petit ami. C'était une certitude. Quelqu'un lui avait acheté cette veste de vison, avait aligné les billets de cent dollars et n'avait pas donné de nom.

Le petit ami avait-il une machette ? C'était une question

que j'aurais pu poser au vendeur : *bon, maintenant faites marcher votre imagination. Essayez de vous représenter ce gars dans une chambre d'hôtel avec la blonde. Disons qu'il veut la couper en morceaux. Avec quoi le ferait-il ? Une hache ? Un sabre de cavalerie ? Une machette ? Donnez-moi seulement votre impression.*

Bien sûr. C'était un comptable, n'est-ce pas ? Alors il utiliserait sans doute une plume. Une plume Sergent Major, aussi meurtrière qu'une épée dans les mains d'un samouraï. Çrric, crric, voilà pour toi, salope !

Le café n'était pas très bon. J'en commandai quand même une autre tasse. J'entrelaçai mes doigts et regardai mes mains. Tout le problème était là ; mes doigts s'engrenaient à peu près correctement mais ils étaient bien les seuls. Un type qui avait l'air d'un comptable pouvait-il se déchaîner avec une machette ? N'importe qui, sans doute, pouvait être pris d'un accès de folie, mais cet accès-là avait été curieusement préparé, la chambre d'hôtel louée sous un faux nom, le meurtre perpétré sans qu'il reste une trace de l'identité du meurtrier.

Est-ce que ça faisait penser à l'homme qui avait acheté la fourrure ? Je bus une gorgée de café et décidai que c'était incompatible. Tout comme l'image que je me faisais du petit ami ne cadrait pas avec le message qu'on m'avait transmis après la réunion de la veille. Le type en veste écossaise était simplement un gros bras, même si on ne l'avait chargé que de me montrer ses biceps. Un comptable bien élevé irait-il engager ce genre d'homme de main ?

Ce n'était guère vraisemblable.

Le petit ami et Charles Owen Jones étaient-ils un seul et même homme ? Et pourquoi tant de recherche dans ce faux nom qui en comportait un deuxième ? Les gens qui choisissaient de se faire appeler Smith ou Jones choisissaient un prénom courant comme John ou Joe. Mais Charles Owen Jones ?

A moins que son vrai nom ne fût Charles Owens. Il avait pu commencer à l'écrire et s'être repris juste à temps, ou supprimer la dernière lettre d'Owens pour en faire un deuxième nom. Logique ?

Non.

Et ce con d'employé de la réception. Je songeai qu'il n'avait pas été correctement interrogé. Durkin m'avait dit qu'il était dans le brouillard et sûrement sud-américain. Il avait peut-être du mal à s'exprimer en anglais. Non, autrement il n'aurait pas été engagé dans un bon hôtel pour occuper un poste qui le mettait en contact avec la clientèle. Non, personne n'avait poussé l'interrogatoire à fond comme je venais de le faire avec le vendeur de fourrures. Autrement, il aurait lâché quelque chose. Les témoins se rappellent toujours plus qu'ils ne le croient.

*

L'employé de service à la réception le soir de l'arrivée de Charles Owen Jones s'appelait Octavio Calderón et on ne l'avait pas vu depuis samedi où il avait travaillé de 16 heures à minuit. Le dimanche, il s'était fait porter malade. L'hôtel avait reçu un autre coup de téléphone la veille et un troisième environ une heure avant que j'arrive et interroge le directeur-adjoint. Calderón était toujours malade et ne reprendrait pas son travail avant un jour ou deux, peut-être plus.

Je demandai de quoi il souffrait. Le directeur-adjoint soupira et secoua la tête.

— Je n'en sais rien, répondit-il. Avec ces gens-là, on a du mal à obtenir la moindre précision. Quand ils veulent rester dans le flou, leur maîtrise de la langue anglaise s'affaiblit considérablement. On ne peut plus rien en sortir à part ces mots bien pratiques : *no comprendo*.

— Parce que vous engagez des employés de la réception qui ne parlent pas anglais ?

— Non, non. Calderón le parle couramment. Il a fait téléphoner par quelqu'un d'autre. (Il secoua encore la tête.) Il n'est pas très sûr de lui, le jeune Tavio. Il a dû se dire que s'il faisait téléphoner par un ami, je ne pourrais pas lui faire peur et l'obliger à revenir en lui parlant. Son excuse, bien sûr, c'est qu'il est trop mal en point pour sortir de son lit et arriver jusqu'au téléphone. J'ai cru comprendre qu'il habitait une sorte de pension de famille avec un téléphone dans l'entrée. Celui qui a appelé avait un accent espagnol beaucoup plus prononcé que celui de Tavio.

— Il a appelé hier ?

— Quelqu'un a appelé pour lui.

— La même personne qu'aujourd'hui ?

— Ça, vraiment, je n'en sais rien. Au téléphone, toutes les voix espagnoles se ressemblent. C'était une voix d'homme dans les deux cas. Je crois que c'était la même, mais je ne pourrais pas le jurer. Qu'est-ce que ça change ?

Rien, autant que je puisse en juger. Et dimanche, demandai-je, Calderón avait-il appelé lui-même ?

— Je n'étais pas là, dimanche.

— Vous avez un numéro de téléphone où vous pouvez le joindre ?

— Celui qui sonne dans l'entrée de la pension. Je doute qu'il vienne jusqu'à l'appareil.

— J'aimerais quand même que vous me donniez ce numéro.

Il me le donna, ainsi qu'une adresse de Barnett Avenue, à Queens. Je ne connaissais pas cette avenue et je demandai au directeur-adjoint s'il savait de quel côté de Queens ça se trouvait.

— Je ne connais pas du tout Queens, répondit-il. Vous n'avez quand même pas l'intention d'aller là-bas ? (A l'entendre, on aurait pu croire que j'aurais besoin d'un passeport et de réserves d'eau et de nourriture.) Parce que je suis sûr que Tavio reprendra son travail d'ici un jour ou deux.

— Pourquoi en êtes-vous sûr ?

— C'est un bon emploi. S'il ne revient pas bientôt, il va le perdre. Et il doit le savoir.

— Il est souvent absent ?

— Pas du tout. Je suis sûr qu'il est vraiment malade. Sans doute une de ces affections virales qui passent en trois jours. Il y en a beaucoup en ce moment.

*

J'appelai le numéro d'Octavio Calderón d'un des taxiphones du hall du Galaxy. La sonnerie retentit longtemps, au moins neuf ou dix fois, avant qu'une femme réponde en espagnol. Je demandai à parler à Octavio Calderón.

— *No está aquí*, me répondit-elle.

Je m'efforçai de formuler mes questions en espagnol. Es enfermo ? (Est-il malade ?) Je ne savais pas si je me faisais comprendre. Elle me répondait dans un espagnol qui n'avait rien à voir, du point de vue de l'accent, avec le dialecte portoricain que j'avais l'habitude d'entendre parler à New York, et quand elle essayait de m'aider en parlant anglais, son accent était presque incompréhensible et son vocabulaire nettement insuffisant. Elle répétait sans cesse *No está aquí*, et c'était bien la seule de ses phrases que je compris sans difficulté. *No está aquí*. Il n'est pas là.

Je retournai à mon hôtel. J'avais un plan détaillé des cinq districts de New York. Je cherchai Barnett Avenue dans l'index de Queens, consultai la page indiquée et finis par trouver l'avenue en question. Dans le quartier de Woodside. J'étudiai le plan et me demandai comment une pension de famille sud-américaine avait pu atterrir dans un quartier irlandais.

Barnett Avenue n'était pas très longue ; elle s'étendait d'est en ouest de la 42e Rue à Woodside Avenue. Pour y aller, j'avais le choix entre différentes lignes de métro.

En supposant que j'aie envie d'y aller.

Je rappelai de ma chambre. A nouveau, la sonnerie retentit pendant longtemps. Cette fois, c'est un homme qui répondit. Je demandai :

— Octavio Calderón, *por favor.*

— *Momento.*

J'entendis un bruit mat, comme s'il avait laissé le combiné pendre au bout de son fil et frapper le mur. Puis je n'entendis rien, à l'exception d'un bruit de fond émanant d'une radio branchée sur un programme en langue espagnole. Je commençais à m'impatienter quand il revint enfin.

— *No está aquí,* me dit-il, et il raccrocha avant que j'aie pu lui dire quelque chose dans une langue ou une autre.

Je regardai à nouveau mon plan en cherchant un moyen de m'éviter le voyage à Woodside. On était déjà en pleine heure de pointe. Si j'y allais maintenant, je serais debout pendant tout le trajet. Et qu'est-ce que je pouvais y gagner ? Un long voyage debout, serré comme une sardine dans un wagon de métro bondé, pour que quelqu'un puisse me dire en face : *No está aquí.* A quoi bon ? Calderón prenait des vacances au pays de la came, ou bien il était vraiment malade et, dans un cas comme dans l'autre, je n'avais guère de chances d'en tirer quoi que ce soit. Si je parvenais à lui mettre la main dessus je serais récompensé par un *No lo sé* à la place du sempiternel *No está aquí.* Je ne sais pas, il n'est pas là, je ne sais pas, il n'est pas là...

Merde.

Joe Durkin était retourné interroger Calderón samedi soir tandis que, vers la même heure, je faisais savoir que je recherchais le petit ami de Kim à tous les mouchards et parasites qui traînaient dans les bars. La même nuit, j'avais confisqué le revolver d'un type qui voulait m'agresser et Sunny Hendryx avait avalé deux flacons de pilules en les faisant descendre avec de la vodka. Etrange.

Dès le lendemain, Calderón se faisait porter malade. Le

surlendemain, un gros bras en veste écossaise me suivait à une réunion des A.A., m'accostait à la sortie et me conseillait de ne plus m'occuper de Kim Dakkinen.

Le téléphone sonna. C'était Chance. J'avais trouvé un message me disant qu'il avait appelé et, manifestement, il avait décidé de ne pas attendre que je le rappelle.

— Alors, me dit-il, ça avance ?

— Sans doute. Hier soir, j'ai reçu un avertissement.

— Quel genre d'avertissement ?

— Un type m'a conseillé de ne pas me chercher des ennuis.

— Vous êtes sûr que c'était à propos de Kim ?

— Certain.

— Vous connaissez ce type ?

— Non.

— Qu'avez-vous l'intention de faire ?

Je répondis en riant :

— Aller me chercher des ennuis. A Woodside.

— Woodside ?

— C'est à Queens.

— Je sais où ça se trouve, mec. Qu'est-ce qui se passe, à Woodside ?

Je n'avais pas envie de tout lui raconter, aussi je répondis :

— Probablement rien. J'aimerais mieux m'éviter le voyage, mais je ne peux pas. A propos, Kim avait un petit ami.

— A Woodside ?

— Non, Woodside n'a rien à voir. Mais c'est sûr qu'elle avait un petit ami. Il lui a offert une veste de vison.

Il soupira :

— Mais je vous l'ai déjà *dit*. C'est du lapin.

— Je sais qu'elle avait une veste en lapin. Elle est dans son placard.

— Alors ?

— Elle avait aussi une veste plus courte de vison d'élevage. Elle la portait la première fois que je l'ai vue. Elle la portait aussi pour aller se faire tuer à l'hôtel Galaxy. Elle est dans un coffre, à Police Plaza.

— Qu'est-ce qu'elle fait là ?

— Pièce à conviction.

— De quoi ?

— Personne ne le sait. Je l'ai retrouvée et j'ai pu remonter jusqu'au gars qui la lui a vendue. La vente a été effectuée au nom de Kim, mais elle était en compagnie d'un gars qui a allongé les billets.

— Combien ?

— Deux mille cinq cents.

Il réfléchit un instant.

— Peut-être qu'elle en gardait, dit-il. C'est facile. Deux cents par semaine. On s'en rend compte, quand elles le font. Je m'en serais aperçu.

— C'est l'homme qui a payé, Chance.

— Elle le lui avait peut-être filé pour qu'il paye. Les femmes font ça au restaurant pour ne pas gêner les gars qui sont avec elles.

— Comment se fait-il que vous teniez tant à ce qu'elle n'ait pas eu de petit ami ?

— Merde, je m'en fous. Si elle en avait un, elle en avait un. Mais je peux pas y croire, c'est tout.

Je n'insistai pas.

— C'était peut-être un miché, pas un petit ami. Il y a des clients qui veulent se donner l'impression qu'ils sont plutôt des amis, pas des clients comme les autres, et qu'ils n'ont pas à payer, alors ils veulent faire des cadeaux à la place de l'argent. Alors, c'était peut-être un client et elle se faisait baiser pour avoir une fourrure.

— Peut-être.

— Vous pensez que c'était son petit ami.

— Oui, c'est ce que je pense.

— Et c'est lui qui l'a tuée ?

— Je ne sais pas qui l'a tuée.

— Mais celui qui l'a tuée veut que vous laissiez tout tomber ?

— Je ne sais pas. Peut-être que le meurtrier n'a rien à voir avec le petit ami. Le meurtrier était peut-être un dingue comme le croient les flics, et peut-être que le petit ami veut simplement éviter d'être mêlé à une enquête.

— On ne parlait pas de lui, et il veut que ça reste comme ça. C'est ce que vous voulez dire ?

— Plus ou moins.

— Je sais pas, mec, mais vous devriez peut-être laisser tomber.

— Laisser tomber mon enquête ?

— Ce serait peut-être mieux. Un avertissement, merde, vous voulez quand même pas risquer de vous faire tuer pour ça.

— Non, je ne veux pas.

— Alors, qu'allez-vous faire ?

— Pour le moment, je vais prendre le métro pour Queens.

— Woodside.

— C'est ça.

— Je pourrais passer vous prendre et vous y conduire en voiture.

— Ça ne m'ennuie pas de prendre le métro.

— Ça irait plus vite en voiture. Je pourrais me coller une petite casquette de chauffeur. Vous pourriez vous asseoir à l'arrière.

— Une autre fois.

— Comme vous voudrez. Mais rappelez-moi en rentrant.

— D'accord.

*

Je pris la ligne qui m'amenait au carrefour de Roosevelt Avenue et de la 52e Rue. Le métro sortit de terre après avoir quitté Manhattan. Je faillis louper ma station parce que je ne savais pas où j'étais. Les panneaux sur les quais du métro aérien étaient tellement surchargés de graffiti qu'ils en étaient indéchiffrables.

Un escalier métallique me ramena au niveau de la rue. Je sortis mon plan pour repérer ma position, et je me mis en route pour Barnett Avenue. Je n'eus pas à marcher longtemps pour comprendre comment une pension de famille sud-américaine avait atterri à Woodside. Ce n'était plus un quartier irlandais. S'il restait quelques noms de bistrots tels que l'Ile d'Emeraude ou le Trèfle à Quatre Feuilles, à l'ombre du métro aérien, la plupart des enseignes portaient des noms espagnols et les boutiques s'appelaient maintenant des *bodegas*. Dans la vitrine de l'agence de voyages Tara, les affiches proposaient des charters pour Bogota et Caracas.

La pension de famille où logeait Octavio Calderón était une maison à charpente de bois, d'un étage, avec une véranda sur laquelle étaient alignées cinq ou six chaises longues en plastique. Il y avait aussi une caisse à oranges renversée qui contenait des journaux et des magazines. Les chaises longues étaient vides. Cela n'avait rien d'étonnant car il faisait un peu frais pour prendre l'air sur une véranda.

Je sonnai à la porte. Il ne se passa rien. J'entendis des gens parler à l'intérieur et le bruit de plusieurs radios. Je sonnai encore. Une femme d'un certain âge, petite et corpulente, vint ouvrir.

— *Si?*

— Octavio Calderón, lui dis-je.

— *No está aquí.*

C'était peut-être la femme qui m'avait répondu la première fois que j'avais téléphoné. C'était difficile à dire et, de toute façon, cela n'avait pas d'importance. Je lui parlai à travers la porte à moustiquaire, essayant de me faire comprendre en mélangeant l'espagnol et l'anglais. Au bout d'un moment, elle s'en alla, puis revint accompagnée d'un homme aux joues creuses, à la fine moustache soigneusement taillée. Il parlait anglais. Je lui dis que je voulais voir la chambre de Calderón.

— Mais Calderón n'est pas là, me dit-il.

— *No me importa,* répondis-je.

Je lui expliquai que je voulais quand même voir sa chambre. Mais il n'y a rien à voir, protesta-t-il, éberlué. Calderón n'était pas là. A quoi cela pouvait-il me servir de voir une chambre ?

Ils ne refusaient pas de me rendre service. Ils ne faisaient pas preuve de mauvaise volonté. Seulement, ils ne voyaient vraiment pas à quoi ça rimait. Quand ils finirent par comprendre que le seul moyen de se débarrasser de moi, ou du moins le moyen le plus facile, était d'accéder à mes désirs, ils acceptèrent de me montrer la chambre de Calderón. Je suivis la femme dans un couloir qui passait devant une cuisine et menait à un escalier. Nous montâmes l'escalier, parcourûmes un autre couloir au bout duquel elle s'arrêta devant une porte qu'elle ouvrit sans frapper. Puis elle s'écarta et me fit signe d'entrer.

Le sol était recouvert de linoléum et, sur le vieux lit en fer, le matelas déchiré perdait sa garniture. Il y avait une petite commode en bois clair et une petite table devant laquelle se trouvait une chaise pliante. Près de la fenêtre, il y avait un fauteuil avec une housse fleurie. La lampe posée sur la commode avait un abat-jour en papier et le plafonnier exhibait deux ampoules nues.

Et c'était tout ce qu'il y avait.

— *¿ Entiende usted ahora ? No está aquí.*

Je fis le tour de la chambre, mécaniquement, automatiquement. Il n'y traînait pas un bouton de culotte. Dans la petite penderie, deux cintres en métal, mais rien dessus. Les tiroirs de la petite commode en bois clair, vides. L'unique tiroir de la petite table, vide aussi. Pas même de la poussière dans les coins.

Utilisant l'homme aux joues creuses comme interprète, je

parvins à questionner la grosse dame. Ce n'était pas une mine d'informations dans quelque langue que ce fût. Elle ne savait pas quand Calderón était parti. Dimanche ou lundi, sans doute. Lundi, elle était venue faire la chambre et s'était aperçue qu'il avait emporté toutes ses affaires sans rien oublier. Elle en avait conclu, assez logiquement, qu'il avait déménagé. Comme tous les locataires, il payait à la semaine. Il lui restait encore deux jours avant le prochain loyer, mais il avait dû trouver un autre logement. Non, il ne l'avait pas prévenue, mais cela n'avait rien d'étonnant. Les locataires le faisaient assez fréquemment, même s'ils n'étaient pas en retard sur leur loyer. Sa fille l'avait aidée à faire la chambre à fond et, maintenant, la chambre était prête pour un nouveau locataire. Elle ne resterait pas vide longtemps. Ses chambres ne restaient jamais vides longtemps.

Calderón était-il un bon locataire ? *Sí*, un excellent locataire, mais elle n'avait jamais d'ennuis avec ses locataires. Elle ne louait qu'à des Colombiens, des Panaméens et des Equatoriens, et elle n'avait jamais eu d'ennuis à cause d'eux. Il leur fallait parfois déménager très vite. Le Service d'Immigration, vous savez. C'était peut-être la raison du départ précipité de Calderón. Mais ça ne la regardait pas. Ce qui la regardait, elle, c'était de nettoyer sa chambre et de la louer à quelqu'un d'autre.

Calderón ne pouvait pas avoir eu d'ennuis avec le Service d'Immigration. Ça, je le savais. Ce n'était pas un immigré clandestin, sinon il n'aurait pas pu travailler au Galaxy. Un grand hôtel n'emploierait pas un étranger s'il n'avait pas une carte de séjour.

Il avait donc une autre raison de déménager en vitesse.

Je passai environ une heure à interroger d'autres locataires. Cela me permit de me faire, de Calderón, une image qui ne me servit rigoureusement à rien. C'était un jeune homme tranquille et réservé. Etant donné ses heures de travail, il était le plus souvent absent quand les autres locataires se trouvaient à la pension. On ne lui connaissait pas de petite amie. Pendant les huit mois où il avait habité Barnett Avenue, il n'avait jamais reçu de visiteurs, homme ou femme, et peu de coups de téléphone. Avant de s'installer dans la pension de Barnett Avenue, il avait vécu ailleurs, à New York, mais personne ne connaissait sa précédente adresse, pas même si elle était à Queens.

Faisait-il usage de drogue ? Tous les gens à qui je le demandai parurent choqués que je puisse même poser une telle question. La petite patronne boulotte veillait à la bonne tenue de son établissement. Tous les locataires avaient un emploi régulier et menaient une vie respectable. Si Calderón fumait de la marijuana, m'assura l'un d'eux, ce n'était certainement pas dans sa chambre. Autrement, la propriétaire aurait reconnu l'odeur et lui aurait dit de partir.

— Il a peut-être le mal du pays, suggéra un jeune homme aux yeux noirs. Peut-être il s'envole pour Carthagène.

— Il était originaire de là-bas ?

— Il est colombien. Je crois qu'il dit de Carthagène.

C'est ainsi qu'en une heure de temps j'appris qu'Octavio Calderón venait de Carthagène. Encore que personne n'en fût tout à fait sûr.

25

J'appelai Durkin d'une cafétéria de Woodside Avenue. Il n'y avait pas de cabine, rien qu'un taxiphone accroché au mur. A quelques mètres de moi, deux gosses jouaient à un de ces jeux électroniques. Quelqu'un d'autre écoutait de la musique disco sortant d'une radio portable de la taille d'une sacoche. Je protégeai le micro de ma main et je dis à Durkin ce que j'avais appris.

— Je peux lancer un avis de recherche. Octavio Calderón, sexe masculin, une vingtaine d'années, origine sud-américaine. Combien mesure-t-il ? Environ un mètre soixante-dix ?

— Je ne l'ai jamais vu.

— Ah oui, c'est vrai. Je peux demander aux gens de l'hôtel de le décrire. Vous êtes sûr qu'il est parti, Scudder ? Ça fait à peine deux jours que je lui ai parlé.

— Samedi soir.

— Je crois que c'est ça. Oui, avant le suicide de la petite Hendryx. C'est ça.

— Parce que c'est toujours un suicide ?

— Vous voyez une raison pour que ce ne le soit pas ?

— Non, aucune. En tout cas, vous avez parlé à Calderón samedi soir, après quoi plus personne ne l'a jamais revu.

— Je fais souvent cet effet-là aux gens.

— Quelque chose lui a fichu la trouille. Vous croyez que c'est vous ?

La réponse de Durkin se perdit dans le vacarme. Je le priai de répéter.

— Je disais qu'il n'avait pas l'air de faire très attention. J'ai pensé qu'il était givré.

— D'après ses voisins, c'est un jeune homme très convenable.

— Ouais, un petit gars bien tranquille. Le genre qui devient fou furieux et descend tous les membres de sa famille. D'où est-ce que vous m'appelez ? Il y a un de ces boucans !

— Une cafétéria de Woodside Avenue.

— Vous ne pouviez pas trouver un bowling bien tranquille ? A votre avis, Calderón, il est mort ?

— Il a tout embarqué en quittant sa chambre. Et quelqu'un a appelé l'hôtel pour prévenir qu'il était malade. Si on l'avait tué, on ne se donnerait pas tout ce mal.

— Oui, les coups de téléphone font plutôt penser qu'il a voulu gagner du temps. Prendre le large avant qu'on lâche les chiens.

— C'est ce que j'ai pensé aussi.

— Il est peut-être rentré chez lui, dit Durkin. Ils rentrent beaucoup dans leur pays, maintenant. Le monde a changé. Mes grands-parents sont venus s'installer ici et n'ont jamais revu l'Irlande, sauf sur le calendrier offert par la Treaty Stone Wines & Liquors. Maintenant, ces cons-là retournent chaque mois dans leur île et en rapportent deux poulets et un autre putain de parent. Evidemment, mes grands-parents travaillaient, ça fait peut-être toute la différence. L'aide sociale ne leur versait pas de quoi faire le tour du monde.

— Calderón travaillait.

— Tant mieux pour ce petit con. Je vais peut-être faire vérifier les vols en partance de Kennedy depuis trois jours. D'où est-il ?

— Quelqu'un a dit Carthagène.

— Qu'est-ce que c'est, une ville ? Ou une de leurs îles à la con ?

— Je crois que c'est une ville, soit du Panama, soit de Colombie, soit de l'Equateur. Autrement, la propriétaire ne lui aurait pas loué la chambre. Je crois que c'est en Colombie.

— Joyau de l'océan. S'il est retourné au pays, c'est normal qu'il ait fait téléphoner par quelqu'un, pour être sûr de retrouver sa place en revenant. Il ne peut pas téléphoner tous les jours de Carthagène.

— Pourquoi a-t-il lâché sa chambre ?

— Peut-être qu'il ne s'y plaisait pas. Peut-être qu'on y a passé du produit qui a exterminé ses cafards apprivoisés. A moins qu'il n'ait déménagé à la cloche de bois.

— La propriétaire dit que non. Il avait payé toute la semaine d'avance.

Durkin resta un instant silencieux. Puis, comme à contrecœur, il dit :

— Quelqu'un lui a fichu la trouille, alors il s'est sauvé.

— C'est bien ce qu'on dirait, hein ?

— Oui, hélas. D'ailleurs, je ne pense pas qu'il ait quitté la ville. Je pense qu'il a dû s'installer près d'une station de métro de Woodside, qu'il a changé de nom et a pris une autre chambre meublée. Il y a un demi-million d'immigrés clandestins dans les cinq districts. Il n'a pas besoin d'être un fakir pour disparaître complètement. On ne le retrouvera pas.

— Vous aurez peut-être de la chance.

— Un coup de pot, oui, peut-être. Je vais commencer par faire vérifier les morgues, puis les compagnies aériennes. Il sera plus facile à trouver s'il est mort ou s'il a quitté les Etats-Unis.

Il se mit à rire. Je lui demandai pourquoi et il me répondit :

— S'il est mort ou s'il est parti, il ne nous servira pas à grand-chose, hein ?

*

Le métro dans lequel je rentrai à Manhattan était une catastrophe. Les vandales avaient tout saccagé. Assis dans un coin, je m'efforçai de repousser une vague de désespoir. Je voyais ma vie sous la forme d'une glace flottante déchiquetée par les courants, si bien que les morceaux partaient dans toutes les directions. Les choses n'allaient jamais se regrouper, ni dans cette affaire ni ailleurs. Tout était insensé, inutile, sans issue.

Personne ne m'offrira d'émeraude, personne ne me fera des enfants. Personne ne me sauvera la vie.

Finis les beaux jours.

Huit millions de façons de mourir et, parmi elles, toute une variété à la disposition du bricoleur. On pouvait reprocher bien des choses au métro, mais il faisait bien son boulot quand on voulait se jeter dessous. Et puis la ville regorgeait de ponts, de fenêtres en haut de bâtiments élevés, de boutiques ouvertes vingt-quatre heures sur vingt-quatre qui vous vendaient des lames de rasoir, des cordes à linge ou des pilules.

J'avais un .32 dans un tiroir et la fenêtre de ma chambre

d'hôtel était assez loin du trottoir pour garantir une mort certaine. Mais je n'avais jamais rien tenté de ce genre et je sais que je ne le tenterai jamais. Je suis trop peureux ou bien trop têtu, à moins que le genre de désespoir qui m'accable ne soit jamais aussi catégorique que je le crois. Toujours est-il que quelque chose me pousse à continuer.

Evidemment, si je bois, ça peut tout changer. Au cours d'une réunion, j'ai entendu un homme raconter qu'il était sorti d'un passage à vide sur le pont de Brooklyn. Il avait enjambé le parapet et avait un pied dans le vide quand il avait retrouvé ses esprits. Il avait ramené son pied, franchi le parapet dans l'autre sens et fichu le camp au plus vite.

Et s'il avait retrouvé ses esprits deux secondes plus tard avec les deux pieds dans le vide ?

*

Si je buvais, je me sentirais mieux.

Je n'arrivais pas à me sortir cette idée de la tête. Le pire, c'est que je savais que c'était vrai. Je me sentais affreusement mal, et je savais que ça irait mieux si je buvais un verre. Je finirais par le regretter, je me sentirais aussi mal et même pire à long terme, mais quelle importance ? A long terme, nous serons tous morts.

Je me rappelai quelque chose que j'avais entendu au cours d'une réunion. La femme qui l'avait dit était une habituée ; elle s'appelait Mary. C'était un petit bout de femme qui avait un petit filet de voix, qui était toujours bien habillée et d'une grande courtoisie. Je l'avais entendue témoigner une fois et j'avais compris qu'avant de toucher le fond elle avait été clocharde.

Un soir, parlant au cours du tour de table, elle avait dit : « Vous savez, j'ai eu une révélation le jour où j'ai compris que je n'étais pas obligée de me sentir bien. Il n'est écrit nulle part que je *dois* me sentir bien. J'avais toujours cru que si j'étais inquiète ou anxieuse, ou malheureuse, il fallait absolument que je fasse quelque chose pour y remédier. Mais j'ai appris que ce n'était pas vrai. Me sentir mal, ça ne va pas me tuer. L'alcool me tuera, pas mes états d'âme. »

Le métro s'engouffra dans un tunnel. Comme il s'enfonçait sous terre, les lumières s'éteignirent un moment, puis elles se rallumèrent. J'eus l'impression d'entendre Mary prononcer chaque mot très clairement, j'eus l'impression de la voir, avec ses mains délicates, posées l'une sur l'autre, sur ses genoux, tandis qu'elle parlait.

Curieux, les choses qui vous viennent à l'esprit.

Quand je sortis à la station Columbus Circle, j'avais encore envie de boire un verre. Je passai devant deux bistrots et allai à ma réunion.

*

Le modérateur était un robuste Irlandais de Bay Ridge. Il avait l'air d'un flic, ce qu'il avait d'ailleurs été pendant vingt ans avant de prendre sa retraite. A l'heure actuelle, il travaillait comme vigile afin d'arrondir la pension que lui versait la ville. L'alcool n'avait jamais nui à sa carrière ni à son mariage mais, au bout d'un certain nombre d'années, sa condition physique s'en était ressentie. Sa résistance était moindre, ses gueules de bois étaient pires et son médecin lui avait dit que son foie s'était dilaté.

— Il m'a prévenu que l'alcool mettait ma vie en danger, poursuivit-il. Je n'étais pas une épave. Je n'étais pas un ivrogne invétéré et dégénéré. Je n'étais pas un type qui se sent obligé de boire pour noyer son cafard. Non, j'étais simplement un type normal, bon vivant, insouciant, qui aimait boire un coup en sortant du bureau et avoir ses six bouteilles de bière à portée de la main en regardant la télévision. Alors, si ça doit me tuer, autant laisser tomber, hein ? En sortant du cabinet du médecin, j'ai décidé d'arrêter de boire. C'est ce que j'ai fait, huit ans après.

Un ivrogne passait son temps à interrompre le témoignage. C'était un type bien habillé, qui ne semblait pas vouloir faire de scandale. Il semblait simplement incapable d'écouter tranquillement. A sa cinquième ou sixième interruption, deux membres de la réunion se levèrent et le firent sortir. La réunion se poursuivit.

Je me rappelai que j'avais moi-même assisté à une réunion au cours d'un passage à vide. Mon Dieu, m'étais-je conduit comme cet homme-là ?

J'avais du mal à concentrer mon attention sur ce que j'entendais. Je songeais à Octavio Calderón et je songeais à Sunny Hendryx, et je songeais aux maigres résultats que j'avais obtenus. Depuis le début, mes démarches n'étaient pas tout à fait synchronisées. J'aurais pu voir Sunny avant qu'elle se suicide. Ça ne voulait pas dire qu'elle ne l'aurait pas fait quand même et je ne songeais pas à me blâmer parce qu'elle s'était donné la mort mais, avant, elle aurait peut-être pu m'apprendre quelque chose.

J'aurais également pu parler à Calderón avant qu'il disparaisse. Je m'étais plus ou moins renseigné sur lui lors de ma première visite au Galaxy, puis je l'avais oublié parce qu'il était absent à ce moment-là. J'aurais pu sentir qu'il cachait quelque chose. Mais je n'avais pas eu l'idée de le chercher avant qu'il ait déménagé et disparu dans la nature.

Je m'y prenais comme un pied. J'avais constamment un jour de retard ou pas assez de fric en poche, et cela ne concernait pas simplement cette affaire. C'était l'histoire de ma vie.

Que de revers, que de revers, reverse-moi à boire.

Pendant le tour de table, une femme qui s'appelait Grace fut très applaudie quand elle annonça que c'était son deuxième anniversaire. Je battis des mains en son honneur et, quand les applaudissements cessèrent, je calculai et m'aperçus que j'en étais à mon septième jour. Si j'allais me coucher sans avoir bu, j'aurais fait mes sept jours.

Combien avais-je tenu, la dernière fois ? Huit jours ?

J'arriverais peut-être à battre ce record. Peut-être pas. Peut-être que, demain, je ne pourrais pas m'empêcher de boire un verre.

Mais pas ce soir. Ce soir, ça allait bien. Je ne me sentais pas mieux qu'avant la réunion. Je n'avais certainement pas une plus haute opinion de ma personne. Toutes les données étaient les mêmes, sauf qu'un peu plus tôt, en les additionnant, j'obtenais comme résultat : faut que je boive un coup, et que maintenant le résultat était tout autre.

Je ne savais pas pourquoi. Mais je savais que je ne risquais rien.

26

A la réception, je trouvai un message me demandant de rappeler Danny Boy Bell. Je composai le numéro indiqué sur la fiche et l'homme qui répondit annonça :

— Poogan's Pub.

Je demandai à parler à Danny Boy et attendis qu'il vienne au téléphone.

Il me dit :

— Salut, Matt. Je pense que vous devriez venir vous faire offrir une limonade au gingembre. Vraiment, Matt.

— Maintenant ?

— A quoi bon remettre à plus tard ?

J'allais sortir du hall, mais je fis demi-tour, montai dans ma chambre et pris le .32 dans le tiroir de la commode. Je ne pensais pas que Danny Boy essaierait de me doubler, mais quand même. De toute façon, je ne savais pas qui d'autre serait en train de boire un verre au Poogan's Pub.

J'avais reçu un avertissement la veille et, depuis, j'avais passé mon temps à ne pas en tenir compte. L'employé de l'hôtel qui m'avait remis le message de Danny Boy m'avait dit que deux autres personnes avaient téléphoné mais n'avaient pas voulu donner leur nom. C'étaient peut-être des amis du gars à la veste écossaise, téléphonant pour me conseiller d'être sage.

Je fourrai le .32 dans ma poche, descendis et pris un taxi.

*

Danny Boy insista pour payer la tournée — vodka pour lui, limonade au gingembre pour moi. Il était toujours aussi fringant et avait rendu visite à son coiffeur depuis que je l'avais vu. Son casque de bouclettes blanches adhérait de plus près à son crâne et ses ongles, impeccablement limés, brillaient sous une couche de vernis incolore. Il me dit :

— J'ai deux choses à vous communiquer. Un message et une opinion.

— Ah ?

— D'abord, le message. C'est un avertissement.

— Je m'y attendais.

— Ne pensez plus à Miss Dakkinen.

— Ou alors ?

— Ou alors ? Plutôt sinon. Sinon, il vous arrivera ce qui lui est arrivé, ou quelque chose d'approchant. Vous voulez un avertissement plus explicite avant de décider si vous voulez en tenir compte ou pas ?

— Qui m'envoie cet avertissement, Danny ?

— Je ne sais pas.

— Qui vous en a parlé ? Un buisson ardent ?

Il but un peu de vodka.

— Quelqu'un a parlé à quelqu'un qui a parlé à quelqu'un qui m'a parlé.

— Ce n'est pas le plus court chemin.

— N'est-ce pas ? Je pourrais vous dire qui m'a parlé mais je ne vous le dirai pas parce que je ne fais jamais ça. Et même si je le faisais, ça ne vous avancerait pas à grand-chose parce que vous n'arriveriez probablement pas à le trouver et si vous le trouviez, il ne vous dirait rien, et pendant ce temps-là quelqu'un va probablement vous éliminer. Vous voulez un autre truc au gingembre ?

— J'ai à peine commencé celui-ci.

— Effectivement. Je ne sais pas de qui vient cet avertissement, Matt, mais à en juger par le messager qu'ils ont utilisé, je suis persuadé que ce ne sont pas des rigolos. Ce qui est intéressant, c'est que je n'ai obtenu aucun résultat en essayant de savoir si quelqu'un avait vu la petite Dakkinen sortir en compagnie de quelqu'un d'autre que notre ami Chance. Pourtant, si elle fréquentait un type tellement puissant, on pourrait penser qu'il ne se gênerait pas pour l'exhiber, hein ? Pourquoi pas ?

Je hochai la tête. Et pourquoi, dans ce cas, aurait-elle besoin de moi pour se libérer de Chance ?

— En tout cas, disait Danny Boy, je vous ai transmis le message. Vous voulez connaître l'opinion ?

— Bien sûr.

— L'opinion, c'est la mienne, et je pense que vous devriez tenir compte du message. Je ne sais pas si je vieillis trop vite ou si cette ville est devenue plus méchante au cours des deux dernières années. On dirait que les gens pressent plus vite, et plus souvent, la détente. Avant, il leur fallait de meilleures raisons — ou une raison tout court — de tuer. Vous voyez ce que je veux dire ?

— Oui.

— Maintenant, ils le font même s'ils n'ont aucune raison.

Ils préfèrent tuer que s'abstenir. C'est une réaction automatique. Moi, ça me fait peur.

— Tout le monde a peur.

— Vous avez eu un petit incident à Harlem, il y a quelques nuits, n'est-ce pas ? A moins que ce ne soit inventé de toutes pièces.

— Qu'avez-vous entendu dire ?

— Qu'un frère noir vous avait agressé dans une ruelle et s'était retrouvé avec des fractures multiples.

— Les nouvelles vont vite.

— C'est vrai. Il est certain qu'il y a, dans cette ville, des choses plus dangereuses qu'un jeune voyou à moitié défoncé à l'Angel Dust.

— Ah, c'était ça ?

— C'est le truc à la mode. Moi, je m'en tiens aux classiques, dit-il en avalant une petite gorgée de vodka pour illustrer cette affirmation. A propos de l'affaire Dakkinen, poursuivit-il, je pourrais faire passer un message en sens inverse.

— Quel genre de message ?

— Que vous laissez tomber.

— Ça risquerait de ne pas être vrai, Danny Boy.

— Matt...

Vous vous souvenez de Jack Benny ?

— Jack Benny ? Bien sûr que je m'en souviens.

— Vous vous souvenez de son numéro avec le gars qui le menace d'un revolver et qui lui dit : « La bourse ou la vie. » Et il ne se passe rien pendant un long moment, un très long moment, puis Benny répond : « Faut que j'y réfléchisse. »

— C'est ce que vous faites ? Vous y réfléchissez ?

— C'est ce que je fais.

*

Dehors, dans la 73ᵉ Rue, je me tins dans l'ombre de la porte d'une papeterie pour m'assurer que personne ne sortait derrière moi du Poogan's. Je restai là au moins cinq minutes en songeant à ce que m'avait dit Danny Boy. Deux personnes sortirent du Poogan's pendant que je me tenais là, mais elles n'avaient pas l'air de chercher à me suivre.

Je traversai le trottoir pour appeler un taxi, puis je me dis que je pouvais tout aussi bien faire cent mètres à pied jusqu'à Columbus Avenue et prendre un taxi qui allait dans la bonne direction. Quand j'arrivai au coin, je me dis que la nuit était belle, que je n'étais pas pressé et qu'une petite balade de deux kilomètres dans Columbus Avenue me ferait le plus grand bien et m'aiderait à m'endormir. Je traversai la rue et partis en direction du sud de Manhattan. Mais je n'avais pas fait cent mètres que je me rendis compte que ma main était dans la poche de ma veste, sur le petit .32.

Curieux. Personne ne m'avait suivi. De quoi avais-je peur ?

Question d'atmosphère, sans doute.

Je continuai à marcher, usant de toutes les précautions que je n'avais pas déployées samedi soir. Je restai tout au bord du trottoir, près de la rue, en évitant de m'approcher des immeubles et des portes d'entrée. Mon regard allait de droite à gauche et, de temps en temps, je tournais la tête pour m'assurer que personne ne marchait derrière moi. Et je gardais la main sur le revolver dans ma poche.

Je traversai Broadway, passai devant le Lincoln Center et O'Neal's. Je me trouvais dans la partie moins bien éclairée qui sépare la 60 et la 61ᵉ Rue, en face de l'université Fordham, quand j'entendis la voiture arriver derrière moi et pivotai. Elle roulait en biais dans la large avenue et venait de couper la route à un taxi. C'est peut-être le coup de frein du taxi qui m'avait fait me retourner.

Je me jetai à plat ventre sur le trottoir et roulai sur moi-même pour m'éloigner de la rue et m'approcher des immeubles. Je m'arrêtai en sortant le .32. La voiture était maintenant à mon niveau ; le conducteur avait redressé. Je crus qu'il allait foncer sur le trottoir mais il n'en fit rien. Toutes les vitres étaient ouvertes et quelqu'un se penchait par la vitre arrière, en regardant vers moi, et il avait quelque chose dans la main...

Je braquai le revolver sur lui. Etendu par terre, les coudes posés sur le trottoir devant moi, je tenais le revolver à deux mains. J'avais le doigt sur la détente.

Le type qui se penchait par la vitre lança quelque chose d'un geste furtif. Je me dis : « *Merde, une bombe* » et je le visai et sentis la détente sous mon doigt, la sentis trembler comme une petite chose vivante et je me pétrifiai, j'étais paralysé et je ne pouvais pas presser cette vacherie de détente.

Le temps aussi sembla se pétrifier, comme une sorte d'arrêt sur image. A huit ou dix mètres de moi, une bouteille frappa le mur de brique d'un immeuble et vola en éclats. Il n'y eut d'autre explosion que celle du verre brisé. Ce n'était qu'une bouteille vide.

La voiture n'était qu'une voiture comme une autre. Je la regardai s'éloigner à toute allure dans la Neuvième Avenue, avec six gamins dedans, six gamins ivres qui tueraient peut-être quelqu'un mais ce serait un accident. Ce n'étaient pas des tueurs professionnels, pas des exécuteurs chargés de m'assassiner. Ce n'était qu'une bande de gamins qui avaient un coup dans le nez. Ils allaient peut-être estropier quelqu'un, ils allaient peut-être bousiller leur voiture, ils allaient peut-être rentrer chez eux sans une aile égratignée.

Je me relevai lentement et regardai le revolver que j'avais dans la main. Dieu merci, je n'avais pas tiré. J'aurais pu les blesser, j'aurais même pu les tuer.

Dieu sait que je l'avais voulu. Que j'avais essayé de le faire, pensant logiquement qu'ils cherchaient à me tuer.

Mais j'avais été incapable de le faire. Et s'ils avaient vraiment été des tueurs à gages, si la bouteille n'avait pas été une bouteille de whisky mais une arme ou une bombe, comme je l'avais cru, je n'aurais quand même pas été capable de presser la détente. Ils m'auraient tué et je serais mort avec un revolver muet entre les mains.

Merde.

Je remis le .32 inutile dans ma poche. Je tendis le bras, surpris de constater que ma main ne tremblait pas. Je ne me sentais même pas particulièrement ébranlé, et je ne comprenais pas pourquoi.

Je m'approchai de la bouteille pour l'examiner de près et m'assurer que ce n'était qu'une bouteille et non un cocktail Molotov qui, par bonheur, n'avait pas explosé. Mais il n'y avait que des éclats de verre, pas la moindre odeur d'essence, rien. Peut-être une vague odeur de whisky, à moins que ce ne fût le produit de mon imagination, et un tesson de bouteille portant une étiquette sur laquelle je lus J & B Scotch. D'autres éclats de verre scintillaient comme des bijoux sous les rayons de l'éclairage urbain.

Je me baissai et ramassai un petit cube de verre. Je le posai dans la paume de ma main et le fixai à la façon dont une voyante scrute sa boule de cristal. Je me rappelai le poème de Donna, le billet de Sunny et mon propre lapsus.

Je me mis à marcher, me retenant pour ne pas courir.

27

— La vache, faut que je me rase, fit Durkin. (Il venait de laisser tomber son mégot dans le peu de café qui restait au fond de sa tasse et passait la main sur ses joues râpeuses.) J'ai besoin de me raser, j'ai besoin de prendre une douche et j'ai besoin de boire un coup. Pas forcément dans cet ordre. J'ai lancé un avis général de recherche de votre petit copain colombien, Octavio Ignacio Calderón y La Barra. Un nom plus long que lui. J'ai vérifié du côté de la morgue. Ils ne l'ont pas dans leurs tiroirs. Du moins, pas encore.

Il ouvrit le tiroir du haut de son bureau, en sortit un miroir grossissant dans un cadre métallique et un rasoir à piles. Il appuya le miroir contre sa tasse vide, plaça sa tête de façon à y voir le bas de son visage et entreprit de se raser. Sa voix domina le bourdonnement du rasoir quand il me dit :

— Je ne vois rien dans son dossier à propos d'une bague.

— Je peux jeter un coup d'œil ?

— Ne vous gênez pas.

J'étudiai l'inventaire, persuadé que je n'y trouverais pas la bague. Je parcourus les photographies de Kim prises sur les lieux du crime. J'essayai de ne regarder que ses mains. J'examinai chaque photo et ne vis rien qui puisse faire penser qu'elle portait une bague.

Je le dis à Durkin. Il arrêta son rasoir, attrapa le paquet de photos et les étudia soigneusement, méthodiquement.

— Il y en a où on a du mal à voir ses mains, dit-il. Bon, sur cette main-là, il n'y a certainement pas de bague. Qu'est-ce que c'est, la main gauche ? Alors, pas de bague à la main gauche. Sur cette photo-là, c'est bien ça, pas de bague sur la main. Ah ! non merde, c'est encore la gauche. Sur celle-ci, ce n'est pas très net. Ah bon, en voilà une. C'est indéniablement la main droite et il n'y a définitivement pas de bague. (Il ramassa les photos et en fit un paquet, comme si c'étaient des cartes qu'il allait battre et distribuer.) Pas de bague. Qu'est-ce que ça prouve ?

— Quand je l'ai vue, elle avait une bague. Les deux fois où je l'ai vue.

— Et alors ?

— Elle a disparu. Elle n'est pas dans son appartement. Il y a une bague dans son coffret à bijoux, mais c'est une bague de son lycée, pas celle que j'ai vue à son doigt.

— Vous ne vous rappelez peut-être pas bien.

Je secouai la tête.

— La bague du lycée n'a même pas de pierre. Je suis passé chez elle, avant de venir, pour vérifier que je ne me trompais pas. C'est une de ces espèces de chevalières tocardes, avec trop de trucs écrits dessus. Elle ne l'aurait pas portée. Pas avec le vison et les ongles porto.

— Si vous le dites.

Je n'étais pas seul à le dire. Après ma petite révélation avec le bout de verre cassé, j'étais allé tout droit à l'appartement de Kim, puis je m'étais servi de son téléphone pour appeler Donna Campion. Je lui avais dit :

— Ici, Matt Scudder. Je sais qu'il est tard, mais il fallait absolument que je vous parle d'un vers de votre poème.

— Quel vers ? Quel poème ?

— Votre poème sur Kim. Celui que vous m'avez donné.

— Ah oui. Un instant. Je ne suis pas tout à fait réveillée.

— Je suis désolé de vous déranger si tard, mais...

— Ce n'est pas grave. De quel vers s'agit-il ?

— Brisez / Des bouteilles de vin à ses pieds, et / Que le verre des verts débris / Scintille sur sa main.

— *Scintille* ne va pas.

— J'ai le poème sous les yeux et vous avez écrit...

— Je sais ce que j'ai écrit, mais ça ne va pas, il faudra que je le change. Je *crois*. Et à propos de ce vers ?

— D'où sortez-vous le verre vert ?

— Des bouteilles de vin brisées.

— Mais pourquoi du verre sur sa main. C'est une allusion à quoi ?

— Ah, dit-elle, je vois ce que vous voulez dire. A sa bague.

— Elle avait une bague avec une pierre verte, n'est-ce pas ?

— C'est ça.

— Elle l'avait depuis longtemps ?

— Je ne sais pas. (Elle réfléchit un instant.) Je l'ai vue pour la première fois juste avant d'écrire le poème.

— Vous en êtes sûre ?

— En tout cas, c'est la première fois que je la remarquais. En fait, c'est ce qui m'a donné l'idée du poème, le contraste entre le bleu de ses yeux et le vert de sa bague, mais j'ai perdu le bleu pendant que je travaillais le poème.

Elle m'avait dit quelque chose comme ça, quand elle m'avait montré le poème. Mais à ce moment-là, je n'avais pas compris de quoi elle parlait.

Elle ne savait plus très bien à quand ça remontait. Depuis combien de temps elle travaillait sur une des différentes versions du poème ? Un mois avant la mort de Kim ? Peut-être deux.

— En fait, je n'en sais rien, conclut-elle. J'ai toujours du mal à replacer les événements dans le temps. Je n'ai pas vraiment la notion du temps qui passe.

— Mais c'était une bague avec une pierre verte ?

— Ça, oui. Je la vois encore.

— Vous savez d'où elle lui venait ? Qui la lui avait donnée ?

— Absolument pas. C'était peut-être...

— Oui ?

— Elle avait peut-être brisé une bouteille de vin.

*

Je dis à Durkin :

— Une amie de Kim a écrit un poème dans lequel elle fait allusion à la bague. Et puis, il y a le billet laissé par Sonya Hendryx. (Je sortis mon carnet et l'ouvris à la page où j'avais recopié le mot de Sunny. Je lus :) « On ne peut pas descendre du manège. Elle a attrapé la bague en cuivre et la bague lui a teint le doigt en vert. Personne ne m'offrira d'émeraude. »

Il me prit le carnet des mains.

— Elle veut sans doute dire Dakkinen, fit-il. Mais c'est pas fini. « Personne ne me fera des enfants. Personne ne me sauvera la vie. » Dakkinen n'était pas enceinte, Hendryx non plus, alors pourquoi cette connerie à propos des enfants ? Et personne ne leur a sauvé la vie, ni à l'une ni à l'autre. (Il referma le carnet en le faisant claquer, puis il me le tendit.) Je ne sais pas ce que vous pouvez faire de ça. C'est pas très convaincant. Qui sait quand la petite Hendryx a écrit ça ? Peut-être après que l'effet de l'alcool et des pilules eut commencé à se faire sentir, et à ce moment-là, elle avait sans doute de drôles d'idées en tête.

Derrière nous, deux policiers en civil étaient en train de mettre un gamin blanc au violon. A deux bureaux de nous, une Noire à l'air renfrogné répondait à des questions. Je pris la photo sur le haut du paquet et regardai le corps de Kim. Durkin finit de se raser, puis il me dit :

— Ce que je ne comprends pas, c'est ce que vous pensez avoir trouvé. Vous pensez qu'elle avait un petit ami et que le petit ami lui a offert une bague. Bon. Vous pensiez aussi qu'elle avait un petit ami qui lui avait offert la veste de vison et vous avez fait des recherches sur ce point et il semble que vous aviez raison, mais la veste ne nous mènera pas au petit ami, car il n'a pas conclu la transaction en son nom. Si vous ne pouvez pas le retrouver grâce à une veste que nous avons, comment pouvez-vous espérer le retrouver à partir d'une bague dont la seule chose que nous sachions c'est qu'elle a disparu ? Vous voyez ce que je veux dire ?

— Je vois très bien.

— Ce truc à la Sherlock Holmes, le chien qui n'aboie pas, eh bien, vous avez une bague qui n'est pas là et qu'est-ce que ça prouve ?

— Qu'elle a disparu.

— D'accord.

— Où a-t-elle disparu ?

— Quelque part où les bagues disparaissent. Le coup classique. Dans l'écoulement d'une baignoire. Comment voulez-vous que je sache où elle a disparu ?

— Mais le fait est qu'elle n'est plus là.

— Et alors ? Ou elle s'est fait la paire, ou quelqu'un l'a piquée.

— Qui ça ?

— Comment voulez-vous que je le sache ?

— Disons qu'elle l'avait mise pour aller à l'hôtel où elle a été tuée.

— Ce n'est qu'une supposition.

— D'accord, mais disons quand même qu'elle l'avait.

— Si vous voulez.

— Qui la lui a prise ? Un flic la lui aurait arrachée du doigt ?

— Non. Personne ne ferait ça. Il y en a peut-être qui prendraient un peu de monnaie, ça nous le savons tous les deux, mais prendre une bague au doigt de la victime d'un meurtre ? (Il secoua la tête.) D'ailleurs, personne ne s'est retrouvé seul avec elle. Et c'est un truc que personne ne ferait devant témoins.

— Et la femme de chambre ? Celle qui a découvert le cadavre ?

— Oh, la la, pas question. Je l'ai interrogée, la pauvre. Elle a vu le cadavre, elle s'est mise à hurler et hurlerait encore s'il lui restait du souffle. On n'aurait pas pu la faire approcher de Dakkinen au point de la toucher du bout d'un balai à franges.

— Qui a pris la bague ?

— En admettant qu'elle l'ait portée.

— Oui.

— C'est le meurtrier qui l'a prise.

— Pourquoi ?

— Il a peut-être un faible pour les bijoux. Ou bien une passion pour le vert.

— Continuez.

— C'est peut-être un bijou de valeur. Le gars qui n'hésite pas à tuer n'est pas un modèle de moralité. Je ne pense pas que ça le gênerait de voler quelque chose.

— Il a laissé quelques centaines de dollars dans son sac, Joe.

— Il n'a peut-être pas eu le temps de fouiller son sac à main.

— Vous plaisantez. Il a eu le temps de prendre une douche. Il avait certainement le temps de fouiller son sac à main. Rien ne nous dit, d'ailleurs, qu'il ne l'a pas fait. Nous savons seulement qu'il n'a pas pris d'argent.

— Et alors ?

— Mais il a pris la bague. Il a eu le temps de saisir la main ensanglantée et d'arracher la bague.

— Il n'a pas forcément eu besoin de l'arracher. Elle était peut-être un peu grande.

— Pourquoi l'a-t-il prise ?

— Il voulait la donner à sa sœur.

— Vous ne pouvez pas trouver mieux ?

— Non. Et puis, merde, où voulez-vous en venir ? Il l'a prise parce qu'elle aurait permis de remonter jusqu'à lui.

— Pourquoi pas ?

— Alors pourquoi n'a-t-il pas embarqué la fourrure ? Bon Dieu, on sait que c'est le petit ami qui la lui a payée. D'accord, il n'a pas dit son nom mais comment être sûr qu'il n'a pas laissé échapper quelque chose et que le vendeur ne s'en souvient pas ? Il a même embarqué la serviette de toilette pour être sûr de ne pas laisser traîner le moindre poil, mais il a laissé la fourrure. Et maintenant, vous dites qu'il a pris la bague. Et puis, merde, d'où elle sort, cette bague ? Pourquoi faut-il qu'on en parle ce soir, alors que j'en ai jamais entendu parler depuis près de trois semaines ?

Je ne répondis pas. Il prit son paquet de cigarettes et me le tendit. Je refusai d'un signe de tête. Il en alluma une, aspira une bouffée, souffla longuement la fumée, passa une main sur sa tête pour lisser ses cheveux foncés qui étaient déjà aplatis sur son crâne, puis il dit :

— Il y avait peut-être quelque chose de gravé sur l'anneau.

Il y a des gens qui font faire ça. A Kim, de Freddie, ou une connerie comme ça. Vous croyez que c'est ça ?

— Je ne sais pas.

— Vous avez une hypothèse ?

Je me rappelai ce que m'avait dit Danny Boy. Si le petit ami était un type aussi puissant que le laissait supposer le nombre de messagers et de gros bras qu'il avait à son service, comment se faisait-il qu'il n'ait pas exhibé Kim ? Et si le type puissant, avec messagers, gros bras, etc., n'était pas le petit ami, quel rapport avait-il avec lui ? Qui était l'espèce de comptable qui avait payé le vison et pourquoi n'en avais-je entendu parler que par le vendeur ?

Et pourquoi le meurtrier avait-il pris la bague ?

Je mis la main dans ma poche. Mes doigts touchèrent le revolver, sentirent la fraîcheur du métal puis se glissèrent dessous pour attraper le petit cube de verre qui avait déclenché tout ça. Je le sortis de ma poche et l'examinai. Durkin me demanda ce que c'était.

— Du verre vert, répondis-je.

— Comme la bague.

J'acquiesçai d'un signe de tête. Il prit le bout de verre, le tint à la lumière et le remit dans la paume de ma main.

— Nous ne savons pas si elle portait la bague quand elle est allée à l'hôtel, me rappela-t-il. Ce n'était qu'une simple hypothèse.

— Je sais.

— Elle l'a peut-être laissée à son appartement. Et c'est peut-être là que quelqu'un l'a prise.

— Qui ?

— Le petit ami. Disons qu'il ne l'a pas tuée. Disons que le meurtrier est un PPP comme je l'ai dit avant.

— Vous utilisez vraiment cette expression ?

— On finit par employer les expressions qu'on nous impose, vous savez comme ça se passe. Disons que le dingue l'a tuée et que le petit ami ne veut pas être mêlé à l'affaire. Il se rend à l'appartement, il a la clé et il récupère la bague. Peut-être qu'il lui a offert d'autres cadeaux et qu'il les emporte aussi. Il aurait bien pris la fourrure, mais elle se trouve à l'hôtel. Pourquoi cette théorie ne serait-elle pas aussi valable que celle du meurtrier qui arrache la bague du doigt de la victime ?

Je songeai : parce que ce n'était pas un dingue. Parce qu'un tueur fou n'enverrait pas des types en veste écossaise me prévenir que j'ai intérêt à laisser tomber, ne me ferait pas parvenir des messages par l'intermédiaire de Danny Boy Bell. Parce qu'un dingue ne se serait préoccupé ni de sa signature, ni de ses empreintes, ni de serviettes sales.

A moins que ce ne soit une sorte de Jack l'Eventreur, un dingue qui préparait ses coups et qui prenait des précautions. Mais ce n'était pas ça, c'était impensable et la bague était sûrement un élément significatif. Je remis le bout de verre dans ma poche. Il avait un sens, j'en étais persuadé.

Le téléphone de Durkin se mit à sonner. Il décrocha et dit :

— Joe Durkin... Ouais, c'est ça, c'est ça.

Il écouta, émettant quelques grognements, me lançant un regard appuyé, prenant des notes sur un bloc.

Je m'approchai du percolateur et emplis deux tasses de café. Je ne me rappelais pas comment Durkin prenait le sien, puis me souvenant du jus infect qui sortait de cet appareil, j'ajoutai du lait et du sucre dans les deux tasses.

Il était encore au téléphone quand je posai les tasses sur son bureau. Il prit la sienne en me remerciant d'un signe de tête, but quelques gorgées et alluma une nouvelle cigarette pour accompagner son café. Je bus un peu du mien et parcourus encore le dossier de Kim, dans l'espoir d'y trouver quelque chose qui boucherait un trou. Je songeai à ma conversation avec Donna. Que reprochait-elle au mot *scintille ?* La bague n'avait-elle pas scintillé au doigt de Kim ? Je me rappelai l'effet de la lumière frappant la pierre. Est-ce que je n'inventais pas ce souvenir afin de renforcer ma théorie ? Et pouvait-on, d'ailleurs, parler de théorie ? Car, si j'en avais une, elle reposait surtout sur une bague disparue alors que rien ne prouvait réellement que cette bague eût existé. Un poème, le mot d'adieu d'une suicidée et ma propre réflexion à propos de huit millions d'histoires dans la Ville d'Emeraude. La bague avait-elle fait naître cette idée dans mon subconscient ? Où étais-je en train de m'identifier à l'équipe de la Route de Brique Jaune, souhaitant avoir un cerveau et un cœur et un peu de courage ?

Durkin dit à son correspondant :

— Ouais, c'est plutôt gratiné. Ne partez pas, hein ? J'arrive.

Il raccrocha et me regarda. Il avait une expression bizarre — un mélange d'autosatisfaction et d'autre chose qui pouvait être de la pitié. Il me dit :

— Le motel Powhattan, vous voyez le croisement de Queens Boulevard et de la Voie Express de Long Island ? Juste après le carrefour. Je ne sais pas où exactement. Elmhurst ou Rego Park. Tout près de l'intersection.

— Oui, alors ?

— Un de ces motels très spéciaux, des lits d'eau dans certaines chambres, des films porno à la télé. Ils reçoivent des couples illégitimes, au maximum une ou deux heures. Ils arrivent à louer une chambre cinq ou six fois pendant la nuit. Drôlement rentable.

— Bon, et alors ?

— Il y a deux heures, un type arrive et loue une chambre. Etant donné le rythme des opérations, dès que le client s'en va, on nettoie la chambre. Le gérant s'aperçoit que la voiture n'est plus là et il va à la chambre. L'écriteau Ne pas Déranger est accroché à la poignée de la porte. Il frappe. Pas de réponse. Il frappe encore. Toujours pas de réponse. Il ouvre la porte, et devinez ce qu'il trouve ?

J'attendis la suite.

— Le flic qui est arrivé le premier sur les lieux s'appelle

Lennie Garfein, et la première chose qui l'a frappé, c'est la similitude avec l'affaire du Galaxy. C'est lui que je viens d'avoir au téléphone. Il faudra attendre le rapport médical pour être certain — la nature des blessures, le genre de lame utilisée et tout ça — mais tout paraît bien identique. Le meurtrier a même pris une douche et embarqué les serviettes en partant.

— Est-ce que… ?

— Est-ce que quoi ?

Ce n'était pas Donna. Je venais de lui parler. Fran, Ruby, Mary-Lou…

— Est-ce que c'était une des femmes de Chance ?

— Je connais pas les femmes de Chance. J'ai autre chose à faire que de m'intéresser à la vie des maquereaux.

— Qui était-ce ?

— La femme de personne, dit-il. (Il écrasa sa cigarette, en sortit une autre du paquet, puis changea d'avis et l'y remit.) Pas une femme, dit-il.

— Pas…

— Pas qui ?

— Pas Calderón. Octavio Calderón. Le gars de la réception.

Il aboya de rire.

— Vous avez l'esprit qui fonctionne d'une drôle de façon, dit-il. Vous voulez que tout soit logique. Non, ce n'est pas une femme et ce n'est pas votre Calderón non plus. C'est un transsexuel qui se prostituait sur les boulevards de Long Island City. Pas encore opéré, d'après ce que m'a dit Garfein. C'est-à-dire qu'elle a des nichons, les implants de silicone, mais elle a encore ses organes masculins. Vous m'entendez. *Elle* a ses organes *masculins*. Merde, quelle ville, quel monde. Evidemment, c'est peut-être ce soir qu'on lui a fait l'opération. Avec une machette.

J'étais anéanti, incapable de réagir. Durkin se leva, posa une main sur mon épaule et me dit :

— J'ai une voiture, en bas. Je vais y faire un tour, voir ce qu'ils ont trouvé. Vous voulez m'accompagner ?

28

Le cadavre était encore là, étalé sur le grand lit. Il était saigné à blanc et la peau avait l'aspect translucide de la vieille porcelaine. Seuls les organes génitaux, presque en bouillie, permettaient de constater que la victime était un homme. Le visage était celui d'une femme, tout comme le corps à la peau lisse, imberbe, et aux seins épanouis.

— Les gens devaient s'y laisser prendre, dit Garfein. Elle avait subi l'intervention préliminaire. Les implants de silicone, la pomme d'Adam, les pommettes. Et les piqûres d'hormones pendant tout le temps. Ça empêche les poils de pousser sur le corps et sur le menton, et ça donne une peau douce comme celle d'une femme. Regardez la blessure, là, sur le sein gauche. On voit le sac de silicone, vous voyez ?

Il y avait du sang partout et l'air était empreint d'une odeur de mort récente. Pas la puanteur d'un cadavre découvert au bout d'un certain temps, pas les relents fétides de la chair en décomposition, mais l'odeur épouvantable de l'abattoir, celle du sang frais qui vous colle à la gorge. Je me sentis moins écœuré que terrassé par la tiédeur et la densité de l'air.

— J'ai eu de la chance de la reconnaître, disait Garfein. Comme ça, j'ai su tout de suite que c'était une putain et j'ai fait le rapprochement avec ton affaire, Joe. Y avait autant de sang dans la tienne ?

— Pareil.

— Vous l'avez reconnue ? demandai-je.

— Oui, tout de suite. Y a pas tellement longtemps, j'ai accompagné les gars de la Brigade des Mœurs qui faisaient une descente à Long Island City. Les putes font toujours le trottoir, là-bas. Il y a un quartier où ça dure depuis quarante ou cinquante ans, sauf que maintenant les gens d'un certain âge commencent à s'installer, ils transforment des locaux industriels en lofts à usage d'habitation, ils transforment d'anciennes maisons meublées en demeures sympas. Ils signent le bail pendant la journée et puis ils emménagent, ils regardent un peu mieux le quartier et ce qu'ils voient, ça leur fait pas plaisir, alors il y a des plaintes et on demande aux flics de nettoyer tout ça. (Il désigna le cadavre sur le lit.) J'ai dû l'arrêter au moins trois fois.

— Vous savez comment elle s'appelle ?

— Lequel de ses noms vous voulez ? Elles en ont toutes plusieurs. Dans la rue, elle s'appelait Cookie. C'est le nom qui m'est venu à l'esprit quand je l'ai vue. Puis j'ai appelé le commissariat au coin de la 50ᵉ Rue et de Vernon et je leur ai demandé de sortir son dossier. Elle s'appelait Sara mais, à l'époque de son bar mitzvah, elle était inscrite sous le nom de Mark Blaustein.

— Elle a eu un bar mitzvah ?

— Peut-être. J'étais pas invité. En tout cas, c'est une gentille petite Juive de Floral Park. Une bonne petite Juive qui était dans le temps un bon petit Juif.

— Sara Blaustein ?

— Sara Bluestone, alias Sara Blue. Alias Cookie. Vous avez remarqué les pieds et les mains ? Un peu grands pour une femme. C'est une façon de reconnaître un transsexuel. Encore que ce n'est pas sûr à cent pour cent. Y a des filles qui ont des grandes mains et des gars qui en ont des petites. A la voir, comme ça, on s'y laisserait prendre, hein ?

J'acquiesçai d'un signe de tête. Il continua :

— Elle allait bientôt subir le reste de l'opération. Elle devait déjà avoir fixé la date. La loi veut qu'ils vivent comme une femme pendant un an avant que la Sécurité Sociale leur paie l'intervention. Parce qu'ils ont tous l'assurance maladie, l'aide sociale. Ils ou elles se font dix ou vingt clients par nuit, un petit pompier rapide dans la voiture du client, à vingt dollars le coup ça leur fait au moins deux cents dollars la nuit, sept nuits par semaine, nets d'impôts, mais ça les empêche pas d'avoir l'assurance maladie, l'aide sociale, les allocations familiales pour celles qui ont des gosses, et la moitié des souteneurs touchent des indemnités journalières.

Durkin et Garfein échangèrent encore quelques balles sur le sujet ; pendant ce temps, autour de nous, les gars de l'équipe technique s'activaient, mesuraient des choses, prenaient des photos, relevaient des empreintes. Nous nous sortîmes de leurs pattes pour aller continuer à discuter dans le parc de stationnement du motel.

Durkin déclara :

— Vous savez à quoi on a affaire, hein ? On a affaire à une saloperie de Jack l'Eventreur.

— Je sais, répondit Garfein.

— L'interrogatoire des autres clients a donné quelque chose ? Elle a quand même dû faire du bruit.

— Vous plaisantez ? Des gens qui viennent là en douce ? J'ai rien vu, j'ai rien entendu. Et même si elle a un peu hurlé, dans un endroit pareil ils ont dû croire que c'était une nouvelle façon de prendre son pied. A supposer qu'ils n'étaient pas trop occupés à prendre le leur pour s'en rendre compte.

— Il commence par descendre dans un hôtel bien du centre et téléphone à une call-girl. Puis il ramasse un travesti qui fait le trottoir et la ramène dans un motel de passe. Vous croyez que ça lui a fait un choc quand il a vu les couilles de la nana ?

— Pas sûr, fit Garfein en haussant les épaules. Vous savez, sur le trottoir, la moitié des putes sont des travestis. Y a même des coins où c'est plus de la moitié.

— Comme du côté des docks de l'ouest de Manhattan.

— C'est ce que j'ai entendu dire. Si on parle aux clients, y en a qui reconnaissent qu'ils préfèrent que ce soit un mec. Il paraît que les mecs font mieux les pipes. Et les clients sont des pédés ; ils ne donnent rien, ils reçoivent.

— Allez savoir ce qui se passe dans la tête des clients.

— En tout cas, celui-là, même s'il savait pas, je pense pas que ça l'ait tellement gêné. Ça l'a pas empêché de faire son numéro.

— Vous croyez qu'il a eu des rapports sexuels avec elle ?

— C'est difficile à dire, à moins qu'il y ait des traces dans les draps. Ce n'était probablement pas son premier client de la soirée.

— Il a pris une douche ?

Garfein haussa les épaules en écartant ses mains ouvertes.

— Peux pas savoir, répondit-il. Le gérant dit qu'il manque des serviettes. Quand ils font la chambre, ils mettent deux serviettes de bain et deux essuie-mains. Les deux serviettes de bain ont disparu.

— Il a embarqué des serviettes au Galaxy.

— Alors, il a dû en prendre ici aussi ; encore que dans ce genre d'établissement... Ils peuvent très bien oublier quelque chose en faisant la chambre. Et puis la salle de bains. Je parie qu'ils récurent pas la douche entre deux clients.

— Vous trouverez peut-être quelque chose.

— On ne sait jamais.

— Des empreintes, par exemple. Elle n'avait pas de bouts de peau sous les ongles ?

— Non. Mais ça ne signifie pas que les gars du labo n'en trouveront pas. (Je vis un muscle se crisper au bas de sa mâchoire.) En tout cas, ce que je peux vous dire, c'est que, Dieu merci, je ne suis ni médecin légiste, ni technicien. C'est déjà assez dur d'être flic.

— Amen, fit Durkin.

— S'il l'a ramassée dans la rue, il se peut que quelqu'un l'ait vue monter dans la voiture, leur dis-je.

— Y a deux de nos gars qui sont en train d'essayer de trouver des témoins, répondit Garfein. Ils auront peut-être des résultats. *Si* quelqu'un a vu quelque chose et s'il s'en souvient et s'il a envie de parler.

— Ça fait beaucoup de « si », dit Durkin.

— Le gérant a dû le voir, fis-je observer. Il se souvient de quelque chose ?

— Non, pas lourd. Allons quand même lui parler.

*

Le gérant avait le teint cireux et les yeux cerclés de rouge des travailleurs de nuit. Son haleine sentait l'alcool bien qu'il n'eût pas le comportement d'un buveur ; j'en conclus qu'il avait essayé de se requinquer après la découverte du cadavre. Cela ne lui avait pas tellement réussi car il semblait plutôt confus et désemparé.

— Ce motel est un endroit respectable, répétait-il à tout bout de champ.

Cette déclaration était tellement absurde qu'aucun d'entre nous ne prenait la peine de la contester. Sans doute voulait-il dire que le meurtre n'y était pas un incident journalier.

Il n'avait pas vu Cookie. Son meurtrier présumé était entré seul à la réception, avait rempli sa fiche et payé comptant, ce qui n'avait rien d'inhabituel. Tout comme il était courant que la femme reste dans la voiture pendant que le monsieur s'occupait des formalités. En fait, il n'avait même pas vu la voiture.

— Pourtant, vous avez vu qu'elle n'était plus là, lui fit remarquer Garfein. C'est comme ça que vous avez su que la chambre était vide.

— Sauf qu'elle ne l'était pas. J'ai ouvert la porte et...

— Vous avez cru qu'elle était vide, parce que la voiture était partie. Comment saviez-vous qu'elle était partie puisque vous ne l'aviez pas vue ?

— L'emplacement était vide. Il y a un emplacement devant chaque chambre. Il porte le même numéro que la chambre.

J'ai regardé dehors, l'emplacement était vide, ce qui voulait dire que sa voiture était partie.

— Les gens se garent toujours dans le bon emplacement ?

— Ils devraient.

— Y a des tas de choses que les gens devraient faire. Payer leurs impôts, ne pas cracher sur les trottoirs, ne traverser qu'aux carrefours. Le type pressé de tirer sa crampe ne regarde pas s'il lâche sa bagnole dans l'emplacement qui porte le bon numéro. Vous avez forcément vu la voiture.

— J'ai...

— Vous avez certainement regardé une fois ou deux et la voiture était bien garée. Quand vous avez encore regardé, un peu plus tard, elle n'était plus là et vous vous êtes dit qu'ils étaient partis. Ce n'est pas ça ?

— Ben si, probablement.

— Décrivez la voiture.

— Je ne l'ai pas vraiment regardée. J'ai juste donné un coup d'œil pour voir si elle était toujours là.

— Quelle couleur ?

— Foncée.

— Merveilleux. Deux portes ? Quatre portes ?

— Je n'ai pas remarqué.

— Récente ? Ancienne ? Quelle marque ?

— Un modèle récent, répondit-il. Américaine. C'était pas une voiture étrangère. Quant à la marque... Quand j'étais gosse, y avait pas deux voitures pareilles. Maintenant, elles se ressemblent toutes.

— Il a raison, dit Durkin.

— Sauf American Motors. La Gremlin, la Pacer, là, on les reconnaît. Tout le reste, c'est la même chose.

— Et c'était pas une Gremlin ou une Pacer.

— Non.

— Une conduite intérieure. Une berline avec hayon.

— Je vais vous dire la vérité, dit le gérant. Tout ce que j'ai remarqué, c'est que c'était une voiture. Mais c'est tout sur la fiche, la marque, le modèle et le numéro d'immatriculation.

— Sur la fiche qu'il a remplie ?

— Ouais. On leur demande d'écrire tout ça.

La fiche était sur le bureau, recouverte d'une feuille de plastique transparent pour préserver les empreintes à l'intention des gars du labo. *Nom :* Martin Albert Ricone. *Adresse :* 211, Gilford Way, Fort Smith, Arkansas. *Marque dc la voiture :* Chevrolet, Année 1960. *Modèle :* conduite intérieure. *Couleur :* Noire. *N° d'immatriculation :* L.J.K. 914. *Signature :* M. A. RICONE.

— C'est la même écriture, dis-je à Durkin. Encore qu'avec des capitales, on ne peut pas vraiment savoir, hein ?

— Les experts le sauront. Tout comme ils sauront si les coups de machette ont été donnés avec le même doigté. Il aime les Forts, le gars, vous avez remarqué ? Fort Wayne, Indiana, et Fort Smith, Arkansas.

— On commence à pouvoir faire de subtils recoupements, fit Garfein. C'est bien le cas de le dire.

— Ricone. Ça doit être italien, dit Durkin.

— M. A. Ricone, ça fait penser au gars qui a inventé la radio.

— Non, c'est Marconi, dit Durkin.

— Presque ça. Celui-ci est un Macaroni. Il fourre une plume dans son chapeau et l'appelle Macaroni.

— Il se l'est fourrée dans le cul, dit Durkin.

— Ou plutôt celui de Cookie, sauf que c'était pas une plume. Martin Albert Ricone, drôle de nom. La dernière fois, c'était quoi ?

— Charles Owen Jones, répondis-je.

— Il aime les deuxièmes noms. Subtil, le salaud.

— Très subtil, dit Durkin.

— Quand ils sont subtils, vraiment très subtils, tout a une signification. Comme *Jones,* en argot, ça veut dire une toxicomanie. Un camé pourrait parler de son jones à cent dollars, c'est ce que lui coûte sa toxicomanie, cent dollars par jour.

— Heureusement que vous êtes là pour me l'expliquer, fit Durkin.

— Toujours prêt à rendre service.

— Parce que ça fait que quatorze ans que je suis dans le métier. J'ai encore jamais eu affaire à des camés.

— Bon, bon, d'accord, dit Garfein.

— Le numéro d'immatriculation, ça donne quelque chose ?

— Comme le nom et l'adresse. Je l'ai communiqué au service des mines de l'Arkansas, mais c'est une perte de temps. Dans un endroit pareil, même les clients normaux inventent leur numéro. Ils ne se garent pas devant la vitre de la réception quand ils viennent chercher la clé, comme ça le gars ne peut pas vérifier d'ici. De toute façon, ils vérifieraient pas, hein ?

— Y a pas de loi qui oblige à vérifier, dit le gérant.

— Ils s'inscrivent sous des faux noms aussi. Curieux que notre type ait utilisé Jones au Galaxy et Ricone ici. Il doit y avoir tellement de Jones, dans ce motel, en plus de tous les Smith et les Brown. Vous recevez beaucoup de Smith ?

— Y a pas de loi qui m'oblige à vérifier les pièces d'identité, dit le gérant.

— Ni les alliances à l'annulaire, hein ?

— Ni les alliances, ni les certificats de mariage, ni rien de tout ça. Des adultes consentants, moi, ça me regarde pas.

— Peut-être que Ricone veut dire quelque chose en italien, suggéra Garfein.

— Enfin une bonne idée, fit Durkin.

Il demanda au gérant s'il avait un dictionnaire italien. Le pauvre homme le regarda d'un air ahuri.

— Et on appelle ça un motel, fit Durkin en secouant la tête. Je parie qu'il n'y a pas de Bibles non plus.

— Si, presque dans toutes les chambres.

— Sans blague. Sans doute juste à côté de la télé qui passe les films pornos ? Ou à portée de main du lit d'eau ?

— Il n'y a que deux chambres avec des lits d'eau, fit le pauvre bougre. Il faut payer un supplément pour avoir un lit d'eau.

— Heureusement que M. Ricone est pingre, dit Garfein. Autrement, en plus du reste, Cookie aurait fini noyée.

— Parlez-moi de cet homme, dit Durkin. Décrivez-le.

— Je vous ai dit...

— Vous allez encore le dire et le répéter. Quelle taille ?

— Grand.

— Comme moi ? Plus grand ? Plus petit ?

— Je...

— Comment était-il habillé ? Il avait un chapeau, une cravate ?

— Je ne me rappelle pas.

— Il pousse la porte, il entre, il vous demande une chambre. Il remplit sa fiche. Il vous paie comptant. A propos, combien ça coûte, une chambre comme ça ?

— Vingt-huit dollars.

— Pas si mal. Je suppose que les films pornos ne sont pas compris ?

— Il faut mettre des pièces.

— Pratique. Enfin, vingt-huit, c'est pas trop cher, et pour vous c'est rentable si vous louez la piaule plusieurs fois chaque nuit. Comment vous a t-il payé ?

— Je vous l'ai dit. En espèces.

— En billets de combien ? Qu'est-ce qu'il vous a donné ? Deux billets de quinze ?

— Deux billets de...

— Un de vingt et un de dix ?

— Deux billets de vingt, je crois.

— Et vous lui avez rendu douze dollars ? Non, il devait y avoir la TVA, n'est-ce pas ?

— Ça fait vingt-neuf quarante avec la TVA.

— Il vous a filé quarante dollars et vous lui avez rendu la monnaie.

Un petit déclic se produisit dans la tête du gérant.

— Il m'a donné deux billets de vingt et quarante *cents* de monnaie. Je lui ai rendu un billet de dix et un billet d'un dollar.

— Vous voyez. Vous vous rappelez la transaction.

— Ouais. C'est vrai. Plus ou moins.

— Alors, dites-moi comment il était. Blanc ?

— Ah oui. C'était un Blanc.

— Gros, maigre ?

— Plutôt maigre, mais pas trop. Assez mince.

— Une barbe ?

— Non.

— Une moustache ?

— Peut-être. Je ne m'en souviens pas.

— Mais il avait quelque chose, quelque chose qui vous a frappé.

— Quoi ?

— C'est ce que je voudrais vous faire dire, John. C'est comme ça qu'on vous appelle ? John ?

— D'habitude, c'est Jack.

— D'accord, Jack. La mémoire vous revient. Parlez-moi de ses cheveux.

— Je n'ai pas fait attention à ses cheveux.

— Mais si. Quand il s'est penché en avant pour écrire, vous avez sûrement vu son crâne, hein ?

— Je ne...

— Beaucoup de cheveux ?

— Je ne...

*

— On va l'installer à côté d'un de nos dessinateurs, dit Durkin. Il finira pas donner quelques indications. Et quand, un de ces jours, notre salaud d'éventreur fera une gaffe, quand nous le piquerons sur le fait ou à la sortie, il ressemblera autant au portrait-robot de notre dessinateur que moi à la mère Sara Blaustein. Elle avait vraiment l'air d'une femme, hein ?

— Elle avait surtout l'air morte.

— Je sais. De la viande à l'étal d'un boucher.

Nous étions dans sa voiture, roulant sur la surface cahotante du pont de Queensboro. Le ciel commençait déjà à s'éclaircir. J'avais dépassé la stade de la fatigue et mes émotions comme mes nerfs étaient dangereusement à vif. Je me sentais curieusement vulnérable ; le moindre petit truc pourrait me faire éclater de rire ou fondre en larmes.

— Je me demande quand même quel effet ça peut faire, dit Durkin.

— Quoi ?

— Ramasser quelqu'un qui avait cette allure-là. Dans la rue ou un bar, n'importe où. On l'emmène quelque part, elle se fout à poil et *Bang !* la surprise. Quel effet ça fait ?

— Je ne sais pas.

— Parce que si elle avait déjà eu l'opération, on ne s'en rendrait pas compte. J'ai pas trouvé qu'elle avait des mains si grandes que ça. Y a des femmes qui ont de grandes mains et des hommes qui en ont des petites. Alors...

— Oui.

— A propos de ses mains, elle portait deux bagues. Vous avez remarqué ?

— Oui.

— Une à chaque main.

— Et alors ?

— Alors, il ne les a pas prises.

— Pourquoi voulez-vous qu'il les prenne ?

— Vous disiez qu'il a pris celle de Dakkinen.

Je ne répondis pas. Il me parla gentiment :

— Matt, vous ne pensez quand même plus qu'il y avait une raison au meurtre de Dakkinen ?

Je sentis monter ma rage ; elle ressemblait à un anévrisme artériel. Je fis un gros effort pour la repousser.

— Et ne me parlez pas de serviettes sales. C'est un éventreur, un salaud de dingue, assez subtil pour préparer ses coups et faire son numéro à la façon dont il l'entend. On en a déjà vus, des dingues de son espèce.

— J'ai reçu un avertissement, Joe. Ne plus m'occuper de l'affaire. Un avertissement délivré d'une manière très professionnelle.

— Et alors ? Elle a été tuée par un dingue mais il y avait peut-être dans sa vie quelque chose que des amis à elle préfèrent tenir caché. Un petit ami marié, comme vous le pensiez, et même si elle était morte de la scarlatine, il voudrait quand même pas vous voir farfouiller dans ses cendres.

Je me récitai mentalement mes droits : *Vous avez le droit de ne rien dire.* Et je l'observai.

— A moins que vous ne pensiez que Dakkinen et Blaustein avaient un rapport quelconque. Disons qu'elles étaient sœurs de lait. Pardon. Frère et sœur de lait. Ou même frères, si Dakkinen s'est fait opérer depuis plusieurs années. Un peu grande pour une femme. Vous trouvez pas ?

— Peut-être que Cookie n'était qu'une sorte d'écran de fumée.

— Comment ça ?

Malgré moi, je continuai à parler :

— Il l'a peut-être tuée pour détourner les soupçons. Pour que ça ait l'air d'être une série de meurtres au hasard. Pour cacher le mobile du meurtre de Kim Dakkinen.

— Détourner les soupçons. Quels soupçons ?

— Je ne sais pas.

— On n'avait pas de soupçons. On ne s'occupait pratiquement plus de l'affaire. Mais ça va drôlement repartir. Y a rien qui excite autant les journalistes qu'une série de meurtres au hasard. Les lecteurs en redemandent, ils l'étalent sur les tartines grillées du petit déjeuner. Tous les prétextes sont bons pour sortir des analogies avec Jack l'Eventreur. Les rédacteurs en chef en raffolent. Et ils lâcheront pas tant qu'on n'aura pas trouvé le coupable.

— Probablement.

— Vous savez ce que vous êtes, Scudder ? Vous êtes têtu.

— Peut-être.

— Le problème, pour vous, c'est que vous ne travaillez que sur une affaire à la fois. Moi, j'ai un tel bordel sur mon bureau que je suis ravi quand je peux lâcher quelque chose. Vous, c'est le contraire. Vous voulez vous y accrocher aussi longtemps que possible.

— Vous croyez que c'est ça ?

— Je ne sais pas. On dirait. (Il ôta une de ses mains du volant et me tapota l'avant-bras.) Je veux pas vous casser les couilles. Mais quand je vois un truc comme ça, une victime charcutée à ce point, j'essaie de me dépêcher de passer à autre chose pour ne plus y penser, mais on dirait que ça se rappelle toujours à mon bon souvenir. Toujours est-il que vous avez fait du bon boulot.

— Ah ?

— Sans aucun doute. Y a des trucs qu'on avait complètement laissés passer. Et certains trucs que vous avez trouvés nous donneront sans doute une petite longueur d'avance sur le dingue. Qui sait ?

Pas moi. La seule chose que je savais, c'était que je n'en pouvais plus.

Il se tut pendant que nous traversions le centre. Arrivés devant mon hôtel, il freina et me dit :

— L'idée de Garfein, tout à l'heure... Faudra voir si Ricone veut dire quelque chose en italien.

— Pas difficile.

— Non, bien sûr. Si seulement tout pouvait être aussi

facile. On va vérifier et une chance sur deux pour que ce soit l'équivalent de Jones en italien.

*

Je montai dans ma chambre, me déshabillai et me mis au lit. Dix minutes plus tard, je me relevai. Je me sentais malpropre et mon crâne me démangeait. Je pris une douche bouillante et me récurai au point de m'arracher la peau. Je sortis de la douche, me dis qu'il était idiot de me raser avant de me coucher et me rasai quand même. Quand j'eus terminé, j'enfilai ma robe de chambre et m'assis au bord du lit. Puis je m'installai dans le fauteuil.

On vous recommande de ne jamais attendre d'avoir faim ni de céder à la colère, ni d'être trop seul ou trop fatigué. L'un ou l'autre de ces quatre états peut rompre votre équilibre et vous pousser à boire pour compenser. J'avais l'impression de les avoir traversés tous les quatre au cours de la journée et de la nuit. Mais, curieusement, je n'avais pas envie de boire.

Je sortis le revolver de la poche de mon manteau. J'allais le remettre dans le tiroir de la commode mais je changeai d'avis, me rassis dans le fauteuil et le tournai et retournai dans ma main.

Depuis quand n'avais-je pas tiré avec un revolver?

Je n'eus pas besoin de réfléchir très fort pour m'en souvenir. Depuis ce soir, à Washington Heights, où j'avais poursuivi deux cambrioleurs armés dans la rue, les avais abattus et, en même temps, avais tué une petite fille. Pendant le temps où j'étais resté dans la police après cette affaire, je n'avais jamais eu l'occasion de sortir mon arme de service et encore moins de l'utiliser. Et je n'avais certainement pas fait usage d'un revolver depuis que je n'étais plus dans la police.

Ce soir, j'avais été incapable de m'en servir. Parce que j'avais eu l'intuition que les occupants de la voiture étaient des gamins ivres et non des assassins ? Parce que j'avais senti qu'il valait mieux attendre de voir sur qui je tirais ?

Non. Ce n'était certainement pas ça.

Je m'étais pétrifié. Si, au lieu de voir un gamin tenant une bouteille de whisky, j'avais vu un gangster tenant une mitraillette, je n'aurais quand même pas été capable de presser la détente. Mon doigt était paralysé.

J'ouvris le revolver, retirai les balles du barillet et le refermai. Je braquai l'arme vide sur la corbeille à papiers, à l'autre bout de la chambre, et pressai deux fois la détente. Le *clic* du percuteur sur l'alvéole vide me parut étrangement fort et sec.

Je visai le miroir au-dessus de la commode. Clic !

Cela ne prouvait rien. L'arme était vide. Je le savais. Je pouvais l'emporter à un stand de tir, la charger, tirer sur des cibles et ça ne prouverait rien non plus.

J'étais embêté d'avoir été incapable de tirer et, pourtant, j'étais content que ça se soit passé ainsi, car autrement j'aurais vidé le chargeur sur une bande de gamins, j'en aurais sans doute tué quelques-uns et ma tranquillité d'esprit en aurait pris un drôle de coup. Malgré ma fatigue, je passai un bon bout de temps à essayer d'éclaircir cette énigme. J'étais content de n'avoir tiré sur personne, et effrayé par ce que pouvait impliquer le fait que je n'avais pas pu tirer. Mon esprit tournait en rond comme un chien après sa queue.

J'ôtai ma robe de chambre, me mis au lit et fus incapable de me détendre. Je me rhabillai complètement, utilisai le bout rond d'une lime à ongles en guise de tournevis et démontai le revolver pour le nettoyer. Je mis les pièces dans une poche, les quatre cartouches non utilisées dans une autre avec les deux couteaux confisqués à mon agresseur.

C'était déjà le matin et il faisait jour. Je descendis, marchai jusqu'à la Neuvième Avenue puis jusqu'à la 58e Rue et jetai les deux couteaux dans une bouche d'égout. Je traversai la rue, m'approchai d'une autre bouche d'égout et restai un moment planté là, mains dans les poches, l'une refermée sur les quatre cartouches, l'autre touchant les pièces du revolver.

Pourquoi trimbaler une arme à feu dont on ne va pas se servir ? Pourquoi porter un revolver inutile ?

En rentrant à l'hôtel, je m'arrêtai dans une épicerie fine. Le client qui était avant moi acheta deux paquets de six petites bouteilles d'alcool à base de malt. Je choisis quatre tablettes de chocolat, les payai, en mangeai une et emportai les trois autres dans ma chambre. Puis je sortis de ma poche les pièces du revolver et le remontai. Je chargeai les quatre alvéoles et rangeai l'arme dans le tiroir de la commode.

Je me mis au lit, bien décidé à y rester, que je dorme ou non. L'idée me fit sourire quand je sentis le sommeil m'emporter.

29

Je fus réveillé par le téléphone. Je luttai pour sortir du sommeil, à la façon dont un plongeur sous-marin remonte respirer à la surface. Je m'assis dans mon lit en essayant d'ouvrir les yeux et de reprendre ma respiration. Le téléphone sonnait toujours, mais je n'avais aucune idée d'où provenait ce tintamarre. Puis je compris et décrochai. C'était Chance. Il me dit :

— Je viens de voir les journaux. A votre avis ? C'est le même type qui a tué Kim ?

— Accordez-moi une minute.

— Vous dormez ?

— Plus maintenant.

— Alors, vous n'êtes pas au courant. Il y a eu un autre meurtre. A Queens, cette fois. Une tapineuse transsexuelle complètement charcutée.

— Je sais.
— Comment pouvez-vous le savoir puisque vous dormiez ?
— J'étais là-bas, cette nuit.
— A Queens ?
Il semblait impressionné.
— Oui, dans Queens Boulevard. Avec deux flics. C'est le même meurtrier.
— Vous en êtes sûr ?
— Ils n'avaient pas encore toutes les preuves médicales, mais j'en suis sûr, oui.
Il réfléchit un moment, puis me dit :
— Alors, Kim a simplement pas eu de veine. Elle s'est trouvée au mauvais endroit au mauvais moment.
— Peut-être.
— Seulement peut-être ?
Je pris ma montre sur la table de nuit. Il était près de midi.
— Il y a des trucs qui ne collent pas, lui dis-je. C'est ce qu'il me semble, en tout cas. La nuit dernière, un des flics m'a dit que mon problème, c'est que je suis têtu. Je ne traite qu'une affaire à la fois et je ne veux pas la lâcher.
— Et alors ?
— Il a peut-être raison, mais il y a quand même des trucs qui ne collent pas. Qu'est-il arrivé à la bague de Kim ?
— Quelle bague ?
— Elle avait une bague avec une pierre verte.
— Une bague... fit-il d'un ton songeur. C'est Kim qui avait cette bague ? Ça se pourrait bien.
— Où est-elle passée ?
— Elle n'était pas dans son coffret à bijoux ?
— Non, c'était sa bague de lycée. Elle l'avait ramenée de chez elle.
— Oui, je sais. Je me rappelle la bague dont vous parlez. Une grosse pierre verte. Une pierre porte-bonheur, ou quelque chose comme ça.
— D'où lui venait-elle ?

— D'une pochette surprise, sans doute. Je crois qu'elle m'a dit qu'elle se l'était payée. C'est du toc, mec. Rien qu'un bout de verre vert.

Brisez des bouteilles de vin à ses pieds.

— Ce n'était pas une émeraude ?

— Vous rigolez ? Vous savez combien ça coûte, mec, une émeraude ?

— Non.

— Plus cher qu'un diamant. Quelle importance elle a, cette bague ?

— Je ne sais même pas si elle en a.

— Qu'est-ce que vous allez faire ?

— Je ne sais pas. Si Kim a été tuée par un dingue qui frappe au hasard, je ne vois pas ce que je pourrais faire que la police ne ferait pas mieux que moi. Mais il y a quelqu'un qui veut que je cesse de me mêler de cette affaire, et il y a un réceptionniste d'hôtel qui a si peur qu'il s'est barré, et il y a une bague qui a disparu.

— Peut-être que ça ne veut rien dire.

— Peut-être.

— Il n'y avait pas quelque chose, dans le billet de Sunny, à propos d'une bague qui avait teint le doigt de quelqu'un en vert ? C'était peut-être une bague bon marché qui a taché le doigt de Kim. Alors, elle l'a jetée.

— A mon avis, ce n'est pas ce que Sunny voulait dire.

— Qu'est-ce qu'elle voulait dire, alors ?

— Je ne le sais pas non plus. (Je marquai une pause.) J'aimerais établir un lien entre Cookie Blue et Kim Dakkinen. Voilà ce que j'aimerais faire. Si j'y arrivais, je pourrais trouver l'homme qui les a tuées toutes les deux.

— Possible. Vous assisterez au service pour Sunny, demain ?

— Oui, j'y serai.

— Alors, je vous verrai là-bas. Nous pourrons parler un peu, après le service, si vous voulez bien.

— Avec plaisir.

— Ouais, dit-il. Kim et Cookie. Que pourraient-elles avoir en commun ?

— Je crois me souvenir que Kim faisait le trottoir, à un moment, à Long Island City.

— Mais ça fait des années.

— Elle avait bien un souteneur qui s'appelait Duffy ? Est-ce que Cookie avait un souteneur ?

— Possible. Certains travelos en ont. D'après ce que je sais, la plupart n'en ont pas. Mais je peux me renseigner. C'est quand même difficile de s'imaginer qu'il ait pu y avoir un lien quelconque entre une petite pédale juive de Long Island City et une fille comme Kim.

Je songeai à ce que m'avait dit Durkin.

— Elles étaient peut-être sœurs.

— *Sœurs ?*

— Dans l'âme.

*

J'avais envie de prendre un petit déjeuner, mais quand j'arrivai dans la rue et achetai le journal, je compris tout de suite que les œufs au bacon auraient du mal à passer. *L'Eventreur de l'Hôtel Fait une Seconde Victime* annonçait le gros titre. Puis, en grandes majuscules d'imprimerie : PROSTITUEE TRANSSEXUELLE CHARCUTEE A QUEENS.

Je repliai le journal et le mis sous mon bras. Je ne sais pas par quoi j'avais l'intention de commencer, lire le journal ou manger, toujours est-il que mes pieds emportèrent la décision en choisissant une troisième voie. J'avais parcouru deux cents mètres quand je m'aperçus que je me dirigeais vers le Y.M.C.A. de la 63e Rue Ouest où j'allais arriver juste à temps pour la réunion de midi et demi.

Pourquoi pas ? me dis-je. Leur café n'est pas plus mauvais qu'ailleurs.

J'en sortis une heure plus tard et pris mon petit déjeuner dans un bistrot grec, au coin de Broadway. Je lus le journal en mangeant. Apparemment, cela ne me dérangeait plus.

Il n'y avait, dans l'article, pas grand-chose que je ne sache déjà. L'adresse de la victime était quelque part à l'est du Village, alors que je m'étais figuré qu'elle habitait de l'autre côté du fleuve, à Queens, Garfein avait parlé de Floral Park, à la limite du Comté de Nassau, mais c'était là qu'elle avait dû être élevée. A en croire le *Post*, ses parents étaient morts depuis plusieurs années, dans un accident d'avion. Le seul parent survivant de Mark/Sara/Cookie était un frère, Adrian Blaustein, bijoutier en gros, habitant Forest Hily, et dont les bureaux se trouvaient dans la 47e Rue Ouest. Il était à l'étranger et n'avait pas encore été prévenu du décès de son frère.

De son frère ou de sa sœur ? Comment désignait-on le parent de quelqu'un qui changeait de sexe ? Comment un homme d'affaires respectable pouvait-il réagir à l'égard d'un frère devenu sœur, qui faisait des passes rapides dans la voiture des clients ? Dans quelle mesure la mort de Cookie Blue pouvait-elle toucher Adrian Blaustein ?

La mort d'un homme me diminue car je suis engagé dans l'humanité. La mort d'un homme, la mort d'une femme, la mort d'un être entre les deux. Me diminuait-elle vraiment ? Etais-je vraiment engagé ?

Je sentais encore la détente du .32 trembler sous mon doigt.

Je commandai une autre tasse de café et lus l'histoire d'un jeune soldat en permission qui participait à une partie de base-ball improvisée dans un terrain vague. Apparemment, un revolver était accidentellement tombé de la poche d'un spectateur et s'était déchargé sous l'effet du choc. La balle avait frappé et tué le jeune soldat sur le coup. Je relus l'histoire et restai un moment à secouer la tête.

Encore une façon de mourir. C'était vrai qu'il y en avait au moins huit millions. Merde.

*

Ce soir-là, à 9 heures moins vingt, je me glissai dans une salle du sous-sol d'une église de Prince Street, à Soho. Je pris une tasse de café et, tout en cherchant une place, je regardai si je voyais Jan. Elle était assise à l'avant et du côté droit. Je m'installai vers le fond, non loin du percolateur.

Le modérateur était une femme d'une trentaine d'années qui avait bu pendant dix années dont elle avait passé les trois dernières dans la Bowery, à mendier ou laver des pare-brise pour s'acheter du vin...

— Même dans la Bowery, dit-elle, il y a des gens qui arrivent à se débrouiller. Dans cette rue sordide, certains hommes ont toujours un rasoir et un morceau de savon. Moi, j'étais tombée tout droit à l'opposé, avec ceux qui ne se rasent pas, ne se lavent pas, ne se changent jamais.

Pendant la pause, j'interceptai Jan au moment où elle se dirigeait vers le percolateur. Elle eut l'air contente de me voir.

— J'étais dans le quartier, lui dis-je, et comme c'était à peu près l'heure de la réunion, j'ai pensé que je te trouverais peut-être ici.

— Oui, c'est une des réunions auxquelles j'assiste régulièrement. Après, nous irons boire un café. Ça te va ?

— Très bien.

Nous nous retrouvâmes une douzaine, assis autour de deux tables d'une cafétéria de Broadway Ouest. Je ne pris pas une part très active à la conversation, à laquelle je ne prêtai d'ailleurs pas grande attention. Pour finir, le serveur distribua à chacun une addition séparée. Jan régla la sienne, je réglai la mienne et nous prîmes ensemble le chemin de son loft. Je lui dis :

— En fait, ce n'était pas par hasard que j'étais dans le quartier.

— Quelle surprise !

— Je voulais te parler. Je ne sais pas si tu as lu le journal d'aujourd'hui...

— A propos de ce meurtre, à Queens ? J'ai lu ça, oui.

— J'y suis allé. Je suis affreusement tendu et j'ai besoin d'en parler à quelqu'un.

Nous montâmes à son loft où elle prépara du café. Je m'assis avec ma tasse posée devant moi, et quand j'eus fini de parler, je bus une gorgée complètement froide. Je lui racontai tout, jusqu'aux derniers événements. Je lui parlai de la veste de fourrure de Kim, des gamins éméchés dans la voiture, de la bouteille brisée, de la visite à Queens et de ce que nous y avions trouvé. Je lui racontai aussi la façon dont j'avais passé l'après-midi où j'avais pris le métro, traversé le fleuve et arpenté les rues de Long Island City avant de revenir à Manhattan pour frapper aux portes des voisins de Cookie Blue, dans un immeuble à l'est du Village, puis de traverser l'île pour faire tous les bars *gay* de Christopher Street et de West Street.

Il était alors assez tard pour appeler Joe Durkin et prendre connaissance du rapport du labo.

— C'est le même meurtrier, dis-je à Jan, et il a utilisé la même arme. Il est grand, droitier, très costaud, et il prend soin d'aiguiser sa machette, si c'est bien d'une machette qu'il s'agit.

Les renseignements pris dans l'Arkansas n'avaient rien donné. L'adresse à Fort Smith n'existait pas — ce qui était prévisible — et les plaques d'immatriculation de la voiture étaient celles d'une Volkswagen orange appartenant à une jardinière d'enfants de Fayetteville.

— Et elle ne s'en sert que le dimanche, dit Jan.

— C'est à peu près ça. Il a inventé toute l'histoire de l'Arkansas, comme il avait inventé Fort Wayne, Indiana. Mais la plaque d'immatriculation était réelle, ou presque. Quelqu'un a pensé à jeter un œil sur la liste des voitures volées et a trouvé qu'une Impala marron avait été piquée dans une rue de Jackson Heights, deux heures à peine avant le meurtre de Cookie. Le numéro d'immatriculation est bien celui qu'il a inscrit sur la fiche, à part deux chiffres inversés, et la bagnole est immatriculée dans l'Etat de New York et non dans l'Arkansas. La voiture correspond à la description, plutôt vague, d'accord, qu'en a fait le gérant du motel. Elle correspond aussi à ce qu'en ont dit des prostituées qui faisaient le trottoir près de l'endroit où Cookie s'est fait embarquer. Selon leur témoignage, une voiture de ce genre est passée plusieurs fois avant que le conducteur se décide et fasse monter Cookie. Les flics n'ont pas encore retrouvé la voiture, mais ça ne veut pas dire que le gars continue à s'en servir. On met parfois longtemps à retrouver une voiture volée. Les voleurs les abandonnent parfois dans une zone de stationnement interdit et la police les remorque à la fourrière. Ça ne devrait pas se passer comme ça, quelqu'un devrait comparer la liste des voitures volées et celle des voitures qui atterrissent à la fourrière, mais personne ne le fait. Ce n'est pas grave. On finira par s'apercevoir que le meurtrier a largué la voiture vingt minutes après en avoir fini avec Cookie, et qu'il a pensé à effacer toutes les empreintes.

— Tu ne peux pas laisser tomber, Matt ?

— Toute l'affaire ?

Elle acquiesça d'un hochement de tête :

— A partir de maintenant, ça relève plutôt de la routine policière, n'est-ce pas ? Contrôle des témoignages, vérifications, renseignements divers ?

— Sans doute.

— Et il est peu probable qu'ils mettent cette affaire au rancart et passent à autre chose, comme tu le pensais quand il n'y avait que le meurtre de Kim. Les journaux les en empêcheraient, même si c'était leur intention.

— C'est vrai.

— Alors pourquoi veux-tu continuer à te démener *là-*

dessus ? Tu t'es déjà assez dépensé pour justifier les honoraires versés par ton client.

— Tu crois ?

— Tu n'es pas d'accord ? Je pense que tu as travaillé plus dur que lui pour gagner cet argent.

— Tu as sans doute raison.

— Alors, pourquoi t'accrocher ? Tu crois pouvoir faire plus ou mieux que la police ?

Je réfléchis un instant, puis je dis :

— Il y a forcément un rapport.

— Quel genre de rapport ?

— Entre Kim et Cookie. Parce qu'autrement, ça n'a aucun sens, nom d'un chien. Même un tueur fou suit une sorte de fil directeur, même si ce fil n'existe que dans sa propre tête. Kim et Cookie ne se ressemblaient pas, n'avaient pas le même genre de vie. Elles n'étaient pas du même sexe, au départ. Kim travaillait à partir d'un téléphone dans son appartement ; elle avait un souteneur. Cookie était une tapineuse transsexuelle qui faisait des passes dans la voiture des clients. C'était une marginale. Chance est en train de se renseigner pour savoir si elle avait un mac dont personne jusqu'ici ne connaissait l'existence, mais il est peu probable qu'il apprenne qu'elle en avait un.

Je bus un peu de café, puis je poursuivis :

— Et le tueur a *choisi* Cookie. Il a pris son temps ; il a parcouru ces rues plusieurs fois, dans les deux sens, jusqu'à ce qu'il la trouve, *elle* et pas quelqu'un d'autre. Où est le rapport ? Ce n'est pas une question de type physique. Parce que le type physique de Cookie n'avait rien à voir avec celui de Kim.

— Quelque chose qui concernerait sa vie intime ?

— Peut-être. Sa vie n'est pas très dure à retracer. Elle vivait à l'est du Village et tapinait à Long Island City. J'ai fait tous les bars *gay* du West Side et je n'ai rencontré personne qui la connaissait. Apparemment, elle n'avait ni souteneur, ni amant. Ses voisins de la 5ᵉ Rue ne savaient pas que c'était une prostituée et ils n'étaient que quelques-uns à se douter que ce n'était pas une femme. Pour toute famille, elle n'a qu'un frère qui n'est pas au courant de sa mort.

Je parlai encore un moment. *Ricone* n'était pas un mot italien, et si c'était un nom de famille, il était plutôt rare car j'avais regardé dans les annuaires de Manhattan et de Queens et je n'en avais pas trouvé un seul.

Quand j'eus terminé mon café, Jan alla nous en chercher d'autre, après quoi nous restâmes un moment sans parler. Puis je lui dis :

— Merci.

— Pour le café ?

— Pour m'avoir écouté. Maintenant, je me sens mieux. Il fallait que j'en parle pour mettre un peu d'ordre dans mes idées.

— Ça fait toujours du bien de parler.

— Sans doute.

— Tu ne parles pas pendant les réunions, n'est-ce pas ?

— La vache. Je ne pourrais jamais parler de ça.

— Non, pas précisément, mais tu pourrais parler des épreuves que tu endures et de la façon dont tu les vis. Ça t'aiderait probablement plus que tu le crois, Matt.

— Je ne pense pas que j'en serais capable. Je n'arrive même pas à leur sortir que je suis alcoolique. « Je m'appelle Matt et je me contenterai d'écouter. » Je pourrais aussi bien le leur dire par téléphone.

— Ça va peut-être changer.

— Oui, peut-être.

— Depuis combien de jours n'as-tu pas bu un verre, Matt ?

Je fus obligé de réfléchir.

— Huit jours.

— Mais c'est formidable. Qu'est-ce qui te faire rire ?

— J'ai remarqué quelque chose. Quelqu'un demande à quelqu'un d'autre depuis combien de temps il ne boit plus, et quelle que soit la réponse, le premier s'écrie toujours : « Mais c'est formidable ! C'est merveilleux ! » Je dirais huit jours ou huit ans, la réaction serait toujours la même. « Mais c'est formidable, c'est merveilleux. »

— Parce que c'est vrai.

— Possible.

— Ce qui est formidable, c'est le fait même que tu n'aies pas bu. Que ce soit pendant huit ans ou huit jours.

— Ouais. Euh...

— Qu'est-ce qu'il y a ?

— Rien. L'enterrement de Sunny a lieu demain.

— Tu y vas ?

— J'ai dit que j'irais.

— Ça t'inquiète ?

— M'inquiète ?

— Ça te rend nerveux ? Angoissé ?

— Je ne sais pas. Je ne suis pas ravi d'y aller. (Je fixai un instant ses grands yeux gris puis détournai mon regard.) Je n'ai jamais tenu plus de huit jours, dis-je d'un ton léger. La dernière fois, j'ai tenu huit jours puis je me suis soûlé la gueule.

— Ça ne veut pas dire que tu boiras forcément demain.

— Merde, oui, je sais. Je n'ai pas l'intention de boire.

— Vas-y avec quelqu'un.

— Où ça ?

— A l'enterrement. Demande à quelqu'un de ton groupe de t'accompagner.

— Je ne peux pas leur demander une chose pareille.

— Mais si, bien sûr.

— Et puis, demander à qui ? Je ne les connais pas assez bien.

— Il faut vraiment bien connaître les gens pour s'asseoir auprès d'eux à un enterrement ?

— Eh bien ?

— Eh bien, quoi ?

— Tu veux venir avec moi ? Non, je n'ai rien dit. Je ne veux pas te mêler à ça.
— Je veux bien venir.
— Vraiment ?
— Pourquoi pas ? Evidemment, je ne serai peut-être pas très reluisante par rapport à toutes ces somptueuses call-girls.
— Ce n'est pas mon avis.
— Ah bon ?
— Ce n'est pas *du tout* mon avis.
Je lui relevai le menton, posai ma bouche sur ses lèvres. Je touchai ses cheveux. Ses cheveux bruns parsemés de fils gris. Gris comme le gris de ses yeux.
Elle me dit :
— J'avais peur que ça arrive. Et j'avais peur que ça n'arrive pas.
— Et maintenant ?
— J'ai peur, tout simplement.
— Tu veux que je m'en aille ?
— Que tu t'en ailles ? Non, je ne veux pas que tu t'en ailles. Je veux que tu m'embrasses encore une fois.
Je l'embrassai. Elle mit ses bras autour de moi et m'attira contre elle. Je sentis la chaleur de son corps à travers nos vêtements.
— Mon chéri, me dit-elle.

Plus tard, couché auprès d'elle, tandis que j'écoutais les battements de mon cœur, je vécus un moment de solitude et d'affliction totales. J'avais l'impression d'avoir soulevé le couvercle d'un puits sans fond. Je tendis la main, la posai sur la hanche de Jan, et ce contact physique calma aussitôt mon angoisse.
— Salut, lui dis-je.
— Salut.
— A quoi penses-tu ?
Elle rit.

— Rien de très romanesque. J'essayais d'imaginer ce que va dire ma marraine.

— Tu es obligée de la mettre au courant ?

— Je ne suis pas obligée de faire quoi que ce soit, mais je lui en parlerai. « Oh, à propos, je me suis envoyé un gars qui ne boit plus depuis huit jours. »

— C'est un péché mortel, hein ?

— Disons simplement que ce n'est pas recommandé.

— Qu'est-ce qu'elle va te donner ? Six Notre Père ?

Elle rit encore. Elle avait un beau rire, spontané, chaleureux. J'avais toujours aimé l'entendre rire.

— Elle dira : « Enfin, au moins vous n'avez pas bu, et c'est ce qui est important. » Puis elle ajoutera : « J'espère que vous avez eu du plaisir. »

— Tu en as eu ?

— Du plaisir ?

— Oui.

— Pas du tout. J'ai fait semblant de jouir.

— Les deux fois ?

— Et comment. (Elle se rapprocha de moi et posa une main sur ma poitrine.) Tu vas rester, n'est-ce pas ?

— Que dira ta marraine ?

— Sans doute que tant qu'à faire, autant voler un bœuf qu'un œuf. Oh, merde, j'ai failli oublier.

— Où vas-tu ?

— Téléphoner.

— Tu vas vraiment appeler ta marraine ?

Elle secoua la tête. Elle avait enfilé une robe de chambre et feuilletait un petit carnet d'adresses. Elle composa un numéro et dit :

— Salut. C'est Jan. Tu ne dormais pas, au moins ? Dis-moi, c'est complètement idiot, mais je voudrais savoir si le mot *Ricone* signifie quelque chose ? (Elle épela.) Je pensais que ça pouvait être un mot grossier ou quelque chose comme ça. (Elle écouta un moment, puis elle dit :) Non, non, ce n'est pas ça. C'est parce que je fais des mots croisés en sicilien. Quand j'ai des insomnies. On ne peut pas passer tout son temps à lire la Bible.

Ayant terminé sa conversation, elle raccrocha et me dit :

— C'est une idée qui m'était venue, comme ça. Je pensais que si c'était un mot obscène ou du dialecte, ce ne serait pas dans un dictionnaire.

— A quel genre d'obscénité pensais-tu ? Et quand cette idée t'a-t-elle traversé la tête ?

— Ça ne te regarde pas, gros malin.

— Tu rougis.

— Je sais. Je le sens. Ça m'apprendra à essayer d'aider un ami à résoudre une affaire de meurtre.

— Tout acte charitable appelle un châtiment.

— A ce qu'il paraît. Martin Albert Ricone. Charles Otis Jones. C'est ça, les noms qu'il a utilisés ?

— Owen. Charles Owen Jones.

— Et tu penses que ça veut dire quelque chose ?

— C'est forcé. Même s'il est timbré, des noms aussi particuliers doivent avoir un sens.

— Comme Fort Wayne et Fort Smith ?

— Oui, aussi ; mais je pense que ses noms d'emprunt ont plus d'importance que le reste. Et puis Ricone est un nom tellement inhabituel.

— Il a peut-être commencé par écrire *Rico*.

— J'y ai pensé. Il y a plein de Rico dans l'annuaire. A moins qu'il soit originaire de Porto-Rico.

— Oui, pourquoi pas ? Il ne serait pas le seul à New York. C'est peut-être un admirateur de Cagney.

— Cagney ?

— La scène de la mort. « Mère de miséricorde, est-ce la fin de Rico ? » Tu ne te souviens pas ?

— Je croyais que c'était Edward G. Robinson.

— Ah, oui, peut-être. J'étais toujours bourrée quand je regardais le cinéma de minuit à la télévision, et puis j'ai tendance à confondre tous les gangsters de la Warner Brothers. C'était un de ces types supergonflés. « Mère de miséricorde, est-ce... »

— Ça, pour être gonflé...

— Quoi ?

— Nom d'un chien.

— Mais qu'est-ce qu'il y a ?

— C'est un rigolo. Un vrai rigolo.

— De qui parles-tu ?

— Du meurtrier. C. O. Jones et M. A. Ricone. Je croyais que c'étaient des noms.

— Et ce n'en sont pas ?

— *Cojones. Maricón.*

— C'est de l'espagnol.

— C'est ça.

— *Cojones,* c'est les couilles, non ?

— Et *maricón* veut dire « pédale ». Mais je ne crois pas qu'il faille un *e* au bout.

— Peut-être que c'est encore plus méchant si on ajoute un E au bout.

— Ou alors, il est nul en orthographe.

— Possible, dit-elle. Personne n'est parfait.

30

Vers le milieu de la matinée, je rentrai chez moi prendre une douche, me raser et mettre mon plus beau costume. J'eus le temps d'assister à une réunion de midi, après quoi je mangeai un hot-dog dans la rue et retrouvai Jan, comme convenu, devant l'éventaire du vendeur de papayes, au coin de la 72e Rue et de Broadway. Jan portait une robe en tricot gris tourterelle, avec quelques touches de noir. Je ne l'avais jamais vue aussi élégante.

Nous prîmes la 72e Rue et arrivâmes chez Cooke où un jeune homme en noir, plein d'une sympathie toute professionnelle, s'enquit du nom du défunt auquel nous venions rendre un dernier hommage et nous conduisit dans un long couloir jusqu'à la Suite Trois où une carte fixée sur la porte ouverte précisait : HENDRYX. La salle contenait environ six rangées de quatre chaises, de part et d'autre d'une allée centrale. A l'avant, à gauche du lutrin, sur une estrade, un cercueil ouvert reposait dans une débauche de gerbes, de couronnes et de bouquets de fleurs. J'avais envoyé des fleurs le matin même, mais j'avais eu tort de me fatiguer. Sunny en avait autant qu'il en fallait à un gangster de l'époque de la Prohibition pour s'élever jusqu'au Royaume Céleste.

Chance était assis au premier rang de la rangée de droite, sur une chaise au bord de l'allée. Donna Campion était assise à côté de lui, tandis que Fran Schecter et Mary Lou Barcker terminaient la rangée. Chance portait un costume noir, une chemise blanche et une cravate de soie noire. Les trois femmes étaient vêtues de noir, et je me demandai s'il les avait emmenées faire les magasins, la veille.

A notre arrivée, il tourna la tête et se leva. Je m'approchai en compagnie de Jan et me débrouillai pour faire les présentations. Puis nous observâmes un silence gêné que Chance rompit pour nous dire :

— Vous souhaitez sans doute voir la dépouille.

Il indiqua le cercueil d'un signe de tête.

Comment peut-on souhaiter voir une dépouille ?

Toujours accompagné de Jan, je fis les quelques pas qui nous séparaient du cercueil. Revêtue d'une robe aux couleurs vives, Sunny était étendue dans le cercueil garni de satin blanc cassé. Elle avait une seule rose rouge entre ses mains jointes sur sa poitrine. Son visage semblait sculpté dans un bloc de cire, mais il n'avait certainement pas l'air plus mort que la dernière fois que je l'avais vu.

Chance se tenait auprès de moi. Il me dit :

— Je peux vous parler un instant ?

— Bien sûr.

Jan me serra discrètement le bras et s'éloigna. Chance et moi restâmes côte à côte, les yeux baissés sur Sunny. Je lui dis :

— Je croyais que le corps serait encore à la morgue.

— Ils m'ont appelé hier pour me prévenir que je pouvais le retirer. Les gens d'ici ont travaillé tard pour la préparer. Ils ont fait du bon travail.

— Hmm.

— Ça ne lui ressemble pas beaucoup, mais on ne peut pas dire qu'elle avait sa tête habituelle quand nous l'avons trouvée, hein ?

— Non.

— Après, ils vont l'incinérer. C'est plus simple comme ça. Les filles sont bien, vous ne trouvez pas ? Leur tenue et tout ça ?

— Elles sont parfaites.

— De la dignité. (Il se tut un instant, puis il ajouta :) Ruby n'est pas venue.

— J'avais remarqué.

— Elle ne croit pas aux enterrements. Cultures différentes, coutumes différentes, vous savez. Et puis elle n'a jamais eu de contacts avec les autres. Elle connaissait à peine Sunny.

Je restai silencieux.

— Quand ce sera terminé, dit-il, je ramènerai les filles chez elles. Nous pourrons nous voir après.

— D'accord.

— Vous connaissez Parke Bernet ? La galerie qui organise des ventes aux enchères, la plus grande de Madison Avenue. Demain, il y a une vente, et avant, je voudrais examiner un ou deux lots qui m'intéressent. Vous voulez me retrouver là-bas ?

— A quelle heure ?

— Je ne sais pas. La cérémonie, ici, ne devrait pas durer très longtemps. Je pense en être sorti à 3 heures. Alors, disons 4 heures et quart, 4 heures et demie ?

— Parfait.

— Et dites, Matt. (Je me retournai.) Merci d'être venu.

*

Il y avait une dizaine de personnes dans la salle, quand le service débuta. Quatre hommes noirs avaient pris place dans la rangée du milieu, à gauche de l'allée. Parmi eux, il me sembla reconnaître Kid Bascombe, le boxeur que j'avais vu combattre la seule fois où j'avais rencontré Sunny. Deux femmes âgées étaient assises l'une près de l'autre, tout au fond, et un homme, âgé lui aussi, s'était installé, seul, dans une des premières rangées. Il y a des solitaires pour qui assister à l'enterrement d'un inconnu est une façon de passer le temps, et j'eus l'impression que ces trois vieilles personnes étaient dans ce cas.

Le service débutait à peine que Joe Durkin et un autre policier en civil se glissèrent discrètement dans la rangée du fond.

L'officiant avait l'air d'un gamin. J'ignore s'il avait été bien mis au courant, mais il parla de la tragédie des gens emportés dans leur prime jeunesse, des voies mystérieuses du Tout-Puissant et des survivants qui sont les vraies victimes de ces tragédies apparemment insensées. Il lut des textes d'Emerson, Teilhard de Chardin, Martin Buber et du Livre de l'Ecclésiaste. Puis il suggéra aux amis de Sunny qui le souhaitaient de s'avancer pour dire quelques mots.

Donna Campion lut deux poèmes que je crus qu'elle avait écrits, mais j'appris plus tard qu'ils étaient, l'un de Sylvia

Plath, l'autre d'Anne Sexton, deux poètes qui s'étaient elles-mêmes suicidées. Fran Schecter succéda à Donna et déclara :

— Sunny, je ne sais pas si tu peux m'entendre, mais de toute façon, je voudrais te dire ceci.

Elle poursuivit en affirmant combien elle avait apprécié la gaieté, l'amitié et l'amour de la vie de Sunny. Après avoir commencé sur un ton plein d'entrain, elle fondit en larmes et l'officiant dut l'aider à descendre de l'estrade. Mary Lou Barcker ne prononça que deux ou trois phrases, d'une voix basse et dénuée d'intonation, disant qu'elle regrettait de n'avoir pas mieux connu Sunny et qu'elle espérait qu'elle était maintenant en paix.

Personne d'autre ne s'avança. Je m'imaginai un instant Joe Durkin faisant une déclaration émouvante au nom de la police de New York, mais il ne bougea pas. Le ministre officiant prononça encore quelques mots — que je n'écoutai pas — puis un des employés de la maison Cooke passa un enregistrement de Judy Collins chantant « Grâce Miraculeuse. »

*

Dehors, je marchai en silence avec Jan pendant deux ou trois cents mètres, puis je lui dis :

— Merci d'être venue.

— Merci de m'avoir invitée. Mon Dieu, quelle réponse idiote. On dirait la petite étudiante remerciant son cavalier après le Bal de Première Année à l'université. « Merci de m'avoir invitée. Je me suis bien amusée. » (Elle prit un mouchoir dans son sac à main et se tamponna les yeux et le nez.) Je suis contente que tu n'y sois pas allé seul.

— Moi aussi.

— Et je suis contente d'être venue. C'était très beau, très triste. Qui était l'homme qui t'a parlé au moment où nous sortions ?

— C'était Durkin.
— Ah ? Qu'est-ce qu'il faisait là ?
— Il espérait sans doute avoir un coup de pot. On ne sait jamais qui va se pointer à un enterrement.
— Il n'y avait pas beaucoup de monde à celui-ci.
— Non, pas grand monde.
— C'est bien que nous y soyons allés.
— Oui.
Je l'invitai à boire une tasse de café, puis je la mis dans un taxi. Elle insista pour prendre le métro, mais je ne voulus rien savoir et l'obligeai à accepter dix dollars pour payer la course.

*

Un huissier de la galerie Parke Bernet me dirigea sur le premier étage où étaient exposés les objets d'Art africain et océanien de la vente du vendredi. Je trouvai Chance en arrêt devant une vitrine renfermant une vingtaine de figurines en or. Certaines représentaient des animaux, d'autres des êtres humains et divers ustensiles. Je me souviens d'une statuette montrant un homme accroupi, en train de traire une vache. La plus grande aurait aisément tenu dans la main d'un enfant, et plusieurs avaient un petit côté cocasse.
— Des poids Achanti pour peser l'or. Du pays que les Anglais appelaient Gold Coast et qui est maintenant le Ghana. On en voit des reproductions dans les boutiques. Des faux. Ceux-ci sont authentiques.
— Vous avez l'intention de les acheter ?
Il secoua la tête.
— Non, ils ne me touchent pas. J'essaie d'acheter les choses qui éveillent en moi une émotion quelconque. Je vais vous montrer ce que je veux dire.
A l'autre bout de la salle, une tête de femme en bronze était montée sur un piédestal d'un mètre vingt de haut. Elle avait un nez large et aplati et des pommettes saillantes. Sa

gorge était à tel point encerclée d'épais colliers de bronze que l'ensemble de la tête avait l'aspect d'un cône.

— Une sculpture en bronze du Royaume perdu du Bénin. La tête d'une reine. On peut savoir son rang d'après le nombre de colliers qu'elle a autour du cou. Est-ce qu'elle vous touche, Matt ? Moi, oui, beaucoup.

Je sentis la force, dans les traits de bronze, une force froide, une volonté impitoyable.

— Vous savez ce qu'elle dit ? Elle dit : « Nègre, pourquoi me regardes-tu ainsi ? Tu sais bien que tu n'es pas assez riche pour me ramener au pays. » (Il rit.) On estime sa valeur entre quarante et cinquante mille dollars.

— Vous allez enchérir ?

— Je ne sais pas ce que je vais faire. Il y a quelques pièces que j'aimerais bien avoir chez moi. Mais parfois, j'assiste aux ventes comme d'autres assistent aux courses, même s'ils n'ont pas envie de parier. Pour s'asseoir au soleil et regarder les chevaux. J'aime l'atmosphère des salles de vente. J'aime entendre le bruit du marteau. Vous en avez assez vu ? Allons-nous-en.

Sa voiture était dans un garage de la 78ᵉ Rue. Nous traversâmes le pont de la 59ᵉ Rue et Long Island City. Çà et là, des prostituées se tenaient au bord du trottoir, seules ou par deux.

— Y en avait pas beaucoup dehors, hier soir, dit Chance. Elles doivent se sentir plus en sécurité à la lumière du jour.

— Vous êtes venu hier soir ?

— Je suis juste passé. Il a ramassé Cookie par ici, et il a pris Queens Boulevard. Ou peut-être la voie express. Ça n'a pas grande importance.

— Non.

Nous prîmes Queens Boulevard.

— Je tiens à vous remercier d'être venu à l'enterrement, me dit-il.

— Je tenais à y assister.

— La femme qui était avec vous ; elle est belle.
— Merci.
— Jan, c'est ça ?
— Oui, c'est ça.
— Vous êtes ensemble, ou...
— Nous sommes amis.
— Ah. (Il s'arrêta à un feu rouge.) Ruby n'est pas venue.
— Je sais.
— Ce que je vous ai dit, c'étaient des conneries. Je ne voulais pas me contredire devant les autres. Ruby s'est taillée. Elle a plié bagages.
— Quand ça ?
— Hier, je crois, pendant la journée. Hier soir, j'ai appelé mon service. Elle avait laissé un message. J'avais cavalé toute la journée pour essayer d'organiser l'enterrement. Ça s'est pas mal passé, hein ?
— C'était très bien.
— C'est ce qu'il m'a semblé. Toujours est-il que ce message me demande de rappeler Ruby à un numéro qui a l'indicatif 415. C'est San Francisco. Je me dis : Tiens ? J'appelle et elle m'explique qu'elle a décidé de voir du pays, de s'installer ailleurs. J'ai cru que c'était une plaisanterie, alors je suis allé à son appartement. Eh bien, toutes ses affaires avaient disparu. Elle a laissé les meubles. Ça me fait trois appartements vides, mec. Y a une crise du logement, personne ne trouve rien à louer, et j'ai trois appartements vides sur les bras. C'est un peu fort, hein ?
— Vous êtes sûr que c'est à elle que vous avez parlé ?
— Certain.
— Et elle se trouvait à San Francisco ?
— Forcément. Ou à Berkeley, ou Oakland, mais dans ce coin-là. J'ai composé le numéro avec cet indicatif. Si elle répond à un numéro comme ça, c'est qu'elle est forcément là-bas.
— Elle vous a dit pourquoi elle est partie ?

— Elle m'a dit qu'il était temps, pour elle, de changer de décor. Elle m'a fait son grand numéro de l'Orientale indéchiffrable.

— Vous pensez qu'elle avait peur de se faire assassiner ?

— Le motel Powhattan, dit-il en tendant le bras. C'est bien là, hein ?

— C'est bien là.

— Et vous y étiez quand on a découvert le corps ?

— Ils l'avaient déjà trouvé. Mais j'étais là avant qu'ils l'emportent.

— Drôle de spectacle.

— C'était pas beau à voir.

— Cette Cookie travaillait seule. Pas de souteneur.

— C'est ce que m'a dit la police.

— Elle aurait quand même pu en avoir un sans que les flics le sachent. Mais j'ai parlé à pas mal de gens. Elle travaillait seule et, si elle connaissait Duffy, personne n'en a jamais entendu parler. (Il tourna à droite en arrivant au coin d'une rue.) On passe d'abord chez moi. Vous voulez bien ?

— D'accord.

— Je vous ferai du café. Le même que la dernière fois. Il vous a plu, je crois.

— Il était très bon.

— Eh bien, on va en refaire.

*

Son coin du quartier de Greenpoint était aussi calme pendant la journée que je l'avais trouvé la nuit. La porte du garage se releva quand il appuya sur une télécommande. Il la referma de la même façon. Nous descendîmes de voiture et entrâmes dans la maison.

— Je veux faire un peu d'exercice, me dit Chance. Des poids et haltères. Vous pratiquez l'haltérophilie ?

— Pas depuis des années.

— Vous voulez en faire un peu ?

— Je préfère regarder.

Je m'appelle Matt et je préfère écouter.

— J'en ai pour un instant.

Il entra dans une pièce et en ressortit vêtu d'un short rouge et portant sur le bras un peignoir-éponge à capuchon. Nous nous rendîmes dans la salle qu'il avait aménagée en gymnase, et pendant un quart d'heure, vingt minutes, il souleva des haltères puis s'entraîna sur un appareil de musculation. Sous sa peau que la transpiration rendait luisante, je voyais les muscles se gonfler et se détendre.

— Maintenant, il me faut dix minutes de sauna. Vous n'avez pas gagné le sauna en vous épuisant à la tâche, mais on pourrait vous accorder une dispense exceptionnelle.

— Non, merci.

— Vous voulez m'attendre en bas ? Vous serez mieux.

J'attendis pendant qu'il prenait un sauna et une douche. J'examinai quelques sculptures et feuilletai un ou deux magazines. Puis il arriva, vêtu d'un jean bleu clair, d'un pull bleu marine et chaussé d'espadrilles. Il me demanda si j'avais envie de café. Je lui répondis que je n'attendais que ça depuis une demi-heure.

— J'en ai pas pour longtemps. (Il alla mettre le café en route, puis revint et s'assit sur un pouf en cuir. Il me dit :) Vous savez pas ce que je pense ? Je pense que comme souteneur je ne vaux pas un clou.

— Je croyais que vous faisiez le numéro du grand seigneur. Réserve, dignité et tout ça.

— J'avais six filles et maintenant, j'en ai trois. Et Mary Lou ne va pas tarder à partir.

— Vous croyez ?

— J'en suis sûr. C'est une touriste. Vous savez comment je l'ai recrutée ?

— Oui, elle me l'a dit.

— Pour faire ses premiers clients, elle était obligée de se

dire que c'était du reportage, un travail de journaliste, de chercheur. Puis elle s'est rendu compte qu'elle s'était prise au jeu. Et maintenant, elle fait quelques découvertes.

— De quel genre ?

— Eh bien, qu'on peut se faire assassiner. Ou bien se suicider. Et puis quand on meurt, il y a douze personnes qui assistent à votre enterrement. Y avait pas grand monde pour Sunny, hein ?

— C'était plutôt restreint.

— C'est le moins qu'on puisse dire. Mais vous savez, si j'avais voulu, j'aurais pu remplir trois fois cette salle.

— Probablement.

— Pas probablement. Sûrement. (Il se leva, croisa les mains dans son dos et marcha de long en large.) J'y ai pensé. J'aurais pu louer la plus grande de leurs salles et la remplir. Des gens bien, des souteneurs, des prostituées, des gens du milieu de la boxe. J'aurais pu en parler aux gens de son immeuble qui avaient envie de venir. Mais je ne voulais pas trop de monde.

— Je vois.

— En fait, c'était pour les filles. Les quatre. Je ne savais pas qu'elles ne seraient plus que trois quand j'ai organisé l'enterrement. Et puis je me suis dit : merde, ça risque d'être sinistre, rien que les quatre filles et moi. Alors, j'en ai parlé à deux ou trois personnes. C'est sympa de la part de Kid Bascomb d'être venu, hein ?

— Oui.

— Je vais chercher le café.

Il revint avec deux tasses. Je bus une gorgée et je hochai la tête pour lui montrer que j'appréciais la qualité de son mélange.

— Je vous en donnerai une ou deux livres.

— Comme je vous l'ai dit la dernière fois, ça ne me servira pas à grand-chose dans une chambre d'hôtel.

— Alors vous le donnerez à votre amie. Elle pourra vous faire le meilleur des cafés.

— Merci.

— Vous ne buvez que du café, c'est ça ? Pas d'alcool.

— Pas en ce moment.

— Avant, oui ?

Et sans doute après, me dis-je. Mais pas aujourd'hui.

— C'est comme moi, poursuivit-il. Je bois pas, je fume pas de came, aucune de ces saloperies. Mais dans le temps, oui.

— Pourquoi avez-vous arrêté ?

— Ça collait pas avec l'image.

— Quelle image. L'image du souteneur ?

— Le connaisseur, répondit-il. Le collectionneur d'œuvres d'art.

— Comment se fait-il que vous en sachiez tant sur l'art africain ?

— J'ai appris tout seul. J'ai lu tout ce que je pouvais trouver, je suis allé voir des marchands et je leur ai parlé. Et puis c'était un truc que je sentais. (Quelque chose le fit sourire.) Il y a longtemps, je suis allé à l'université.

— Où ça ?

— Hofstra. J'ai été élevé à Hemstead. Je suis né à Bedford-Stuyvesant, mais mes parents ont acheté une maison quand j'avais deux ou trois ans. Je ne me souviens pas de Bed-Stuy. (Il était revenu s'asseoir sur le pouf et se penchait en arrière en nouant ses mains autour de ses genoux pour rétablir l'équilibre.) Maison de petit-bourgeois, avec une pelouse à tondre, des feuilles à ratisser et une allée à dégager à la pelle. Je peux prendre et perdre l'accent du ghetto, mais c'est de la frime. Nous n'étions pas riches, mais nous vivions correctement, et il y avait assez d'argent pour m'envoyer à Hofstra.

— Qu'avez-vous étudié ?

— L'histoire de l'art. Mais pas un mot sur l'art africain. Rien que le fait que des gus comme Braque et Picasso s'étaient beaucoup inspirés des masques africains, tout comme les Impressionnistes prenaient leur pied avec les estampes japonaises. Mais je n'ai jamais posé les yeux sur une sculpture africaine avant mon retour du Vietnam.

— A quel moment y étiez-vous ?

— Après ma troisième année à l'université. Mon père est mort, vous comprenez. J'aurais quand même pu terminer, mais je ne sais pas, j'ai tout lâché sur un coup de tête et je me suis engagé. (Il avait la tête penchée en arrière et les yeux fermés.) J'ai goûté à toutes les drogues, là-bas. Les joints, le hasch, l'acide... On avait tout ce qu'on voulait. Moi, ce que je préférais, c'était l'héroïne. Ils la préparent différemment, là-bas. Ils en font des cigarettes. Je la fumais.

— C'est la première fois que j'entends ça.

— C'est parce qu'on en gaspille, comme ça. Mais on l'avait pour trois fois rien. Ils cultivent l'opium, dans ces pays, alors ce n'est pas cher. On arrive à se défoncer complètement, en fumant de la H. J'étais givré le jour où j'ai reçu la nouvelle de la mort de ma mère. Elle avait toujours été hypertendue, elle a eu une attaque et elle est morte. Quand je l'ai appris, j'étais sous l'effet d'un joint à l'héroïne et ça ne m'a rigoureusement rien fait. Vous voyez ? Et quand l'effet est passé et que je suis redevenu normal, ça ne m'a toujours rien fait. La première fois que j'ai ressenti quelque chose, c'est cet après-midi en écoutant un prêcheur de location citer Ralph Waldo Emerson à propos d'une prostituée morte. (Il se redressa et me regarda.) J'étais assis, là, et j'avais envie de pleurer ma maman. Mais je ne l'ai pas fait. Je ne la pleurerai sans doute jamais.

Pour changer l'ambiance, il retourna chercher du café. Quand il revint, il me dit :

— Je me demande pourquoi je vous choisis pour vous raconter ma vie. Vous me servez sans doute de psychanalyste. Vous avez accepté mon fric et vous êtes obligé de m'écouter.

— Ça fait partie de mes services. Qu'est-ce qui vous a donné l'idée de devenir souteneur ?

— Comment le brave garçon que j'étais a-t-il sombré dans la débauche ? (Il eut un petit rire bref, puis il réfléchit un moment.) J'avais un ami, un gamin blanc d'Oak Park, dans l'Illinois. Tout près de Chicago.

— Je vois où c'est.

— Je lui faisais mon numéro. J'étais le petit gars du ghetto, qui avait fait les quatre cents coups, vous voyez le genre ? Puis il a été tué. Une mort idiote, on n'était même pas dans la zone de combat. Il était bourré et s'est fait écraser par une jeep. N'empêche qu'il était mort et que je ne racontais plus mes histoires, et maman était morte et j'ai compris qu'en rentrant du Vietnam, je ne retournerais pas à l'université.

Il s'approcha de la fenêtre, et continua à parler en me tournant le dos.

— Quand j'étais là-bas, j'avais une nana. Un tout petit bout de femme, et j'allais chez elle, je fumais la H, et je traînais un peu. Je lui donnais de l'argent, et puis je me suis rendu compte qu'elle le prenait pour le refiler à son jules, et moi qui pensais même épouser cette fille et la ramener aux Etats-Unis. Je ne l'aurais pas fait, mais j'y pensais, et puis j'ai découvert qu'elle n'était qu'une putain. Je ne sais pas ce qui m'avait fait croire qu'elle était autre chose, mais les hommes ont parfois des idées comme ça, vous savez.

« J'ai pensé à la tuer, mais quoi, merde, je n'en avais même pas envie et je n'étais pas assez en colère. Alors, ce que j'ai fait, c'est que j'ai arrêté de fumer, j'ai arrêté de boire, j'ai arrêté tout ce avec quoi je me défonçais.

— Comme ça, sans problème ?

— Sans problème. Et puis je me suis demandé : bon, qu'est-ce que tu veux faire ? Et le tableau s'est dessiné, un petit trait par-ci, une petite touche par-là. J'ai été un bon petit soldat jusqu'à la fin de mon engagement. Et puis je suis rentré et j'ai monté mon affaire.

— Vous avez appris tout seul ?

— Merde, je me suis *inventé* tout seul. Je me suis donné un nom : Chance. J'avais débuté dans la vie avec un prénom, un nom de famille et un deuxième nom. Aucun de ces noms n'était Chance. Je me suis donné un nom, je me suis créé un style et le reste s'est organisé tout seul autour de ça. Le proxénétisme n'est pas difficile à apprendre. Tout ce qui compte, c'est le pouvoir. On fait comme si on l'avait déjà, et les femmes viennent vous le donner d'elles-mêmes. C'est pas plus compliqué que ça.

— Vous n'êtes pas censé porter un chapeau mauve ?

— C'est probablement plus facile si on a l'allure et la tenue vestimentaire du maquereau. Mais si on va à l'encontre du modèle stéréotypé, les gens s'imaginent avoir affaire à quelqu'un d'exceptionnel...

— Vous l'êtes ?

— Ecoutez, j'ai toujours été juste avec les filles. Je ne les ai jamais battues, jamais menacées. Kim a voulu me quitter et qu'est-ce que j'ai fait ? Je lui ai dit : vas-y. Que Dieu te bénisse.

— Le mac au cœur d'or, quoi.

— Vous plaisantez, mais vous avez tort. Je les aimais bien. Et j'avais la vie rêvée, mec. Ça, c'est vrai.

— Vous l'avez toujours.

Il secoua la tête.

— Non, dit-il. Tout fout le camp. Tout mon système se déglingue et je ne peux pas recoller les morceaux.

31

Nous quittâmes l'ancienne caserne de pompiers, moi à l'arrière de la voiture, Chance devant, coiffé de sa casquette de chauffeur. Quand nous eûmes franchi quelques carrefours, il s'arrêta près du trottoir et rangea la casquette dans la boîte à gants, tandis que j'allais le rejoindre à l'avant. Les banlieusards étaient rentrés chez eux, aussi le retour à Manhattan fut rapide. Nous ne parlâmes guère pendant le trajet. Nous observions une certaine distance, comme si nous avions déjà échangé plus de confidences que nous n'en avions eu l'intention.

Pas de message à la réception. Je montai dans ma chambre, me changeai, m'arrêtai avant de sortir pour prendre le .32 dans le tiroir de ma commode. Quel intérêt de trimbaler un revolver dont j'étais apparemment incapable de me servir ? Je n'en vis pas, mais le mis quand même dans ma poche.

Je descendis, achetai un journal, et sans trop réfléchir me rendis chez Armstrong et m'assis à une table. Ma table habituelle, dans un coin. Trina s'approcha, me dit que ça faisait longtemps qu'on ne m'avait pas vu et prit ma commande : hamburger au fromage, salade, café.

Elle était repartie vers la cuisine quand j'eus soudain la vision d'un gin-martini sec, sans glaçon, mais dans un verre à pied, glacé. Non seulement je le vis, mais je sentis l'odeur du genièvre, le goût du zeste de citron. J'eus l'impression, aussi, de le sentir descendre, décapant.

Je songeai : non, ce n'est pas possible. Merde.

Cette subite envie de boire un verre s'en alla aussi vite qu'elle était venue. Je la mis sur le compte d'un réflexe, d'une réaction à l'atmosphère de chez Armstrong. J'y avais bu tant d'alcool et pendant tant d'années. Depuis ma dernière cuite, on refusait de m'y servir de l'alcool et je n'y avais pas remis les pieds. Il était donc naturel que l'idée me soit venue d'y boire un verre. Cela ne signifiait pas que j'en avais besoin.

Je mangeai mon repas et pris ensuite une autre tasse de café. Je lus mon journal, payai l'addition et laissai un pourboire. Il était temps de me rendre à St. Paul.

Le témoignage était une version alcoolique du Rêve Américain. Le modérateur, un jeune homme originaire d'une famille pauvre de Worcester, dans le Massachusetts, avait travaillé pour payer ses études à l'université, avait accédé à un poste de vice-président d'une chaîne de télévision et avait tout perdu en buvant. Il avait touché le fond et s'était retrouvé à Los Angeles, buvant de l'alcool à brûler à Pershing Square. Puis il avait découvert les A.A., avait remonté la pente et retrouvé ce qu'il avait perdu.

J'aurais pu y trouver une inspiration si j'y avais vraiment prêté attention. Mais je pensais sans cesse à autre chose. A l'enterrement de Sunny ; à ce que m'avait raconté Chance, et surtout à la double affaire de meurtre à laquelle j'essayais de comprendre quelque chose.

J'étais persuadé que tous les éléments étaient là, pratiquement sous mon nez. Encore fallait-il savoir sous quel angle les regarder.

Je m'en allai pendant le tour de table, avant que ce soit à moi de parler. Je n'avais même pas envie de répéter encore une fois la même chose. Je rentrai tout droit à mon hôtel, en me refusant le plaisir d'aller passer quelques minutes chez Armstrong.

J'appelai Durkin. Il était absent. Je raccrochai sans laisser de message et composai le numéro de Jan.

Pas de réponse. Elle était sans doute encore à sa réunion. Ensuite, elle irait probablement boire un café et ne rentrerait pas chez elle avant 11 heures.

J'aurais pu rester à ma réunion jusqu'à la fin, puis aller prendre un café avec les habitués. D'ailleurs, rien ne m'empêchait d'aller les rejoindre. Le Cobb's Corner où ils se retrouvaient n'était pas bien loin.

J'y réfléchis, puis décidai que je n'avais pas vraiment envie d'y aller.

Je pris un livre mais ne compris rien à ce que je lisais. Je refermai le livre, me déshabillai, allai dans la salle de bains et fis couler la douche. Sauf que je n'avais pas vraiment besoin de prendre une douche. J'en avais pris une le matin même, et mon activité la plus harassante de la journée avait consisté à regarder Chance faire des haltères. Alors, quel besoin avais-je de prendre une douche ?

Je fermai les robinets et me rhabillai.

Je me sentais comme un lion en cage. Je décrochai le téléphone. J'aurai appelé Chance si j'avais pu joindre cet emmerdeur sans passer par son service pour attendre qu'il rappelle, et je n'avais pas envie de faire ça. J'appelai Jan qui n'était pas encore rentrée. J'appelai Durkin qui n'était toujours pas là. Encore une fois, je ne laissai pas de message.

Il était peut-être en train de se défouler au bistrot de la Dixième Avenue. Je songeai que je pourrais aller l'y chercher, mais je compris que ce n'était pas Durkin que je chercherais, mais une excuse pour franchir la porte de cet établissement et poser un pied sur la barre de cuivre.

Y avait-il, d'ailleurs, une barre de cuivre ? Je fermai les yeux pour essayer de me rappeler le décor. Au bout d'un instant, tout me revint, y compris les relents d'alcool, de bière éventée et d'urine. L'aigre odeur de bistrot qui accueille votre retour.

Je songeai : tu as tenu neuf jours, et tu as assisté à deux réunions aujourd'hui, une à midi, l'autre le soir, et tu as rarement été aussi près de boire un verre. Qu'est-ce qui te prend ?

Si j'allais au bistrot de Durkin, je boirais. Si j'allais au Farrell's, Polly's ou chez Armstrong, je boirais. Si je restais dans ma chambre, je deviendrais dingue, et quand je serais suffisamment dingue, je m'en irais d'entre ces quatre murs — pour aller où ? Dans un bar ou dans un autre, et je boirais.

Je m'obligeai à rester là. J'avais tenu pendant toute la huitième journée et il n'y avait aucune raison pour que je ne tienne pas pendant toute la neuvième. Je restai assis, regardant de temps en temps ma montre, laissant parfois passer toute une minute entre deux coups d'œil. Finalement, quand il fut 11 heures, je descendis, sortis et hélai un taxi.

*

Sept soirs par semaine, une réunion se tient à minuit à l'Eglise Morave qui se trouve au coin de la 30e Rue et de Lexington Avenue. Les portes s'ouvrent environ une heure avant le début de la réunion. Je m'y rendis, m'assis, et dès que le café fut prêt, je m'en servis une tasse.

Je ne prêtai guère attention au témoignage ou au tour de table. L'important, pour moi, c'était d'être là, et de me sentir en sécurité. Il y avait dans là salle beaucoup de gens qui étaient sobres depuis peu, qui en bavaient des ronds de chapeaux. Autrement, pourquoi seraient-ils là à une heure pareille ?

Il y avait aussi des gens qui n'avaient pas encore cessé de boire. On fut, d'ailleurs, obligé de sortir un type trop bourré, mais les autres se tinrent tranquilles. C'était, en effet, une salle pleine de gens qui étaient venus pour tenir une heure de plus.

Quand l'heure fut passée, j'aidai à replier les chaises et à vider les cendriers. Un autre plieur de chaises me dit qu'il s'appelait Kevin et me demanda depuis combien de temps je ne buvais plus. Je lui répondis que j'en étais à mon neuvième jour.

— Formidable, me dit-il. Revenez à nos réunions.

Ils disent toujours la même chose.

Je sortis, fis signe à un taxi qui passait, mais quand il s'approcha du trottoir et se mit à freiner, je changeai d'avis et agitai la main pour lui dire de ne pas s'arrêter. Il accéléra et s'éloigna.

Je n'avais pas envie de rentrer dans ma chambre.

Alors je pris la direction du nord et de l'immeuble de Kim, à près d'un kilomètre. D'un air très sûr de moi, je passai devant le portier et montai à l'appartement. Je savais qu'il y avait là un placard plein de bouteilles d'alcool, mais cela ne m'inquiétait pas. Je n'avais même pas envie de les vider dans l'évier comme je l'avais fait, quelque temps auparavant, pour la bouteille de Wild Turkey.

Dans sa chambre, j'examinai tous les bijoux de Kim. Je ne cherchais pas vraiment la bague verte. Je pris le bracelet en ivoire, défis le fermoir, le passai à mon poignet pour avoir une idée de la taille. Il était nettement trop petit. J'allai chercher des serviettes en papier dans la cuisine, y enveloppai soigneusement le bracelet et le mis dans ma poche.

Il ferait peut-être plaisir à Jan. Je me l'étais imaginé plusieurs fois à son poignet — dans son loft et pendant le service funèbre.

S'il ne lui plaisait pas, elle n'aurait qu'à ne pas le porter.

Je m'approchai du téléphone et décrochai. La ligne n'était pas encore coupée. Je me dis qu'elle le serait tôt ou tard, comme l'appartement serait, tôt ou tard, nettoyé et vidé des affaires de Kim. Pour le moment, il était encore comme si elle venait de sortir faire une course.

Je raccrochai sans avoir composé de numéro. Vers 3 heures du matin, je me déshabillai et me couchai dans le lit de Kim. Je ne changeai pas les draps. Il me sembla que son odeur, encore légèrement discernable, constituait une présence dans la pièce.

Cela ne m'empêcha pas de m'endormir très vite.

*

Je me réveillai inondé de sueur, persuadé d'avoir résolu l'affaire au cours d'un rêve, puis d'avoir oublié la solution. Je pris une douche, m'habillai et m'en allai.

Plusieurs messages m'attendaient à l'hôtel, tous de la part

de Mary Lou Barcker. Elle avait appelé juste après mon départ, la veille au soir, et deux fois dans la matinée.

Quand je la rappelai, elle me dit :

— J'ai essayé plusieurs fois de vous joindre. Je vous aurais appelé chez votre amie, mais je ne me rappelais plus son nom de famille.

— De toute façon, elle n'est pas dans l'annuaire.

Et je n'étais pas chez elle, pensai-je sans le lui dire.

— J'essaie de joindre Chance, poursuivit-elle. J'ai pensé que vous lui aviez peut-être parlé.

— Pas depuis hier soir, 7 heures. Pourquoi ?

— Je n'arrive pas à le trouver. Le seul moyen que je connaisse est de passer par son service.

— Je n'en connais pas d'autre.

— Ah. Je pensais que vous aviez peut-être un numéro spécial.

— Non. Seulement son service.

— Je les ai appelés. Il rappelle toujours, mais là, j'ai laissé, oh, je ne sais pas combien de messages, et je n'ai pas de nouvelles.

— Ça s'est déjà produit ?

— Jamais pendant aussi longtemps. J'ai commencé à l'appeler hier en fin d'après-midi. Et quelle heure est-il maintenant, 11 heures ? Ça fait plus de dix-sept heures. Il n'a jamais attendu si longtemps sans prendre contact avec son service.

Je songeai à la conversation que nous avions eue chez lui. Avait-il appelé son service, pendant que nous étions ensemble ? Je ne le pensais pas.

Les autres fois où nous nous étions vus, il avait appelé environ toutes les demi-heures.

— Et je ne suis pas la seule, disait Mary Lou. Il n'a pas rappelé Fran non plus. Je l'ai appelée et elle m'a dit qu'elle lui avait laissé des messages et qu'il ne l'avait pas rappelée non plus.

— Et Donna ?

— Elle est ici avec moi. Nous ne voulions pas rester seules. Et Ruby. Je ne sais pas où est passée Ruby. Son numéro ne répond pas.

— Elle est à San Francisco.

— Où ça ?

Je lui expliquai brièvement, puis l'écoutai transmettre mes explications à Donna.

— Donna est en train de citer Yeats, me dit-elle. Quand ça part de tous les côtés, le centre se désagrège, ou quelque chose comme ça. C'est vrai que ça part de tous les côtés.

— Je vais essayer de mettre la main sur Chance.

— Vous me rappellerez, après ?

— D'accord.

— En attendant, Donna reste ici, nous ne prenons aucun rendez-vous et nous n'ouvrons pas la porte. J'ai déjà dit au portier de ne laisser monter personne.

— Vous avez bien fait.

— J'ai proposé à Fran de venir, mais elle n'en a pas envie. Elle avait l'air givrée. Je vais la rappeler, et au lieu de lui proposer de venir, je vais lui *dire* de venir.

— Excellente idée.

— Donna dit que les trois petits cochons vont se cacher en attendant que le loup descende par la cheminée. J'aimerais mieux qu'elle s'en tienne à Yeats.

*

Je n'arrivai à rien en passant par le service. On voulait bien prendre un message, mais on se refusait à me dire si Chance avait appelé récemment.

— Je suis sûre qu'il ne tardera pas à nous contacter, me dit une dame. Je ne manquerai pas de lui faire part de votre message.

J'appelai les renseignements de Brooklyn et obtins le

numéro de la maison de Greenpoint. Je le composai et laissai sonner douze fois avant de me rappeler que Chance m'avait dit qu'il avait retiré les marteaux des sonneries de ses appareils. De toute façon, il valait mieux vérifier.

J'appelai ensuite Parke Bernet. La vente des objets d'art africains et océaniens commençait à 14 heures.

Je pris une douche, me rasai, avalai un petit pain et une tasse de café tout en lisant le journal. Le *Post* se débrouillait pour garder Jack l'Eventreur en première page, mais pour y arriver, ils avaient été obligés de délayer la sauce. Dans le Bronx, du côté de Bedford Park, un homme avait poignardé sa femme à trois reprises avec un couteau de cuisine, avant d'appeler la police pour se constituer prisonnier. Normalement, cette information aurait eu droit à deux paragraphes dans les dernières pages, mais le *Post* l'avait collé à la Une avec un gros titre en forme de question : L'EVENTREUR DU MOTEL L'AURAIT-IL INSPIRE ?

J'assistai à une réunion de midi et demi et arrivai à la galerie Parke Bernet un peu après 2 heures. La vente n'avait pas lieu dans la salle où les objets avaient été exposés. Pour pouvoir s'asseoir, il fallait un catalogue des ventes et le catalogue coûtait cinq dollars. J'expliquai que je cherchais quelqu'un et regardai de tous les côtés. Chance n'était pas là.

L'huissier ne voulait pas que je reste si je n'achetais pas un catalogue. Je préférai payer plutôt que de discuter. Je lui filai cinq dollars et me retrouvai avec un catalogue, une inscription et un numéro d'ordre d'enchérisseur. Je ne voulais pas m'inscrire, je ne voulais pas enchérir. Je n'avais rien à foutre d'un catalogue.

Je restai assis là pendant près de deux heures, tandis que les lots étaient adjugés l'un après l'autre. Dès 2 heures et demie, j'eus la quasi certitude qu'il ne viendrait pas, mais je restai quand même à ma place car je ne voyais pas ce que je pourrais faire de mieux. Je ne prêtais guère attention aux enchères et me retournais toutes les deux minutes pour m'assurer que Chance n'était pas arrivé. A 4 heures moins vingt, le bronze du Bénin fut mis aux enchères puis adjugé pour 65 000 dollars, ce qui était un peu plus que l'estimation. C'était la vedette de la vente et un bon nombre d'enchérisseurs s'en allèrent quand elle fut vendue. Je m'attardai encore quelques minutes, sachant qu'il ne viendrait pas, toujours aux prises avec le problème qui m'obsédait depuis plusieurs jours.

J'avais le sentiment de posséder tous les éléments de l'affaire. Il ne me restait plus qu'à les assembler.

Kim. La bague de Kim et la veste de vison de Kim. *Cojones. Maricón.* Les serviettes de toilette. Un avertissement. Calderón. Cookie Blue.

Je me levai et m'en allai. Je traversais le hall quand j'aperçus une table recouverte de catalogues de ventes anciennes. Je pris le catalogue d'une vente de bijoux qui avait eu lieu au printemps, et je le feuilletai. Il ne m'apprit rien. Je le reposai et demandai au réceptionniste si un expert en bijoux et pierres précieuses était attaché à la galerie.

— Il vous faut voir M. Hillquist, me répondit-il.

Il me donna le numéro de son bureau et m'indiqua d'un geste où je le trouverais.

M. Hillquist était assis à un bureau si peu encombré qu'on aurait pu croire qu'il n'avait rien eu à faire de la journée, à part attendre que je vienne le consulter. Je me présentai et lui dis que j'aimerais une vague estimation de la valeur d'une émeraude. Il me demanda s'il pouvait voir la pierre, et je lui répondis que je ne l'avais pas apportée.

— Il faudrait que je puisse la voir, m'expliqua-t-il, car la valeur d'une pierre précieuse est fonction d'une quantité de variables. La grosseur, la coupe, la couleur, l'éclat...

Je mis la main dans ma poche, touchai le .32, tâtonnai pour trouver le petit bout de verre vert.

— Il fait à peu près cette taille, lui dis-je.

Il ajusta à un œil une loupe d'horloger, regarda le verre, se raidit et fixa sur moi l'autre œil soudain méfiant.

— Ceci n'est pas une émeraude, articula-t-il avec soin, comme s'il s'adressait à un enfant ou à un fou.

— Je le sais. C'est un bout de verre.

— Oui.

— Il fait à peu près la grosseur de la pierre en question. Je suis détective. J'essaie de me faire une idée de la valeur d'une bague qui a disparu depuis que je l'ai vue. Je...

— Ah, fit-il avec un soupir de soulagement. J'ai cru un instant que...

— Oui, je comprends.

Il retira la loupe de son œil et la posa devant lui sur le bureau. Il me dit :

— Quand on est à ma place, on est à la merci du public. Vous ne pouvez pas imaginer les gens qui viennent me voir, les choses qu'ils me montrent, les questions qu'ils me posent.

— Oh, si, je peux l'imaginer.

— Non, je ne crois pas. (Il prit le bout de verre et l'observa en secouant la tête.) Je ne peux quand même pas vous dire la valeur de votre pierre. La grosseur n'est qu'un des éléments qui entrent dans l'estimation. Il y a aussi la couleur, la transparence, le brillant. Etes-vous même sûr qu'il s'agit bien d'une émeraude ? Avez-vous analysé sa dureté ?

— Non.

— Cela pourrait même être du verre teinté. Comme le, euh, trésor que vous m'avez apporté.

— Il se pourrait que ce soit du verre. Mais ce que je voudrais savoir, c'est combien cela vaudrait si c'était une émeraude véritable.

— Je crois comprendre ce que vous désirez. (Il observa le bout de verre en fronçant les sourcils.) Seulement, vous savez, je préfère éviter de me livrer à ce genre d'estimation fumeuse. Parce que même en admettant qu'il s'agisse d'une émeraude véritable, sa valeur pourrait être comprise dans une très vaste fourchette de prix. Elle pourrait valoir très cher ou presque rien. Elle pourrait, par exemple, avoir un gros défaut ; ou n'être qu'une pierre de qualité très médiocre. Il existe même des entreprises de vente par correspondance qui vendent des émeraudes au carat, mais ce qu'elles vendent n'est certainement pas une affaire. Ce sont pourtant des émeraudes véritables, bien que leur valeur en tant que pierre précieuse soit à peu près nulle.

— Je vois.

— Même la valeur d'une émeraude ayant les qualités d'une pierre précieuse peut varier considérablement. Vous pourriez acheter une pierre de cette grosseur (il soupesa le bout de verre dans sa main) ... pour deux mille dollars. Et ce serait une belle pierre, pas du corindon artificiel de Caroline du Nord. D'autre part, une pierre de la plus belle qualité, la plus belle couleur, sans le moindre crapaud, pas même péruvienne, mais une très belle émeraude de Colombie, pourrait valoir quarante, cinquante et jusqu'à soixante mille dollars. Et je ne vous cite là que des chiffres approximatifs.

Il n'avait pas fini de parler mais je ne l'écoutais plus. Il ne m'avait en fait rien vraiment appris, n'avait pas ajouté de nouvelle pièce au puzzle, mais il avait provoqué un déclic. Maintenant, je savais dans quel sens il me fallait chercher.

Je m'en allai sans oublier mon petit cube de verre vert.

32

Ce soir-là, vers dix heures et demie, j'entrai au Poogan's Pub de la 72e Rue Ouest et en ressortis presque aussitôt. Une pluie fine s'était mise à tomber depuis environ une heure. Dans la rue, la plupart des gens portaient un parapluie. Pas moi, mais j'avais un chapeau et je m'arrêtai sur le trottoir pour en ajuster le bord.

De l'autre côté de la rue, j'aperçus une Mercury dont le moteur tournait au ralenti.

Je partis vers la gauche, en direction du Top Knot. Je repérai tout de suite Danny Boy à une table au fond de la salle, mais je m'approchai quand même du comptoir et demandai s'il était là. Je dus parler très fort car beaucoup de gens me regardèrent. Le barman fit un geste en direction du fond. J'allai rejoindre Danny Boy.

Il avait de la compagnie. Il partageait sa table avec une fille mince, au visage de renard, et dont les cheveux étaient aussi blancs que les siens, sauf que dans le cas de la fille, la nature n'y était pour rien. Elle avait les sourcils sévèrement épilés et le front luisant. Danny Boy me la présenta sous le nom de Bryna, ajoutant :

— Ça rime entre autre avec zona.

L'intéressée sourit, découvrant de petites canines de chien.

J'attirai une chaise, m'assis lourdement et dis :

— Danny Boy, vous pouvez transmettre ce message : je sais qui était le petit ami de Kim Dakkinen. Je sais qui l'a tuée et je sais pourquoi.

— Vous allez bien, Matt ?

— Très bien, merci. Vous savez pourquoi j'avais tant de mal à obtenir le moindre renseignement sur le petit ami de Kim ? C'est parce qu'il n'était pas un gars en vue. Il ne la sortait pas dans les clubs, il ne jouait pas de l'argent, il ne traînait pas dans les bars. Il n'avait pas de rapports avec le Milieu.

— Vous avez bu, Matt ?

— Vous vous croyez aux temps de l'Inquisition ? Qu'est-ce que ça peut vous faire, si j'ai bu ou non ?

— Je me demandais, comme ça. Vous parlez tellement fort.

— Eh bien, j'essaie de vous expliquer à propos de Kim. De son petit ami. Vous comprenez, il était marchand de pierres précieuses. Il n'était pas très riche. Il ne crevait pas de faim non plus. Il gagnait sa vie, quoi.

— Bryna, dit-il, tu pourrais peut-être aller te refaire une beauté.

— Laissez-la. Je trouve qu'elle est très bien comme ça.

— Matt...

— Je ne vous raconte pas de secrets, Danny Boy.

— Comme vous voudrez.

— Ce joaillier, poursuivis-je. On dirait bien qu'il a commencé à la voir comme client. Puis il s'est passé quelque chose. Il est tombé amoureux d'elle ; allez savoir pourquoi.

— Ce sont des choses qui arrivent.

— Exactement. En tout cas, c'est ce qui lui est arrivé. Et au même moment, des gens sont entrés en contact avec lui. Ils avaient des pierres précieuses qui ne passaient jamais la douane, et pour lesquelles ils n'avaient pas de factures. Des émeraudes. Des émeraudes colombiennes. Des émeraudes de toute beauté.

— Matt, vous voulez bien me dire pourquoi vous me racontez tout ça ?

— C'est une histoire intéressante, non ?

— Vous ne me la racontez pas à moi, vous la racontez à toute la salle. Vous savez ce que vous faites ?

Je le regardai fixement.

— Bon, d'accord, dit-il au bout d'un moment. Bryna, écoute-le bien, ma chérie. Ce dingue a envie de parler d'émeraudes.

— Le petit ami de Kim devait jouer un rôle d'intermédiaire, en s'occupant de vendre les émeraudes pour le compte des gens qui les importaient frauduleusement. Il l'avait déjà fait et ça lui avait rapporté quelques dollars. Seulement maintenant, il était amoureux d'une dame qui lui coûtait cher. Du coup, il voulait vraiment gagner de l'argent. Alors, il a essayé de les doubler.

— Comment ?

— Je l'ignore. Il a peut-être essayé d'échanger des pierres. Il a peut-être voulu en garder pour lui. Ou bien il a carrément gardé tout le lot et s'est fait la malle. Il avait dû dire quelque chose à Kim, car c'est à cause de ça qu'elle a prévenu Chance qu'elle voulait décrocher. Elle ne voulait plus faire de passes. A mon avis, il a échangé des pierres et il est allé à l'étranger vendre les beaux cailloux. Pendant son absence, Kim s'est libérée de Chance. Quand il reviendrait, ce serait le Grand-Amour-Toujours. Mais il n'est pas revenu.

— S'il n'est pas revenu, qui c'est qui a tué Kim ?

— Ceux qu'il avait doublés. Ils l'ont attirée dans la chambre du Galaxy. Elle a dû penser que c'était lui qu'elle allait y trouver. Elle ne faisait plus de passes, alors elle ne serait pas allée retrouver un client dans un hôtel. De toute façon, elle évitait les rendez-vous dans les hôtels, quand elle était call-girl. Elle a dû recevoir un coup de téléphone de quelqu'un qui prétendait être un ami de son petit ami et qui lui a dit que ce dernier avait peur de venir chez elle parce qu'il avait l'impression d'être suivi, alors il lui demandait de venir le rejoindre au Galaxy.

— Et elle y est allée.

— Bien sûr. Elle s'est fait belle, elle s'est parée de tous les cadeaux qu'il lui avait offerts, la veste de vison et la bague d'émeraude. La veste ne valait pas une fortune, parce que le gars n'était pas riche et n'avait pas beaucoup d'argent à claquer, mais il avait pu lui offrir une émeraude sensationnelle parce qu'elle ne lui avait rien coûté. Il était du métier, et il avait pu prendre une pierre importée en fraude et la lui faire monter en bague.

— Alors, elle est allée là-bas se faire tuer.

— C'est ça.

Danny Boy but un peu de vodka.

— Pourquoi ? Vous croyez qu'ils l'ont tuée pour récupérer la bague ?

— Non. Ils l'ont tuée pour la tuer.

— Pourquoi ?

— Parce que c'étaient des Colombiens et que c'est ainsi qu'ils pratiquent. Quand ils en veulent à quelqu'un, ils commencent par éliminer sa famille.

— C'est vache.

— Ils pensent peut-être que c'est une façon de décourager ceux qui pourraient avoir envie de les doubler. Ils ont peut-être raison. Des affaires de ce genre, il y en a régulièrement dans les journaux, surtout à Miami. Toute une famille liquidée parce qu'un type en a doublé un autre dans une affaire de coco. La Colombie est un petit pays riche. Ils ont le meilleur café, la meilleure marijuana, la meilleure cocaïne.

— Et les plus belles émeraudes ?

— Exactement. Le marchand de pierres précieuses de Kim n'était pas un homme marié. J'ai d'abord cru qu'il l'était et que ça expliquait pourquoi je n'arrivais pas à obtenir de renseignements sur lui. Mais il n'a *jamais* été marié ; il n'a peut-être jamais aimé une femme avant de tomber amoureux de Kim, et c'est peut-être pourquoi il était prêt à tout chambouler, dans sa vie. Enfin, toujours est-il qu'il était célibataire. Pas d'épouse, pas d'enfants ; pas de parents en vie. Si on veut éliminer la famille d'un type comme ça, qu'est-ce qu'on fait ? On tue sa petite amie.

Le visage de Bryna était maintenant aussi blanc que ses cheveux. Elle n'aimait pas les histoires où l'on tue la petite amie.

— Le meurtre a été commis dans les règles de l'art, puisque l'assassin a pris soin d'éliminer toutes les preuves. Mais quelque chose l'a poussé à faire de la boucherie au lieu de procéder rapidement avec un revolver équipé d'un silencieux. Il n'aimait peut-être pas les prostituées, ou bien il était misogyne. Quoi qu'il en soit, il s'est carrément déchaîné sur Kim.

« Puis il s'est nettoyé, il a embarqué les serviettes sales, sa machette, et il s'est taillé. Il a laissé la veste de fourrure et il a laissé l'argent dans le sac à main de Kim. Mais il a pris la bague.

— Parce qu'elle valait très cher ?

— C'est possible. On n'a aucune preuve de la valeur de la bague et si ça se trouve, c'était un bout de verre taillé qu'elle s'était acheté elle-même. Mais c'était peut-être une émeraude et si ça ne l'était pas, le meurtrier a pu croire que c'en était une. Parce qu'il y a une différence entre laisser quelques centaines de dollars pour montrer qu'on ne vole pas les morts et laisser une émeraude qui pourrait valoir cinquante mille dollars ; à plus forte raison si, pour commencer, l'émeraude était à vous.

— Je comprends.

— Le réceptionniste de service au Galaxy était un Colombien, le jeune Octavio Calderón. C'était peut-être une coïncidence. A l'heure actuelle, il y a beaucoup de Colombiens à New York. Peut-être le meurtrier a-t-il choisi le Galaxy parce qu'il connaissait quelqu'un qui y travaillait. Ça n'a pas d'importance. Calderón a sans sans doute reconnu le meurtrier, ou du moins il en savait assez sur lui pour la fermer. Quand un flic est retourné là-bas pour l'interroger une seconde fois, Calderón avait disparu. Les amis du tueur lui ont conseillé de disparaître, ou alors il s'est rendu compte tout seul qu'il serait plus en sécurité ailleurs. En rentrant chez lui à Carthagène, ou en s'installant dans une autre pension de famille, dans un autre quartier de Queens.

A moins qu'il n'ait été tué, me dis-je. C'était possible, mais je ne le pensais pas. Quand ces gens-là tuaient, ils aimaient laisser les cadavres bien en évidence.

— Il y a une autre prostituée qui a été tuée.

— Sunny Hendryx. Mais c'était un suicide. La mort de Kim a peut-être déclenché ça, et dans ce cas le meurtrier de Kim est moralement responsable de la mort de Sunny. Mais Sunny s'est suicidée.

— Je parlais de celle qui faisait le trottoir. Le transsexuel.

— Cookie Blue.

— C'est ça. Pourquoi l'a-t-on tuée ? Pour vous mettre sur une fausse piste ? Mais vous n'étiez même pas sur une piste, à ce moment-là.

— Non.

— Alors, pourquoi ? Vous croyez que le premier meurtre a fait perdre la tête au tueur ? Que ça a déclenché quelque chose en lui qui lui a donné l'envie de recommencer ?

— C'est en partie ça, je crois. Personne ne referait pareille boucherie s'il n'y avait pas pris goût, la première fois. Je ne sais pas s'il a eu des relations sexuelles avec ses victimes, mais le plaisir qu'il a éprouvé en les tuant était sûrement d'ordre sexuel.

— Alors, il a choisi Cookie pour se faire plaisir ?

A nouveau, Bryna blêmit. C'était déjà pénible d'entendre dire qu'on pouvait se faire assassiner parce qu'on était la petite amie de quelqu'un, mais c'était encore pire d'apprendre qu'on pouvait être assassinée comme ça, par hasard.

— Non, répondis-je à Danny Boy, Cookie a été tuée pour une raison précise. Le meurtrier est allé la chercher ; il a laissé de côté plein d'autres tapineuses, en attendant de l'avoir trouvée. Cookie était de la famille.

— De la famille ? Quelle famille ?

— Celle du petit ami.

— Il avait deux nanas, le bijoutier ? Une fille et une putain travelo ?

— Cookie n'était pas sa nana. Cookie était son frère.

— Cookie...

— Au départ, Cookie Blue s'appelait Mark Blaustein. Mark avait un frère aîné qui s'appelait Adrian et qui était marchand de pierres précieuses. Adrian Blaustein avait une petite amie qui s'appelait Kim, et des associés qui étaient Colombiens.

— Il y avait donc un rapport entre Kim et Cookie.

— Il y avait forcément un rapport. Je suis sûr qu'elles ne se sont jamais rencontrées. Je ne pense pas que Mark et Adrian soient restés en contact au cours des dernières années, ce qui explique peut-être pourquoi le tueur a mis beaucoup plus longtemps pour trouver Cookie. Mais je savais qu'il devait y avoir un rapport quelconque. C'est drôle, j'ai dit a quelqu'un qu'elles étaient sœurs dans l'âme. C'était presque ça. Elles étaient presque belles-sœurs.

Danny Boy réfléchit un instant, puis il dit à Bryna de nous laisser seuls un instant. Cette fois, je n'intervins pas. Bryna quitta la table et Danny Boy fit signe à la serveuse. Il commanda une vodka et me demanda ce que je voulais boire.

— Rien pour le moment.

Quand il eut sa vodka, il but une petite gorgée d'un air pensif et posa le verre sur la table.

— Vous êtes allé voir les flics, me dit-il.

— Pas de flics.

— Pourquoi pas ?

— Pas encore eu l'occasion d'y aller.

— Vous avez préféré vènir ici.

— C'est ça.

— Moi, je sais tenir ma langue, Matt, mais Bryna la Nana en est incapable. Elle se figure que les pensées non exprimées cocottent dans la tête et vous font exploser le cerveau. Elle ne veut pas courir de risque. De toute façon, vous parliez assez fort pour que la moitié de la salle ne loupe rien de ce que vous racontiez.

— Je sais.

— C'est bien ce qu'il me semblait. Qu'est-ce que vous voulez ?

— Je veux que le tueur sache que je sais.

— Ça ne devrait pas prendre longtemps.

— Je veux que vous transmettiez le message, Danny Boy. Je vais m'en aller, rentrer à pied dans mon quartier, puis je passerai sans doute une heure ou deux chez Armstrong, après quoi je monterai dans ma chambre.

— Vous allez vous faire tuer, Matt.
— Ce salaud ne tue que des filles.
— Cookie n'était qu'à moitié fille. Peut-être qu'il est en train de passer aux hommes.
— Peut-être.
— Vous voulez qu'il s'en prenne à vous.
— C'est bien ce qu'on dirait, hein ?
— J'ai l'impression que vous êtes dingue, Matt. J'ai essayé de vous faire comprendre dès que vous êtes arrivé. J'ai essayé de vous calmer un peu.
— Je sais.
— Maintenant, il est probablement trop tard, que je transmette ou non votre message.
— Il était déjà trop tard. Je suis passé à Harlem avant de venir ici. Vous connaissez Royal Waldron ?
— Bien sûr, je connais Waldron.
— Nous avons un peu parlé, tous les deux. Il lui est arrivé de traiter des affaires avec les Colombiens.
— Ça ne m'étonne pas, étant donné le genre d'affaires qu'il traite, dit Danny Boy.
— Alors, ils doivent déjà être au courant. Mais vous pouvez quand même transmettre le message. A titre d'assurance.
— Assurance. Quel est le contraire d'assurance-vie ?
— Je ne sais pas.
— Assurance-mort. Il se peut qu'ils soient déjà en train de vous attendre à la sortie, Matt.
— C'est possible.
— Pourquoi n'allez-vous pas au téléphone appeler les flics ? Ils pourraient vous envoyer une voiture et vous emmener quelque part faire une déposition. A eux de faire le boulot pour lequel on les paie, merde.
— Je veux le meurtrier. Seul à seul.
— Vous n'êtes pas d'origine latine. D'où vous vient cette espèce de machisme ?

— Ne vous en faites pas. Transmettez le message, Danny Boy.

— Restez là un instant. (Il se pencha vers moi et baissa la voix :) Il ne faut pas que vous sortiez d'ici sans avoir un feu. Restez là, je vais chercher quelque chose.

— Je n'ai pas besoin de revolver.

— Non, bien sûr, à quoi ça sert ? Vous n'avez qu'à lui arracher sa machette et la lui faire bouffer. Après quoi vous lui cassez les deux jambes et l'abandonnez dans une ruelle.

— C'est à peu près ça.

— Vous voulez bien que j'aille vous chercher un revolver ? me demanda-t-il en me lançant un regard pénétrant. Vous en avez déjà un sur vous, en ce moment, c'est ça ?

— Je n'ai pas besoin de revolver.

*

C'était vrai. En sortant du Top Knot, je mis la main dans ma poche et sentis le canon et la crosse du petit .32. A quoi pouvait-il servir ? Ce genre d'arme de faible puissance n'était pas très efficace.

Surtout si on n'arrivait pas à presser la détente.

Dehors, il pleuvait encore, mais pas plus fort qu'avant. Je rabattis le bord de mon chapeau et regardai attentivement autour de moi.

La Mercury était garée de l'autre côté de la rue. Je la reconnus à ses pare-chocs bosselés. Pendant que je me tenais là, le conducteur mit le moteur en marche.

Je me dirigeai vers Columbus Avenue. Pendant que j'attendais que le feu passe au rouge, je vis que la Mercury avait fait demi-tour et approchait. Le feu changea ; je traversai la rue.

J'avais le revolver dans ma main et ma main dans ma poche, l'index sur la détente. Je me rappelai avoir senti la détente trembler sous mon doigt, tout récemment.

Je me trouvais alors dans la même rue.

Je continuai à marcher vers le sud. Une ou deux fois, je regardai par-dessus mon épaule. La Mercury me suivait constamment, à un peu moins de cent mètres.

Je ne me sentis à aucun moment détendu, mais je fus particulièrement crispé quand j'atteignis le pâté de maisons où j'avais sorti le revolver, quelques jours auparavant. Je ne pus m'empêcher de tourner la tête, m'attendant à chaque instant à ce que la Mercury me fonce dessus. A un moment, un réflexe me fit pivoter brutalement quand j'entendis un grincement de freins, mais je m'aperçus que le bruit s'était produit à plusieurs centaines de mètres de là.

J'avais les nerfs à vif.

Je passai devant l'endroit où je m'étais laissé tomber et avais roulé sur le trottoir. Je m'approchai du mur sur lequel la bouteille s'était écrasée. Il y avait encore des tessons par terre, mais ils ne provenaient pas forcément de la même bouteille. Il y a, chaque jour, beaucoup de bouteilles cassées.

Je marchai ainsi jusque chez Armstrong. Quand j'y fus arrivé, j'entrai et commandai une part de tarte aux noix de pecan et une tasse de café. Je gardai la main droite dans ma poche, tandis que mon regard fouillait la salle, examinant attentivement chaque client. Quand j'eus mangé ma tarte, je remis ma main dans ma poche et bus mon café de la main gauche.

Quand je l'eus terminé, j'en commandai une autre tasse.

Le téléphone sonna. Trina répondit, puis s'approcha du comptoir. Elle dit quelques mots à un homme costaud, aux cheveux blond foncé. Il se leva de son tabouret et alla au téléphone. Il parla pendant quelques minutes, puis raccrocha, regarda autour de lui et, finalement, se dirigea vers ma table. Il gardait ses deux mains bien en vue. Il me dit :

— Scudder ? Je m'appelle George Lightner ; je ne crois pas que nous nous connaissions. (Il attira une chaise et s'assit en face de moi.) C'était Joe, là, tout de suite, au téléphone. Il ne se passe rien, là-bas. Rien du tout. Ils se tiennent peinards dans la Mercury, et Joe a posté deux tireurs d'élite aux fenêtres du premier de la maison d'en face.

— Parfait.

— Moi, je suis là, et il y a deux gars à la table du devant. Vous avez dû nous repérer en arrivant.

— Je les avais repérés, lui dis-je. Vous, vous auriez pu être soit un flic soit le meurtrier.

— Merci quand même. C'est agréable, ici. Vous êtes plus ou moins un habitué, je crois.

— Moins qu'avant.

— Très sympathique. Je reviendrai quand je pourrai boire autre chose que du café. Ils vendent beaucoup de café, ce soir ; entre vous et moi et les deux autres gars à l'avant.

— Leur café est bon.

— Ouais, pas mal. Meilleur, en tout cas, que le jus qu'on a au commissariat. (Il alluma une cigarette avec un Zippo.) D'après Joe, il ne se passe rien nulle part. On a collé deux hommes avec votre amie, et deux autres avec les trois call-girls, dans l'East Side. (Il sourit.) C'est le poste qu'il m'aurait fallu. Mais on ne peut pas gagner à tous les coups, hein ?

— Non, sans doute.

— Combien de temps voulez-vous rester ici ? Joe est d'avis que le gars est déjà planqué quelque part, ou bien qu'il passera à l'action cette nuit. Nous pouvons vous protéger pas à pas, d'ici à votre hôtel. Evidemment, nous ne pouvons rien contre un tireur caché sur un toit ou derrière une fenêtre du dernier étage d'un immeuble. Nous avons envoyé des gars voir s'il n'y avait personne sur les toits, tout à l'heure, mais ce n'est pas une garantie.

— Je ne pense pas qu'il s'y prendra de loin.

— Alors, notre système est à peu près étanche. A propos, vous portez bien le gilet pare-balles ?

— Oui.

— Il vaut mieux. Evidemment, c'est un truc à mailles,

alors ça n'arrête pas forcément une lame, mais nous n'avons pas l'intention de le laisser vous approcher d'assez près. Nous pensons que s'il vous attend, il vous sautera dessus entre ici et la porte de votre hôtel.

— C'est ce que je pense aussi.

— Quand voulez-vous affronter le diable ?

— Dans un instant. Autant que je finisse mon café.

— Bon, dit-il. D'accord. Régalez-vous.

Il retourna à sa place au comptoir. Je terminai mon café, me levai, me rendis aux toilettes et vérifiai que le .32 était bien chargé. Une cartouche sous le percuteur, trois cartouches en attente, dans le barillet. J'aurais pu demander à Durkin deux autres cartouches pour emplir les alvéoles vides. Il m'aurait même donné un revolver plus gros et plus puissant. Mais il ne savait même pas que je portais le .32 et je n'avais pas eu envie de le lui dire. Etant donné la façon dont tout était organisé, je n'aurais pas besoin de tirer sur quelqu'un. En principe, le meurtrier nous tomberait dans les bras.

Sauf que cela n'allait pas se passer comme ça.

Je réglai mon addition et laissai un pourboire. Ça n'allait pas marcher. Je le sentais. Le Salaud n'était pas planqué là, dehors.

Je sortis. La pluie tombait un peu plus fort. Je regardai la Mercury, puis jetai un coup d'œil aux immeubles de l'autre côté de la rue, me demandant où étaient postés les tireurs d'élite de la police. Cela n'avait pas d'importance. Ils n'auraient pas à travailler, ce soir. Notre poisson n'avait pas mordu à l'hameçon.

Je marchai dans la 57e Rue, en restant sur le bord du trottoir, au cas où il se serait débrouillé pour se planquer dans l'ombre d'une porte. Je marchais lentement, en espérant que j'avais raison et qu'il n'essaierait pas de m'avoir de loin, parce que les gilets pare-balles laissent parfois passer les balles et ne font rien pour vous protéger d'une balle dans la tête.

Mais j'avais tort de m'en faire. Il n'était pas là. Merde, je savais qu'il n'était pas là.

Je respirai quand même un peu plus librement en arrivant à mon hôtel. Peut-être un peu déçu, mais drôlement soulagé.

Il y avait trois policiers en civil dans le hall. Ils se présentèrent sans attendre. Je restai quelques instants avec eux, puis Durkin arriva seul. Il s'entretint en tête à tête avec un de ses trois collègues, puis il s'approcha de moi.

— C'est loupé, me dit-il.

— On dirait bien, oui.

— Merde, on avait pratiquement tout couvert. Il a peut-être subodoré quelque chose, mais je ne vois pas comment. Ou alors, il est rentré chez lui, hier, à Bogota, et nous avons tendu un piège à un type qui se trouve sur un autre continent.

— C'est possible.

— En tout cas, vous pouvez aller dormir. Si vous n'êtes pas trop crispé pour arriver à vous détendre. Buvez un ou deux verres, histoire de vous abrutir pendant sept ou huit heures.

— Bonne idée.

— Les gars ont surveillé le hall pendant toute la soirée. Il n'y a pas eu de visiteurs, pas de nouveaux clients. Je vais laisser quelqu'un de garde, ici, pendant la nuit.

— Vous croyez que c'est nécessaire ?

— Ça ne peut pas faire de mal.

— Comme vous voudrez.

— On a tout mis en œuvre, Matt. Ça vaut la peine si on arrive à débusquer ce salopard, parce que Dieu sait qu'on pourrait ratisser la ville sans mettre la main sur les types qui font la contrebande des émeraudes. Parfois on a du pot, parfois on n'en a pas.

— Je sais.

— On finira bien par l'avoir, cette ordure, vous savez.

— Bien sûr.

— Bon. (Il se dandina d'un pied sur l'autre, mal à l'aise.) Bon, eh bien... Allez vous reposer. Hein ?

— C'est ça.

Je pris l'ascenseur. Le tueur n'était pas en Amérique du Sud. J'étais sûr qu'il n'était pas en Amérique du Sud. Il était à New York et il tuerait encore parce qu'il aimait ça.

Peut-être avait-il déjà tué. Peut-être qu'en tuant Kim il s'était rendu compte qu'il aimait ça. Il avait aimé ça au point qu'il avait recommencé de la même façon. La prochaine fois, il n'aurait pas besoin d'excuse. Il lui suffirait d'une victime, d'une chambre d'hôtel et de sa fidèle machette.

Buvez un ou deux verres, m'avait dit Durkin.

Je n'avais même pas envie de boire un verre.

Je songeai : dix jours. Tu te couches sans avoir bu et ça te fera dix jours de sobriété.

Je sortis le revolver de ma poche et le posai sur la commode. J'avais toujours le bracelet en ivoire dans une autre poche. Je le sortis, toujours enveloppé dans les serviettes en papier, et le mis à côté du .32. J'ôtai mon pantalon et ma veste, les suspendis dans le placard. J'enlevai ma chemise. Le gilet pare-balles était la chose la plus difficile à ôter, la plus encombrante à porter, et la plupart des flics que je connaissais avaient horreur de le mettre. Sauf qu'en général on n'aime pas non plus se faire tirer dessus.

Quand j'eus retiré le gilet, je le pliai et le posai sur la commode, à coté du revolver et du bracelet. Non contents de vous engoncer, les gilets pare-balles tiennent chaud. Celui-ci m'avait fait transpirer et j'avais des auréoles sous les manches de mon tricot de corps. Je le retirai ainsi que mon caleçon, mes chaussettes, et soudain, je sentis un déclic ; une petite alarme tinta dans mon crâne et je me tournai vers la salle de bains au moment où la porte s'ouvrait à la volée.

Il fonça dans la pièce, un homme grand, au teint olivâtre, aux yeux fous. Il était aussi nu que moi, mais il avait en main une machette dont la lame étincelante faisait plus de trente centimètres de long.

Je lui jetai le gilet pare-balles. D'un geste de la machette, il l'écarta. J'attrapai le revolver sur la commode et me baissai pour esquiver la lame qui s'abattait. Il releva le bras et je lui tirai quatre balles dans la poitrine

33

La ligne du métro LL part de la Huitième Avenue, traverse Manhattan en suivant la 14e Rue et va se perdre à Canarsie. Quand elle franchit le fleuve, son premier arrêt à Brooklyn est situé au carrefour de Bedford Avenue et de la 7e Rue Nord. C'est là que je descendis ; puis je me baladai un peu avant de trouver sa maison. Cela me prit un certain temps car je me trompai deux fois de direction, mais c'était un jour propice aux promenades, le soleil brillait dans un ciel dégagé, et pour changer il faisait bon.

A droite du garage, il y avait une lourde porte non vitrée. J'appuyai longuement sur la sonnette, mais il ne se passa rien et je n'entendis pas de sonnerie à l'intérieur. Ne m'avait-il pas dit qu'il avait débranché la sonnette ? J'appuyai encore et n'entendis toujours rien.

Il y avait, sur la porte, un heurtoir en cuivre. Je m'en servis. Il ne se passa rien. Je mis mes mains en porte-voix et criai :

— Chance ! C'est Scudder ! Ouvrez !

Je frappai encore sur la porte avec le heurtoir et avec mes poings.

La porte avait l'air bougrement solide, au toucher et à l'œil. A tout hasard, j'y donnai un coup d'épaule et me rendis compte que je n'arriverais pas à l'enfoncer. Je pouvais casser une fenêtre et entrer par là, mais à Greenpoint, il y aurait certainement un voisin prêt à appeler la police ou prendre un revolver et intervenir lui-même.

Je continuai à cogner sur la porte. Un moteur se mit à bourdonner, un treuil releva la porte électrique du garage.

— Par ici, dit Chance. Avant de démolir ma bon Dieu de porte.

J'entrai dans le garage dont il abaissa la porte en appuyant sur un bouton.

— Ma porte d'entrée ne s'ouvre pas, dit-il. Je croyais vous l'avoir montrée. Elle est complètement bloquée par des barres et autres bidules.

— Pratique, en cas d'incendie.

— Je sortirais par une fenêtre. Mais vous avez déjà entendu parler d'un incendie dans une caserne de pompiers ?

Il était habillé comme la dernière fois que je l'avais vu : jean bleu clair et pull bleu marine.

— Vous avez oublié votre café. Ou bien j'ai oublié de vous le donner. Avant-hier, vous vous rappelez ? Vous deviez en emporter deux livres.

— C'est vrai. J'ai oublié.

— Pour votre amie. Belle femme. J'ai du café tout prêt. Vous en prendrez bien une tasse ?

— Merci.

Je l'accompagnai dans la cuisine. Je lui dis :

— C'est pas facile de mettre la main sur vous.

— C'est parce que j'ai pas tellement pensé à garder le contact avec mon service.

— Je sais. Vous avez écouté les informations, récemment ? Vous avez lu le journal ?

— Pas dernièrement. Vous le prenez noir, je crois ?

— C'est ça. Tout est terminé, Chance. (Il me regarda.) Nous avons le gars.

— Le gars. Le meurtrier ?

— C'est ça. J'ai pensé qu'il valait mieux que je vienne vous raconter l'histoire.

— Oui, dit-il. J'aimerais bien l'entendre.

Je lui racontai tout avec un certain luxe de détails. Je commençais à en avoir l'habitude. Nous étions au milieu de l'après-midi et je n'avais cessé de raconter l'histoire à une personne ou à une autre depuis que j'avais collé quatre balles dans la poitrine de Pedro Antonio Marquez, un peu après deux heures du matin.

— Alors, vous l'avez tué, me dit Chance. Quel effet ça vous fait ?

— Je ne sais pas encore.

Je savais l'effet que ça faisait à Durkin. Je ne l'avais jamais vu aussi heureux. Il m'avait dit :

— Quand ils sont morts, au moins on est sûr qu'ils ne vont pas être libérés dans trois ans, prêts à recommencer. Et celui-là, c'était une saloperie de bête nuisible. Il avait goûté au sang et il aimait ça.

— C'est le même gars ? demanda Chance. Aucun doute possible ?

— Aucun. Ils en ont eu confirmation de la part du gérant du motel Powhattan. Ils ont aussi retrouvé des empreintes identiques, les unes relevées au Powhattan, les autres au Galaxy, ce qui le rattache aux deux meurtres. Dans les deux cas, la machette est bien l'arme du crime. Ils ont même trouvé de minuscules traces de sang là où la lame s'emboîte dans le manche, et le sang est du même type que celui de Kim ou de Cookie, je ne me rappelle plus laquelle des deux.

— Comment s'est-il introduit dans votre hôtel ?

— Il a traversé le hall et pris l'ascenseur.

— Je croyais qu'il y avait une surveillance.

— Oui. Mais il est passé devant les gars, il a pris sa clé et il est monté dans sa chambre.

— Comment a-t-il pu faire ça ?

— Le plus simplement du monde. Il avait loué la chambre la veille, à tout hasard. Il avait tout prévu. Quand on lui a fait savoir que je le cherchais, il est retourné à mon hôtel, il est monté dans sa chambre, puis il est allé à la mienne et il est entré. Les serrures de mon hôtel ne sont pas bien compliquées. Il s'est déshabillé, il a aiguisé sa machette et il a attendu que je rentre chez moi.

— Et ça a failli marcher.

— Ça aurait dû marcher. Il aurait pu m'attendre derrière la porte et me tuer avant que je sache ce qui m'arrivait. Ou bien il aurait pu rester quelques minutes de plus dans la salle de bains et me laisser le temps de me mettre au lit. Mais il aimait trop tuer, c'est ce qui l'a perdu. Il voulait que nous soyons tous les deux nus quand il me sauterait dessus, alors il a attendu dans la salle de bains, mais il n'a pas tenu jusqu'à ce que je sois couché, parce qu'il était trop tendu et trop excité. Evidemment, si je n'avais pas eu le revolver à portée de la main, il m'aurait tué quand même.

— Il ne pouvait pas être complètement seul.

— Il était seul en ce qui concerne les meurtres. Il avait sans doute des associés pour le trafic des émeraudes. Il se peut que les flics arrivent à leur mettre la main dessus, mais ce n'est pas sûr. Même s'ils y arrivent, ils auront du mal à les inculper de quoi que ce soit.

Chance hocha la tête.

— Qu'est devenu le frère ? me demanda-t-il. Le petit ami de Kim. Celui par qui tout est arrivé.

— On ne l'a pas revu. Il doit être mort. Ou bien il court encore et restera en vie jusqu'à ce que ses copains colombiens le rattrapent.

— Ils feraient ça ?

— Paraît qu'ils sont impitoyables.

— Et le réceptionniste de l'hôtel ? Comment s'appelle-t-il... Calderon ?

— C'est ça. Eh bien, s'il s'est planqué quelque part à Queens, il pourra lire ce qui s'est passé, dans les journaux, et demander à reprendre sa place.

Chance allait dire quelque chose, mais il changea d'avis, prit nos tasses vides et alla les remplir. Il les rapporta et me donna la mienne.

— Vous vous êtes couché tard, me dit-il.

— J'ai passé la nuit debout.

— Vous avez un peu dormi ?

— Pas encore.

— Moi, je fais de temps en temps un petit somme dans un fauteuil. Quand je me mets au lit, je ne peux pas dormir, je ne peux même pas rester allongé. Je vais faire quelques exercices, je prends un sauna, une douche, je bois encore du café et je me remets dans un fauteuil. Et comme ça sans arrêt.

— Vous n'appelez plus votre service.

— Je n'appelle plus mon service, je ne sors plus de la maison. J'ai dû manger, sans doute. J'ai dû trouver des trucs dans le réfrigérateur et les manger machinalement. Kim est morte, Sunny est morte, Cookie est morte et peut-être que son frère est mort, le petit ami, et puis machin-truc est mort. Celui que vous avez abattu. J'ai oublié son nom.

— Marquez.

— Marquez est mort, Calderón a disparu et Ruby s'est taillée à San Francisco. La question qui se pose maintenant, c'est où est Chance, et la réponse, c'et que je n'en sais rien. Ce que je crois savoir, c'est que je ne suis plus dans les affaires.

— Les filles vont bien.

— Oui, vous m'avez dit ça.

— Mary Lou ne va plus faire de passes. Elle est contente d'avoir été call-girl, ça lui a appris des tas de choses, mais elle est prête à entamer une nouvelle étape de sa vie.

— Ouais, elle, je l'ai appelée. Je ne vous l'ai pas dit, après l'enterrement ?

J'acquiescai d'un signe de tête.

— Donna espère obtenir une bourse, et elle pourra gagner de l'argent en faisant des comptes-rendus de lecture et en organisant des ateliers de poésie. Elle pense en être arrivée au point où le fait de se vendre sape son inspiration poétique.

— Elle a du talent, Donna. Ce serait bien si elle arrivait à vivre de sa poésie. Vous dites qu'une fondation va lui octroyer une bourse ?

— Elle pense avoir des chances.

Il sourit :

— Allez, racontez-moi tout. La petite Fran vient de décrocher un contrat à Hollywood et elle va devenir la nouvelle Goldie Hawn.

— Demain, peut-être. Pour le moment, elle veut continuer à habiter le Village, se défoncer en permanence et recevoir de gentils messieurs de Wall Street.

— Alors, il me reste Fran.

— C'est ça.

Il marchait de long en large. Il se laissa soudain tomber sur le pouf en cuir.

—Je pourrais facilement en récupérer cinq ou six nouvelles. Vous ne pouvez pas savoir à quel point c'est facile. Les doigts dans le nez.

— Vous me l'avez déjà dit.

— C'est vrai, mec. Il y a tant de femmes qui sont là à attendre qu'on leur dise quoi faire de leur vie. Je pourrais sortir d'ici et en recruter toute une ribambelle en une semaine. (Il secoua tristement la tête.) Seulement, il y a un problème.

— Lequel ?

— Je crois que je ne pourrais plus faire ça. (Il se remit debout.) Merde, j'étais quand même un bon souteneur. Et j'aimais ça. Je me suis taillé une vie sur mesures et j'y étais aussi à l'aise que dans ma peau. Mais vous ne savez pas ce qui m'est arrivé ?

— Quoi ?

— On pourrait dire que j'ai grandi et que cette peau est devenue trop étriquée.

— Ce sont des choses qui arrivent.

— Un Espingouin se déchaîne avec sa machette et moi, je me retrouve sans boulot. Mais vous savez pas ? Ce serait arrivé de toute façon, un jour ou l'autre. Vous ne croyez pas ?

— Tôt ou tard, oui. (Tout comme j'aurais fini par quitter la police, même si une de mes balles n'avait pas tué Estrellita Rivera.) La vie change, lui dis-je. Il ne sert à rien de s'y opposer.

— Qu'est-ce que je vais faire ?

— Ce dont vous avez envie.

— Par exemple ?

— Vous pourriez retourner à l'école.

Il se mit à rire.

— Pour étudier l'histoire de l'art ? Non, merde, je n'ai pas envie de faire ça. M'asseoir à nouveau devant un pupitre ? Dans le temps, ça m'emmerdait déjà et je me suis engagé comme un con pour me tirer de là. Vous savez à quoi j'ai pensé, l'autre nuit ?

— A quoi ?

— J'avais envie de faire un feu. D'empiler tous les masques au milieu de la pièce, de les arroser d'un peu d'essence et de gratter une allumette. Je serais parti en fumée, comme les Vikings, en emportant tous mes trésors avec moi. Je ne peux pas dire que cette pensée ait survécu longtemps. Par contre, ce que je pourrais faire, c'est de vendre tous ces trucs, la maison, la voiture, les sculptures. Je pense que j'aurais de quoi voir venir.

— Sans doute.

— Et après, qu'est-ce que je ferais ?

— Et si vous deveniez marchand ?

— Vous êtes dingue ? Vendre de la drogue, moi ? Je ne peux même plus être souteneur, et le proxénétisme est quand même plus propre que la drogue.

— Je ne pensais pas à la drogue.

— A quoi pensiez-vous ?

— A vos œuvres d'art africaines. Apparemment, vous en avez beaucoup et ce sont de belles pièces.

— Je n'ai pas de cochonneries.

— C'est ce que vous m'avez dit. Est-ce que vous pourriez utiliser ce dont vous disposez, comme fonds, le temps de démarrer ? Est-ce que vous en savez assez sur la question pour vous lancer dans cette branche ?

Il réfléchit en fronçant les sourcils.

— J'y ai déjà pensé, me dit-il.

— Et alors ?

— Il y a encore beaucoup de choses que j'ignore, mais je sais aussi pas mal de choses, et puis c'est un truc que je sens, et ça, on ne l'apprend pas à l'école, ou dans les livres. Ce n'est quand même pas tout à fait suffisant pour devenir marchand d'œuvres d'art. Il faut avoir la manière, la personnalité qui vont de pair avec cette spécialité.

— Vous avez bien inventé Chance.

— Et alors ? Ah oui, je vois. Je pourrais m'inventer un personnage de nègre marchand d'œuvres d'art comme j'ai inventé mon personnage de souteneur.

— Vous ne pourriez pas ?

— Si, bien sûr. (Il réfléchit encore.) Et ça pourrait marcher. Il me faudra étudier ça.

— Vous avez le temps.

— Oui, tout le temps. (Il me regarda avec attention et je vis scintiller les paillettes d'or dans ses yeux bruns.) J'ignore pourquoi je vous ai engagé, dit-il. Je vous jure que je n'en ai pas la moindre idée. Est-ce que je voulais jouer les justiciers, le super-mac jurant de venger sa putain morte ? Si j'avais su comment ça finirait...

— Si ça peut vous consoler, ça a quand même évité quelques morts.

— Ça n'a sauvé ni Kim, ni Sunny, ni Cookie.

— Kim était déjà morte. Sunny s'est suicidée, c'est elle qui a choisi de mourir. Cookie serait morte dès que Marquez l'aurait retrouvée. Mais il aurait continué à tuer si je ne l'avais pas arrêté. Les flics auraient sans doute fini par le coincer, mais il aurait eu le temps de tuer d'autres femmes. Ça l'excitait trop. Quand il est sorti de la salle de bains en brandissant sa machette, il bandait.

— C'est vrai ?

— Absolument.

— Il s'est précipité sur vous en triquant ?

— J'ai eu plus peur de la machette.

— Ouais, dit-il, je comprends ça.

*

Il voulut absolument me donner une prime. Je lui dis que ce n'était pas nécessaire, que mes heures de travail avaient été justement rétribuées, mais il insista, et quand les gens insistent pour me donner de l'argent, je ne discute pas. Je lui dis que j'avais emporté le bracelet en ivoire de l'appartement de Kim. Il rit et me dit qu'il l'avait complètement oublié, qu'il me l'offrait de bon cœur et qu'il espérait que mon amie le trouverait à son goût. Ça ferait partie de ma prime, en plus du fric et des deux livres de son mélange de café très spécial.

— Et si le café vous plaît, je vous dirai où vous pouvez en trouver d'autre.

Il me raccompagna chez moi. J'aurais pris le métro, mais il m'assura qu'il devait de toute façon aller à Manhattan pour parler à Mary Lou, Donna et Fran, et tout arranger pour le mieux.

— Autant profiter de la Seville pendant que je l'ai encore. Il faudra peut-être que je finisse par la vendre pour avoir un peu de fric pour monter mon affaire. Autant vendre la maison aussi. (Il secoua la tête.) Mais ça me convient bien. D'habiter là.

— Demandez un prêt à l'Etat, pour monter votre affaire.

— Vous plaisantez ?

— Vous êtes membre d'une communauté minoritaire. Il y a des services officiels dont le seul but est de vous prêter de l'argent.

— Quelle idée !

Devant mon hôtel, il me dit :

— Cette espèce d'enfoiré de Colombien. J'ai déjà oublié son nom...

— Pedro Marquez.

— C'est ça. Quand il a rempli sa fiche, à votre hôtel, c'est le nom qu'il a mis ?

— Non, c'était le nom inscrit sur ses papiers d'identité.

— C'est ce que je pensais. Parce qu'une fois c'était C. O. Jones, une autre fois M. A. Ricone, alors je me demandais quel mot cochon il avait choisi pour vous.

— C'était M. Starudo. Thomas Edward Starudo.

— T. E. Starudo ? *Testarudo ?* C'est un gros mot en espagnol ?

— Pas un gros mot. Un mot.

— Qu'est-ce que ça veut dire ?

— Têtu. Têtu ou tête de mule.

— Ah, dit-il en riant. Ben ça, vous pouvez pas le lui reprocher, hein ?

34

Arrivé dans ma chambre, je posai les deux paquets de café sur la commode et allai m'assurer qu'il n'y avait personne dans la salle de bains. Je me sentis ridicule, un peu comme la vieille fille qui regarde sous son lit, mais je songeai qu'il me faudrait un certain temps pour m'en remettre. Et je n'avais plus de revolver. Le .32 avait bien sûr été saisi, la version officielle étant que Durkin me l'avait remis pour me protéger.

Il ne m'avait même pas demandé comment je me l'étais procuré. Je crois qu'il s'en moquait.

Je m'assis dans mon fauteuil et regardai l'endroit où Marquez était tombé. Un peu de son sang tachait encore le tapis, ainsi que des traces de la craie dont on se sert pour dessiner les contours d'un cadavre.

Je me demandai si j'arriverais à dormir dans cette chambre. Je pouvais toujours demander à la direction de l'hôtel de m'en donner une autre, mais j'occupais celle-ci depuis plusieurs années et je m'y étais habitué. Chance m'avait dit qu'elle m'allait bien et il avait sans doute raison.

Je me demandai aussi quel effet cela me faisait d'avoir tué Marquez.

J'y réfléchis un moment et conclus que j'en étais plutôt satisfait. Pour commencer, je ne savais rien de ce fumier. Tout comprendre, c'est tout excuser, dit-on. Si j'avais tout connu de sa vie, j'aurais peut-être compris d'où lui venait cette soif de sang. Mais je n'avais pas à l'excuser ou à lui pardonner. C'était le travail du bon Dieu, pas le mien.

J'avais été capable de presser la détente. Il n'y avait pas eu de ricochet, de rebond fâcheux, de balle perdue. Quatre coups de feu, quatre balles dans la poitrine. Bon travail de détective, bon travail pour attirer le tueur et bonne performance de tireur.

Pas mal.

*

Je descendis dans la rue, arrivai devant chez Armstrong, regardai à l'intérieur à travers la vitre, mais continuai à marcher jusqu'à la 58e Rue, tournai le coin et parcourus une cinquantaine de mètres. J'entrai chez Joey Farrell et me tins au comptoir.

Il n'y avait pas grand monde. De la musique au juke-box —

un chanteur de charme dont la voix de baryton était puissamment soutenue par un orchestre à cordes.

— Un double Early Times, sec, dans un verre à pied. Et un verre d'eau.

Je restai là sans vraiment penser à quoi que ce soit, tandis que le barman servait le bourbon, emplissait un verre d'eau et plaçait les deux verres devant moi. J'avais mis un billet de dix dollars sur le comptoir. Il le prit et me rapporta la monnaie.

Je regardai le verre d'alcool. La lumière jouait dans les beaux coloris ambrés du liquide. Je tendis la main. Une petite voix intérieure murmura *Bienvenue au pays.*

Je retirai ma main. Laissant le verre sur le comptoir, je pris une pièce de dix *cents* dans mon petit tas de monnaie. Je me rendis au téléphone, glissai la pièce dans la fente et composai le numéro de Jan.

Pas de réponse.

Bon, très bien. J'avais tenu ma promesse. Evidemment, j'avais pu faire un faux numéro, ou la ligne était peut-être en dérangement. Ce sont des choses qui arrivent.

Je remis la pièce et refis le numéro. Je laissai sonner douze fois.

Pas de réponse.

Si c'était comme ça... Je récupérai ma pièce et retournai au comptoir. Ma monnaie était toujours là, ainsi que les deux verres : le bourbon et l'eau.

Pourquoi ? me demandai-je.

L'affaire était terminée, résolue, pratiquement classée. Le tueur ne tuerait plus jamais personne. J'avais fait beaucoup de choses comme il fallait les faire et j'étais satisfait du rôle que j'avais joué d'un bout à l'autre de l'enquête. Je n'étais pas tendu, je n'étais pas angoissé. Je n'étais pas déprimé. Je me sentais très bien, merde.

Un double bourbon m'attendait quand même sur le comptoir. Je n'avais pas envie de boire un verre, je n'avais même pas pensé à boire un verre, et voilà que je me retrouvais avec, sous mon nez, un verre que j'allais devoir avaler.

Pourquoi ? Qu'est-ce qui me prenait ?

Si je buvais cette saloperie de verre, j'allais finir par en crever, ou je me retrouverais à l'hôpital. Cela prendrait peut-être une journée, une semaine ou un mois, mais ça finirait comme ça. Je le savais. Je n'avais pas envie de mourir, je n'avais pas envie d'aller à l'hôpital, n'empêche que je me trouvais dans un troquet avec un verre devant moi.

Parce que...

Parce que quoi ?

Parce que...

J'abandonnai le verre sur le comptoir. J'abandonnai ma monnaie sur le comptoir. Je m'en allai dare-dare.

*

A 8 heures et demie, je descendis l'escalier du sous-sol de l'église St. Paul. Je pris du café, des biscuits, puis une chaise.

Je pensai : tu as failli boire. Tu es sobre depuis onze jours, puis tu vas dans un bar où tu n'as aucune raison d'aller et tu commandes un verre sans aucune raison. Tu as failli prendre le verre, il s'en est fallu de peu. Tu as failli foutre en l'air ces onze jours malgré le mal qu'ils t'ont coûté. Mais qu'est-ce qui t'arrive, bon sang ?

Le président ouvrit la séance et présenta le modérateur. Je m'efforçai d'écouter l'histoire de ce dernier, mais j'en fus incapable. Mon esprit revenait sans cesse à la dure réalité de ce verre de bourbon. Je ne l'avais pas voulu, je n'y avais même pas pensé, et pourtant j'y avais été attiré aussi irrésistiblement qu'une épingle par un aimant.

Je songeai : je m'appelle Matt et je crois que je deviens dingue.

Le modérateur termina son témoignage. J'applaudis avec les autres. Pendant la pause, je me rendis aux toilettes, surtout pour éviter d'avoir à parler à quelqu'un. Je revins dans la salle et pris une autre tasse de café dont je n'avais ni besoin ni envie. L'idée me vint de laisser le café et de retourner à mon hôtel. Merde, cela faisait quand même deux jours et une nuit que je n'arrêtais pas. Dormir me ferait plus de bien que d'assister à une réunion où j'étais, de toute façon, incapable de fixer mon attention.

Je gardai ma tasse de café et l'emportai en retournant m'asseoir. Pendant le tour de table, les mots que prononçaient les gens déferlèrent sur moi comme des vagues. Je ne bougeai pas et je n'entendis rien.

Puis mon tour arriva.

Je dis :

— Je m'appelle Matt. (Je m'interrompis, puis repris :) Je m'appelle Matt, et je suis un alcoolique.

Et puis il se passa la chose la plus incroyable. Je me mis à pleurer.

DU MÊME AUTEUR

Aux Éditions Gallimard

Dans la collection Série Noire

Y A QU'A SE BAISSER, *nº 687.*

L'ÉTOUFFE SERVIETTE, *nº 743.*

ARNAQUE À L'HECTARE, *nº 1099.*

LE VOLEUR INSOMNIAQUE, *nº 1141.*

ANNULEZ LE TCHÈQUE !, *nº 1159.*

LUNE ROUGE, *nº 1189.*

HAUTE VOLTIGE, *nº 1221.*

BEAU DOUBLÉ POUR TANNER, *nº 1227.*

FAITES SAUTER LA REINE !, *nº 1248.*

LE NŒUD COULANT, *nº 1304.*

SACRÉS LASCARS !, *nº 1333.*

VOL ET VOLUPTÉ, *nº 1836.*

MEURTRES À L'AMIABLE, *nº 1971.*

L'AQUARIUM AUX SIRÈNES, *nº 1975.*

Dans la collection Super Noire

LE TUEUR DU DESSUS, *nº 109.*

LE MONTE-EN-L'AIR DANS LE PLACARD, *nº 130.*

DES FOIS ÇA MORD, *nº 1997.*

LE BLUES DES ALCOOLOS, *nº 2106.*

DRÔLES DE COUPS DE CANIF, *nº 2245.*

TICKET POUR LA MORGUE, *nº 2289.*

LA DANSE AUX ABATTOIRS, *nº 2310.*

LE VOLEUR QUI AIMAIT MONDRIAN, *nº 2403.*

Reproduit et achevé d'imprimer sur Roto-Page
par l'Imprimerie Floch à Mayenne
le 10 juin 1999.
Dépôt légal : juin 1999.
1er dépôt légal : avril 1996.
Numéro d'imprimeur : 46462.
ISBN 2-07-049634-1 / Imprimé en France.

92506